열하일기

월드클래식 시리즈 09

熱河日記

열하일기

박지원 지음 | 박지훈 옮김

매월당
MAEWOLDANG

차 례

압록강을 건너며

도강록渡江錄

6월 24일 신미辛未에 시작하여 7월 9일 을유乙酉에 그쳤다.
압록강에서 요양에 이르기까지 15일이나 걸렸다.

6월 24일 신미辛未

아침에 보슬비가 내리기 시작하더니 온종일 내렸다 개었다 했다.

오후에 압록강을 건너 30리를 가서 구련성에서 묵었다. 간밤에
소나기가 퍼붓더니 이내 개었다. 앞서 용만, 의주관에서 묵은 지
열흘 동안에 방물(선물용 지방 산물)도 모두 들어왔고 떠날 날짜가
매우 촉박하였으나, 장마 때문에 강물이 많이 불어서 그동안 쾌청
한 지 벌써 나흘이나 되었지만 물살은 더욱 거세어 나무와 돌이
함께 굴러 내려오며 탁한 물결이 하늘과 맞닿은 듯했다. 이는 아
마도 압록강의 발원이 먼 까닭이다.

《당서唐書》(후진後晉의 유후가 지은 당의 역사서)를 살펴보면 '고
려의 마자수는 말갈(당唐에서 부르던 만주의 별칭으로 거기에는 말갈
족이 살고 있음)의 백산에서 나오는데 그 물빛이 오리 머리 부분처
럼 푸르스름해서 압록강이라고 불렀다.' 라고 하였으니, 백산은 곧

장백산을 말하는 것이다. 《산해경》(중국 고대의 지리서)에는 이를 '불함산'이라 하였고, 우리나라에서는 이를 '백두산'이라고 일컫는다. 백두산은 모든 강의 발원지로서 그 서남쪽으로 흐르는 것이 곧 압록강이다.

또 《황여고皇輿考》(명나라 장천복이 지은 지리서)에는 '천하에 큰 물 셋이 있으니 황하와 장강과 압록강이다.'라고 하였고, 《양산묵담兩山墨談》(명나라 사람 진정이 지음)에는 '회수 이북은 북쪽 가지라 일컬어서 모든 물은 황하로 모여들므로 강이라고 이름 지은 것이 없었는데 다만 북으로 고려에 있는 것을 압록강이라고 부른다.'라고 하였다. 그런데 이 강은 천하에 가장 큰 강으로서 그 발원하는 곳이 지금 한창 가뭄인지 장마인지 천리 밖에서 예측하기 어려웠으나, 이제 이 강물이 이렇듯 넘쳐흐르는 것을 보아 저 백두산의 장마를 가히 짐작할 수 있겠다.

하물며 이곳은 예사의 나루가 아니다. 그런데도 마침 한창 장마철이어서 나룻가에 배 대는 곳은 찾을 수도 없거니와, 중류의 모래톱마저 흔적이 없어서 사공이 조금만 실수한다면 사람의 힘으로는 도저히 걷잡을 수 없는 정도이다. 그리하여 일행 중 역원(통역관)들은 서로 다투어 옛일을 끌어대어 날짜 늦추기를 굳이 청하고, 만윤(의주부윤 이재학)도 역시 비장(사신에게 시중드는 관원)을 보내어 며칠만 더 묵도록 만류했다. 그러나 정사正使(사행의 수석으로, 당시의 정사는 연암의 삼종형인 금성위 박명원)는 기어이 이날 강을 건너기로 하여 장계에 벌써 날짜를 써넣었다.

아침에 일어나 창을 열고 보니 검은 구름이 하늘을 쫙 덮었고 비의 기운이 산에 가득했다. 몸단장을 끝내자 행장을 정리하고, 가서家書와 모든 곳의 답장을 손수 봉하여 파발을 띄우고, 아침 죽을 조금 먹고 천천히 관館에 이르렀다. 비장들은 벌써 군복과 전립을 갖추었다. 머리에는 은화銀花(정월 대보름날 밤에 등불을 다는 것으로, 여기에서는 그 모양을 형용함)와 운월雲月(물건 변두리를 구름, 달 모양으로 곱게 꾸민 것)을 달고 공작의 깃을 꽂았고, 허리에는 남색 전대를 두르고 환도를 찼으며 손에는 짧은 채찍을 잡았다.

"모양이 어떻소?"

그들은 서로 마주 보고 웃으면서 떠들고 있었다. 그중에 노 참봉은 첩리帖裏(방언으로 철릭이라 함. 비장은 우리 국경 안에서는 철릭을 입다가 강을 건너면 협수로 바꿔 입음)를 입었을 때보다도 훨씬 우람스러워 보였다. 정 진사가 웃으면서 답하기를,

"오늘이야말로 정말 강을 건너게 되겠지요."

라고 하자 노 참봉이 옆에서 대답했다.

"이제 곧 강을 건너게 될 것입니다."

"옳지, 옳아."

나는 그 둘에게 맞장구를 쳤다. 거의 열흘 동안이나 관에 묶여서 모두들 지루하여 훌쩍 날고 싶은 기분인 모양이다. 가뜩이나 장마에 강물이 불어서 더욱 조급하던 참에 떠날 날짜가 닥치고 보니, 이제는 건너지 않으려 해도 어쩔 수 없는 노릇이다. 장차 가야 할 앞길을 생각하니 무더위가 심해 걱정이다. 더구나 고향을 생각하니 운산雲山은 아득할 뿐 인정상 서글픈 마음에 돌아설 생각이 나지 않았다. 이른바 평생의 장유壯遊라고 하여 툭하면 '꼭 한 번

은 구경을 해야지.' 라고 평소에 벼르던 것도 이제는 이차적인 것이 되고 그네들의 말대로 '오늘이야말로 강을 건너야지.' 하면서 떠드는 것도 결코 좋아서 하는 말이 아니고 어찌할 수가 없어서일 것이리라. 역관 김진하가 늙고 병이 나서 여기서 되돌아가게 되었다며 정중하게 하직 인사를 하니 서글픔을 금하지 못하였다.

아침을 먹고 나서 나는 혼자 말을 타고 먼저 출발했다. 말은 자줏빛 털에 흰 정수리, 날씬한 정강이에 높은 발굽, 날카로운 머리에 짧은 허리, 더구나 두 귀가 쫑긋한 품이 참으로 만 리를 달릴 듯싶다. 마부인 창대는 앞에서 말머리를 잡고 하인 장복은 뒤를 따른다. 안장에는 주머니 한 쌍을 달되 왼쪽에는 벼루를 넣었고 오른쪽에는 거울, 붓 두 자루, 먹 한 장, 조그만 공책 네 권과 이정록里程錄 한 묶음을 넣었다. 행장이 이렇듯 단출하니 짐 수색이 아무리 엄해도 근심할 게 없었다.

성문도 채 못 가서 소나기 한 줄기가 동쪽에서 몰려든다. 그리하여 말을 급히 달려 성 문턱에서 내렸다. 홀로 걸어서 문루에 올라 성 밑을 굽어보니, 창대가 혼자 말을 잡고 서 있고 장복은 보이지 않는다. 조금 뒤에 장복이 길 옆의 한 작은 일각문에 버티고 서서 아래 위를 기웃거리더니, 이윽고 둘이 삿갓으로 비를 피하며 손에 조그만 오지병을 들고는 바람을 일으키며 걸어온다. 알고 보니 저희 둘이 주머니를 털어서 스물여섯 푼이 나왔는데, 우리나라 돈을 가지고는 국경을 넘지 못하기 때문에 그렇다고 길에 버리자니 아깝고 해서 술을 샀다고 한다.

"너희들은 술을 얼마나 하느냐?"

내가 두 사람에게 물었더니 둘이 대답하기를,

"입에 대지도 못하옵니다."

"그럼 그렇지. 옹졸한 녀석들이 어찌 술을 할 줄 알겠느냐."

라며 나는 다시 한바탕 꾸짖고는 스스로를 위안하는 뜻에서 혼잣말로,

"이것도 먼 길 나그네에겐 도움이 되겠지."

하고 잠자코 잔에 부어 마시면서 동쪽에 있는 용만, 철산의 산들을 바라보니 수만 겹의 구름 속에 가려져 있었다. 이에 술 한 잔을 다시 들이부어 문루 첫 기둥에 뿌리며 이번 길에 아무런 탈이 없기를 빌고, 다시금 한 잔을 부어 다른 기둥에다 뿌리며 장복과 창대를 위하여 빌었다. 그러고도 병을 흔들어 보니 아직 몇 잔 더 남았기에 창대에게 술을 땅에다 뿌리게 하고 말을 위하여 빌었다.

담벼락에 기대어 동쪽을 바라보니 잠깐 동안 무더운 구름이 피어오르고 백마산성 서쪽 한 봉우리가 갑자기 그 반쪽을 드러냈는데, 그 빛이 하도 푸르러서 우리나라 연암서당燕巖書堂에서 불일산 뒤 봉우리의 모습을 바라보는 듯싶었다.

> 홍분루紅粉樓 높은 다락
> 막수莫愁 아씨를 여의고는
> 가을바람 말굽 소리로
> 변방을 달렸노라
> 그림배에 실은 퉁소와 장고는

어이하여 소식이 없는가
애간장이 끊어질 듯 그립구나
우리 청남淸南 첫째 고을을

　이 시는 유혜풍 영재(유득공의 호, 혜풍은 자字)가 일찍이 심양으로 들어갈 때 지은 것이다. 나는 몇 번이나 소리 내어 읊고서는,
　"이것은 국경을 넘는 이가 부질없이 무료함을 읊은 것이지, 이곳에서 무슨 그림배며 퉁소, 장고 등을 가지고 놀이를 했겠는가."
하고 혼자서 크게 웃었다. 옛날 전국시대 제齊나라의 충신인 형경이 바야흐로 역수易水를 건너려 할 때 머뭇거리며 떠나지 않자, 태자(전국시대 연燕의 태자 단丹으로, 진시황을 죽이려 형가를 파견하였으나 실패함)가 그의 마음이 변하지 않았나 의심하고 진무양(형가가 진에 들어갈 때 지도를 가지고 따르던 젊은 협객)을 먼저 출발시키고자 하였다. 형경은 이에 노하여 태자를 꾸짖기를,
　"내가 머뭇거리는 까닭은 나의 동지 한 분을 기다려 함께 떠나려고 했던 것이거늘."
라고 하였다. 그러나 이것은 형경의 부질없는 무료한 말인 듯싶다. 만약 태자가 형경의 마음을 의심한 것이라면 이는 그를 깊이 알지 못했기 때문일 것이리라. 그러나 형경이 기다리는 사람 또한 이름을 가진 실제 인물은 아닐 것이다. 도대체 한 자루 비수를 차고 적국인 진秦나라에 들어가기 위해서는 진무양 한 사람이면 충분할 텐데 어찌 별도로 동지를 구할 것인가.
　다만 차디찬 바람에 노래와 축筑(형가가 역수를 건널 때 그의 친구

고점리는 축을 치고 형가는 박자를 맞추어 비장한 노래를 불렀음)으로 오늘의 즐거움을 다했을 뿐인데도, 이 글을 지은 이는 그 사람이 길이 먼 탓으로 오지 못할 것이라고 변명하였으니, 그 '멀다.'는 말이 참 교묘한 것이다. 그 사람이란 세상에 둘도 없는 절친한 벗일 것이요, 그 약속이란 세상에 다시 변할 수 없는 일일 것이다. 세상에 둘도 없는 벗도 한 번 가면 돌아오지 못할 길을 떠나니 어찌 날이 저물었다고 오지 않았겠는가.

그러니까 그 사람이 살고 있는 곳은 반드시 초楚나 오吳나 삼진 三晉(당시의 한漢, 위魏, 조趙. 지금의 산서 하남성 서남부)의 먼 곳이 아닐 것이요, 또 이날 반드시 진으로 들어가기를 기약하여 손잡고 맹세하지도 않았다. 다만 형경이 마음속에 문득 생각나는 어떤 벗을 기다린다 하였을 따름이거늘, 이 글을 쓴 이는 또한 형경의 의중의 벗을 이끌어다가 '그 사람'이라고 부연해서 설명하였으니, 그 사람이 어떠한 사람인지도 알지 못하고 자기도 알지 못하는 사람을 두고서 막연히 먼 곳에 살고 있는 이라 하여 형경을 위로하는 것이요, 또한 그 사람이 혹시 오지나 않을까 하고 염려하여 그가 오지 못할 것임을 밝혔으니 이는 형경을 위하여 그 사람이 오지 못한 것을 다행히 여긴 것이다.

정말 천하에 그 사람이 있다고 한다면 나는 이미 그를 보았을 것이다. 응당 그 사람의 키는 일곱 자 두 치, 짙은 눈썹에 검은 수염, 볼은 처지고 이마가 날카로웠을 것이다. 내가 이렇게 짐작하게 된 것은 혜풍의 시를 읽고 나서였다.

정사의 전배(기치와 곤봉 따위를 앞에 세웠으므로 전배라 함)가 설

쳐대며 성을 떠나자 내원(연암의 삼종제)과 주 주부(이름은 명신이며 내원과 주 주부 모두 상방의 비장)는 두 줄로 서서 간다. 채찍을 옆에 끼고 몸을 솟구쳐 안장에 올라앉으니 어깨가 으쓱하고 머리가 꼿꼿한 모양이 제법 날쌔고 용맹스럽게 보였다. 그러나 부대의 차림이 너무 너덜거리고, 구종들의 짚신이 안장 뒤에 주렁주렁 매달렸으며, 내원의 군복은 푸른 모시인데 자주 빨아 입어서 몹시 더부룩하고 버석거리는 것이 가히 지나치게 검소하기 때문이라고 생각된다.

조금 후에 부사(차석 사신으로 당시의 부사는 이조판서 정원시)의 행차가 성으로 가는 것을 기다렸다가 말고삐를 잡고 천천히 돌려서 제일 뒤에 구룡정에 이르니 여기가 곧 배 떠나는 곳이다. 만윤이 벌써 막을 쳐놓고 기다리고 있었다.

서장관(일행의 일체 행정에 관한 통계 책임을 맡은 관원으로, 당시의 서장관은 장령 조정진)은 맑은 새벽녘에 먼저 나가서 만윤과 함께 수사하는 것이 원칙이다. 지금 사람과 말을 사열하는데 사람의 이름과 주소와 나이, 수염이나 흉터 같은 것이 있나 없나, 키가 작은가 큰가를 적고, 말은 그 털빛을 적는다. 깃대 셋을 세워서 문을 삼고 금물을 조사하니, 중요한 것으로 황금과 진주와 인삼과 초피와 포包, 그리고 남은 濫銀(팔포八包, 조선시대 때 중국 청나라에 가는 사신이 여비로 쓰기 위하여 가져갈 수 있도록 허용한 인삼 여덟 꾸러미, 가져간 인삼을 중국 돈으로 바꾸어 썼는데 숙종 때부터는 그 값에 해당하는 은을 대신 가져감)이 있고 영세품零細品은 새것이나 옛것을 통틀어 수십 종에 달하므로 이루 다 셀 수 없었다.

구종들에게는 웃옷을 풀어헤치게도 하고 고의(남자의 여름 홑바지) 아래를 내리 훑어보며, 비장이나 역관에게는 행장을 풀어 보이게 한다. 이불 보따리와 옷 꾸러미가 강 언덕에 너울거리고 가죽 장화와 종이 상자가 풀밭에 어지러이 뒹군다. 사람들은 제각기 주워 담으면서 흘깃흘깃 돌아보곤 한다. 대체 수색을 안하면 나쁜 짓을 막을 수 없고 수색하자면 이렇듯 체면에 어긋난다. 그러나 이것도 실은 형식에 지나지 않는 일이다. 용만의 장수들이 수색에 앞서 몰래 강을 건너는 것을 누가 막을 재간이 있으리오.

금물이 발견된 경우 첫째 문에 걸린 자는 중곤(대곤보다 더 긴 곤장)을 때리고 물건을 몰수하며, 둘째 문이면 귀양을 보내고, 마지막 문에서 걸리면 목을 베어 높이 달아서 뭇 사람에게 본보기로 보이게 되어 있다. 그 법이야말로 엄하기 짝이 없다. 이번 길에는 원포原包조차 절반도 차지 않고 빈 포도 많았으니 남은이 있고 없음을 따질 것도 없었다.

손님을 대접하는 음식상은 초라하고 그나마 들어오자마자 곧 물리니 강 건너기에 바빠서인지 참견하는 이가 없다. 배는 다섯 척뿐인데 한강의 나룻배와 비슷하거나 그보다 조금 클 뿐이다. 먼저 방물과 인마를 건네고 정사의 배에는 표자문과 수역(각 관아나 사신에 속한 역관의 우두머리)을 비롯하여 정사의 하인들이 함께 타고, 부사의 서장관과 그 하인들은 또 다른 배에 올라탔다.

그리고 용만의 이교吏校와 방기房妓와 통인通引과 평양에서 모시고 온 영리營吏와 계서啓書들은 모두 뱃머리에 서서 차례로 하직 인사를 하는데, 상사의 마두(역마에 관한 일을 맡아 보는 사람)가

하는 창알 소리가 채 끝나기도 전에 사공이 선뜻 삿대를 들어 물속에 집어넣는다. 물살은 매우 빠른데 배따라기 소리도 다 같이 불렀다. 사공이 노력한 보람으로 살별이나 번갯불처럼 배가 달린다. 잠시 아찔한 순간 하룻밤이 지나간 듯싶었다. 통군정의 기둥과 난간과 헌함(누각 따위의 대청 기둥 밖으로 돌아가며 깐 난간이 있는 좁은 마루)이 팔면으로 빙빙 도는 것 같고, 모래펄에 서 있는 전송 나온 이들이 마치 팥알같이 까마득하게 보인다.

내가 수역인 홍명복에게 말하기를,

"자네는 길을 잘 아는가?"

홍이 팔짱을 낀 채 공손히 반문한다.

"네에, 무슨 말씀이신지요?"

"길이란 알기 어려운 것이 아닐세. 바로 저 강 언덕에 있는 것이 무엇이냐고 물었네."

라고 내가 말했다. 그러자 홍이 물었다.

"그러니까 '저 언덕에 먼저 오른다.'는 말을 지적하는 말씀이십니까?"

"그런 뜻이 아니야. 이 강은 바로 저들과 우리와의 경계로서 언덕이 아니라면 물이라야 하네. 무릇 세상 사람의 윤리와 만물의 법칙이 마치 물가나 언덕이 있는 것과 같으니, 길이란 다른 데서 찾을 것이 아니라 곧 이 물과 언덕가에서 찾아야 한다는 말일세."

라고 내가 대답했다. 그러자 홍은 또다시 물었다.

"외람되이 다시 여쭈옵니다. 그 말씀은 무엇을 뜻합니까?"

나는 다시 대답했다.

"옛글에 '인심人心은 오로지 위태해지고 도심道心은 오로지 없어질 뿐이다.'고 하였는데 저 서양 사람들은 일찍이 기하학이 있어서 한 획의 선을 변증할 때도 선이라고만 해서는 오히려 그 세밀한 부분을 표시하지 못하기 때문에 곧 빛이 있고 없는 것으로 표현하였고, 이에 불씨佛氏(석가모니)는 다만 붙지도 않고 떨어지지도 않는다는 말로 설명하였으니, 그 즈음에 선처할 수 있는 사람은 오직 길을 아는 이라야 능히 할 수 있을 테니 옛날 정鄭나라의 자산(전국시대 때 정鄭의 대부 공손교의 자) 같은 사람이면 능히 그러할 수 있겠지."

이렇게 주고받는 사이에 배는 벌써 언덕에 닿았다. 갈대가 마치 짜놓은 듯 빽빽하게 들어서서 땅바닥이 보이지 않았다. 하인들이 다투어 언덕으로 내려가서 갈대를 꺾고 배 위에 깔았던 자리를 빨리 걷어서 펴고자 하나, 갈대 하나가 칼날 같고 또 진흙이 검고 질어서 어찌할 수가 없었다. 정사를 비롯하여 모두들 우두커니 갈대밭에 서 있을 뿐이다.

"앞서 건너간 사람들과 말은 어디 있느냐?"
하고 물어도 다들 한결같이 대답하기를,
"모르옵니다."
그래서 다시 물었다.
"방물은 어디에 있는가?"
"모르옵니다."
라고 역시 같은 대답을 하면서 한편으로 멀리 구룡정 모래톱을 가리키면서,

"우리 일행도 아직 건너지 못하고 저기 개미 떼처럼 옹기종기 모여 있는 것 같습니다."

라고 한다. 멀리 용만 쪽을 바라보니 한 조각의 성이 마치 한 필의 베를 펼쳐 놓은 듯하고 성문은 흡사 바늘구멍처럼 빤히 뚫려서 그리로 내리쬐는 햇살이 마치 한 점의 샛별 같아 보인다.

바로 이때 커다란 뗏목이 거센 물살에 떠내려온다. 정사의 마두인 시대가 멀리서,

"어이!"

하고 고함을 친다. 이것은 남을 부르는 소리인데, 자기를 높이는 말이다. 한 사람이 뗏목 위에 일어서서,

"당신네는 어찌 철 아닌 때에 조공을 바치러 중국에 가시오? 이 더위에 먼 길을 가시려면 얼마나 고생이 되겠소?"

라고 한다. 시대는 또,

"너희들은 어떤 고을에 살고 있는 사람이며, 어디에서 나무를 베어 오는 거냐?"

하고 묻는다. 그가 답하기를,

"우리들은 봉황성에 살며 장백산에서 나무를 베어 오는 거요."

하고는 말이 미처 끝나기도 전에 뗏목은 어느 사이에 까마득히 멀리 가버렸다.

이때에 두 갈래의 강물이 한데 어울려서 중간에 하나의 섬이 생겼다. 먼저 건너간 사람과 말들이 여기서 잘못 내렸으니, 그 사이는 비록 5리밖에 되지 않으나 배가 없어서 다시 건너지 못하고 있는 중이다. 그리하여 사공에게 엄명을 내려서 배 두 척을 불러 재

빨리 사람들과 말을 건네주라고 하였으나 사공이 여쭙기를,

"저 거센 물살을 거슬러 배를 저어가는 것은 아마 하루 이틀에는 힘들 것 같습니다."

사신들이 모두 화를 내어 뱃일을 맡은 용만의 군교를 벌하고자 하였으나 딱하게도 군뢰(군대에서 죄인을 다루는 병졸)가 없어서 웬일인가 알아보니 군뢰 역시 먼저 건너서 가운데 섬에 잘못 내렸다. 부사의 비장 이서구가 분함을 참지 못하여 마두를 호통하고 용만의 군교를 잡아들였으나, 그놈을 엎드리게 할 자리가 없으므로 볼기를 반만 까놓고 말채찍으로 너덧 번 때리고 나서 끌어내어 빨리 거행하라고 호통을 친다. 용만의 군교가 한 손으로 전립을 쥐고 또 한 손으로는 고의춤을 잡으면서 연방,

"예이, 예이."

라고 대답한다. 그리하여 배 두 척을 내어 사공이 물에 들어가서 배를 끌었으나 워낙 물살이 세서 한 치만큼 전진하면 한 자가량 후퇴하고 만다. 아무리 호통을 친들 어찌할 수 없는 사정이다. 이윽고 배 한 척이 강기슭을 타고 나는 듯이 빨리 내려오니 이는 군뢰가 서장관의 가마와 말을 이끌고 오는 것이다. 장복은 창대를 보고 말하기를,

"너도 뒤따라오는구나."

하며 기뻐들 한다. 그래서 두 놈을 시켜서 행장을 점검해 보니 모두 탈이 없으나, 다만 비장과 역관이 타던 말이 오는 것도 있고 오지 않는 것도 있어서 정사가 먼저 출발하기로 했다. 군뢰 한 쌍이 말을 타고 나팔을 불며 길을 인도하고, 또 한 쌍은 보행으로 앞을

인도하여 버스럭거리면서 갈대숲을 헤치고 나아갔다.

내가 말 위에서 칼을 뽑아 갈대 하나를 베어보니, 껍질은 단단하고 속은 두꺼워서 화살을 만들 수는 없어도 붓대를 만들기에는 알맞을 것 같았다. 놀란 사슴 한 마리가 갈대를 뛰어넘어 가는 것이 마치 보리밭 위를 날아가는 새와 같다. 이 광경을 보고 일행들이 모두 놀랐다.

10리 길을 가서 삼강에 이르니 강물이 비단결같이 잔잔한데 이곳을 애라하라고 한다. 어디에서 발원하는지는 알 수 없으나, 압록강과의 거리는 불과 10리가량이지만 다만 강물이 넘쳐흐르지 않는 것으로 보아서 서로 근원이 다른 것을 알 수 있다. 배 두 척이 보이는데, 모양이 마치 우리나라 놀잇배와 비슷했고 길이와 넓이는 그것만 못하지만 생김새는 퍽 튼튼하고도 치밀한 편이다. 뱃사공은 모두 봉황성 사람으로 사흘 동안을 여기서 기다리느라 양식이 다 떨어져서 굶주렸다고 한다.

또 이 강은 너나없이 서로 나다니지 못하는 곳이지만 우리나라의 역학이나 중국의 외교 문서가 불시에 교환될 때를 대비해서 봉성장군(봉황성에 주둔한 중국 측의 장군)이 배를 미리 준비해 둔 것이라고 한다. 배 닿는 곳이 몹시 질척질척하여 내가 되놈을 향해,

"어이."

하고 불렀다. 이 말은 조금 전에 시대한테서 배운 말이다. 그자가 얼른 상앗대를 놓고 이리로 오므로 나는 몸을 일으켜 그의 등에 업히니, 그자는 히히거리고 웃으면서 배에 태워주고는 후유 하고 길게 숨을 내뿜으면서 말한다.

"흑선풍《수호전》에 나오는 장사 이규의 별명)의 어머니가 이토록 무거웠다면 아마 기풍령도 오르지 못했을 것이오."

조 주부 명회가 이 말을 듣고 큰 소리로 웃는다. 내가 다시,

"저 무식한 놈이 후한後漢 때의 효자 강혁(어려서 난리를 만나 그 어머니를 업고 갖은 어려움을 겪으면서도 어머니를 잘 모셨다고 함)은 몰라도 이규는 어찌 알았던고?"

라고 했더니 조 군이 설명해 준다.

"그 말 속에는 무한한 의미가 담겨 있습니다. 이 말은 애초에 이규의 어머니가 이렇게 무겁다면 비록 이규의 신력神力으로도 등에 업은 채 높은 재를 넘지 못했으리라는 의미였고, 또 이규의 어머니가 호랑이에게 물려갔는데, 그것은 이렇게 살집이 좋은 분을 만일 저 주린 호랑이에게 주었더라면 얼마나 좋았겠는가 하는 의미지요."

"저 따위들이 어찌 입을 열어 이처럼 유식한 문자를 쓸 줄 안단 말인가?"

내가 묻자 조 군이 다시 대답하기를,

"옛말에 눈을 부릅떠도 고무래 정丁 자도 모른다는 것은 정말 저런 놈을 두고 하는 말이지마는 그는 〈패관稗官〉, 〈기서奇書〉를 입에 담아서 상용어로 쓰는 것이니, 그들이 말하는 관화官話란 게 바로 이것이오."

이 애라하의 넓이는 우리 임진강과 비슷하다. 여기서 곧바로 구련성까지 향해 있으며 푸른 숲이 마치 장막처럼 우거졌는데 군데군데 호랑이 그물을 쳐놓았고, 의주의 창군이 가는 곳마다 나무를

찍어내는 소리가 온 들녘에 울려 퍼진다. 홀로 높은 언덕에 올라가서 사방을 바라보니 산이 곱고 물은 맑은데다 사방이 탁 트였다. 나무는 하늘을 찌를 듯하고, 그 가운데 알맞게 자리 잡은 커다란 동네에서 개 짖는 소리와 닭 우는 소리가 귀에 들리는 듯하며, 땅은 기름져서 개간하기에도 적당할 것 같았다. 패강의 서쪽과 압록강의 동편에는 이곳과 비교할 만한 땅이 없으니 마땅히 이곳에 거진이나 웅부를 설치할 만하나, 너나 할 것 없이 모두 이 땅을 버려두어 이때까지도 빈 땅으로 있었다.

어떤 사람은 말하기를 '고구려 때 이곳을 도읍으로 정한 적이 있었다.'라고 하니, 이것은 바로 국내성을 말하는 것이다. 명나라 때에는 진강부를 두었는데, 청이 요동을 정복하자 진강 사람들은 머리 깎기가 싫어서 모문룡(명明의 장수로 청병에게 패하여 우리나라 서해 초도에 일시 주둔하였음)한테 가기도 하고 우리나라로 귀화하기도 하였다. 그 후에 우리나라로 온 사람들은 전부 청나라의 요청에 의하여 청나라로 돌아갔고, 모문룡에게 간 사람들은 대부분 유해(명明을 저버린 장수)의 난리 중에 죽어버렸다. 그래서 주인 없는 땅이 된 이래로 100여 년이 지난 지금은 산이 높고 물이 맑은 것만이 쓸쓸하게 눈에 보일 뿐이다.

노둔 친 모든 곳을 돌아다니며 구경했는데, 역관은 막 하나에 세 사람씩, 그렇지 않으면 장帳 하나에 다섯 사람씩 있기도 하고, 역졸과 마부들은 다섯 혹은 열 명씩 어울려서 시냇가에 나무를 얽어매 놓고 그 속에 들어가 있다. 밥 짓는 연기는 자욱이 서리고 인마 소리가 소란한 것이 엄연한 하나의 마을이 된 것 같다.

용만에서 온 장수들 한 패거리가 저희들끼리 한 곳에 모였는데 시냇가에서 닭 수십 마리를 잡아서 씻기도 하고, 한편에서는 그물을 던져 물고기를 잡아다가 국을 끓이기도 하고, 나물을 볶고, 밥은 기름기가 번지르르하니 그들의 살림은 매우 푸짐해 보였다.

황혼녘이 다 되어서 부사와 서장관이 차례로 도착하였다. 30여 군데에 햇불을 피우는데 모두들 큰 나무를 톱으로 썰어 와서 먼동이 환하게 틀 때까지 밝히고, 군뢰가 나팔을 한 번만 불면 300여 명이나 되는 군졸들이 소리에 맞춰 일제히 고함을 쳤다. 이것은 호랑이를 방어하기 위한 것으로 밤새도록 그렇게 했다.

만부灣府 중에서 제일 기운이 센 사람을 군뢰로 뽑아서 데리고 오는데, 이들은 하인들 중에서도 제일 일도 많이 할 뿐만 아니라 또한 먹기도 제일 많이 먹는다고 한다. 그들의 차림새는 너무 우스워서 허리를 잡을 지경이다. 남빛 운문단雲紋緞을 받쳐 댄 말액(털로 만든 중국 모자의 일종)의 털상투 제일 높은 정수리에는 다홍빛 나는 상모를 걸었고, 벙거지를 쓴 이마에는 날랠 용勇 자를 붙여두었고, 쇠붙이로 잘라낸 아청빛의 삼베로 만든 소매 좁은 군복에다 다홍빛의 무명 배자를 입었으며, 허리에는 남색 전대를 매었다. 어깨에는 주홍빛 무명실 대융(쾌자처럼 윗옷 위에 걸치는 겉옷)을 걸었으며 발에는 미투리를 신겨 놓았는데, 그 모양새야말로 볼 만한 한 쌍의 사내로다.

단지 그 말 탄 모양이 꼭 반부담半駙擔 같아서 안장도 없이 짐을 싣고 그 위로 올라탔다. 아니, 탔다기보다는 그냥 걸터앉았다는 게 더 어울릴 것 같다. 등에다 남빛 나는 조그만 영기('영令'자를 쓴 군령을 전하는 기旗)를 꽂았고, 한 손에는 군령판을 쥐고 다른 손에는 붓과 벼루와 파리채와 팔뚝만 한 마가목의 짧은 채찍을 쥐었다. 그리고 입에는 나팔을 물고 있었으며, 앉은 자리 밑에는 여남은 개의 붉게 칠한 곤장을 꽂았다.

각 방房에서 약간의 호령이 있을 때 군뢰를 부르면 군뢰는 짐짓 못 들은 체하다가 계속해서 여남은 번은 불러야 입속으로 뭐라고 중얼거리며 혀를 차다가, 마치 처음 들은 것처럼 커다란 목소리로 '예이' 하고는 말 위에서 뛰어내려와, 마치 돼지처럼 비틀거리고 소처럼 식식거리면서 나팔과 군령판과 붓과 벼루 등을 모두 한쪽 어깨에 메고 막대기 하나를 끌며 나간다.

한밤중이 되어갈 무렵 억수 같은 소나기가 퍼부어 위로는 장막이 새고 밑에서는 습기가 치밀어서 피해 있을 곳이 없더니, 곧 날이 개면서 하늘에는 별들이 총총히 드리워져서 손으로 만져보고 싶을 만큼 반짝거렸다.

6월 25일 임신 壬申
아침에는 가랑비가 내리더니 낮에 맑게 개었다.

각 방房과 역관들은 노둔했던 곳에서 여기저기 옷과 이불을 내어 말린다. 간밤에 내린 비에 젖었기 때문이다. 쇄마(관용의 삯말로 지방에 갖추어두는 말) 마부 중에 술을 가지고 온 자가 있어서 대종(선천의 관노로 어의 변 주부의 마두)이 한 병을 사다가 바친다. 서로 떠밀며 시냇가로 가서 잔을 기울인다. 강을 건너온 뒤에는 조선 술은 아주 단념했었는데 이제 갑자기 이 술을 얻어 맛을 보니 술맛이 아주 좋을 뿐만 아니라 한가롭게 시냇가에 앉아서 마시고 있으니 그 맛을 이루 말할 수 없었다.

마두들이 서로 앞을 다투어 낚시질을 하므로, 나도 취한 김에 낚싯줄 하나를 빌려 던지자 곧 두 마리의 조그만 고기가 걸렸다. 아마도 이 시냇물 속의 고기는 낚시에 단련되지 못한 것 같다. 방물을 전부 가져오지 못해서 다시 구련성에서 묵기로 했다.

6월 26일 계유癸酉
아침에는 안개가 끼었으나 늦게는 맑게 개었다.

구련성을 떠나 30리를 가서 금석산 아래에 도착해 점심을 먹었다. 다시 30리를 더 가서 총수에서 묵었다.

날이 새자마자 새벽 일찍 안개가 자욱한 길을 출발했다. 상판사(사행이 있을 때 임시로 잡무 처리를 맡는 직명)의 마두 득룡은 쇄마의 구종들과 같이 강세작의 옛날 일에 대해서 이야기를 했다. 안개 속으로 멀리 보이는 금강산을 가리키며 말하길,

"저기 보이는 곳이 형주 사람 강세작이 숨었던 곳이오."

그 이야기가 무척 재미있어서 들을 만했다. 그들의 이야기를 대충 들어보니 다음과 같았다.

'세작의 조부 임이 양호와 함께 우리나라를 구원하려고 하다가

평산 싸움에서 죽고, 그의 아버지인 국태가 청주통판이라는 벼슬을 하고 있다가 만력萬曆 정사년丁巳年에 죄를 지어서 요양으로 귀양을 오게 되었다. 그때 세작의 나이는 겨우 열여덟 살로 아버지를 따라 요양에 와 있었다. 그 다음 해에 청나라가 무순을 정복하니 유격장군이었던 이영방이 항복하였다. 그러자 경략인 양호가 장수들을 여러 곳으로 나눠서 파견할 때 총병인 두송은 개원으로, 왕상건은 무순, 이여백은 청하로 각각 나갔고, 도독인 유정은 모령으로 나갔다.

그때 국태의 부자는 유정의 진중에 가 있었는데, 청나라의 복병이 산골짜기에서 몰려나오므로 명의 군사 앞뒤가 연락이 두절되어 유정은 불에 타 죽게 되고 국태도 화살에 맞아 쓰러졌다. 그래서 세작은 해가 저문 뒤에 아버지의 시신을 찾아서 산골에다 묻은 후에 돌을 모아 표시를 해두었다. 이때 조선의 도원수 강홍립과 부원수 김경서는 산 위에 진을 쳤으며, 조선의 좌우 영장은 산 아래에다 진을 쳤었다.

그리하여 세작은 도원수의 진으로 투항했는데, 그 다음 날 청병淸兵이 조선의 좌영을 쳐들어와 한 사람도 남기지 않고 다 죽였으니 산 위에 있던 군사들은 이것을 바라보다가 다리를 사시나무 떨듯했다고 한다. 마침내 강홍립은 싸우지도 못하고 항복했고, 청병은 홍립의 군사들을 두 겹이나 에워싼 후 명병明兵에서 도망쳐 온 군사를 샅샅이 뒤져 묶어다가 모조리 목을 쳐서 죽였다.

세작도 역시 붙들려서 묶인 채 바위 밑으로 끌려가 앉았는데, 담당자가 웬일인지 잊어버리고 그냥 가버렸다. 그래서 세작이 조선 군사에게 눈짓을 하면서 묶인 것을 좀 풀어달라고 애걸했으나, 그들은 서로 기웃거리며 보기만 할 뿐 손가락 하나 까딱하는 사람이 없었다. 세작은 할 수 없이 등을 돌 모서리에 비비적거려서 줄을 끊고 일어서서 이미 죽은 조선 군사의 옷으로 바꾸어 입은 후에 조선 군대 속으로 들어가 겨우 죽음을 면했다. 그런 후에 요양으로 들어갔더니 웅정필은 요양을 지킬 때에 세작을 불러다가 아버지의 원수를 갚으라고 하였다. 이때 청나라가 계속해서 개원과 철령을 정복하니 정필은 물러나고 설국용이 대신 요양을 지키게 되므로 세작은 설의 군중에 머물러 있게 되었다. 그러나 심양마저 함락되었으므로 세작은 낮에는 숨고 밤에는 걸어서 봉황성에 도착하여 광녕 사람 유광한과 같이 요양에 있는 패잔병을 소집하여 봉황성을 지켰다. 그러나 얼마 지나지 않아서 광한은 전사하고 세작도 십여 군데 상처를 입었다.

세작은 고향으로 가는 길이 이미 끊겼으니 차라리 동쪽 조선으로 가서 치발(변발)이나 좌임(옷의 오른쪽 섶을 왼쪽 섶 위로 여민다는 데에서 유래된 북쪽 인종의 미개한 상태를 이르는 말)하는 되놈을 면하는 것이 낫겠다고 생각하고 싸움터를 탈출해서 금석산 속에 숨어 있다가 식량이 없어서 양구(양가죽으로 만든 옷)를 불에 구워 나뭇잎으로 싸서 먹으면서 두어 달 동안은 목숨을 부지할 수 있었다. 그 후 압록강을 건너서 관서에 있는 여러 마을을 두루 돌아다니다가 드디어 회령까지 흘러들어간 뒤, 조선 여자에게 장가를 들어서 아들 둘을 낳고 살다가 여든이 넘어서 죽었다. 그의 자손이 퍼져서 100여 명이나 되었는데 아직도 한 집에서 살고 있다.'

득룡은 가산 사람으로 열네 살 때부터 북경을 드나들었는데 이번까지 하면 30여 차례에 이른다. 그렇기 때문에 중국말에 제일 능통하고 일행 중에 생기는 모든 일은 득룡이 아니면 그 책임을 맡을 사람이 없다. 그는 벌써 가산과 용천과 철산 등 부府의 대장 다음 가는 중군을 지내고, 계품은 종이품 문관인 가선에 이르렀다. 사행이 있을 때마다 미리 가산에 알려 그 가속을 감금해서 그의 도피를 막는 것을 봐서도 그 사람의 재주를 충분히 짐작하고도 남겠다.

세작이 처음 나왔을 때 득룡의 집에 묵으며 그의 조부와 친하여 서로 중국말과 조선말을 배웠는데, 득룡이 중국말을 그렇게 잘하는 것도 그의 집안 대대로 전해 내려오는 학문이라고 한다.

날이 저물어 총수에 도착하니 우리나라 평산에 있는 총수와 비슷했는데, 우리나라 사람들이 이름을 짓는 유래에 생각에 미친다. 평산의 총수와 이곳이 비슷하기 때문에 그렇게 이름을 지은 것이 아닐까.

6월 27일 갑술甲戌
아침에 안개가 끼었다가 늦게 개었다.

아침 일찍 떠났다. 길에서 되놈 대여섯 명을 만났는데, 모두 조그만 당나귀를 타고 벙거지나 옷이 남루하며 얼굴이 지친 듯 파리하다. 이들은 모두 봉황성의 갑군甲軍으로 애라하에 수자리 살러

가는데 대부분 삯에 팔려가는 자들이라 한다. 이 일을 보고 느낀 것은 우리나라는 염려할 것이 없으나, 중국의 변방은 너무나 허술하다는 것이었다.

마두와 쇄마 구종들이 나귀에서 내리라고 호통을 치니, 앞서가던 둘은 곧 내려서 한쪽으로 비켜서 가는데 뒤에 가는 셋은 내리기를 싫어한다. 마두들이 일제히 소리를 높여 꾸짖으니 그들은 눈을 부릅뜨고 똑바로 쏘아보면서 말한다.

"당신네의 상전이 우리에게 무슨 상관이 있소?"

마두가 왈칵 달려들어 그 채찍을 빼앗아 맨 종아리를 후려갈기면서 꾸짖는다.

"우리 상전께서 싸 가지고 온 것이 어떤 물건이며 어떤 문서인 줄 아느냐? 저 노란 깃발에 만세야萬歲爺(청의 황제) 어전상용御前上用이라고 쓰여 있지 않느냐? 너희 놈들이 눈깔이 성하다면 황제께서 친히 쓰실 방물인 줄 모른단 말이냐?"

그제야 그들은 나귀에서 내려 땅에 엎드리며 빈다.

"그저 죽을죄를 지었습니다."

그중 한 녀석이 일어나더니 자문咨文(조선시대 때 중국과 왕복하던 외교 문서의 하나)을 지닌 마두의 허리를 껴안고 얼굴에 웃음을 가득 띤 채 말한다.

"영감, 제발 참아주시오. 쇤네들의 죄는 죽어야 하옵니다."

마부들이 모두 껄껄 웃으면서,

"너희들은 머리를 조아려 사죄하렷다."

그들이 진흙 바닥에 엎드려 머리가 땅에 닿도록 조아리니 이마가 진흙투성이가 되었다. 일행이 모두 크게 웃으며 호통을 친다.

"빨리 물러가라!"

나는 다 보고 나서,

"내 듣기에 너희들이 중국에 들어갈 때마다 여러 가지로 소란을 일으킨다더니 이제 내 눈으로 보니 과연 앞서 들은 바와 틀림없구나. 아까 한 일은 부질없는 짓이니 다음에는 소란을 일으키지 말거라."

하니 모두들 입을 모아 말한다.

"이렇게라도 하지 않으면 먼 길 허구한 날을 무엇으로 심심풀이 합니까?"

멀리 봉황산을 바라보니 전체가 돌로 깎아 세운 듯 평지에 우뚝 솟아서 마치 손바닥 위에 손가락을 세운 듯하며, 연꽃 봉오리가 반쯤 피어난 듯도 하고, 하늘가에 여름 구름의 기이한 모양이 너무 아름다워서 뭐라 표현하기는 어렵지만 다만 맑고 윤택한 기운이 모자라는 것이 흠이다.

내가 일찍이 우리 서울의 도봉산과 삼각산이 금강산보다 낫다고 말한 적이 있는데 금강산은 그 동부를 엿보면 이른바 1만 2천 봉이 그 어느 것이나 기이하고 높고 웅장하고 깊지 않은 것이 없어서 짐승이 끄는 듯, 새가 나는 듯, 신선이 공중에 솟는 듯, 부처가 도사리고 앉은 듯, 음랭하고 그으윽함이 마치 귀신의 굴속에 들어간 것과 같았다. 내 일찍이 신원발과 함께 단발령에 올라 금강산을 바라본 일이 있었던 것이다.

때마침 가없이 파란 가을 하늘에 석양이 비꼈으나, 다만 창공에 닿을 듯한 빼어난 빛과 제 몸에서 우러난 윤기와 자태가 없음을 느낀 나는 금강산을 위해서 한 번 장탄식을 하지 않을 수 없었다. 그 뒤로 배를 타고 상류에서 저어 내려오면서 두미강 어귀에서 서로 한양을 바라보니, 삼각산의 모든 봉우리가 깎은 듯 파랗게 솟구쳤다. 엷은 내와 짙은 구름 속에 밝고 곱게 아리따운 자태가 나타나고, 또 남한산성의 남문에 앉아서 북으로 한양을 바라보니 마치 물 위의 꽃, 거울 속의 달과 같았다.

어떤 이는 말했다.

"초목의 윤기 나는 기운이 공중에 어리는 것을 왕기旺氣라고 하였으니, 이것은 곧 왕기王氣를 이르는 것이다. 이는 우리 서울이 실로 억만 년을 누릴 용이 설레고 호랑이가 걸터앉은 형세이니 그 신령스럽고 밝은 기운이야말로 의당히 범상한 산세와는 다름이 있는 것이다. 이제 이 봉황산 형세의 기이하고 뾰쪽하고 높고 빼어남이 비록 도봉과 삼각보다 지나침이 있건마는, 이런 빛깔은 한양의 모든 산에 미치지 못할 것이다."

넓은 들판이 질펀한데 비록 개간은 안 되었지만 가는 곳마다 나무를 찍어낸 조각들이 흩어져 있고 소 발자국과 수레바퀴 자국이 풀섶에 나 있는 것을 보아서 이미 책문이 여기서 가깝고 또 살고 있는 백성들이 무시로 이곳에 드나들고 있음을 알 수 있다. 말을 빨리 몰아 7, 8리를 가서 책문 밖에 닿았다. 양과 돼지가 산에 질펀하고 아침 연기는 푸른빛을 둘렀다.

나무 조각으로 목책을 세워서 겨우 경계를 밝혔으니, 버들을 꺾어서 울타리를 삼는다는 말이 곧 이것인 듯싶다. 책문에는 이엉이 덮였고 널빤지 문이 굳게 달혀 있다. 목책에서 수십 보 떨어진 곳에 삼사三使의 막을 치고 잠깐 쉬려는데 방물이 도착하여 책문 밖에 쌓아두었다. 되놈들이 목책 안에 늘어서서 구경을 하는데, 대부분 맨머리에 담뱃대를 물고 부채를 부치고 있다. 어떤 이들은 검은 공단 옷을 입고 또는 수화주秀花紬, 생포生布, 생저生苧, 삼승포三升布, 야견사野繭絲 등의 옷을 입었으며 고의들도 역시 그러했다.

허리에는 수놓은 주머니 서너 개와 조그만 참칼에 모두 쌍아저雙牙箸를 꽂았고, 담배쌈지는 호로병처럼 생겼는데 거기에다 꽃, 풀, 새 또는 옛 사람의 이름난 글귀를 수놓았다. 역관과 마두들이 다투어 목책 가까이에 나서서 그들과 손을 잡고 반갑게 인사를 교환한다.

되놈들은 앞다투어 물었다.

"당신들은 언제쯤 한성을 떠났으며, 도중에 비를 만나지 않았습니까?"

"댁에선 모두들 안녕하시고요?"

"포은包銀 돈도 넉넉히 갖고 오셨나요?"

"한 상공과 안 상공도 오십니까?"

이들은 모두 의주에 사는 장사치로서, 해마다 연경燕京으로 장사를 다녀서 이름이 알려져 있고 수단이 매우 능란하며 또 저쪽 사정을 잘 아는 자들이라 한다. 그리고 '상공'이란 장수들끼리 서로 존대하는 말이다.

사행이 갈 때에는 으레 정관正官에게 8포包를 내리는 법이다. 정관은 비장, 역관까지 모두 30명이고, 8포란 나라에서 정관에게 주는 인삼 몇 근을 말하는 것이다. 지금은 이것을 나라에서 주지 않고 제각기 은을 가지고 가게 하되, 그 포 수를 제한하여 당상관은 3천 냥, 당하관은 2천 냥인데, 이것을 지니고 연경에 가서 여러 가지 물건을 바꾸어 이문을 남기게 하는 것이다. 가난하여 포를 가지고 갈 수 없으면 그 포의 권리를 팔기도 하는데 송도, 평양, 안주 등의 장사꾼들이 사서 대신 은을 넣어간다. 그러나 이들은 스스로 연경에 들어가지 못하므로, 이 포의 권리를 의주 장수들에게 넘겨주고 물건을 바꿔오는 것이다.

한韓이나 안安 같은 장수들은 해마다 연경을 제집 뜰처럼 여기며, 저쪽 장수들과 서로 뜻이 맞아서 물건 값 오르내리는 것이 모두 그들의 손에 달려 있다. 우리나라에서 중국의 물건 값이 날로 오르는 것은 이 무리들 때문인데, 온 나라가 도대체 이를 이해하지 못하고 역관만 나무란다. 그러나 역관도 이들 장수에게 권리를 빼앗겨버려 어쩔 도리가 없을 뿐이다. 다른 곳 장수들도 이것이 의주 장수들의 농락인 줄을 모르는 것은 아니지만, 제 눈으로 직접 본 것이 아니므로 무어라 말을 못 하는 것이다. 이렇게 된 지가 이미 오래 되었다. 요즘 의주 장수들이 잠깐 은신하고 나타나지 않는 것도 역시 흥정하는 방법의 하나인 것이다.

책문 밖에서 아침밥을 먹었다. 행장을 정돈하다 보니 왼쪽 주머니에 넣어둔 열쇠가 간 곳이 없다. 샅샅이 풀밭을 뒤졌으나 끝내 찾지 못했다. 장복을 보고,

"너는 행장을 조심하지 않고 늘 한눈을 팔더니 겨우 책문에 이

르러서 벌써 이런 일이 생겼구나! 속담에 '사흘 길을 하루도 못 가서 늘어진다.'고 하더니 앞으로 2천 리를 더 가서 연경에 이를 때는 네 오장인들 어디 남아나겠느냐? 소문에 들자니 구요동과 동악묘에는 본시 좀도둑이 드나드는 곳이라 하니 네가 또 한눈을 팔다가는 무엇을 잃어버릴지 알겠느냐?"

하고 꾸짖으니 그는 민망한 듯이 머리를 긁적이며 말한다.

"이제야 알겠습니다. 그 두 곳을 구경할 적엔 제 두 손으로 눈을 꽉 붙들고 있으면 어느 놈이 빼어갈 수 있으리까?"

"맞다."

나는 하도 어이가 없어서 응낙하였다.

대체 장복이란 녀석은 아직 나이 어리고 또 처음 길이며 바탕이 몹시 멍청해서, 동행하는 마두들이 장난말로 놀리면 곧잘 참말로 곧이듣고 그러려니 한다. 매사가 다 이러하니 앞으로 먼 길을 데리고 갈 것을 생각하면 한심하기 그지없다.

책문 밖에서 다시 책문 안을 바라보니 수많은 민가들은 대체로 다섯 들보가 높이 솟아 있고 띠 이엉을 덮었는데, 등성마루가 훤칠하고 문호가 가지런하며 네거리가 쭉 곧아서 양쪽 길가는 마치 먹줄을 친 것 같다. 담은 모두 벽돌로 쌓았고, 사람 탄 수레와 화물 실은 차들이 길거리에 북적대며, 벌여 놓은 그릇들은 모두 그림을 그려 넣은 자기瓷器들이다. 그 제도가 어디로 보나 시골티라고는 조금도 없다. 앞서 나의 벗 홍덕보가 충고하기를,

"그 규모는 크되 그 심법心法은 세밀하다."

라고 하더니 이 책문은 중국의 동쪽 변두리인데도 이러한데 앞으

로 더욱 번화할 것을 생각하니 갑자기 한풀 꺾여서 여기서 그만 발길을 돌릴까 하는 생각에 온몸이 화끈해진다.

그 순간에 나는 깊이 반성하면서,

"이는 하나의 시기하는 마음이다. 내 본래 성미가 담박하여 남을 부러워하거나 시기하는 마음은 조금도 없던 것이, 이제 겨우 다른 나라에 발을 들여 놓았는데 아직 그 만분의 일도 보지 못하고 벌써 이런 망령된 마음이 일어남은 어인 까닭일까. 이는 곧 견문이 좁은 탓이리라. 만일 여래如來의 밝은 눈으로 시방세계를 두루 살핀다면 어느 것이나 평등하지 않은 것이 없으리니, 모든 것이 평등할진대 시기와 부러움은 저절로 사라지리라."

하고 장복을 돌아보며 물었다.

"네가 만일 중국에 태어났다면 어떻겠느냐?"

"중국은 되놈의 나라라서 저는 싫습니다."

하고 대답한다. 때마침 한 소경이 어깨에 비단 주머니를 걸고 손으로 월금月琴을 뜨면서 지나간다. 내가 크게 깨달아 말했다.

"저야말로 평등의 눈을 가진 이가 아니겠느냐?"

조금 후에 책문이 활짝 열렸다. 봉성장군과 책문어사가 방금 와서 상점에 앉아 있다고 한다. 여러 되놈들이 한꺼번에 책문으로 나오며 다투어 방물과 사복(개인이 가진 짐짝들)의 무게를 가늠해 보았다.

이곳에 이르러서는 으레 되놈의 수레를 세내어서 짐을 운반하기 마련이다. 그들은 사신이 앉은 곳에 와 보고서는 담뱃대를 물고 힐끗힐끗 쳐다보더니 손가락으로 가리키면서 저희들끼리 중얼거린다.

"저이가 왕자인가?"

'왕자' 란 종반宗班(임금의 가까운 집안)으로서 정사가 된 이를 말한다. 그중에 잘 아는 자가,

"아니야, 저 머리가 희끗희끗한 이가 부마 어른인데 지난해에도 왔던 이야."

하고 부사를 가리키면서,

"저 수염 좋고 쌍학 무늬 놓은 관복을 입은 이가 을대인이지."

하고 서장관을 보고는,

"산대인인데 모두 한림 출신이야."

한다. 을乙은 이二요, 산山은 삼三이요, 한림 출신이란 문관文官을 말하는 것이다.

때마침 시냇가에서 왁자지껄하며 무엇을 다투는 소리가 나는데 말소리가 새 지저귀는 듯하여 한 마디도 알아들을 수가 없었다. 급히 가서 보니 득룡이 되놈들과 예물이 많고 적음을 다투고 있다. 대체 예단을 나눠줄 때면 반드시 전례를 좇는 것임에도 불구하고 저 봉황성의 교활한 청나라 사람들이 반드시 명목을 덧붙여서 그 가짓수를 채워주기를 강요한다. 이에 대한 처리의 잘하고 잘못함은 상판사의 마두에게 달린 것이다. 만일 그가 일에 서투른 풋내기라든지 중국말이 시원찮다든지 하면 그자들과 시비를 따지지 못하고 달라는 대로 줄 수밖에 없다. 올해에 이렇게 하면 내년에는 벌써 전례가 되기 때문에 기어코 아귀다툼을 해야 하는 것이다. 사신들은 이 묘리를 모르고 다만 책문에 들어가려는 마음만

급한 나머지 자꾸 역관을 재촉하고 역관은 또 마두를 재촉하다 보니 그 폐단이 지금까지 이어져 온 것이다.

상삼(상판사의 마두)이 예단을 나눠주려 하자 되놈 100여 명이 삥 둘러섰다. 그중 한 놈이 갑자기 큰 소리로 상삼을 욕한다. 득룡이 수염을 쓱 쓰다듬고 눈을 부릅뜬 채 내달아서 그 앙가슴을 움켜쥐고 주먹으로 때리려는 시늉을 하며 뭇 사람들을 둘러보고 꾸짖기를,

"이 뻔뻔스럽고 무례한 놈아. 지난해에는 대담하게도 어른의 쥐털 목도리를 훔쳐가고 또 그 전해에는 어른께서 주무시는 틈을 타서 내 허리에 찼던 칼을 뽑아 어른의 칼집에 달린 술을 끊고 다시 내 주머니를 훔치려다가 들켜서 주먹 한 대에 톡톡히 경을 치지 않았느냐? 그때는 아주 애걸복걸하면서 나더러 목숨을 살려주신 부모 같은 은인이라 하던 놈이 이번엔 오랜만에 오니까 도리어 어른께서 네 놈의 꼴을 몰라보실 줄 알고 함부로 떠들고 야단이냐? 이런 쥐새끼 같은 놈은 봉성장군에게 끌고 가야지."

여러 되놈은 모두 용서해 줄 것을 권했다. 그중에서도 수염이 아름답고 옷을 깨끗이 입은 한 노인이 앞으로 나서더니 득룡의 허리를 껴안고 사정한다.

"형님, 제발 좀 참으시오."

득룡이 그제야 노여움을 풀고 빙그레 웃으면서,

"내가 만일 동생의 얼굴을 보지 않았다면 이놈의 콧잔등을 한 주먹 갈겨서 저 봉황산 밖에 던지고 말았을 것을."

하며 을러댔다. 그의 날뛰는 말과 행동이 참으로 우스웠다.

조 판사 달동이 마침 내 곁에 와 섰기에 아까 그 광경을 이야기하고 혼자 보기에 아깝더라 하니 조 군이 웃으면서 말한다.

"그야말로 살위봉법殺威棒法(중국 무술 십팔기의 하나로, 도둑의 덜미를 먼저 잡는 방법)이군요."

조 군이 득룡에게 재촉하기를,

"사또께서 이제 곧 책문으로 들어가실 테니 지체 말고 예단을 나눠주렷다."

"예이 예이!"

하며 득룡이 연방 바쁜 체하고 서둔다. 나는 일부러 그곳에 머물러 서서 그 나눠주는 물건의 명목을 상세히 보았다. 매우 괴잡스러운 일들이다. 뭇 되놈은 끽소리 없이 받아 가지고 가버린다. 조 군이 말하길,

"득룡의 수단이 참으로 대단합니다. 그는 지난해에 휘항揮項이며 칼이며 주머니를 잃어버린 일이 없답니다. 공연히 트집을 잡아서 그중 한 놈을 꺾어 놓으면 그 나머지는 저절로 수그러져 서로 돌아보고는 물러선답니다. 만일 그렇게 하지 않았다면 사흘이 가도 끝이 나지 않아 좀처럼 책문 안으로 들어갈 가망이 없습니다."

이윽고 군뢰가 와서 엎드리며 아뢴다.

"문상어사와 봉성장군이 수세청에 나와 계십니다."

그러자 곧 삼사가 차례로 책문으로 들어갔다. 장계는 전례대로 의주의 창군에게 부치고 돌아왔다.

이제 이 문을 들어서면 중국 땅이다. 고국의 소식은 이로부터 끊어지는 것이다. 섭섭하여 동쪽 하늘을 바라보며 섰다가 이윽고

몸을 돌려 천천히 책문 안으로 향하였다. 길 오른편에 초청草廳 세 칸이 있어 어사, 장군으로부터 아역에 이르기까지 반열을 나눠 의자에 걸터앉고, 수역 이하는 그 앞에 팔짱을 낀 채 서 있다.

사신이 이에 이르면 마두가 하인을 호통하여 가마를 멈추고 말을 잠시 쉬어 마치 행차를 중지하려는 듯이 하다가 이내 다시 재빨리 달려 그곳을 지나가 버린다. 부사 서장관도 또한 이같이 하여 마치 서로를 구원하는 듯하는 모습이 하도 우스꽝스럽기에 허리를 잡을 지경이다.

비장이나 역관들은 모두 말에서 내려 걸어 지나가는데, 다만 변계함만이 말을 탄 채 그냥 지나갔다. 그러자 말석에 앉은 청나라 사람이 조선말로 고함을 친다.

"여보시오. 어른 몇 분이 여기 앉아 계신데 외국의 수행원이 어찌 이렇게 당돌하단 말이오? 사신께 빨리 항고하여 볼기를 치는 것이 마땅하오."

그 소리는 비록 거세고 크지만 혀가 굳고 꺽꺽하여 마치 어린아이가 어리광 부리듯하며 주정꾼이 노닥거리는 것 같다. 그자는 호행통관 쌍림이라 한다.

수역이 얼른 대답하기를,

"이 사람은 우리나라 태의관인데 처음 길이라 실정을 몰라 그랬으며, 태의관은 국명을 받들고 정사를 보호하는 직분이므로 정사께서도 역시 마음대로 할 수 없는 처지입니다. 여러 어른께서는 위로 황제께서 우리나라를 사랑하시는 근념을 체득하시어 깊이 따지지 않으신다면 더욱 대국의 너그러운 도량으로 잘 알겠습니다."

라고 하니 그들은 모두 머리를 끄덕이고 빙그레 웃으면서 말한다.

"그럽시다, 그래."

다만 쌍림은 눈을 부라리며 사납게 소리를 지르는 것으로 보아 노여움이 아직 덜 풀린 모양이다. 수역이 나를 보고 그만 가자고 눈짓을 한다. 길에서 변 군을 만나자,

"큰 욕을 보았습니다."

하기에 나는,

"볼기 둔臀 자를 잘 생각해 봐."

하고는 한바탕 웃었다. 그리고 그와 나란히 가면서 구경을 하는데 감탄의 소리가 저절로 나왔다. 책문 안의 인가는 20~30호에 지나지 않으나 모두 웅장하고 깊고 높고 통창하다. 짙은 버들 그늘 속에 푸른 주기酒旗가 공중에 솟은 채 나부낀다.

변 군과 함께 들어가니 조선 사람들이 그 속에 그득하다. 걸상을 가로타고 앉아 떠들던 그들은 우리를 보고 모두 피하여 밖으로 나가버린다. 주인이 성을 내면서 변 군을 가리키며 투덜거린다.

"눈치 없는 저 관인이 남의 영업을 방해하는군요."

대종이 주인의 등을 두드리며,

"형님, 잔소리 할 것 없소. 두 어른은 한두 잔만 마시면 곧 나가실 텐데 그 망나니들이 어찌 제멋대로 걸상을 타고 앉았을 수 있겠소? 잠시 피한 것이니 곧 돌아와서 이미 먹었으면 술값을 치를 것이고, 아직 덜 먹었으면 흉금을 터놓고 즐거이 마실 테니 형님은 마음 놓고 우선 넉 냥 술이나 부으시오."

하니 주인은 그제야 웃는 얼굴로 말한다.

"동생, 지난해도 보지 않았소. 이 망나니들이 모두 먹기만 하고는 뿔뿔이 연기처럼 사라져버리니 술값을 어디 가서 받겠소?"

"형님, 염려 마시오. 이 어른들이 마시고 곧 일어나시면 내 그들을 이리로 몰고 와서 술을 사게 할 테니."

하고 대종이 다시 말하자 주인이,

"그리시오. 두 분이 함께 넉 냥으로 하실까, 각기 넉 냥으로 하실까?"

"따로따로 넉 냥씩 부으시오."

"넉 냥 술을 누가 다 먹는단 말이냐?"

대종의 말에 변 군이 나무라니 대종이 웃으면서 말한다.

"넉 냥이란 돈이 아닙니다. 술 무게를 말하는 것입니다."

탁자 위에 벌여 놓은 술잔이 한 냥에서 열 냥까지 제각기 그 그릇이 다르다. 모두 놋쇠와 주석으로 만들어서 빛깔을 내어 은과 같다. 넉 냥 술을 청하면 넉 냥들이 잔으로 부어준다. 술을 사는 이는 그 많고 적음을 따질 필요가 없어 그 간편함이 이와 같다. 술은 모두 백소로인데, 맛은 그리 좋지 못하고 취하자마자 이내 깬다. 그 주위의 포치를 둘러보니 모든 것이 고르고 단정하여 허투루 어지럽혀 놓은 것이 없었다. 심지어 소 외양간이나 돼지우리까지 모두 법도 있게 제 곳에 놓였으니 나무 더미나 거름 무더기까지도 유달리 깨끗하고 맵시 있는 것이 그린 듯싶다.

아아, 이러한 연후에야 비로소 이용利用이라 이를 수 있겠다. 이용이 있은 연후에야 후생厚生이 될 것이요, 후생이 된 연후에야 정덕正德이 될 것이다. 대체 이용이 되지 않고서는 후생할 수 있는 이는 드물 것이니, 생활이 이미 제각기 넉넉하지 못하다면 어찌 그 마음을 바로 지닐 수 있으리오.

정사의 행차가 이미 악 씨 성을 가진 사람 집의 사처로 들어섰다. 주인은 신장이 일곱 척이요, 기개가 호장하고 성격이 사나운 사람이었다. 그 어머니는 나이 일흔에 가까우나 머리에 가득히 꽃을 꽂고, 눈매가 아직도 아름다워 보이는 것이 젊었을 때의 모습을 짐작할 수 있겠다.

점심을 먹고 나서 내원과 정 진사와 함께 구경을 나섰다. 봉황산은 이곳에서 6, 7리밖에 되지 않는다. 그 전면을 보니 더욱 기이하고 뾰족해 보인다. 산속에는 안시성의 옛터가 있어서 성첩이 지금껏 남아 있다고 하나 그건 그릇된 말이다. 삼면이 모두 깎아지른 듯하여 나는 새라도 오를 수 없을 성싶고 오직 정남의 한쪽만이 좀 편평하나 주위가 수백 보에 지나지 않는 것을 보아서, 이런 작은 성에 그때의 큰 군사가 오랫동안 머물 곳이 아닐 테니 이는 아마 고구려 때의 조그마한 보루가 있었던 게 아닌가 싶다.

셋이 함께 큰 버드나무 밑에서 땀을 씻고 있었다. 옆에 벽돌로 쌓은 우물이 있었는데 위는 넓은 돌을 다듬어서 덮고, 양쪽에는 구멍을 뚫어서 겨우 두레박만 드나들게 되었다. 이는 사람이 빠지는 것과 먼지가 들어가는 것을 막기 위함이고, 또 물의 본성이 음陰하기 때문에 태양을 가려서 활수活水를 기르는 것이다. 우물 뚜껑 위엔 녹로(높은 곳이나 먼 곳으로 무엇을 달아 올리거나 끌어당길 때 쓰는 도르래)를 만들어 양쪽으로 줄 두 가닥을 드리웠고, 또 버들가지를 걸어서 둥근 그릇을 만들었는데 그 모양이 바가지 같으나 깊어서 한쪽이 오르면 다른 한쪽이 내려가서 종일 길어도 사람의 힘을 허비하지 않게 된다.

물통은 모두 쇠로 테를 두르고 조그마한 못을 촘촘히 박았다. 대나무로 만든 것은 오래 지나면 끊어지기도 하고 통이 마르면 대나무 테가 헐거워져 벗겨지므로 이렇게 쇠테로 매는 것이 좋은 방법이다. 물을 길어서 모두 어깨에 메고 다닌다. 이것을 편담이라 한다. 그 방법은 팔뚝만큼 굵은 나무를 한 길쯤 되게 다듬어서 그 양쪽 끝에 물통을 걸되 물통이 땅 위에서 한 자쯤 넉넉히 떨어지게 한 것이다. 이렇게 하면 물이 출렁거려도 넘치지 않는다.

우리나라에서는 평양에 이 방법이 있기는 하나, 그것도 어깨에 메지 않고 등에 지고 다니기 때문에 좁은 골목에서는 여간 거추장스럽지 않다. 이렇게 어깨에 메는 법이 훨씬 편리할 것이다. 옛날 포선(한나라의 강직한 관리로 왕망에 따르지 않았다가 피살됨)의 아내가 물동이를 들고 물을 길었다는 대목을 읽다가 왜 머리에 이지 않고 손에 들었을까 하고 의심하였는데, 이제 보니 이 나라 부인들 머리의 쪽이 훨씬 높아서 물건을 일 수 없었음을 알겠다.

서남쪽은 탁 트여서 대개 평원한 산과 맑고 넓은 물이었다. 우거진 버들에 그늘은 짙고 띠 지붕과 성긴 울타리가 숲 사이로 은은히 보이며, 가없이 푸른 방축 위에 소와 양이 여기저기서 풀을 뜯고 있다. 멀리 바다 위로 행인들이 혹은 짐을 지고 혹은 이끌고 가는 것을 바라보고 있노라니, 잠시 여행의 피로와 고단함을 잊을 수 있었다.

동행한 두 사람은 새로 지은 불당을 구경하기 위하여 나를 버리고 가버렸다. 때마침 말 탄 사람 10여 명이 채찍을 휘두르며 달려가는데, 모두 수놓은 안장에 재빠른 말들로 자못 의기양양하다. 그들은 내가 혼자 서 있는 것을 보고 고삐를 돌이켜 말에서 내려 앞다투어 내 손을 잡고 정답게 인사를 한다. 그중 하나는 아름다운 청년이다. 내가 땅에 글자를 써서 필담을 시작하였으나, 그들은 모두 고개를 숙이고 가만히 들여다볼 뿐 고개만 끄덕인다.

비석 두 개가 있는데 모두 푸른색이다. 하나는 문상어사의 선정비요, 또 하나는 어느 세관의 선정비다. 둘은 다 만주 사람으로 넉 자 이름이다. 비문을 지은 이도 역시 만주인이라 글이나 글씨가 모두 옹졸하다. 다만 비의 모양은 몹시 아름다우며 공력이나 경비가 많이 생략되니 이는 본받음직하다. 비의 양쪽은 갈지 않고 벽돌로 담을 쌓아 올려 비의 머리가 묻히게 하고, 이에 기와를 이어 지붕을 만들었다. 비는 그 속에서 비바람을 피하게 되었으니, 일부러 비각을 세워 비를 가리는 것보다 훨씬 나은 것 같다.

비부碑趺에 놓인 비희(용의 새끼)나 비문의 양쪽 변두리에 새긴 짐승 패하가 다 그 털끝을 셀 수 있을 만큼 정교하다. 이는 한갓 궁벽한 시골 백성들이 세운 것에 지나지 않지만 그 정교하고 아담한 모습이 이루 말할 수 없다.

저녁때가 될수록 더위가 한결 더 치열해진다. 급히 사관으로 돌아와서 북쪽 들창을 높이 들어 괴고 옷을 벗고 누웠다. 뒤뜰이 꽤 넓은데 파 이랑과 마늘 두둑이 금을 그은 듯 곧고 반듯하다. 오이 덩굴과 박 덩굴을 올린 시렁이 뜰을 덮고, 울타리 가에 붉고 흰 촉규화(접시꽃)와 옥잠화가 한창 피어나고, 처마 끝엔 석류 몇 분盆,

수구 한 분, 추해당(베고니아과의 한 속) 두 분이 심어져 있다. 주인 악군의 아내가 손에 대바구니를 들고 나와서 차례로 꽃을 딴다. 아마 저녁 화장에 쓸 모양이다.

창대가 술 한 그릇과 초란炒卵 한 쟁반을 가지고 와서 말한다.

"어딜 가셨었습니까? 저는 기다리느라고 죽을 뻔했습니다."

짐짓 어리광을 떨어 제 충성을 나타내려 하는 것은 밉살스럽기도 하고 우습기도 하나 술은 내가 본래 즐기는 것이요, 달걀 지진 것 역시 좋아하는 것이다.

이날 30리를 걸었다. 압록강에서 여기까지가 120리다. 여기를 우리나라 사람은 '책문'이라 하고, 이곳 사람들은 '가자문'이라 하며, 중국 사람들은 '변문'이라고 한다.

6월 28일 을해乙亥

아침에는 안개가 끼었으나 늦게는 맑게 개었다.

아침 일찍 변 군과 같이 먼저 길을 출발하니 대종이 멀리 큰 장원 한 곳을 가리키며,

"저곳은 통관 서종맹의 집입니다. 황성에는 저것보다 더 큰 집을 갖고 있었답니다. 종맹은 원래 탐관으로 불법적인 행위를 하고, 조선 사람을 가혹하게 착취하여 큰 부자가 되었습니다. 그러나 늘그막에 예부에서 이와 같은 사실을 알고는 황성에 있던 집을 몰수했는데, 이것만 그대로 남겨두었답니다."

하고는 또 다른 곳을 가리키면서 말을 이었다.

"저곳은 쌍림의 집이고, 그 바로 맞은편의 대문은 문 통관의 집이라 하옵니다."

대종은 말솜씨가 아주 날카롭고 능숙하여, 한 번 읽어 본 글을 외듯 한다. 그는 선천에 살았던 사람으로 연경에 드나든 지 벌써 예닐곱 번이나 된다고 한다. 봉황성에 도착하기까지는 30리가량 남았다. 옷은 푹 젖고 길 가는 사람들의 수염은 이슬에 젖어 볏모[秋鉒]에 구슬을 꿰어 놓은 것같이 보인다.

서쪽 하늘가로 짙은 안개가 트이면서 한 조각 파란 하늘이 조심스럽게 나타난다. 한 조각의 구멍으로 영롱하게 비치는 것이 조그만 창에 끼워 놓은 유리알 같다. 잠깐 동안 울 안의 안개가 모두 아롱진 구름으로 화한 듯하여 그 무한한 광경은 이루 말로 표현하기 어렵다. 돌아서서 동쪽을 바라보니 이글이글 타고 있는 듯한 한 덩어리의 붉은 해가 세 발 정도 올라왔다.

강영태의 집에서 점심을 먹었다. 영태의 나이는 스물셋인데 제 말로 민가民家(한인은 민가라 하고, 만주인은 기하旗下라 부름)라 한다. 희고 아름다운 얼굴로 양금洋琴을 잘 친다.

"글을 읽었느냐?"

하고 물으니 그는,

"겨우 사서를 외기는 했지만 강의는 아직 못 했습니다."

라고 한다. 그들에게는 소위 '글 외우기'와 '강의하는 것'의 두 가지 길이 있어서, 우리나라같이 처음부터 음과 뜻을 함께 배우지 않는다. 그들은 처음에 배울 때는 그저 사서의 장구章句만 배워서 입으로 외울 따름이고, 외우는 것이 능숙해진 연후에 다시 스승에게 뜻을 배우는데 그것을 '강의'라고 한다. 설혹 죽을 때까지 강의하지 못했다 하더라도 입으로 외운 장구가 날마다 쓰는 관화官話가 되기 때문에, 세계의 여러 나라 말 중에서도 중국말이 제일 쉽다는 것 또한 일리 있는 말이다.

영태가 사는 집은 깨끗하고 또 화려하여 여러 가지 기구가 모두 처음 보는 것이다. 구들 위에 깔아 놓은 것은 전부 용봉을 그린 담이고, 걸상이나 탁자에도 비단 요를 펴 놓았으며, 뜰에는 시렁을 매는 삿자리로 햇볕을 가렸고, 그 사면에는 노란색 발을 드리웠다. 앞에 석류 대여섯 분을 늘어놓았는데 그중의 분 하나에는 흰 석류꽃이 활짝 피었다. 또 묘하게 생긴 나무 한 분이 있는데 잎은 동백 같고 열매는 탱자 비슷했다. 그 이름을 물어보니 '무화과'라고 한다. 열매는 두 개씩 나란히 꼭지가 맞붙어 달렸는데, 꽃 없이 열매가 맺히기 때문에 무화과라고 이름 지은 것이다.

서장관 조정진이 찾아왔기에 서로 나이를 비교해 보니, 그가 나보다 다섯 살이나 많았다. 이어서 부사 정원시도 찾아와서 먼 길에 괴로움을 함께해 온 정분을 말한다. 김자인(문순은 그의 이름이요, 자인은 자)은,

"형님이 이 길을 떠나신 줄 알면서도 우리나라의 지경에서 몹시 바빠 미리 찾아뵙지 못했습니다."

하고 사과하기에 나는 그에게,

"타국에 와서 이렇게 알게 되니 정말 이역의 친구로군요."

라고 하니 부사와 서장관이 모두 큰 소리로 웃으면서 말했다.

"알 수 없겠지요. 어디가 이역이 될는지요."

부사는 나보다 두 살 위로 우리 조부님과 부사의 조부님은 지난날에 동창으로 공령문功令文을 함께 공부하였으므로, 아직까지 동연록(동창생끼리 기록한 문헌)을 보존해 오고 있다. 우리 조부께서 경조당상(한성부의 당상관)에 계실 때에 부사의 조부님께서 경조랑으로 찾아오셔서 통자(예전에 명함을 내놓고 면회를 청하던 일)하고, 서로 지난날 함께 공부했던 일을 이야기하시던 것을 내가 여덟 살인가 아홉 살 때에 옆에서 들었기 때문에 세의(대대로 사귀어 온 정)가 있는 것을 안다.

서장관이 석류를 가리키면서 묻는다.

"지금까지 이런 것을 구경해 본 일이 있소?"

"아직까지 본 일이 없소."

라고 내가 대답했더니 서장관이 다시 말하길,

"내가 어렸을 때 우리 집안에 이런 석류가 있었으나 우리나라 어느 곳에도 이것은 없었소. 그런데 이 석류는 꽃만 피고 열매는 맺지 않는다고 하더군요."

그들은 대개 이런 한담을 나누고는 일어섰다.

강을 건너던 날 갈대밭이 우거진 속에서 서로 대면했지만 이야기를 주고받을 사이가 없었고, 또 이틀간이나 책문 밖에서 천막을 나란히 치고 노숙하였으나 서로 만날 기회가 없었으므로 이제야 이렇게 이역 친구니 아니니 하고 서먹서먹한 농담을 붙인 것이다.

점심 식사까지는 아직도 시간이 많다고 하기에 그냥 기다릴 수가 없어서 배고픈 것을 참고 구경을 나섰다. 처음에는 오른쪽의 작은 문으로 들어왔기 때문에 이 집이 얼마나 웅장하며 화려한가를 몰랐었다. 그런데 지금 앞문으로 나가 보았더니 바깥 뜰이 수백 칸이나 되고, 삼사三使와 그 딸린 식구들이 다 함께 이 집안에 들었건만 어디 있는지 알 수 없을 정도로 넓었다. 비단 우리 일행이 거처하고도 남을 뿐만 아니라 오고가는 장수나 나그네들도 끊이지 않으며, 수레도 스무여 대나 문이 차게 들어온다. 게다가 그 수레마다 말과 노새가 대여섯 마리씩 매어 있었으나 떠드는 소리라고는 조금도 들리지 않고 깊이 간직하여 텅 빈 것처럼 조용하다. 아마 그 배치되어 있는 모든 것이 규모 있게 놓여서 서로 꺼리는 일이 없기 때문이리라. 밖에서 보아 이러하니 속속들이 세세한 것은 두말할 나위도 없을 것이다.

천천히 문 밖으로 나와 보니 그 번화하고 가멸함이 비록 연경에 도착한들 이보다 더할 수 있을까 생각된다. 중국이 이같이 번창한 것은 참으로 뜻밖의 일이다. 길 좌우에 즐비하게 늘어선 상점들은 모두 아로새긴 들창과 비단을 드리운 문, 그림 그린 기둥과 붉게 칠한 난간, 또 푸른빛 주련과 황금 빛깔 현판들이 현란하여 눈이 부실 지경이다.

상점 안에 펼쳐 놓은 것은 모두 중국 내의 진기한 물건들인데, 변문의 보잘것없는 이 땅에 이같이 세련되고 우아한 감식鑑識이 있을 줄은 몰랐다.

또 한 집에 들어가니 크고 화려한 것이 아까 본 강 씨의 집보다도 더한 것 같으나 그 제도는 거의 비슷했다. 보통 집을 세울 때에는 반드시 수백 보의 자리를 준비하여 길이와 넓이를 적당히 하고, 사면을 반듯하게 다져서 측량기로 높고 낮음을 잰 다음, 나침반으로 방위를 잡은 후에 대臺를 쌓아 올린다. 터전은 돌을 깔고 그 위에다 한 층 아니면 두세 층의 벽돌을 놓으며, 다시 돌로 다듬어서 대를 쌓는다. 그 위에 집을 세우는데 모두 한 일一 자로 하여 구부러지게 한다거나 계속해서 붙여 짓지 않는다.

첫째는 내실內室이고 그 다음이 중당中堂, 셋째는 전당前堂, 넷째는 외실外室이다. 외실 바깥은 한길이므로 상점으로 쓰거나 시전市廛으로 쓰기도 한다. 당堂마다 양쪽으로 곁채가 있으니, 이것이 곧 행랑과 재방齋房이다. 집은 대부분 들보를 다섯이나 일곱으로 하여 땅바닥에서 용마루까지의 높이를 따져보면, 처마는 한가운데쯤 자리 잡게 되므로 기왓골이 마치 병을 거꾸로 세운 것처럼 가파르다.

집의 좌우와 후면은 부연(서까래)이 없이 벽돌로 담을 쌓아 올려서 집 높이와 가지런히 놓였으니 서까래가 아주 보이지 않을 정도다. 동과 서의 양쪽 담벽에는 각각 둥그런 창구멍을 내고 남쪽으로는 모두 문을 내고 그중 한가운데 한 칸을 드나드는 문으로 쓰되, 반드시 앞문과 뒷문이 마주 보게 하였으므로 집이 서너 겹이 되면 문은 여섯이나 여덟 겹이 된다. 그래도 활짝 열어 놓으면 안채로부터 시작해서 바깥채에 이르기까지 문이 화살처럼 곧고 똑바르다. 그들이 이른바 '저 겹문을 활짝 여니 내 마음을 통하게 하는구나.'라고 하는 것은 그 곧고 바르게 통한 문을 견주어 말한 것이다.

길에서 동지 이혜적(역관으로서 삼품 당상관임)을 만났는데 그가 웃으면서 말한다.

"궁색한 시골구석에 볼 만한 게 있습니까?"

"연경인들 이보다 더 나을 수 있을라고?"

라고 하였더니 이 군이 이렇게 말했다.

"그렇지요. 크고 작은 것과 사치하고 검소한 차이는 있겠으나 그 모양은 거의 비슷합니다."

대부분 집을 짓는 데는 모두 벽돌만을 사용한다. 벽들의 길이는 한 자이고 넓이는 다섯 치로 두 개를 나란히 놓으면 이가 꼭 맞으며 두께가 두 치다. 한 개의 네모진 벽돌박이에서 찍어낸 벽돌이건만 귀가 떨어진 것도 사용하지 못하고, 모가 이지러진 것도 사용하지 못하며, 바탕이 비뚤어진 것도 사용하지 못한다. 만일 벽돌 한 개라도 이것을 어기면 그 집 전체가 틀어지고 만다. 그래서 같은 기계로 찍어냈어도 혹시 어긋난 것이 있을까 걱정되어, 반드시 곡척(곱자)으로 재고 자귀로 깎고 돌로 갈고 공을 들여 가지런히 하므로 그 개수가 아무리 많아도 한 금으로 그은 듯싶다.

쌓아 올리는 방법은 한 개는 세로로 하고 한 개는 가로로 놓아서 자연히 감坎과 이離와 괘卦가 이룩된다. 벽돌과 벽돌 틈 사이에는 석회를 이겨서 백지장처럼 얇게 붙이니 둘 사이가 겨우 붙을 정도여서 그 흔적이 실밥처럼 보인다.

회를 이길 때는 굵은 모래나 진흙은 피한다. 왜냐하면 모래가 굵으면 섞이지 않고 흙이 진하면 터져버리기 쉬우므로 반드시 검고 부드러운 흙을 회하고 섞어 이겨 쓰는데, 그 빛깔이 거무스름하여 마치 새로 구워 놓은 기와와 같다. 그 특성은 진흙도 사용하지 않고 모래도 사용하지 않으면서 그 빛깔의 순수함을 취할 뿐만 아니라, 거기다가 삼의 일종인 어저귀 따위를 터럭처럼 가늘게 썰어서 섞는다. 이는 우리나라에서 초벽하는 흙에다 말똥을 섞는 것과 같은 이치이니 질겨서 터지지 않도록 하기 위함이요, 거기에다 동백기름을 섞어서 젖과 같이 번들거리고 미끄럽게 해서 떨어지거나 터지는 사고를 방지한다.

더구나 기와를 잇는 방법은 본받을 만한 것이 많다. 모양은 동그란 통대를 네 쪽으로 쪼개 놓은 것과 같고 그 크기는 두 손바닥만 하다. 보통 민가에서는 원앙와는 사용하지 않으며, 서까래 위에는 산자를 엮지 않는 대신에 삿자리를 몇 잎씩 편다. 또 진흙을 바르지 않고 곧장 기와를 잇는데, 한 장은 엎치고 또 한 장은 젖혀서 자웅으로 서로 맞춘 다음에 그 틈을 한 층 한 층 비늘진 데까지 전부 회로 발라 붙인다. 이렇게 하면 쥐나 새가 뚫지 못하고 위가 무겁고 아래가 허한 폐단이 자연히 없어진다.

우리나라에서 기와를 잇는 방법은 이와는 아주 달라서 지붕에다가 진흙을 잔뜩 올리니 위는 무겁고, 바람벽은 벽돌을 쌓아서 회로 때우지 않으니 네 기둥은 기댈 데가 없어 아래가 허전하게 된다. 기왓장은 너무 크고 지나치게 굽었기 때문에 자연히 빈 데가 많아져서 진흙으로 메우지 않을 수 없게 된다.

따라서 진흙이 내리누르면 기둥이 휘어버리는 병폐가 생기게 되고, 진 것이 마르게 되면 기와 밑은 자연히 들떠서 비늘진 곳은 물러나며 틈이 생기게 마련이다. 그리하여 바람이 들어오며 비가 새고 쥐나 새가 뚫고 들어오며, 뱀이 자리 잡고 고양이가 설치는 걱정을 면치 못하는 결과가 된다.

아무튼 집을 세우는 데는 벽돌의 공이 가장 크다. 비단 높은 담을 쌓는 것뿐만 아니라 집 안팎 할 것 없이 벽돌을 쓰지 않는 곳이 없다. 저 넓고 넓은 뜰에 눈이 가는 곳곳마다 번듯번듯하게 바둑판을 그려 놓은 것처럼 보인다. 집 전체의 구조를 살펴보면 벽을 의지하여 위는 가볍고 아래는 단단하며, 기둥은 벽 속으로 들어가 비바람을 만나지 않는다. 그러므로 불이 번져갈 염려도 없으며 도둑이 뚫을 염려도 없음은 물론이거니와 쥐나 새, 뱀, 고양이 따위들을 걱정할 일도 없다. 가운데는 문 하나만 닫아버리면 자연히 굳은 성벽으로 되어 집안에 있는 모든 물건은 궤 속에 간직한 것처럼 된다. 그리고 보면 흙과 나무도 많이 들지 않고 또 못질과 흙손질을 할 필요도 없이 벽돌만 구워 놓으면 집은 벌써 완성된 것이나 다름없다.

때마침 봉황성을 새로 쌓는데 '이 성이 바로 안시성이다.' 라고 하니, 고구려의 옛 방언에 큰 새를 가리켜 '안시安市'라고 했으니, 지금도 우리나라의 시골말 중에 봉황을 '황새'라 하고, 사蛇를 '배암白巖'이라고 하는 것을 보아서 '수隋나 당唐 때에 이 나라의 말을 따라 봉황성을 안시성으로 하고, 사성을 백암성으로 고쳤다.' 는 전설이 자못 그럴 듯하다. 또 옛날부터 전해 오는 말에 '안시성의 성주인 양만춘이 당唐태종의 눈을 쏘아 맞히므로, 태종이 성 아래에서 군사를 모아 시위했고, 양만춘에게는 비단 100필을 하사하여 그가 제 임금을 위하여 성을 굳게 지키는 것을 칭찬하며 기렸다.' 라고 한다.

그래서 삼연 김창흡이 그의 아우인 노가재 창업을 보내어 연경으로 향하는 시에서,

　　만고에 크신 영웅 우리의 양만춘님
　　용의 수염과 범의 눈동자 화살 하나에 떨어졌도다

라고 하였고, 목은 이색은 〈정관음貞觀吟〉에서,

　　주머니 속에 든 작은 것이 보잘것없다고 하더니
　　검은 꽃이 흰 날개 위에 떨어진 줄을 어찌 알리오

라고 하였으니 '검은 꽃'은 눈을 말하는 것이요, '흰 날개'는 화살을 말하는 것이다. 두 시인이 읊은 시는 우리나라에서 옛날부터 전해 오는 이야기에서 나온 것이리라.

　도대체 당태종이 천하에 있는 군사를 뽑아서 이 하찮고 조그만 성 하나를 함락시키지 못하고 창황히 군사를 돌이켰다 하는 것은 그 사실 여부에 의심이 가지 않을 수 없다. 김부식이 단지 옛글에 그의 이름이 전해지지 않는 것을 애석하게 여겼을 따름이고 보면, 아마 김부식이 《삼국사기》를 지을 때 오직 한 번 중국의 사서에서 골라 베껴 내서는 모든 사실을 중국의 사서 그대로 인정하였으며, 또한 당나라의 학자 유공권의 소설을 인용하여 당태종이 포위된 사실을 증명했지만 《당서》(유후의 《구당서》와 구양수의 《신당서》)와 사마광의 《통감》에는 이 사실이 기록되지 않았으니, 아마 그들이

중국의 수치를 막기 위해 피한 것이 아닌가 여겨진다. 그러므로 우리나라의 본토에 전해 오는 사실은 조금도 기록하지 않고, 믿을 만한 것이든 그렇지 못한 것이든 모두 빼버리고 말았다.

나는 그것에 대해 "당태종이 안시성에서 눈을 잃었는지는 알 길이 없지만 일반적으로 이 성을 '안시'라고 하는 것은 잘못이다. 《당서》에 보면 '안시성은 평양으로부터 500리의 거리요, 봉황성은 또한 왕검성이라 한다.' 하였고, 《지지地志》에는 '봉황성을 평양이라고 하기도 한다.' 라고 하였으나 이는 무엇을 뜻하는 것인지 모르겠다. 또 《지지》에 '옛날 안시성은 개평현의 동북쪽으로 70리 떨어진 곳에 있다.' 라고 하였으니 개평현에서 동쪽으로 수암하까지가 300리, 수암하에서 다시 동쪽으로 200리를 가면 봉황성이 나온다. 이 성을 옛날 평양이라고 한다면, 《당서》에 500리라고 했던 말과 서로 일치되는 것이다." 라고 생각한다.

그런데 우리나라의 선비들은 지금의 평양만 알기 때문에 기자箕子가 평양에 도읍했다고 하면 이것을 믿고, 평양에 정전井田이 있다고 해도 이것을 믿을 것이며, 평양에 기자묘가 있다고 해도 이것을 믿어서, '봉황성이 바로 평양이다.' 라고 하면 깜짝 놀랄 것이다. 또 요동에도 평양이 하나 있었다고 한다면 이것은 해괴한 말이라고 나무랄 것이다. 그들은 아직까지도 요동이 원래 조선 땅이며 숙신肅愼, 예薉, 맥貊 등 동이東彝(어떤 본本에는 동이東夷로 되어 있으나 이夷는 야만족이라 하여 연암은 이것을 피하였음)의 여러 나라가 모두 위만 조선에 속해 있었다는 것을 알지 못하고. 또 오라나 영고탑이나 후춘 등지가 원래 고구려의 옛 땅인지를 모른다.

아아, 먼 훗날의 선비들이 이러한 경계를 밝히지 못하고 함부로 한사군을 압록강 이쪽에다 모조리 몰아넣어서, 엉터리로 사실을 끌어대어 일일이 분배하고 다시 패수浿水를 그 속에서 찾아, 압록강을 '패수'라 하고 또는 청천강을 '패수'라 하였으며 혹은 대동강을 '패수'라고도 했다. 이렇게 되어 조선의 강토는 전쟁 한 번 하지 않고 자연히 줄어든 것이다. 어찌하여 이렇게 된 것인가.

평양을 한 곳에 정해 놓고 패수의 위치가 앞으로 나갔다 뒤로 물렀다 하는 건 그때그때의 사정에 따르기 때문이다.

나는 일찍이 한사군의 땅은 요동에만 있는 것이 아니라 여진에도 있어야 한다고 했다. 왜냐하면 《한서漢書》나 지리지에도 현도나 낙랑은 있어도 진번이나 임둔은 보이지 않기 때문이다.

아마 한소제漢昭帝의 시원始元 5년에 사군을 합쳐서 2부로 했고 원봉 원년에 2부를 2군으로 다시 고쳤을 것이다. 현도의 세 고을 중에는 고구려현이 있고, 낙랑 스물다섯 마을에는 조선현이 있으며, 요동의 열여덟 마을 중에는 안시현이 있는데 다만 진번은 장안에서 7천 리, 임둔은 장안에서 6만 1천 리에 있을 뿐이다. 이는 조선시대 세조 때의 학자 김윤이 말한 바,

"우리나라의 국경 안에서는 이 마을들을 찾을 수 없고, 그것은 응당 지금의 영고탑 등지에 있었을 것이다."

라고 하는 것이 옳을 것이다. 이것으로 미루어 진번이나 임둔은 한말漢末에 바로 부여, 읍루, 옥저와 합쳐진 것이다. 왜냐하면 부여는 다섯이고 옥저는 넷이던 것이 변해서 물길이 됐고, 또 변해서 말갈이 되었으며, 다시 변해 발해도 되고 또다시 여진으로 되

었기 때문이다.

발해의 무왕 대무예가 일본의 성무왕에게 보낸 글 중에서 '고구려의 옛 땅을 다시 찾고 부여의 풍속을 계승받았다.'고 하였으니, 이것으로 미루어 보더라도 한사군의 절반은 요동에 있고 그 절반은 여진에 나누어 있어서 서로 포옹하고 잇대어 있었으니, 이것은 원래부터 우리의 영토 안에 있었음이 더욱 명확한 일이 되었다.

그런데 한나라 이후로는 중국에서 말하는 패수가 어느 강인지 일정하지 않은데다가 우리나라 선비들은 언제나 지금의 평양을 표준으로 하여 이러쿵저러쿵 해가며 패수의 자리를 찾으려고 한다. 더구나 옛날 중국 사람들은 요동 이쪽의 강을 모두 '패수'라 하였으므로, 그 주장이 서로 맞지 않아 사실이 어긋나게 된 것이다.

옛날의 조선과 고구려의 국경을 알려면 먼저 여진을 우리 국경 안으로 생각하고 다음에는 요동에 가서 패수를 찾아야 할 것이다. 그렇게 해서 패수가 정해진 연후에는 강역이 뚜렷하게 밝혀지고, 강역이 밝혀진 다음에는 고금의 사실과 부합될 것이다. 그러면 봉황성은 틀림없이 평양이라고 할 수 있느냐고 묻는다면, 이곳은 기 씨箕氏, 위 씨衛氏, 고 씨高氏 등이 도읍한 곳으로 한 개의 평양이라고 대답할 수 있을 것 같다.

《당서》〈배구전裴矩傳〉에서,

'고려는 원래 고죽국孤竹國이었는데 주나라가 이에 기자를 봉하였더니 한나라 때 4군으로 나누었다.'

라고 하였으니 그것은 고죽국이란 지금의 영평부에 있는 것이고, 또 광녕현은 전에 기자묘가 있어서 우관(은殷나라의 갓 이름)을 쓴 소상을 받들었는데, 명나라 가정(명세종의 연호) 때 병화兵火에 불타버렸다고 한다. 광녕현을 어떤 사람들은 '평양'이라고 부르며, 《금사金史》(원元의 탁극탁 등이 순제의 명을 받아 지음)와 《문헌통고》(원의 마단림이 지음)에,

'광녕이나 함평은 전부 기자의 봉지封地다.'

라고 하였으니 이것을 보더라도 영평이나 광녕의 사이가 하나의 평양이 된다.

원元나라 탁극탁의 저서인 《요사遼史》에는,

'발해의 현덕부는 원래 조선 땅으로 기자를 봉한 평양성이었는데, 요가 발해를 함락시킨 후 이곳을 '동경'이라고 고쳤으니, 이는 바로 지금의 요양현을 가리킨다.'

라고 하였으니 요양현 역시 하나의 평양인 것이다.

나는 '기 씨가 처음부터 영평과 광녕의 사이에 있다가 나중에 연燕나라의 장군인 진개에게 쫓겨서 땅 2천 리를 잃고 점점 동쪽으로 옮겨가니, 이것은 중국의 진晉이나 송宋이 남쪽으로 옮겨감과 같다. 그래서 머무르는 곳마다 평양이라고 불렀으니 지금 우리나라의 대동강 기슭에 있는 평양도 그중 하나일 것이다.' 라고 생각한다.

그리고 패수도 이와 같은 이치로 고구려의 국경선이 늘어나기도 하고 줄어들기도 하였는데 '패수'란 이름도 그에 따라 달라지는 것이, 중국의 남북조시대에 주州나 군郡의 이름이 서로 바뀌는 것과 같다. 지금의 평양을 평양이라고 하는 사람은 대동강을 가리켜 '이 물은 패수입니다.' 라고 하며, 평양과 함경 중간에 있는 산

을 가리켜 '이 산은 개마대산입니다.' 라고 하고, 요양을 평양으로 생각하는 사람은 헌우낙수를 가리켜, '이 물은 패수입니다.' 라고 하며, 개평현에 있는 산을 가리켜 '이 산은 개마대산입니다.' 라고 한다. 그 어느 쪽이 옳은지 알 수는 없지만 지금의 대동강을 '패수' 라고 하는 사람은 자기의 강토를 스스로 줄여서 말하는 것이 된다.

당나라 의봉 2년에 항복한 고구려의 임금 고장(보장왕)을 요동주의 도독으로 삼고, 조선 왕으로 봉해서 요동으로 돌려보낸 뒤 곧 안동도호부를 신성에 옮겨서 이를 통치하였다. 이것을 보면 고 씨의 강토가 요동에도 있었는데 당이 정복하기는 했지만 이곳을 통치하지 못하고 고 씨에게 도로 돌려준 것이니, 평양은 원래 요동에 있었거나 아니면 이곳을 잠시 빌려 쓴 명칭이거나, 그것도 아니면 패수와 함께 때에 따라 들락날락해 온 것이다. 그리고 한의 낙랑군 관아는 평양에 있었다고 하는데 이것은 지금의 평양을 말하는 것이 아니라 요동의 평양을 말하는 것이다.

그 뒤 승국(왕 씨, 고려를 말함)시대에 와서는 요동과 발해의 일경一境이 전부 거란에 흡수되었으나 겨우 자비령과 철령을 경계로 삼아 선춘령과 압록강을 버리고 돌보지 못했으니 그 밖의 것은 한 발자취이지만 볼 수 있었겠는가. 고려는 안으로 삼국을 합병하기는 했지만 그의 강토와 무력이 고 씨의 강성함에까지는 미치지 못하였다. 후세의 옹졸한 선비들은 평양의 옛날 이름을 그리워해서 중국의 사전史傳만을 믿고 흥미롭게 수나 당의 구적舊蹟을 이야기하기를 '이곳은 패수요, 저곳은 평양이오.' 라고 하나, 이것은 벌써 사실과 어긋난 것임을 알 수 있으니, 이 성이 안시성인지 봉황성인지 무엇으로 분간할 수 있겠는가.

성의 둘레는 3리에 불과하지만 수십 겹의 벽돌을 쌓았다. 그 모양이 웅장하고 화려하며 네모가 반듯한 것이 모발을 놓은 것 같다. 지금은 겨우 절반밖에 쌓지 못해서 그 높낮이는 아직 예측할 수 없으나 성문 위의 다락을 세운 곳에 구름다리(기중기의 일종)를 놓은 것이 마치 허공에 높이 떠 있는 것처럼 보인다. 그 공사가 좀 어려워 보이지만 여러 가지 기계가 편리하여 벽돌을 나르거나 흙을 실어 오는 것은 모두 기계를 움직여서 한다. 수레바퀴를 굴려 위에서 끌어올리기도 하고 저절로 밀기도 하며, 그 방법이 일정하지는 않지만 모두 일이 간단하여 노력에 비해 효과는 배나 되는 기술이다.

그 어느 것 하나 본받지 않을 것이 없지만 내가 갈 길이 바빠서 더 자세히 살펴볼 틈이 없었을 뿐만 아니라, 설령 종일토록 자세히 살펴본다고 해도 하루아침에 배울 수는 없는 것이니 참으로 애석한 일이라 하겠다.

식사 후에 변계함과 정 진사와 같이 출발하자 강영태가 문 밖까지 따라 나와서 인사하며 전송하는 모습이 석별을 무척 아쉬워하는 듯하며, 돌아올 때는 겨울이 될 것이니 책력 한 벌을 사다 달라고 부탁을 한다. 나는 청심환 한 개를 내어주었다.

한 상점 앞을 지나가다 보니, 한쪽에 금으로 만든 '당當' 자를 쓴 패가 걸려 있고, 그 옆줄에 '유군기부당惟軍器不當(다만 군기는 전당잡지 않는다)'이라는 다섯 글자가 씌어 있는데, 이곳이 바로 전당포였다. 미남 청년 두세 명이 그 안에서 뛰어나오더니 길을 막고서는 잠깐 동안이라도 좋으니 땀을 식히고 갈 것을 권한다. 그래서 우리는 말에서 내려 따라 들어가 보니까 모든 시설들이 아까본 강 씨의 집보다도 더 훌륭했다. 뜰 가운데는 큰 분盆이 두 개놓여 있었고, 그 속에는 서너 대의 연밥이 심어져 있으며, 오색 금붕어를 기르고 있었다. 청년이 손바닥만 한 작은 비단 그물을 가지고 와서 작은 항아리 쪽으로 다가가더니 몇 마리의 빨간 벌레를 떠다가 분 속에 띄운다. 그 벌레는 깨알처럼 작으며 모두 꼬물꼬물 움직이는데, 청년은 부채로 분의 가장자리를 두드리면서 그때마다 고기를 부르니, 고기가 모두 물 위로 나와서 물을 머금었다가 거품을 내뿜는다.

　마침내 때가 한낮이라 불볕이 내리쬐므로 숨이 막혀서 더 오래머무를 수 없어 몸을 일으켜 길을 재촉했다. 정 진사와 같이 앞서거니 뒤서거니 하면서 가다가 정 진사에게 물었다.

　"그 성 쌓은 방법을 어떻게 생각하나?"

　"아무래도 돌보다 벽돌이 못한 것 같네."

라고 정 진사가 대답하자 내가 다시 말했다.

　"그것은 자네가 잘 모르는 말이네. 우리나라에서 성을 지을 때벽돌을 쓰지 않고 돌만 쓰는 것은 잘못이네. 대개 벽돌로 말하자면 한 개의 벽돌이 똑같을지니, 다시 깎는다거나 다듬는 공력을허비하지 않을 것이요, 또한 아궁이 하나만 구워 놓는다면 만 개의 벽돌을 그 자리에서 얻을 수 있으니 일부러 사람들을 시켜 운반하는 일도 없을 게 아니겠는가. 모두가 고르고 반듯하기 때문에 힘을 별로 들이지 않고도 일한 것은 배가 되고, 나르기도 가볍고 쌓기도 쉬운 것으로 벽돌만 한 것이 또 있겠나.

돌로 말하자면 산에서 쪼개 낼 때 몇 명의 석수가 필요하며, 수레로 운반할 때도 몇 십 명의 인부가 있어야 하고, 운반해 놓은 뒤에도 또 몇 사람의 손으로 깎고 다듬어야 하며, 다듬는 데 며칠을 소비해야 할 것임에 틀림없고, 쌓을 때도 돌 하나하나를 놓을 때 몇 명의 인부가 함께 힘을 합해 들어야 하네. 그런 후에 언덕을 깎아내고 돌을 놓으니 이것이야말로 흙의 살에 돌옷을 입혀 놓은 것이어서 겉으로 보기에는 번지르르하나 실제의 속은 고르지 못한 법이네. 돌은 원래 모가 많이 나서 반듯하지 못한 것이니 조약돌을 가지고 그 궁둥이와 발등을 받치며 언덕과 성 사이에 자갈과 진흙을 섞어서 채우니까, 장마를 한 번 치르게 되면 속은 궁글고 배는 불러져서 만일 돌 한 개라도 튀어나와 빠져버리면 그 나머지는 앞을 다투어 무너질 것이 빤한 일이요, 또 석회는 벽돌에는 잘 붙지만 돌에는 잘 붙지 않는 것이네.

내가 전에 차수(박제가의 자)와 같이 성제를 논할 때에 어떤 사람이 말하기를, '벽돌이 굳다 한들 어찌 돌을 당할까 보냐!' 하자 차수가 소리를 버럭 지르며 '벽돌이 돌보다 낫다는 것이 어떻게 벽돌 하나와 돌 하나를 두고 하는 것이오.' 하더구먼. 이건 실로 철론鐵論이라고 볼 수 있지. 석회는 돌에는 잘 붙지 않으므로 석회를 많이 쓰면 쓸수록 더 터지기 쉬우며 돌과 배치되어 들떠 일어나기 때문에 돌은 항상 따로 돌아서 다만 흙과 겨루고 있을 따름일세. 벽돌은 석회로 이어 놓으면 마치 부레풀과 나무가 합하는 것과 붕사와 쇠가 닿는 것과 같아서 아무리 벽돌이 많아도 한 뭉치로 엉켜져 굳은 성이 되므로 벽돌 한 장의 단단함이야 돌에다가 비할수 없겠지마는, 돌 한 개의 단단함이 벽돌 만 개의 단단함만 같지못한 것이오. 이것으로 미루어 생각해 본다면 벽돌과 둘 중 어느쪽이 좋고 편리한가는 쉽게 알 수 있을 것이네.”

정 진사는 금방이라도 말 등에서 꼬부라져 떨어질 것만 같았다. 그는 잠든 지가 이미 오래된 모양이라 부채로 그의 옆구리를 꾹찌르면서,

“어른이 말씀하시는데 무슨 잠을 자느라고 듣지 않고 있나.”

하고 큰 소리로 꾸짖었더니 정 진사는 웃으며,

“나는 벌써 다 들었다네. 벽돌이 돌만 못 하고, 돌은 잠만 못 하다네.”

라고 한다. 나는 하도 화가 나서 때리는 시늉을 해보이고 한바탕호탕하게 웃었다.

시냇가에 이르러 버드나무 그늘 아래에서 땀을 식혔다. 오도하까지 5리 만큼씩에 돈대가 하나씩 있었다. 이른바 두대자頭臺子나 이대자二臺子라는 것이 모두 봉화대의 명칭이다. 벽돌은 성처럼 높이가 대여섯 길이나 되게 쌓았는데 동그란 모양이 마치 필통처럼 생겼다. 봉화대 위에는 성첩이 설치되었는데, 형편없이 헐어 있는 채 내버려둔 것은 어찌된 것인가. 길가에 간혹 가다 널을돌무더기로 두른 것들이 보인다. 오랫동안 그냥 내버려둔 탓인지나무 모서리가 썩은 것도 있었다. 뼈가 오래 되어 마르기를 기다려서 불사른다고 한다. 길 옆에서는 무덤을 흔히 볼 수 있는데,

위가 뾰족하고 떼를 입히지 않았으며 백양나무를 줄지어 많이 심었다.

길에는 도보로 다니는 사람들이 조금밖에 없다. 걷는 이는 반드시 어깨 위에 침구의 일종인 포개를 짊어졌는데, 이는 포개가 없으면 여점에서 재워주지 않기 때문이다. 안경을 쓰고 길을 가는 사람이 있는데 이것은 눈의 정력을 기르기 위한 것이며, 말을 타고 있는 사람은 모두 검은 비단신을 신었고, 걷는 사람은 대부분 푸른 베신을 신었는데 신바닥에는 모두 베를 수십 겹이나 받쳐 만든 것이다. 그렇지만 미투리나 짚신은 볼 수 없었다.

송참에서 노숙을 했는데 이곳은 설리참이라고도 하고, 설류참이라고도 부른다. 이날은 70리를 걸었다. 어떤 이가 말한다.

"이곳은 옛날의 진동보입니다."

6월 29일 병자丙子

맑게 개었다.

배로 삼가하를 건너갔다. 배 모양은 마치 말구유처럼 생겼고 통나무를 파서 만든 것이었는데, 양편 강 언덕에 아귀진 나무를 세우고 큰 밧줄을 건너질렀다. 따라서 그 줄을 잡아당기며 따라가면 배가 자연히 오고가기 때문에 상앗대가 필요 없는 것이다. 말들은 모두 물에 둥둥 떠서 헤엄쳐 건너갔다.

다시 배로 유가하를 건너가서 황하장에서 점심을 먹었다. 한낮이 되자 몹시 더웠다. 말을 타고 그대로 금가하를 건너가니, 이곳이 바로 팔도하다. 임가대와 범가대와 대방신과 소방신 등지는 5리나 10리마다 마을이 있었고, 뽕나무와 삼밭이 무성했다. 올기장은 누렇게 무르익었으며 옥수수 이삭이 한창 피어 있다. 옥수수 잎은 모조리 베어내는데 그 잎을 말과 노새의 먹이로 쓰기 위한 일인 동시에, 옥수수의 대가 땅 기운을 많이 받게 하기 위함이다.

지나가는 곳마다 관제묘가 있었고, 몇 집 건너 반드시 한 채의 커다란 우리가 있어서 벽돌을 굽게 되어 있었다. 벽돌을 틀에다 박아서 내어 말리는 것으로 전에 미리 구워 놓은 것, 새로 구울 것들이 곳곳마다 산더미처럼 쌓여 있으니, 이것은 벽돌이 무엇보다도 일상생활에 요긴한 물건이기 때문이다.

전당포에서 잠깐 앉아서 쉬려고 하는데, 주인이 중간 방으로 초대해서 따뜻한 차를 한 잔 권한다. 그의 집안에는 진귀한 물건이 진열되어 있었다. 시렁 높이가 들보에 닿았고 그 위로는 전당 잡은 물건들을 차례차례 얹어 놓았는데 모두 의복들이었다. 보자기에 싼 채 종이쪽을 붙여서 물건 주인의 성명과 별호와 상표 또는 거주지 등을 적고 다시 '모년 모월 모일에 어떠한 물건을 어떤 자호字號를 붙인 전당포에다가 분명히 전해 주었다.' 라고 써두었다.

그 이자는 2할을 넘는 법이 없고, 기한이 지난 후 한 달이 되면 물건을 팔아버릴 권리가 있다.

금색 글자로 쓴 주련을 보면 '홍범(기자가 주무왕에게 진술한 국가의 기본법도)의 구주에서는 먼저 부富를 논했고, 《대학》의 10장에서도 거의 반 정도는 재財를 논하였다.' 라고 하였다. 이곳 사람들은 옥수숫대로 교묘하게 누각처럼 만들어서 그 속에 풀벌레 한 마리를 집어넣고 그 울음소리를 듣는다. 처마 끝에는 조롱을 매달아 놓고 이상한 새 한 마리를 기르고 있다.

이날 50리를 행진하여 통원보에서 묵었다. 이곳을 곧 진이보라고 한다.

7월 1일 정축丁丑

새벽에 큰 비가 내려 떠나지 못하였다.

정 진사와 주 주부, 변 군, 내원, 그리고 조 주부 학동(상방의 건량판사) 등은 노름판을 벌였는데 소일도 할 겸 술값도 벌자는 속셈이다. 그들은 나를 노름에는 솜씨가 없다고 한몫 넣어주지 않고, 그저 가만히 앉아서 술이나 마시라고 한다. 이른바 속담처럼 굿이나 보고 떡이나 먹으라는 셈이니, 은근히 화가 나기는 하지만 어쩔 수가 없었다. 혼자 옆에 물러앉아서 지고 이기는 구경이나 하고 술은 남보다 먼저 먹게 되었으니 별로 해롭지 않은 일이다.

벽을 사이에 두고 때때로 여자의 말소리가 들려온다. 어찌나 가냘프고 아름다운 목소리인지 마치 제비나 꾀꼬리가 노래하는 소리 같다. 나는 마음속으로 '이는 아마 주인집 아가씨겠지. 틀림없이 절세미인이리라.' 하고는 짐짓 담뱃불 붙이기를 구실 삼아 부엌에 들어가 보니 나이가 쉰도 넘어 보이는 부인이 문 쪽으로 평상을 의지한 채 앉았는데, 그 생김새가 매우 사납고 초라했다.

나를 보더니 부인은,

"아저씨, 안녕하십니까?"

하고 인사해 오기에 나도 얼른,

"주인께서도 복 많이 받으시기 바랍니다."

라고 대답하고 나서 공연히 재를 파헤치는 체하면서 그 부인의 모습을 곁눈질해 보았다.

머리는 온통 꽃으로 장식했고, 금비녀며 옥 귀고리에 분연지를 살짝 발랐고, 옷은 검은색 긴 통바지에다 은으로 만든 단추를 가지런히 달았으며, 발엔 풀과 꽃과 나비를 수놓은 한 쌍의 신을 신었다. 다리에 붕대를 감지 않고 발에는 궁혜弓鞋를 신지 않은 것을 보아서 아마도 만주 여자인 듯하다.

주렴 속에서 처녀 하나가 나왔다. 얼굴로 보아 나이가 스무 살쯤 되어 보이는데 그 여자가 처녀라는 것은 머리를 양쪽으로 틀어 올린 것으로 보아 분별할 수 있다. 생김새는 역시 억세고 사나운 편이지만 살결만은 희고 깨끗했다.

쇠 양푼을 가지고 와서 퍼런 질그릇에 수수밥을 한 그릇 수북하게 퍼담고, 양푼에 물을 부어서 서쪽 벽 아래에 걸터앉아서 젓가락으로 밥을 먹는다. 반찬으로는 두어 자 정도 되는 파뿌리를 잎사귀째 장에다 찍어서 밥과 번갈아 씹어 먹는다. 처녀의 목에는 계란만 한 혹이 달렸는데 그녀는 밥을 먹고 차를 마시는 동안 조금도 수줍음을 타지 않았다. 이것은 매년 조선 사람을 보아 온 탓으로 아주 낮이 익어 예사로 생각하기 때문인 듯하다.

뜰의 넓이는 수백 칸이나 되는데 장맛비로 수렁이 되어버렸다.

시냇물에 씻긴 바둑돌이나 참새 알 같은 조약돌이 처음에는 필요 없는 물건이었지만 그 모양과 빛깔이 비슷한 것들을 골라서 문간에다 아롱진 봉새의 모양처럼 무늬지게 깔아서 수렁을 막았다. 그들에게는 버리는 물건이 없다는 것은 이것으로도 충분히 짐작할 수가 있다.

이따금 꼬리와 털을 모조리 뽑고 양쪽 겨드랑 밑의 털까지도 뜯어내어 고깃덩어리만 남아 있는 닭이 절름거리며 다닌다. 이것은 빨리 키우기 위한 하나의 방법이요, 또한 이가 생기는 것을 막기 위한 것이다. 여름에는 닭에 검은 이가 생겨 꼬리와 날개에 붙게 되면 반드시 콧병이 생기고, 주둥이로는 누런 물을 토해 내고 목에서는 가래 끓는 소리가 난다. 이런 증상을 계역鷄疫이라고 하는데 꼬리와 털을 미리 뽑아서 시원한 기운을 통해 준다고 한다. 꼴이 하도 흉해서 차마 눈을 뜨고 볼 수가 없다.

7월 2일 무인戊寅
새벽에 비가 많이 내렸으나 늦게는 개었다.

앞에 있는 시냇물이 불어서 건널 수 없게 되어 떠나지 못했다. 정사가 내원과 주 주부를 시켜 앞 시내에 가서 물이 불었나 줄었나 보고 오라고 하기에 나도 따라 나섰다. 몇 리를 가지 않아서 큰물이 앞을 가로막아 잘 보이지가 않았다. 헤엄을 잘 치는 사람을 시켜 물속에 들어가 수심을 재게 하였는데, 열 발자국도 채 가지 않아서 어깨가 잠기고 만다. 돌아와 이것을 알리니 정사가 걱정하며 역관과 각 방의 비장들을 모두 불러서 물을 건너갈 방법을 말하라고 하였는데 부사와 서장관도 참석했다. 부사가,

"문짝과 수레를 빌려 뗏목을 만들어 건너는 게 어떻겠습니까?"

라고 하니 주 주부가,

"그거 정말 좋은 생각이올시다."

라고 한다. 그러자 수역관이,

"문짝이나 수레를 그렇게 많이 구할 수 없을 것이오. 그런데 이 부근에 집을 짓기 위해 놓아 둔 재목이 10여 칸가량이 있으므로 그것을 구할 수는 있지만, 이것을 얽어맬 만한 칡덩굴은 얻기가 힘들 것 같습니다."

라고 하여 여러 가지 의견을 더 내세웠다. 내가,

"뭐 그렇게 뗏목을 맬 것까지야 있겠소. 내게 한두 척隻의 마상이가 있는데, 노도 있고 상앗대도 모두 갖추었지만 단지 한 가지가 없소."

라고 하니 주 주부가 묻는다.

"그래요, 없는 것이 무엇이오?"

"다만 그것을 잘 저을 사공이 없을 따름이오."

라고 내가 대답하니 모두들 허리를 잡고 웃었다.

주인은 아주 거칠고 멍청해서 눈을 부릅떠도 고무래 정丁 자도 모를 정도였지만, 책상 위에는 오히려 《양승암집》(명나라 학자 양신의 문집, 호는 승암)과 《사성원》(명의 서위가 지은 전기) 같은 책들이 놓여 있었고, 길이가 한 자도 넘을 듯싶은 정남색 자기병에 명

나라 희종 때 이부상서였던 조남성의 철여의(손에 지니는 쇠로 만든 완상물의 일종)가 비스듬히 꽂혀 있으며, 운간(강소성 송강현의 옛 이름) 호문명이 만든 조그만 납다색 향로며 그 밖의 교의, 탁자, 병풍, 장자(방과 방 사이, 또는 방과 마루 사이에 칸을 막아 끼우는 문) 등이 모두 운치가 있어서 궁색한 시골티는 나지 않았다.

"주인의 살림살이는 좀 넉넉한 편인가요?"

하고 내가 물으니 그가 말한다.

"1년 동안 부지런히 일해 모아도 가난을 벗어나지 못합니다. 만약에 귀국의 사신 행차가 아니라면 살아갈 방도가 당장 막혀버릴 형편이랍니다."

"자식들은 몇 명이나 두었는지요?"

"도둑놈 하나가 있을 뿐이나 아직 뜻대로 되지 않았습니다."

"그게 무슨 뜻이오? 도둑이 하나 있다니."

"예, 도둑도 딸을 다섯 둔 집에는 들어오지 않는다 하니, 이것이 집안의 좀도둑이 아니겠습니까?"

라고 한다. 오후에 밖으로 나가 바람을 쐬는데 수수밭 가운데서 새총 소리가 나자, 주인이 급히 뛰어 나가기에 보았더니 밭 속에서 어떤 사람이 한 손에는 총을 들고 또 다른 한 손으로는 돼지 뒷다리를 끌고 나와 주인을 흘겨보며,

"왜 이 짐승을 내놓아서 밭에 들여보내는 거요?"

하고 화난 목소리로 말한다. 주인은 그저 미안한 기색으로 공손히 사과를 한다. 그러자 그자는 피가 뚝뚝 떨어지는 돼지를 끌고 가 버린다. 주인은 못내 섭섭한 듯이 우두커니 서서 거듭 한탄만 하

기에 내가 물었다.

"지금 잡아가는 돼지는 뉘 집에서 먹이던 것이오?"

"우리 집에서 기르던 것입니다."

"그렇다면 설사 잘못해서 남의 밭에 좀 들어갔다고 해도 수숫대 하나 다치지 않았는데, 어째서 제멋대로 돼지를 잡아 죽인단 말이오. 주인은 마땅히 돼지 값을 물어내라고 요구해야 하지 않겠소?"

"값을 물어내라고 요구하다니요. 돼지우리를 잘 단속하지 못한 이쪽이 잘못이지요."

라고 한다. 아마 청나라 4대 황제인 강희제가 농사를 아주 소중하게 생각해서, 그가 정한 법에 따르면 마소가 남의 곡식을 밟으면 갑절로 물어주어야 하고, 함부로 마소를 놓아기르는 자는 곤장 60대의 벌을 받으며, 양이나 돼지가 밭에 들어가게 되면 밭 주인이 바로 그 짐승을 잡아가도 양이나 돼지의 주인은 감히 내가 주인이라고 하지 못한다. 그러나 오직 수레만은 자유로이 다닐 수 있다. 그래서 길이 수렁이 되면 밭이랑 사이로도 수레를 끌고 들어가기 쉬우므로 밭 주인은 항상 길을 잘 닦아서 밭을 지키는데 애를 쓴다고 한다.

마을 주변에 벽돌 굽는 가마가 둘 있는데, 하나는 마침 거의 굳어서 흙을 아궁이에 이겨서 붙이고 수십 통의 물을 길어다가 연이어 가마 위에다 들이부으니 가마 위가 움푹 패어서 물을 부어도 넘치지 않는다. 가마가 한창 달아올라서 물을 부으면 곧 마르므로 가마가 달아서 터지지 않도록 물을 붓고 있는 것 같다.

또 한 가마는 벌써 다 구워서 식어버려 벽돌을 가마에서 끌어내고 있다. 그런데 중국의 이 벽돌 가마 제도와 우리나라의 기와 제도는 아주 다르다. 우선 우리나라 가마의 좋지 않은 점을 알아야 그 차이를 잘 이해할 수 있을 것이다.

사실 우리나라의 기와 가마는 하나의 뉘어 놓은 아궁이이기 때문에 엄밀히 말하자면 가마라고 할 수도 없다. 이는 처음부터 가마를 만드는데 필요한 벽돌이 없기 때문에 그 대신 나무를 세워 놓고 흙으로 바른 뒤 큰 소나무를 연료로 사용하여 이것을 말리는데, 비용이 많이 들 뿐 아니라 아궁이는 길기만 했지 높지 않으므로 불이 위로 타오르지 못하여 불기운은 세력이 약하고, 불기둥이 힘이 없기 때문에 항상 소나무를 때서 불꽃을 세게 해야 된다.

그런데 소나무를 때서 불꽃을 세게 하면 불길이 고르지 못하므로 가까이에 놓인 기와는 이지러지는 것이 보통이며, 먼 곳에 놓인 것은 잘 구워지지 않게 마련이다.

자기를 굽거나 옹기를 굽거나를 막론하고 모든 요업窯業의 방식이 다 이와 같으며, 그 소나무를 때는 방법도 역시 동일하다. 그러나 소나무는 한 번 베면 새 움이 돋아나지 않는 나무이므로 한 번 옹기장이를 잘못 만나면 사방의 산이 벌거숭이가 된다. 백 년을 두고 기른 것을 하루아침에 다 없애버리고, 다시 새처럼 사방으로 소나무를 찾아서 흩어져 가버린다. 이것은 오로지 기와 굽는 방법 한 가지가 잘못되어서, 나라의 좋은 재목이 날로 줄어들고 질그릇 점포도 역시 날로 어려워지는 것이다.

이곳의 벽돌 가마를 보니 벽돌을 쌓고 석회로 봉하여 애초에 말리고 굳히는 비용이 들지 않고, 또 마음대로 높고 크게 할 수 있어서 모양이 마치 큰 종을 엎어놓은 것 같다. 가마 위는 연못처럼 움푹 패게 하여 물을 몇 섬이라도 부을 수 있고, 옆구리에 너덧 개의 연기 구멍을 내어서 불길이 잘 타오르게 하였으며, 그 속에 벽돌을 놓되 서로 기대어서 불꽃이 잘 통하도록 되어 있다. 그 묘법은 벽돌을 쌓는데 있다 하겠다. 이제 나로 하여금 손수 만들게 한다면 매우 쉬울 듯싶으나 입으로 표현하기에는 쉽지 않다.

정사가 묻기를,

"그 쌓은 것이 '품品' 자와 같더냐?"

"그런 것 같기도 하오나 꼭 그런 건 아니올시다."

내가 대답하자 변 주부가,

"그럼 책갑冊匣을 포개 놓은 것 같습니까?"

"그런 것도 같지만, 꼭 그렇다고도 할 수 없소."

대체 그 쌓는 법이 벽돌을 눕히지 않고 모로 세워서 여남은 줄을 방고래처럼 만들고, 다시 그 위에다 벽돌을 비스듬히 놓아서 차차 가마 천장에 닿게까지 쌓아올린다. 그러는 중에 구멍이 저절로 뚫어져서 마치 고라니의 눈같이 된다. 불기운이 그리로 치오르면 그것이 각기 불목이 되어, 그 수없이 많은 불목이 불꽃을 빨아들이므로 불기운이 언제나 세어서, 비록 저 하찮은 수수깡이나 기장 대를 때더라도 고루 굽고 잘 익는다. 그러므로 터지거나 뒤틀어질 걱정은 없다.

지금 우리나라의 옹기장이는 먼저 그 제도를 연구하지 않고, 다만 큰 소나무 숲이 없으면 가마를 놓을 수 없다고만 한다. 이제 요업은 금할 수 없는 일이요 소나무 역시 한계가 있으므로 먼저 가마 제도를 고치는 것만 같지 못하니, 그렇게 되면 양쪽이 다 이로울 것이다.

옛날 오성 이항복과 노가재가 모두 벽돌의 이로움을 논하였으나, 가마 제도에 대해서는 상세히 말하지 않았으니 매우 안타까운 일이다. 어떤 이가 말하기를,

"수수깡이 300줌이면 한 가마를 구울 수 있는데 벽돌 8천 개가 나온다."

라고 한다. 수수깡의 길이가 한 길 반이고 굵기가 엄지손가락만큼씩 되니 한 줌이라야 겨우 너덧 개에 지나지 않는다. 그러므로 수수깡을 때면 불과 천 개 남짓 들여서 거의 만 개의 벽돌을 얻을 수 있는 것이다.

하루해가 몹시 지루하여 한 해인 듯싶고, 저녁때가 될수록 더위가 더욱 심해져서 졸려 견딜 수 없던 차에, 옆방에서 투전판이 벌어져 떠들고 야단이다. 나도 뛰어가서 그 자리에 끼어 연거푸 다섯 번을 이겼으므로 술을 사서 실컷 마시니 가히 어제의 수치를 씻을 수 있겠다. 내가 묻기를,

"그래도 불복인가?"

"요행으로 이겼을 뿐이지요."

라고 조 주부와 변 주부가 대답한다. 이에 서로 크게 웃었다. 변군과 내원이 직성이 풀리지 않았는지 다시 한 판 하자고 졸랐다.

"뜻을 얻은 곳에 두 번 가지 말고 만족을 알면 위태롭지 않으니라."

라고 내가 말하며 그만두었다.

7월 3일 기묘己卯

새벽에 큰비가 내렸으나 아침과 낮에는 개었다. 밤에 다시 큰비가 내려서 이튿날 새벽까지 멎지 않았으므로 다시 묵었다.

아침에 일어나 들창을 여니, 지루하던 비가 깨끗이 개고 이따금 따스한 바람이 불어오며 날씨가 청명한 것으로 보아 낮에는 더울 것 같다. 석류꽃이 땅에 가득히 떨어져서 붉은 진흙으로 변해 버렸다. 수구화는 이슬에 함빡 젖고, 옥잠화는 눈보다 더 희게 머리를 쳐든다.

문 밖에서 퉁소와 피리와 징 소리가 나기에 급히 나가 보니 신행 가는 행차다. 채색 그림을 그린 사초롱이 여섯 쌍, 푸른 일산日傘이 한 쌍, 붉은 일산이 한 쌍, 퉁소 한 쌍, 초금 한 쌍, 날라리(태평소) 두 쌍이 있고, 가운데 푸른 가마 한 채를 교군 넷이 메고 간다. 사면에 유리를 끼워서 창을 냈고, 네모에는 색실을 드리워서 술을 달았다.

가마 한 허리에 통나무를 받쳐서 푸른 밧줄로 묶고, 그 통나무 앞뒤로 다시 짧은 막대를 가로질러 얽어매어서 그 양쪽 머리를 네 사람이 메었는데, 여덟 발자국이 꼭꼭 맞추어 한 줄로 가니 흔들리거나 출렁거리지 않고 그저 허공에 떠서 간다. 그 법이 아주 묘하다. 가마 뒤에는 수레 두 채가 있는데, 모두 검은 베로 방처럼 둘러씌우고 나귀 한 마리로 끌고 간다. 한 수레에는 두 늙은 여인을 태웠는데, 모두 얼굴도 추하고 앞머리가 다 벗어져서 바가지를 엎어놓은 것처럼 번들번들 빛이 난다. 거기에다 갖가지 꽃을 빈틈

없이 꽂았다. 양쪽 귀에는 귀고리를 걸고, 검은 윗옷에 노란 치마를 입었다.

또 한 수레에는 젊은 여인 세 사람을 태웠는데, 모두 치마를 입지 않고 주홍빛 또는 푸른빛 바지를 입었다. 그중에 한 소녀는 제법 아리땁다. 그 늙은이는 젖어미요, 소녀들은 몸종이라 한다.

30여 명의 말 탄 군사가 삥 둘러서 옹위한 속에 한 뚱뚱한 사내가 앉아 있다. 그는 입가와 턱 밑에 검은 수염이 거칠게 헝클어지고, 구조망포(청나라 관리들이 입는 관복)를 입었으며, 흰 말과 금 안장에 은 등자를 넌지시 디디고 얼굴에는 웃음이 가득 찼다. 뒤에는 수레 세 바리에 의롱(옷상자)이 가득 실렸다.

내가 주인에게 묻기를,

"이 동리에도 수재(부府 주州 현縣의 학교에 있는 생원)나 훈장이 있겠지요?"

"이런 두메에 아무런 왕래가 없으니 무슨 학구선생이 있겠습니까마는, 지난해 가을에 우연히 수재 한 분이 세관을 따라 서울서 오셨는데, 도중에 이질에 걸려 이곳에 떨어져 있게 되었습니다그려. 이곳 사람들의 각별한 정성으로 겨울이 지나고 봄이 되자 말끔히 낫게 되었지요. 그 선생님은 문장이 뛰어날 뿐만 아니라 만주 글도 쓸 줄 안답니다. 그는 계속 이곳에 머물러 계셔서, 한두 해 동안 글방을 내고 이 시골의 아이들을 성심껏 가르쳐서 병간호를 해준 은혜를 갚는다고 합니다. 지금도 저 관제묘에 계십니다." 하고 대답했다.

"그럼, 잠깐 주인이 인도해 줄 수 있겠소?"

그러자 그는 손을 들어 가리킨다.

"저기 저 높다란 사당집이 거깁니다."

"그 선생의 성함은 무엇이오?"

"이 마을에서는 모두들 부 선생이라 부릅니다."

"부 선생의 나이는?"

"나으리께서 친히 가셔서 직접 물어보십시오."

하고 방 안으로 들어가서 붉은 종이 수십 쪽을 들고 나와서 펴 보이며,

"이게 부 선생님께서 친히 써주신 글씨입니다."

한다. 그 붉은 종이의 글씨는 오른쪽에서 왼쪽으로 내리썼는데 가는 글자로 이렇게 씌어 있었다.

아무 어른 존전에 아뢰옵니다.

모년 모월 모일에 어른께옵서 제게로 빛나게 왕림하여 주시옵기 삼가 바라옵니다.

주인이 이어서 말하기를,

"이것은 제 아우가 지난봄에 사위를 볼 때에 청첩을 그의 글자를 빌려서 쓴 것입니다."

그런데 대체로 그 글씨는 겨우 글자의 모양을 이룬 수준인데 다만 그 모양이 크지도 않고 작지도 않으며, 실에 구슬을 꿴 듯 책판에 글자를 박은 듯 똑같다. 나는 혼자서 '혹시 그 수재는 부정공(송인종 때의 정치가 부필, 부富는 성, 정鄭은 봉호)의 후손이 아닐까'

생각하고, 곧 시대를 불러서 함께 관제묘를 찾아갔다.

　인기척이 없어 두루 돌아다니면서 구경을 하는데, 오른쪽 곁방에서 아이의 글 읽는 소리가 들려왔다. 조금 있다가 한 아이가 문을 열고 목을 늘여 한 번 살피더니, 이내 뛰어나와 우리를 돌아보지도 않고 한달음에 어디로 가버린다. 나는 이 아이의 뒤를 따라가면서 물었다.

　"너의 스승님은 어디 계시냐?"

　"무엇 말씀이신지요?"

　"부 선생님 말씀이야."

　아이는 들은 체도 하지 않고 다만 입 속으로 중얼중얼하다가 휑하니 가버린다.

　내가 시대에게,

　"그 선생이 아마 이 속에 있겠지?"

하고 오른쪽 곁방으로 가서 문을 열어보니, 빈 교의가 너덧 개 놓여 있을 뿐 아무도 보이지 않았다. 문을 닫고 몸을 돌이키려고 할 때, 아까 그 아이가 한 노인을 데리고 온다. 내 생각에 이 이가 곧 '부'란 사람인 듯싶다. 그가 잠깐 이웃에 나간 것을 아이가 달려가서 손님이 왔다 하여 돌아온 모양이다. 그 생김생김을 보니 단아한 빛이라곤 도무지 없다.

　앞으로 가서 깍듯이 인사를 하자 노인이 별안간 와락 달려들어서 허리를 껴안고 힘껏 들었다 놓으며, 또 손을 잡고 흔들면서 얼굴 가득히 웃음을 짓는다. 처음에는 놀랍고 다음에는 불쾌하였다.

　"당신이 부 공이시오?"

하고 묻자 그 노인이 아주 기뻐하면서 말한다.

"저는 오랫동안 선생님의 성화를 높이 들어서, 마치 우레 소리가 귀에 들리는 듯싶습니다."

"당신의 성함은 뭐라 하십니까?"

하며 내 성명을 써서 보이니, 그도 역시 써 보인다. 이름은 부도삼격이요, 호는 송재, 자는 덕재다.

"삼격이란 무슨 의미입니까?"

"이건 저의 성명이옵니다."

"살고 계신 고을과 관향은 어디입니까?"

"저는 만주 양람기에 사는 사람이올시다."

그러면서 부 선생이 다시 묻는다.

"영감께서는 이번엔 의당 황제를 뵙겠지요?"

"그게 무슨 말씀이오?"

내가 되물었다. 그러자 부 선생이 말한다.

"황제께옵서 의당 영감을 불러 보시겠지요?"

그래서 내가 말했다.

"황제께서 만일 접견하신다면 노인의 말씀을 잘 여쭈어서 작은 벼슬이라도 내리게 하고 싶은데, 어떻게 생각하십니까?"

"만일 그리해 주시면 박 공의 갸륵하신 은덕은 결초結草를 할지라도 갚기 어렵겠소이다."

라고 한다.

"물에 막혀서 이곳에 머무른 지가 벌써 며칠이나 되었소. 이다지 긴 여름 해를 보내기 난감하니, 노인께 볼 만한 책이 있으면 며칠만 빌려주실 수 없겠소?"

"별로 없습니다. 전에 서울 있을 때 가친 절공이 명성당이라고 이름을 붙인 각포(판각하는 집)를 내었는데, 그때의 책 목록이 마침 행장 속에 들어 있으니 만일 소일 삼아 보시려면 빌려드리기 어렵지 않습니다마는, 단지 영감께서는 이제 바로 돌아가셔서 진짜 환약과 조선 부채 중에 잘된 것을 골라서 초면의 정표로 주신다면 참되이 사귀겠다는 뜻으로 알겠으니 그때 서목書目을 빌려드려도 늦지 않겠소이다."

그 생김새와 말투를 보니 뜻이 하도 비루하고 용렬하여 더불어 이야기할 바가 못 될 뿐더러 오래 앉아 있을 수도 없으므로 곧 하직하고 일어섰다. 부 선생이 문에 나와 인사를 하면서,

"귀국의 명주를 살 수 있겠습니까?"

하기에 나는 대답도 하지 않고 돌아왔다.

"뭐 볼 만한 것이 있던가? 더위 먹을까 조심스러우이."

하고 정사가 말하기에 나는 이렇게 말했다.

"아까 한 늙은 훈장을 만났는데 그저 만주 사람일 뿐 아니라 몹시 비루하여 더불어 이야기할 위인이 못되옵니다."

"그가 이왕 구하는 바에야 어찌 환약 한 개 부채 한 자루를 아끼겠는가. 그리고 서목을 빌려 보는 것도 해롭진 않아."

그리하여 시대를 시켜서 청심환 한 개와 어두선 한 자루를 보냈더니, 시대가 이내 크기가 손바닥만 하고 몇 장 되지도 않은 작은 책을 들고 돌아온다. 그나마 모두 빈 종이다. 불과 몇 장 되지도 않는 걸 가지고 많은 값을 요구하니 그의 뻔뻔스러움은 말할 나위

없다. 그러나 이왕 빌려 온 것이고 또 눈을 새롭게 하기 위하여 베껴 놓고 돌려보내기로 했다.

정 진사와 함께 나누어 베껴 놓고 이후에 책사에서 참고하기로 하고, 곧 시대를 시켜 돌려보내면서,

"이런 책은 다 우리나라에 있는 것이므로 우리 영감께서 이 서목을 보시지 않았소."

라고 말하라 일렀더니 시대가 돌아와서,

"부 선생이 저의 전하는 말을 듣더니 자못 무료한 빛을 보이면서 제게 수건 한 개를 주더이다."

한다. 그 수건의 길이는 두 자 남짓한 추사(올이 말려들게 짠 천)인데, 새 감으로 만든 것이다.

7월 4일 경진庚辰

어젯밤부터 밤새도록 비가 너무 많이 와서 길을 떠나지 못했다.

《양승암집》도 보고 바둑도 두면서 심심풀이를 했다. 부사와 서장관이 상사의 처소로 모이고, 다른 여러 사람을 불러서 물 건널 방도를 의논하다가 한참 뒤에 모두 돌아갔는데, 특별한 묘안이 없는 모양이다.

7월 5일 신사 辛巳

맑게 개었으나 물에 막혀서 또다시 하루를 묵었다.

주인이 방고래를 열어 놓고 기다란 가래로 재를 긁어모은다. 나는 그 구들 모양을 대략 엿볼 수 있었다. 먼저 한 자 높이 남짓 구들바닥을 쌓아서 반반하게 만든 다음, 부순 벽돌을 바둑돌 놓듯이 굄돌을 놓고 그 위에다가 벽돌을 깔았을 따름이다.

벽돌의 두께가 똑같기 때문에 깨뜨려서 굄돌로 사용해도 절름발이가 되지 않고 벽돌의 생김새가 원래 가지런해서 나란히 깔아 놓게 되면 틈이 생길 리가 없다. 고래의 높이는 겨우 손이 드나들 정도이고, 굄돌은 서로 번갈아들어서 불목이 되어 있다. 불이 불목에 닿으면 넘어가는 힘이 마치 빨아들이듯 해서 불꽃은 재를 휘몰아서 불목을 메우듯 아주 세차게 들어가 버린다. 그래서 여러 불목이 서로 잡아당겨서 도로 나올 사이가 없이 재빠르게 굴뚝으로 빠져 나간다.

굴뚝의 높이는 한 길이 넘는데, 이것이 바로 우리가 말하는 개자리다. 불꽃은 언제나 재를 몰고 가서 고래 속에다 가득 떨어뜨리기 때문에 3년 만에 한 번씩은 고랫목을 열고 재를 쳐내야 하고, 부뚜막은 한 길이나 땅을 파서 위로 아궁이를 내고, 땔나무는 거꾸로 집어넣는다. 부뚜막 옆에는 큰 항아리만큼 땅을 파고 그 위를 돌 덮개로 덮어서 봉당 바닥과 똑같은 높이로 한다. 그 움푹 판 곳에서 바람이 일어나 불길을 불목으로 몰아넣기 때문에 연기는 조금도 새나오지 않는다.

굴뚝을 만드는 방법은 큰 항아리만큼 땅을 파서 벽돌을 탑처럼 쌓아올린다. 지붕과 비슷하게 하므로 연기가 그 항아리 속으로 끌려 들어가서 서로 잡아당기고 빨아들이듯 한다. 이 방법이 가장 묘하다. 대개 굴뚝에 틈이 생기면 약한 바람에도 아궁이의 불이 꺼지는 법이다. 그런데 우리나라 온돌이 항상 불을 때도 방이 골고루 덥지 않은 것은 그 잘못이 모두 굴뚝을 만든 방식 때문이다.

싸리로 엮는 바구니에다가 종이를 바르고 혹은 나무판자를 가지고 통을 만들어 쓴다. 처음 세운 곳에 흙이 틈이 생기거나 종이가 떨어지거나 나무통이 벌어지거나 하면 연기 새는 것을 막을 방법이 없고, 바람만 한 번 크게 불면 연통은 있으나마나 아무런 소용이 없게 된다. 내가,

"우리나라에서 비록 집안이 가난해도 글을 읽는 것을 좋아하기 때문에 겨울이 되면 코끝엔 항상 고드름이 달릴 지경이니 이 구들 놓는 방법을 배워 가서 삼동의 그 고생을 면했으면 좋겠구려."
라고 했더니 변계함이 이렇게 말했다.

"이곳의 구들은 이상해서 우리 것만 못한 것 같아요."

"그 이유가 뭔가?"

"어떻게 중국식 구들이 기름 장판지 넉 장을 반듯하게 깔아서 빛은 화제(운모의 일종으로 붉은 빛이 남)와 같고 반질거리기는 수골水骨과 같은 조선의 온돌만 할 수 있겠소."

"이곳의 벽돌 장판이 우리나라의 종이 장판만 못 하다는 것은 맞는 이야기지만, 이 구들 놓는 방법을 본받아 가서 우리나라 온돌 놓는 방법을 개선하고 그 위에는 기름 먹인 장판지를 까는 것

을 누가 금할 리가 있겠는가. 우리나라의 온돌 놓는 방법은 여섯 가지의 단점이 있으나 아무도 이를 개량하려는 사람이 없으므로 내가 연습 삼아 한 번 논할 테니, 자네 조용히 들어나 보게.

　진흙을 이겨 가지고 벽돌을 쌓고 그 위에 돌을 얹어 구들을 만드는데, 그 돌의 크기와 두께가 처음부터 고르지 않아서 조약돌로 네모를 괴어 한쪽으로 기울어지는 것을 막으려 했으나 돌이 타고 흙이 마르면 쉽게 허물어지는 것이 첫 번째 단점이고, 돌이 울퉁불퉁하여 움푹한 데는 흙으로 메워서 평평하게 하기 때문에 불을 땔 때도 고루 덥지 않은 것이 두 번째 단점이며, 불고래가 불쑥 높아서 불길이 서로 호응하지 못하는 것이 세 번째 단점이고, 벽이 성기고 얇기 때문에 쉽사리 틈이 생기므로 바람이 새고 불이 내쳐서 연기가 방 안으로 가득히 들어오는 것이 네 번째 단점이 될 것이요, 불목이 목구멍처럼 되어 있지 않아서 불길이 안으로 빨려 들어가지 못하고 땔나무 끝에서만 남실거리는 것이 다섯 번째 단점이라 하겠고, 또 방을 말리려면 땔나무가 적어도 백 단은 들고, 열흘 안으로 입주를 못하는 것이 여섯 번째 단점이라 하겠네. 이제 곧 자네와 함께 벽돌 수십 개만 깔아 놓으면, 웃고 이야기하는 사이에 곧 몇 칸의 온돌이 완성되어 그 위에 누워 잘 수 있는 것이니 얼마나 간편한가.”

하고 설명을 해주었다. 저녁에 여럿이 술을 몇 잔 나누다가 밤이 이슥하여 술에 취해 돌아와서 누웠다. 정사의 맞은편 방인데 다만 베 휘장을 중간에 쳤을 뿐이다. 정사는 벌써 잠이 깊이 들었고 나 혼자 담배를 피워 물고는 정신이 몽롱해 있는데 별안간 머리맡에서 발소리가 들리는지라 깜짝 놀라서 버럭 소리를 질렀다.

"누구냐?"

"도이노음이오."

말소리가 하도 수상해서 나는 다시 소리쳤다.

"이놈, 누구냔 말이다."

"소인 도이노음이오."

하고 큰 소리로 대답하므로 시대와 상방에 있던 하인들이 모두 놀라서 일어난다. 곧이어 뺨을 때리는 소리가 들렸는데 덜미를 잡아서 문 밖으로 끌고 가는 모양이다. 이것은 아마 매일 밤마다 우리 일행의 숙소를 순찰하면서 사신과 모든 사람의 수를 헤아렸던 것을, 깊이 잠든 후라서 지금까지 모르고 지냈던 것이다.

갑군이 제 스스로 '도이노음'이라 한 것은 더욱 포복절도할 일이다. 우리나라 말로 오랑캐를 '되놈'이라 하니, 되는 원래 '도이島夷'의 준말이요, '노음老音'은 지체가 낮고 아주 천한 이를 가리키는 말이며, '이오伊吾'란 지체가 높은 어른에게 여쭙는 말이다. 갑군이 오랫동안 사행을 치러왔기 때문에 우리나라 사람들에게 말을 배우기는 했으나, 다만 '되'란 말이 귀에 익었기 때문일 것이다. 한바탕 실랑이가 벌어져 잠이 달아난 데다, 벼룩에 시달려서 정사도 같이 잠을 못 자고 촛불을 켜둔 채 날을 밝혔다.

7월 6일 임오壬午

날이 맑게 개었다.

시냇물이 조금 줄어들어서 길을 떠났다. 나는 정사의 가마에 같이 탔는데 하인 30여 명이 맨몸으로 가마를 메었다. 강 가운데 이르러 물살이 거세지자 갑자기 왼쪽으로 기울어져서 하마터면 떨어질 뻔했다. 형세가 실로 위급하기 짝이 없었는데 정사와 부둥켜안아 겨우 물에 빠지는 것을 면했다.

저쪽 강 언덕에 도착하여 물을 건너오는 사람들을 바라보니 사람의 목을 타고 건너오기도 하고, 좌우에서 서로 부축하여 건너오기도 하며, 나무로 떼를 엮어서 그 위에 올라탄 것을 네 사람이 어깨에 메고 건너오기도 한다. 말을 타고 건너는 사람은 모두 허리를 쳐들어서 하늘만 바라보거나 두 눈을 꼭 감기도 하고, 억지로 웃음을 지어 보이기도 한다. 하인들은 모두 안장을 끌러서 어깨에다 메고 오는데 행여나 젖을까 염려를 하는 모양이다. 이미 건너왔다 다시 건너가려는 사람도 무엇을 어깨에 지고 물에 들어가므로 그 이유를 물으니,

"빈손으로 물을 건너가면 몸이 가벼워서 떠내려가기 쉽기 때문에 무거운 것으로 어깨를 누르는 것이랍니다."

하고 대답한다. 몇 번 왔다 갔다 한 사람은 부들부들 떨지 않는 이가 없었다. 산 속의 물이라 몹시 차기 때문이다.

초하구에서 점심을 먹었다. 답동(논골, 답畓은 본래 없던 글자였는데 우리나라 아전들이 '물이 있는 밭'이라는 뜻으로 씀)이라고도 하는

데, 이곳은 언제나 진창이 되어 있기 때문에 우리나라 사람이 그렇게 이름을 지었다고 한다. 분수령, 고가령, 유가령을 넘어서 연산관에서 묵었다. 이날은 60리를 갔다.

밤에 조금 취해서 잠깐 잠이 들었는데, 심양의 성 안에 가 있었다. 궁궐과 성지城址와 여염집과 시정들이 아주 번화하고 장려해서 나는 혼잣말을 했다.

"이곳이 이렇듯 훌륭한 경치를 이루고 있는 줄은 상상도 못 했는데, 내가 집에 돌아가면 본 대로 자랑해야지."

그러면서 훨훨 날아가는데 산과 물이 모두 내 발꿈치 밑에 있고 나는 마치 솔개처럼 날쌨다. 눈 깜짝할 사이에 야곡(연암의 집안이 대대로 살아왔던 곳)의 옛집에 도달해서 안방 남창 밑에 앉았다.

형님께서 물으시기를,

"심양은 어떠하더냐?"

"듣던 것보다 훨씬 나았습니다."

하고는 그곳의 아름다움을 수없이 자랑했다. 남쪽 담장 밖을 내다보았더니 옆집의 회나무 가지가 무성하게 우거졌는데, 그 위로 큰 별 하나가 휘황하게 번쩍이고 있었다.

나는 형님에게 물었다.

"저 별을 아십니까?"

"그 이름조차 모른다."

"저 별은 노인성老人星(남극성)입니다."

라고 말하고 일어나 형님께 절하고,

"제가 잠깐 집에 돌아온 것은 심양에 대한 이야기를 자세히 해

드리기 위해서입니다. 이제 갈 길이 바빠서 하직하겠습니다."

하고 안문을 나와서 마루를 지나 사랑의 일각문을 열고 나섰다.

　머리를 돌려서 북쪽을 바라보니 서울 서쪽에 있는 길마재(무악재의 본이름) 여러 봉우리가 똑똑히 얼굴을 드러낸다. 그때야 비로소 깨닫고,

　"아, 나는 바보로구나. 내가 홀로 어떻게 책문을 들어갈 수 있담. 여기서 책문까지는 천여 리나 되는데 누가 나를 위해 기다리고 머물러 있겠는가."

하고 큰 소리로 외쳤다. 안타깝기 짝이 없어서 문을 열고 밖으로 나가려고 했으나 문의 지도리가 너무 빡빡하여 열리지 않으므로 큰 소리로 장복을 부르려 했으나 소리가 잠겨 나오지 않았다. 할 수 없이 있는 힘을 다해 문을 밀다가 잠을 깨었다.

　"연암."

　정사가 때마침 나를 부르니 내가 도리어 어리둥절해서,

　"여기가 어딥니까?"

하고 물으니 정사가 대답한다.

　"가위에 눌린 지가 오래되었네."

　일어나 앉아서 이를 부딪쳐 보고 머리를 두드려 정신을 가다듬었더니 그제야 비로소 상쾌해졌다. 한편으로는 섭섭하고 한편으로는 기꺼워서 한참 동안이나 마음이 뒤숭숭했다. 다시 잠들지는 못하고 자리 위에서 뒤척거리며 공상에 잠겨 있다가 날이 밝는 줄을 몰랐다. 연산관은 다른 말로 아골관이라고도 부른다.

7월 7일 계미 癸未

맑게 개었다.

2리를 행진하여 말을 타고 그냥 물을 건넜다. 강이 비록 넓지는 않으나 물살이 세기는 어제 건넜던 곳보다도 더 센 듯했다. 무릎을 움츠리고 두 발을 꼭 모아서 안장 위에 옹송그리고 앉았다.

창대는 말머리를 꽉 껴안고 장복은 있는 힘을 다하여 내 엉덩이를 부축하며 서로 목숨을 의지해서 잠시 동안의 행복을 마음속으로 빌 뿐이다. 말을 모는 소리마저 '오호嗚呼' 하니 몹시 서글프게 느껴진다. 말을 조심스레 타이르는 소리가 원래 호호好護인데 우리나라 발음으로는 오호와 비슷하다. 말이 강 한가운데에 이르자, 별안간 말 몸이 왼쪽으로 기울어진다.

보통 물이 말의 배까지 닿으면 네 발굽이 저절로 떠올라 누워서 건너게 되는 모양이다. 내 몸은 나도 모르는 사이에 한쪽으로 쏠려서 하마터면 물에 빠질 뻔했다. 마침 앞에 있는 말의 꼬리가 물 위에 떠올라 있는 것을 보고 재빠르게 붙들어 몸의 균형을 잡고 고쳐 앉아서 겨우 떨어지는 것을 면할 수 있었다.

나 역시 내 자신이 이토록 재빠를 줄은 생각도 하지 못했다. 창대 역시 말 다리에 채여서 하마터면 욕을 볼 뻔했으나, 말이 얼른 머리를 들고 몸을 바르게 가누니 물이 점점 얕아져서 발이 땅에 닿았다는 것을 알 수 있었다.

마운령을 넘어 천수참에서 점심을 먹었는데 오후가 되니 몹시 무더웠다. 청석령을 넘는 고갯마루에 관제묘가 있는데 그 관제묘가 매우 성스럽게 느껴진다고 하여 역부와 마부들은 앞을 다투어 탁자 앞에 다가가 머리를 조아리거나 참외를 사서 바치기도 했다. 그리고 역관들 중에는 향을 피우고 제비를 뽑아 평생 신수를 점쳐 보는 이도 이었다.

한 도사가 바리때를 두드리면서 돈을 구걸한다. 머리를 깎지 않고 상투를 뭉친 그 도사의 모양이 우리나라의 환속한 중 같다. 머리에는 등나무로 만든 관을 썼고, 몸에는 야견사(산누에고치실)로 짠 도포를 입은 것이 우리나라의 선비 복장과 같은데, 검은 빛 나는 목판깃(격에 어울리지 않게 넓적하게 단 옷깃)이 다를 뿐이다. 또 한 도사는 참외와 달걀을 파는데, 참외는 매우 달고 물이 많으며 달걀은 맛이 삼삼했다.

밤에는 낭자산에서 묵었다. 이날은 큰 고개를 둘이나 넘어서 80리를 걸었다. 마운령은 다른 말로 회령령이라고도 부르는데, 그 높이와 가파른 것이 우리나라 관북의 마천령 못지않다고 한다.

7월 8일 갑신甲申
맑게 개었다.

정사와 가마를 같이 타고 삼류하를 건넌 후 냉정에서 아침을 먹었다. 10리 남짓 가서 산모롱이 하나를 접어들자 정 진사의 마두인 태복이가 갑자기 몸을 굽히며 말 앞으로 달려 나와 땅에 엎드리며 큰 소리로,

"백탑이 멀리 보임을 아뢰옵니다."

한다. 그런데 아직 산모롱이에 가려 백탑은 보이지 않는데 빨리 말을 채찍질하여 수십 보를 채 가지 않고 겨우 모롱이를 벗어나자, 안광이 어른거리고 별안간 한 덩이의 검은 공 모양이 오르락내리락한다.

내 오늘에야 처음으로 인생이란 원래 아무것도 의탁할 것이 없이 다만 머리에는 하늘을 이고 발로는 땅을 밟은 채 떠돌아다니는 존재인 줄 깨달았다. 말을 세우고 사방을 돌아보다가 나도 알지 못하는 사이에 손을 들어 이마에다 얹고 말했다.

"아, 참 좋은 울음터로다. 정말 한 번 울 만하도다."

그러자 정 진사가 묻는다.

"이렇게 천지간의 커다란 안계眼界를 만나서 갑자기 울고 싶다니, 무슨 말씀인가?"

나는 이렇게 대답했다.

"그래, 나는 그렇네. 천고의 영웅은 잘 울었으며 미인은 눈물이 많다고 하지만, 그들은 소리 없이 몇 줄기의 눈물을 흘렸기 때문에 웃음소리가 천지에 가득 차서 쇠나 돌로부터 나오는 듯한 울음소리는 듣지 못하였네.사람들이 다만 칠정七情《예기》에서 말한 일곱 가지 감정 즉 희喜, 노怒, 애哀, 구懼, 애愛, 오惡, 욕慾을 말함) 중에서도 슬플 때에만 우는 것인 줄 알지, 칠정 모두가 울 수 있는 것을 모르는 탓이지. 사실상 사람은 기쁨이 복받치면 울게 되고, 노여움이 사무치면 울게 되고, 사랑이 그리워도 울게 되고, 욕심이 지나쳐도 울게 되는 것이요, 불평과 억울함을 푸는데 우는 것보다 더 빠른 것이 없고, 울음이란 천지간에 있어서 우레 소리와도 같은 것이라네. 지정至情이 우러나오는 곳에서는 이렇게 되는 것이 자연적으로 이치에 맞는데 울음이 웃음과 뭐가 다르겠는가. 인생은 보통 감성으론 이러한 극치를 겪지 못하고, 교묘히 칠정을 늘어놓긴 하나 슬픔에는 울음을 배치했으므로, 이것 때문에 상고를 당했을 때는 억지로 '애고, 어이' 등의 소리를 외쳤으나, 참된 칠정에서 우러나오는 지극하고도 참된 소리는 참고 눌러서 저 천지사이에 서리고 엉겨서 감히 나타내지 못하네. 그래서 저 가생(한漢의 신진 문학가로 이름은 의인데 나이가 젊어 가생으로 불렸음, 그의 이론이 날카로웠으므로 장사왕의 태부로 쫓겨났으나 오히려 문제文帝에게 '치안책'이라는 정견을 올려서 시사를 통곡하고 눈물을 흘리며 길게 한숨을 쉴 만하다고 진술함)은 그 울음터를 얻지 못해서 참다못해 별안간 선실(한의 미양궁 전전前殿의 정실淨室, 문제가 가의에게 귀신에 대한 이론을 물었던 곳)을 향해서 길게 울부짖으니, 이 어찌 듣는 사람들이 놀라고 해괴하게 여기지 않았겠는가.″

″지금 이 울음터가 저렇게 넓으니 나도 응당 신과 더불어 한 번 실컷 울어야 할 것이나, 우는 이유를 칠정 중에서 고른다면 어느 정에 해당되겠는가?″

″저 갓난아기에게 물어보게나. 그가 처음 태어날 때 느낀 정이 무슨 정이냐고. 그는 해와 달을 먼저 보고, 다음으로 부모와 친척들이 많이 모여 있으니 어찌 기쁘지 않겠는가. 이런 기쁨이 늙어서도 변함이 없다면 원래 슬퍼하고 노여워할 까닭도 없고, 마땅히 즐겁게 웃어야 할 정이 있어야 하겠지. 그렇지만 웃지는 않고 도

리어 분노와 원한이 가슴에 사무쳐서 줄곧 울부짖기만 하는 것은 결국 사람은 죽어야만 하고, 또 그때까지 모든 근심과 걱정을 골고루 겪어야 하므로, 그 아기가 태어난 것을 후회해서 저절로 울음을 터뜨리고 스스로를 조상하는 것이 아니겠는가. 그러나 갓난아기 본래의 정이란 결코 그런 것은 아닐 것이네. 그가 어머니의 태중에 있을 때에는 캄캄하고 막히고 걸려 갑갑하게 지내다가, 갑자기 넓고 또 환한 곳으로 빠져 나와 손을 펴고 발을 펴므로, 그의 마음이 시원할 것인즉 어찌 한 마디 참된 소리로 마음껏 외치지 않겠는가. 우리는 마땅히 갓난아기의 가식 없는 소리를 본받아 저 비로봉 산마루에 올라가서 동해를 바라보며 한바탕 울 만하고, 장연 바닷가의 금모래밭을 거닐면서 한바탕 울 만도 하며, 이제 요동 벌판인 여기서부터 시작하여 산해관까지 1천2백 리 길의 사방에는 한 점의 산도 없이 하늘 끝과 땅이 맞닿은 곳은 아교풀로 붙여 놓은 듯, 실로 꿰매 놓은 듯 고금에 오고가는 비구름만이 가득할 뿐이니, 이 역시 한바탕 울어볼 만한 곳이 아니겠는가.”

　한낮에는 매우 무더웠다. 말을 달려 고려총의 아미장을 지난 후부터 두 길로 나누어 갔다. 나는 조 주부와 변 군, 내원 및 정 진사와 하인 이학령과 같이 구요양으로 들어섰다. 그 번화하고 장려함이 봉황성보다 열 배나 더했다. 그것에 대해서는 따로 〈요동기〉를 쓰기로 한다.

7월 9일 을유乙酉

맑고 몹시 더웠다.

새벽의 서늘함을 타서 먼저 길을 출발하여 장가대와 삼도파를 지나 난니보에서 점심을 먹었다.

요동 땅에 들어서면서부터 마을은 끊이지 않고 길의 너비는 수백 보나 되며, 길을 따라서 양편에는 수양버들을 즐비하게 심었다. 집이 쭉 늘어선 곳의 마주 선 문과 문 사이에는 장마 때에 물이 고인 탓으로 여기저기 자연히 큰 못이 이루어졌다. 집집마다 기르고 있는 거위와 오리가 수없이 그 못 위에 떠다니고, 양쪽의 촌집들은 모두 물가의 누대처럼 붉은 난간과 푸르고 좁은 마루가 좌우로 영롱하여서 슬며시 강호 생각이 나게 한다.

군뢰가 세 번의 나팔을 불고 난 후에 몇 리를 앞서 가면, 앞에 배치된 군관이 군뢰를 따라서 먼저 출발한다. 나는 행지가 자유롭기 때문에 매양 변 군과 더불어 서늘한 때를 기다렸다가 새벽에 출발했으나 10리도 채 못 가서 선발대가 뒤따라와서 만나게 되었다. 그러면 그들과 고삐를 나란히 하고 재미있는 이야기와 농담을 하면서 매일 이렇게 행진하였다.

마을이 가까워질 때마다 군뢰는 나팔을 불고 네 사람은 권마성(높은 관리의 행차에 앞서, 하인이 위엄을 돋우고 일반 행인을 물러서게 하기 위하여 길게 부르는 소리)을 부른다. 그러면 집집마다 여인네들이 문이 꽉 차도록 뛰어나와 구경을 하는데 늙거나 젊거나 간에 옷차림은 거의 비슷하다. 머리엔 꽃을 꽂았고 귀고리를 했으며 화장은 살짝 하였다. 입에는 하나같이 담뱃대를 물었고, 손에는 신바닥에 대는 베와 바늘과 실을 들었으며, 어깨를 비비면서 손가락질을 해가며 깔깔거리고 웃는다. 한나라 여자는 이곳에서 처음 보았는데, 모두 발을 감고 궁혜를 신었다. 미모는 만주 여자보다 못했다. 만주 여자 중에는 화용월태(꽃다운 얼굴과 달 같은 자태라는 뜻으로, 미인의 모습을 형용하여 이르는 말)가 많았다.

만보교, 연대하, 산요포를 지나 십리하에서 묵었다. 이날은 50리를 걸었다.

비장과 역관들이 말 등에 앉아서, 맞은편에서 이쪽을 향해 오는 한나라 여자와 만주 여자들 중에서 저마다 첩 하나씩을 정하는데, 만약에 남이 먼저 차지했다면 또다시 정하지 못하는 것이 그만큼 법이 엄격했다. 이것을 구첩口妾이라고 하여 가끔 서로 시샘도 하고 화도 내며 욕을 하기도 하고 웃고 떠들기도 하는데, 이것도 먼 길에는 심심풀이의 하나인 것이다. 내일은 곧바로 심양으로 들어갈 예정이다.

심양의 이모저모

성경잡지盛京雜識

가을 7월 10일 병술丙戌

비가 오다 곧 맑았다.

십리하에서 일찍 출발하여 판교보까지 5리, 장성점 5리, 사하보 10리, 폭교와자 5리, 전장포 5리, 화소교 3리, 백탑보 7리를 모두 합하여 40리를 행진하여 백탑보에서 점심을 먹고, 또다시 일소대 까지 5리요, 홍화포가 5리, 혼하 1리, 혼하를 배로 건너서 심양까 지 9리, 합하여 20리 길로 이날은 모두 60리를 갔다. 저녁에는 심 양에서 묵었다.

이날은 몹시 무더웠다. 요양성 밖을 돌아다보니 숲이 울창하게 우거지고 새벽 까마귀 떼가 들녘을 날아다녔다. 하늘 저편으로 한 줄기 아침 연기가 짙게 끼었는데 붉은 해가 솟아오르자 안개가 곱 게 피어오른다. 주위를 둘러보니 넓은 벌판에 거칠 것이 없다. 아 아, 이곳이 바로 옛 영웅들이 수없이 싸우던 그곳이로구나.

'범이 달리고 용이 날아갈 때 높고 낮은 것은 제 생각에 달렸 다.'(《후한서》〈하진전〉에 있는 말로, 큰 권세를 혼자 잡았으니 모든 일 이 자신의 뜻에 따라 이루어진다는 뜻)라는 옛말도 있으나, 천하의 안위는 요양의 이 너른 들판에 달렸으니 이곳이 편안하면 세상의 풍파가 잠잠하고 이곳이 시끄러우면 세상의 싸우는 북소리 또한 요란스레 울리는데 그것은 무엇 때문인가. 평평한 벌판과 넓은 들녘이 한눈에 보여 천 리가 탁 트인 것 같은 이곳을 지키자니 힘이 들고, 버리자니 오랑캐가 쳐들어와 방어할 수가 없으니 중국으로서는 천의 병력을 기울여서라도 이곳을 지켜야 천하가 편안하다 할 것이다.

지금까지 100년 동안 아무 일이 없었던 것은 그들의 덕화와 정치가 전대前代보다 더 나았기 때문이고, 심양은 원래 청淸이 일어난 자리에서 동쪽으로는 영고탑과 마주보고 있고, 북쪽으로는 열하를 끌어당기며, 남쪽으로는 조선을 감싸고 있어 보이는 곳마다 완벽하게 하니 그 역대에 비해 훨씬 좋기 때문이다.

요양에 들어서니 뽕나무와 삼밭이 가득하고 개나 닭 우는 소리들이 끊이지 않으니, 100년 동안 사고가 없었다. 청의 황제는 오히려 할 걱정이 없어 걱정할 지경이다.

몽고의 수레 수천이 벽돌을 심양으로 실어 나르는데 소 세 마리가 수레 하나를 끌고 있다. 그 소는 흰빛에 푸른빛이 나기도 하는데 찌는 듯한 무더위가 힘에 겨운 듯 짐을 끄느라고 코에서 피까지 흐른다. 몽고 사람들의 코는 오뚝하고 눈은 움푹 패어서 험상궂어 보이는데 그 사납고 날쌘 모습이 사람 같지 않아 보인다. 거기에다 옷과 모자는 다 떨어지고 얼굴에서 땟국이 줄줄 흐르면서도 버선은 꼭 신고 다닌다.

우리 하인들이 정강이를 내놓고 다니자 이상스럽게 생각을 한다. 우리 말몰이꾼들은 매년 몽고인들을 만나보았기 때문에 그 성격을 잘 알아 서로 농담까지 하며 길을 간다. 채찍 끝으로 그들의 떨어진 모자를 벗겨 길가로 던져버리기도 하고, 공처럼 차버리기도 한다. 그러나 몽고인들은 성을 내지 않고 부드러운 말씨로 웃으면서 돌려달라고 오히려 부탁을 한다. 하인들은 그들의 벙거지를 벗겨서 쫓기는 체하며 밭 가운데로 가다가 갑작스럽게 몸을 돌이켜 그들의 허리를 잡고 다리를 걸어차면 틀림없이 넘어지고 만다. 그리고 그 가슴에 올라타고 앉아 입에 흙먼지를 넣는다. 되놈들은 가던 수레를 멈추고 이 광경을 보고 한바탕 웃는다. 밑에 깔렸던 몽고인도 따라 웃으며 일어나서 입을 닦아내고 벙거지를 털어 쓰고 덤벼들지는 않는다.

길에서 수레 하나를 만났는데 일곱 사람이 타고 있었다. 붉은 옷을 입고 어깨와 등을 쇠사슬로 얽어매어서 목덜미를 채웠는데 한쪽 끝은 손에 매고 한쪽 끝은 다리를 묶었다. 이들은 금주위의 도둑으로서 사형시킬 것을 한 등급 감하여 멀리 흑룡강 수자리 터로 귀양 보내는 것이라고 한다. 그들의 입과 눈의 생김새는 무서워 보였으나 수레 위에서 서로 웃고 떠들어대는데 괴로워하는 표정은 찾아볼 수가 없다.

수백 필의 말이 길을 휩쓸고 지나가는데 맨 끝의 사람은 좋은 말을 타고 손에는 수숫대 하나를 쥐고 말 떼의 뒤를 따라간다. 말들은 굴레와 고삐도 없이 가끔 한 번씩 뒤를 돌아보며 걸어간다.

탑포에 다다르니 탑은 동네 한가운데 우뚝 솟아 있는데 8면 13층이고, 높이는 20여 길이나 된다. 층마다 동그란 4개의 문이 열

려 있어 그 안으로 말을 타고 들어가서 올려다보니 갑자기 현기증
이 났다. 뒤돌아 나오니 일행이 벌써 사관에 들어가서 얼른 후담
으로 뒤쫓아 들어갔다. 주인 턱 밑에서 갑자기 강아지 소리가 나
서 깜짝 놀라 주춤거리니 주인이 미소를 지으며 앉으라고 권한다.

주인은 긴 수염이 희끗희끗한 늙은이로 방 안에 있는 나지막한
걸상에 우뚝 걸터앉았다. 할멈 하나가 창 밖에 의자를 마주하고
앉아 있는데 붉은 촉규화 한 송이를 머리에 꽂고, 옷차림새는 짙
은 청빛에 복숭아꽃 무늬가 놓여 있는 치마를 입었다.

할멈의 품속에서 강아지 한 마리가 사납게 짖어대자 주인 영감
이 가슴속에서 토끼만 한 삽살강아지 한 마리를 천천히 끄집어낸
다. 털은 한 치쯤이나 되게 길어 보이며 눈같이 희고, 등은 옅은
푸른 빛깔이며 눈은 노랗고 입가는 불그스름했다. 할멈도 옷자락
을 벌려 강아지 한 마리를 꺼내 보이니 털빛이 똑같았다.

할멈이 웃으면서 말한다.

"손님, 이상하게 생각하지 말아요. 우리 영감과 내가 아무 하는
일 없이 집안에 처박혀 있으니 긴 하루해를 보내기가 지루하기 짝
이 없어, 이것들을 안고 놀다가 가끔 남의 놀림거리가 된답니다."

그래서 내가 물었다.

"주인댁은 자손이 없으신가요?"

그러자 주인이 대답하기를,

"아들 셋과 손자 하나가 있지요. 맏아들은 올해 서른한 살로 지
금은 성경장군을 모시고 가는 장경이고, 둘째 아들은 열아홉 살이
고, 막내는 열여섯 살인데 둘 다 서당에 다니며 글을 배웁니다. 아

홉 살 된 손자는 저기 버드나무에서 매미를 잡는다고 온종일 나가 노는데 해가 지도록 코빼기도 구경하기 힘들 정도랍니다.”

조금 있으니 주인의 어린 손자가 손에 웬 나팔을 하나 쥐고 숨이 차게 뛰어 들어와 후당으로 가서 노인의 목을 끌어안고 그런 나팔을 사 달라고 졸라댄다. 노인은 얼굴에 사랑을 가득 담은 미소를 띠고,

“이런 것은 쓸모가 없단다.”

하고 타이르지만 목이 희고 맑은 그 아이는 살굿빛 무늬가 놓인 비단 저고리를 입은 채 갖은 재롱과 어리광을 다 떨며 여기저기 뛰어다닌다. 노인이 손자에게 손님을 향해 인사드리라고 가르치는데, 이때 군뢰가 눈을 부라리며 후당으로 쫓아 들어와 나팔을 홱 낚아채고 호통을 치니 노인이 일어나 정중히 사과한다.

“죄송하오. 손자 놈이 장난감인 줄 알고 가져온 것 같은데 다행히 물건은 상하지 않았소이다.”

“물건은 이미 찾았는데 구태여 소란을 피워 사람을 무안케 하다니 너무 지나치지 않은가.”

나도 군뢰에게 점잖게 말한 다음 다시 주인에게 묻기를,

“이 개는 어디에서 나는 것입니까?”

주인이 말하기를,

“운남에서 나는 것인데 촉중蜀中에도 이와 같은 강아지가 있답니다. 이 강아지는 옥토아라 부르고 저 강아지는 설사자라고 부르며 둘 다 모두 운남산이랍니다.”

하며 주인이 옥토아를 불러 인사하라고 하니 그 강아지는 똑바로

서서 앞발을 가지런히 모아 치켜들고 절하는 흉내를 내고 다시금 머리가 땅에 닿도록 까딱거린다.

　장복이 와서 식사를 물어보기에 내가 일어나니 주인이 말하기를,

　"손님, 영감이 무척 귀여워하는 것이나 이 강아지를 손님께 드릴 테니 방물을 바치시고 돌아오실 때 가져가셔도 좋습니다."

　"고마운 말씀이시지만 어떻게 감히 함부로 받겠습니까?"

라고 말하며 급히 돌아왔다.

　일행은 벌써 나팔을 불며 떠날 준비를 마쳤으나 나의 행방을 몰라서 장복을 시켜 찾아다닌 것이다. 밥은 지은 지 오래 되어 식었고, 또 마음이 바빠 목에 넘어가지 않으므로 장복과 창대에게 나눠 먹으라 이르고, 다른 음식점으로 가서 국수 한 그릇과 소주 한 잔과 삶은 계란 세 개와 참외 한 개를 사 먹고 마흔두 닢을 세어주고 나니 상사가 문 앞을 막 지나가고 있다. 변 군과 더불어 고삐를 나란히 하고 길을 떠났다. 배가 불러 20리 길을 거뜬히 갔다. 해는 벌써 사시巳時(오전 9시~11시)에 가까워 볕이 아주 따가웠다.

　요양에서부터는 길가에 버드나무를 많이 심어 놓아 울창한 그늘에서 더위를 조금씩 피할 수 있다. 버드나무 밑에 물이 괸 웅덩이가 가끔 있어 그곳을 피하려고 돌아 나오면 따가운 햇살과 후끈거리는 흙 기운으로 가슴이 꽉 막히고 갑갑해진다.

　저쪽 버드나무 그늘 밑을 보니 말과 수레가 웅성웅성 모여 있어 그쪽으로 가서 잠깐 쉬기로 하였다. 수백 명의 장사꾼들이 짐을 내려놓고 땀을 식히기도 하고, 버드나무 가지에 걸터앉아 옷을 벗은 채 부채질을 하면서 차나 술을 마시고, 머리를 감거나 깎기도

하고, 골패도 치며 팔씨름을 하기도 했다.

짐 속에는 그림을 그린 자기가 들어 있고, 껍질을 벗긴 수숫대로 조그맣게 누각 모양을 만들어 그 속에 우는 벌레나 매미를 넣은 것들도 열 짐 정도 되었다. 항아리에 빨간 벌레와 파란 마름을 넣어주니 빨간 벌레는 작은 새우의 알처럼 물 위에 둥둥 떠다니는데, 이것은 모두 고기밥으로 쓰이는 것이다. 다른 30여 채의 수레는 모두 석탄을 실었다.

술과 차와 떡과 과일 등 갖가지 음식을 파는 자가 모두 버드나무 그늘 밑에 걸상을 죽 늘어놓고 앉아 있다. 나는 여섯 푼으로 양매차(소귀나무의 열매를 볶아서 만든 차) 반 사발을 사서 목을 축이니 그 맛이 달고 신 것이 제호탕(오매육, 백단향, 사인 초과 등의 가루를 꿀에 넣어서 끓인 청량음료)과 비슷했다.

태평차(청나라 탈것의 하나) 한 채에 두 사람이 타고 있는데 그것을 한 마리의 나귀가 끌고 간다. 나귀는 물통을 보자 수레를 이끈 채 통으로 달려들었다. 한 여인은 나이 들었고 다른 여인은 젊은데, 앞을 가린 발을 걷어 올리고 바람을 쐬고 있었다. 꾀꼬리 무늬가 수놓인 파란 윗옷에 주황 빛깔 치마를 입고 똑같이 옥잠화와 패랭이꽃과 석류화로 머리를 장식했는데 한漢나라 여자 같았다.

변 군이 술을 마시자고 하기에 한 잔씩 마시고 다시 길을 떠났다. 얼마 안 가서 불탑佛塔이 군데군데 눈에 환히 들어오는 것을 보니 심양이 가까워진 모양이다.

어부가 손을 드니 강성江城이 이곳이요

뱃머리에 우뚝 솟은 탑 볼수록 높아지네

라고 했던 옛 시가 문득 떠올랐다. 그림을 모르는 사람이 시를 알리가 없는데, 그림에는 옅고 짙음이 있으며 멀고 가까움이 있기 때문이다. 지금 이 탑의 모양을 보니 옛날 사람이 시를 지을 때 그림 그리는 방법을 충분히 알고 지었을 것을 짐작할 수가 있는데, 성의 멀고 가까움을 탑의 길고 짧음으로 나타내고 있다.

혼하는 아리강이라고도 하고, 소요수라고도 한다. 장백산에서 흘러 내려와 사하와 합쳐져서 성경성 동남을 굽이쳐 돌아 태자하와 다시 합하여 흐르다 갈라져 요하와 삼차하가 되어 바다로 흘러 내린다. 혼하를 건너서 얼마 안 가면 토성이 있는데 별로 높지는 않다. 그 성 밖으로 수백 마리의 소가 있는데 그 빛깔이 무척 새까맣게 보였다. 100경頃이나 되는 큰 못에는 붉은 연꽃과 많은 거위와 오리 떼가 떠다닌다. 그 못가에는 천여 마리의 흰 양이 물을 먹기도 하고 머리를 쳐들고 사람을 보기도 한다. 문 안으로 들어서니 수많은 사람과 상점들이 요양보다 열 배나 크고 호화로웠다.

관문에 들러 잠깐 쉬고 있는데 삼사가 벌써 관복을 갖추었다. 이때 수화주로 지은 홑적삼을 입고 이마는 벗겨지고 뒷머리는 땋아 내린 한 노인이 나에게 다가와 읍하고 나서,

"여기까지 오시느라고 수고하셨습니다."

라고 하기에 내가 손을 들어 답례하였다. 노인이 내가 신고 있는 가죽신을 눈여겨보며 만드는 법을 알고 싶어 하는 것 같아 한 짝을 벗어 보여주었다.

사당 안에서 한 도사가 뛰어나오는데, 야견사 도포를 걸치고 머리에는 등갓을 쓰고 검은 공단신을 신고 있었다. 도사가 갓을 벗어 들고 상투를 매만지면서 말하기를,

"이것이 영감님의 것과 꼭 같은 것입니다."

라고 하자 노인은 자기 신과 내 신을 번갈아 신어보면서 물었다.

"이 신은 어떤 가죽으로 만들었습니까?"

"당나귀 가죽으로 만들었습니다."

내가 대답하자 그가 다시 묻는다.

"밑창은 무슨 가죽으로 하셨는지요?"

"쇠가죽에 들기름을 발라서 만들었습니다. 흙물을 밟아도 젖지 않는답니다."

라고 대답하였다. 노인과 도사는 참 좋다고 한 마디씩 칭찬을 하면서 다시 물었다.

"이 신이 물 있는 데서는 좋아도 마른 땅에서는 발이 부르터 불편하지 않나요?"

"실은 그렇기도 하지요."

내가 대답하자 노인이 나를 사당 안으로 인도하고, 도사가 차두 주발을 따라오더니 마시기를 권했다. 노인은 자기를 복녕이라고 하며 만주 태생으로 지금은 성경 병부낭중의 벼슬자리에 있는데 나이가 예순셋이라 하였다. 성 밖으로 구경 나와 큰 못에 만발한 연꽃을 둘러보다가 지금 돌아가는 길이라고 한다. 그는 다시 계속해서 말하기를,

"영감의 벼슬은 몇 품이시며 춘추는 몇이십니까?"

"나는 평범한 선비의 몸으로 중국에 유람하러 온 것입니다. 나이는 정사생丁巳生이오."

라고 대답하니 그가 다시 묻는다.

"월일과 생시는 어떻게 됩니까?"

"2월 5일 축시丑時입니다."

라고 내가 대답했다. 그러자 그는 다시 묻기를,

"그렇다면 하마경인가요?"

"아니오."

라고 내가 말했다. 복녕이 다시 묻는다.

"옆자리에 앉아 계신 분은 지난해에도 오셨습니다. 그때 제가 서울서 막 내려오다가 옥전에서 며칠 동안 객사에서 함께 묵은 일이 있는데 아마 한림 출신인가 보지요?"

"한림이 아니고 부마도위인데 나와는 삼종형제 사이지요."

라고 내가 답했다. 부사와 서장관에 대해 다시 묻기에 일일이 성명과 관품을 가르쳐주었다.

사행들이 옷을 갈아입고 떠나려 하는 것을 보고 복녕에게 작별 인사를 하였다. 복녕이 앞으로 나와 손을 잡고서,

"행차에 몸 보중하십시오. 앞으로 더위가 점점 더하게 될 것이니 찬 음료수를 함부로 먹지 마십시오. 서문 안에서 마장거리 남쪽으로 우리 집이 있습니다. 문 위에 병부낭중이란 패가 있고, 금색 글자로 계유문과라 써 붙였으니 찾기 쉽지요. 그런데 언제쯤 오시지요?"

라고 하기에 나는,

"9월 중에나 성경으로 돌아올 것 같습니다."
라고 하니 복녕은 다시,

"그때 별로 급한 일이 없으시면 꼭 한 번 들러주십시오. 당신의 사주를 이미 알았으니 가만히 운수를 헤아려두었다가 반갑게 맞이하겠습니다."

그 말이 너무나 정중하여 몹시 서운한 생각에 젖게 했다. 도사는 코끝이 뾰족하고 눈이 우뚝하며 행동이 불순해 보여 차분한 맛이라고는 전혀 없었는데 복녕은 털털하며 서민적이었다.

문무관이 반班을 짜서 삼사가 말을 타고 차례차례 성 안으로 들어갔다. 성 둘레는 10리이며 벽돌로 여덟 개의 문루를 쌓았고, 누는 모두 세 층으로 옹성을 쌓아서 보호했다. 좌우에는 동서로 대문이 두 개 있어 네거리가 서로 통하도록 돈대를 쌓고, 그 위에 세 층으로 문루를 세워두었다. 문루 밑은 열십 자로 벌어 있는데 수레바퀴가 서로 부딪치고 어깨가 서로 닿아 바닷물처럼 그 소란스러움이 굉장하다. 그림을 그려 넣은 2층집과 길 하나를 사이에 두고 상점이 있는데 창문에 빨갛게 간판을 써 붙이고 푸른 방榜을 붙였으며 갖가지 보화가 가득히 진열되어 있다. 상점을 보는 사람들의 얼굴은 핏기가 없었으나 옷과 갓을 차려 입은 모양새는 단정했다.

심양은 원래 우리나라 땅이었는데 혹자는 이르기를,

"한漢이 4군을 두었을 때는 낙랑의 군청이었지만 원위(남북조시대의 후위, 그의 성은 본시 척발이었으나 효원제에 이르러서 원으로 고쳤으므로 원위라 일컬음), 수隋, 당當나라 때에는 고구려에 속했다."

라고도 한다. 지금은 성경이라고 부르는데 봉천부윤은 백성을 다스렸으며, 봉천장군인 부도통은 팔기를 통합하고, 승덕지현은 각 부를 만들어 좌이아문을 세웠다. 문의 맞은편에는 조장(병문屛門의 담)이 있고 거기에 옻칠한 나무를 어긋나게 맞추어 난간을 만들어 세웠다. 장군부의 앞에는 패루(우리나라 홍살문 같은 기념용 장식 건물) 한 채를 크게 세웠는데, 그 지붕의 울긋불긋한 유리기와는 길에서도 바라볼 수 있었다.

내원, 계함과 같이 행궁 앞을 지나가다가 짧은 채찍을 손에 쥐고 바삐 걸어가는 관인 하나를 만났는데 내원의 마두인 광록이 관화官話를 잘하므로 얼른 그 관인을 쫓아가서 한 무릎을 꿇고 머리를 조아리니 그는 광록을 일으켜 세우면서,

"아, 형님. 갑자기 왜 이러십니까? 편히 쉬십시오."

라고 하자 광록은 절을 한 번 하며,

"저는 조선의 방자이온데 우리 상전께서 큰 임금님이 계신 궁궐을 구경해 보는 것이 하늘같이 높은 소원이시니, 영감께서 이 소원을 풀어주시겠습니까?"

라고 하자 관인은 웃으면서,

"그쯤이야 어려울 것 없으니 날 따라오시오."

라고 하기에 곧 따라갔는데, 걸음이 날아갈 듯이 빨라 쫓아갈 수가 없을 지경이었다. 막다른 길에 이르자 붉은 목책 앞에서 관인이 돌아다보며 채찍으로 한 곳을 가리키며,

"여기서 조금만 기다리시오."

하고는 몸을 돌이켜 그 안으로 들어가 버렸다. 내원이,

"어차피 들어가 보지 못할 텐데 우두커니 이렇게 서 있는 것은 싱거운 노릇이니 겉으로 한 번 바라본 것만이라도 다행이라고 생각하고 그만 돌아가지."

라고 하며 계함과 같이 술집으로 돌아갔다. 내가 광록과 같이 목책 안으로 들어가다 보니 정문에 태청문이라고 씌어 있다. 그 안에 들어선 광록이 하는 말이,

"금방 만났던 관인은 수직장경이 틀림없을 것입니다. 작년에 하은군(이광)을 모시고 왔을 때도 행궁 여기저기를 구경했는데 막는 사람이 아무도 없어서 마음 놓고 구경할 수 있었습니다. 만약에 우리를 발견하고 쫓아낸다면 그냥 밖으로 나와 버리면 되지요."

라고 하기에 나는 곧,

"그래, 네 말이 옳다."

라고 했다. 그리고 전전前殿으로 걸어 들어가 숭정전과 정대광명전이라고 쓰인 현판을 보았다. 왼쪽은 비룡각이고 오른쪽은 상봉각이라 하였다. 그 뒤로 봉황루라고 하는 높은 3층 다락이 있었고 좌우로는 익문이 나 있었는데, 문 안에 수십 명의 갑군이 길을 막아섰다. 어쩔 수 없이 멀리 문 밖에서 바라보니 누각 겹전과 겹겹이 둘러싼 회랑들이 휘황찬란한 유리기와로 높은 지붕을 이었다. 여덟 모가 난 2층집은 대정전이라 하였고, 태청문 동쪽으로 있는 신우궁 안에는 삼청(원시천존, 태상도군, 태상노군)의 소상을 모시고 있는데, 강희제의 친필로 '소격', 옹정제(강희제의 아들)의 친필로 '옥허진제'라고 써 붙였다. 다시 돌아 나와 내원과 술집으로 들어왔다. 기旗에 금색 글자로 시가 씌어 있었다.

하늘 위에는 하나의 주성酒星이 반짝반짝 빛나고,

인간 세상의 주천(경북 예천의 옛 이름) 마을은 하릴없이 알려
져 있네.

술집은 붉은 난간에 문은 파랗고 하얀 벽에는 그림이 그려져 있
고, 찬장 위에는 층계마다 놋으로 만든 술통을 나란히 늘어놓고
술 이름을 붉은 종이로 써 붙였는데 다 셀 수 없을 만큼 많았다.
조 주부 학동이 사람들과 술을 마시고 있다가 웃으면서 일어나 나
를 반긴다. 방 안에는 멋진 걸상이 오륙십 개 있고, 이삼십 개의
탁자가 놓여 있으며 수십 개의 화분에 아침저녁으로 물을 주고 있
었다. 추해당과 수구화가 만발하였는데 그 밖의 다른 꽃들은 다
생소한 것들이다. 조 군이 나에게 불수로(술 이름) 석 잔을 권하였
다. 계함은 어디로 갔느냐고 물어보았으나 모른다고들 대답했다.
나는 곧 자리를 털고 일어섰다.

한길로 나가서 주부 조명회를 만났는데 무척 반가워하면서 술
을 실컷 마셔보자고 하기에, 지금 나온 술집을 가리키며 가서 마
시자고 하니 조가 말했다.

"꼭 저 집이 아니더라도 그 정도 술은 어디에나 있습니다."

우리는 다른 술집으로 들어갔다. 어둡지만 호화로움은 옆집보
다 더했다. 달걀부침 한 접시와 사괴공(술 이름) 한 병을 시켜 싫증
이 날 정도로 마시고 나왔다.

골동품을 취급하는 상점에 들어갔다. 그 집은 예속재라 하고,
수재 다섯 사람이 동업을 하는데 나이가 모두 어리고 얼굴이 고운

젊은 청년들이었다. 밤에 그 집을 다시 찾아가 이야기를 나누기로 약속하고 나왔는데 그 자세한 내용은 〈속재필담粟齋筆談〉에 따로 실었다.

　다른 상점에 들렀다. 먼 곳에서 온 선비들이 갓 문을 연 비단 포목집으로 이름은 가상루라고 부르며 안에는 여섯 사람이 있는데 의관 차림이 깨끗해 보이고 말과 행동이 얌전하여 밤에 예속재에 나와 다시 이야기하기로 약속하였다.

　형부刑部 앞으로 지나가니 아문이 활짝 열려 있는데 아문 앞에 있는 나무를 어긋나게 맞추어 둘러쳐서 아무나 함부로 출입하지 못하게 해놓았다. 관부의 제도를 낱낱이 봐두기 위해 여러 아문 중 열려져 있는 문 안으로 들어갔는데 타국 사람인 나를 막는 사람이 하나도 없어 아무런 방해도 받지 않았다.

　관인 한 사람이 걸상 위에 걸터앉아 있고 그 뒤로 한 사람이 지필을 손에 든 채 보호하고 있었다. 뜰아래에는 죄인 한 사람이 꿇어앉아 있고, 그 양쪽으로는 사령 한 쌍이 큰 곤장을 짚고 서 있는데, 명령이나 거행 등의 호통도 없이 관인은 죄인을 내려다보며 조용히 묻고 있었다. 얼마 지난 후 큰 소리로 치라고 호통하자, 그 옆에 서 있던 사령이 손에 들고 있던 곤장을 내던지고 죄인을 향해 달려가서 손으로 뺨을 너덧 번 후려치고는 다시 제 위치로 돌아가 곤장을 들고 선다. 다스리는 방법이 아무리 간단하다 해도 따귀를 때리는 벌은 들어보지 못했다.

　저녁 식사 후, 달이 밝아 약속대로 가상루에서 여러 사람들을 만나 예속재로 가서 밤이 늦도록 이야기하다가 헤어져 돌아왔다.

7월 11일 정해丁亥

맑고 아주 더웠다.

심양에서 묵다. 아침 일찍부터 성 안에서 우레 같은 대포 소리가 들린다. 상점들이 아침에 문을 열 때 종이 딱총을 터뜨리는데 바로 그 소리라고 한다. 얼른 일어나서 가상루에 가니 벌써 사람들이 많이 모여 있었다. 그들과 담소하다 사관으로 돌아가 아침을 먹고 같이 시내 구경을 하러 갔다.

팔을 꼭 끼고 지나가는 두 사람을 보니 유순하게 생겨서 혹시 글을 하는 사람인가 하여 따라가 목례를 하니, 팔을 풀고 아주 공손히 답례를 하고는 그냥 약방으로 들어가 버린다. 뒤따라 들어가니 빈랑(한약의 일종으로 소화제) 두 개를 가지고 넷으로 쪼갠 후 나에게 한쪽을 주며 먹어보라고 하면서 그들도 먹는다. 그들의 이름과 주소를 글로 써서 물었더니 들여다보고는 어리둥절하며 나가 버린다. 아마 글을 모르는 모양이다.

매년 연경에서 심양의 아문과 팔기八旗의 월급을 모아 지불하면 심양에서는 흥경과 선창, 영고탑 등지로 다시 나눠 보내는데 모두 합하여 125만 냥이라고 한다.

저녁에는 달빛이 유난히 밝았다. 변계함에게 가상루로 가자고 했다. 변 군이 쓸데없이 수역에게 가도 괜찮으냐고 물으니 수역의 눈이 휘둥그레지며,

"성경은 연경과 비슷한 곳인데 어찌 함부로 밤에 돌아다닌단 말이오."

하고 말하자 변 군이 시무룩해졌다. 수역은 아마도 어젯밤의 우리들의 일을 모르고 있는 모양이다. 만약 알게 되는 날이면 나까지 붙잡힐 것 같아서 혼자 빠져나와 장복에게 혹시 나를 찾는 사람이 있거든 금방 뒷간에 간 것처럼 대답하라고 해두었다.

산해관에서 북경까지의 이야기

관내정사關內程史

7월 24일 경자庚子에 시작하여 8월 4일 경술庚戌에 그쳤다.
모두 11일 동안이다. 산해관에서 연경까지는 640리다.

가을 7월 24일 경자更子

구름 한 점 없이 맑게 개었다. 이날은 처서다.

홍화포에서 떠나 범가장까지 20리를 가서 점심을 먹었다. 범가장에서 양하제까지 3리, 대리영 7리, 왕가령 3리, 봉황점 2리, 망해점 8리, 심하역 5리, 고포대 8리, 왕가포 2리, 마붕포 7리, 유관 3리, 모두 48리다. 이날은 68리를 걸었는데, 유관에서 묵었다.

관내의 풍기는 관동과는 아주 달라서 산천이 밝고 아름다우며 굽이굽이 그림 같다. 홍화포에서부터 돈대가 5리에 하나, 10리에 하나씩 있는데, 그 모양은 네모지고 바르며, 높이는 다섯 길, 그 위에 집 세 칸을 짓고 곁에는 세 길 되는 깃대를 세웠으며, 돈대 밑에 다시 집 다섯 칸을 지었다. 담 위에는 활집, 살통과 표창, 화포 등을 그려 붙였고, 집 앞에는 칼, 창, 검劍, 극戟을 꽂아 놓았으며, 봉화 드는 것과 망보는 일들에 관한 여러 가지 조목을 써서 벽에 붙여 놓았다.

7월 25일 신축辛丑

맑게 개었다.

유관에서 떠나 영가장까지 3리, 상백석포 2리, 하백석포 3리, 오가장 3리, 무령현 9리, 양장하 2리, 오리포 3리, 노가장 2리, 시리포 3리, 노봉구 5리, 다붕암 5리, 음마하 3리, 배음보 3리, 모두 46리를 가서 점심을 먹었다. 배음보에서 쌍망점까지 8리, 요참 5리, 달자영 3리, 부락령 6리, 노룡새 3리, 여조 13리, 누택원 3리, 영평부 2리, 모두 43리다. 이날은 89리를 가서 영평부에서 묵었다.

무령현을 지나자 산천이 더욱 명랑한 기운을 띠고, 성 안 거리에는 집집마다 금편金篇, 옥음玉흡이요, 패루가 곳곳이 휘황찬란하다. 길 오른편 한 문 앞에 부사와 서장관의 하인들이 가마를 멈추고 있다. 이는 곧 진사 서학년의 집이다. 부사와 서장관이 이 집에서 구경을 하고 있다 하기에 나도 말에서 내려 들어가니, 그 집이 사치스럽고 그릇들의 진기함이 과연 전날 듣던 바와 다름없다.

학년은 십여 년 전에 죽고 두 아들이 있는데, 맏이는 조분이고 둘째는 조신이다. 조신은 제법 문필에 능하여 《사고전서》(청의 건륭 37년에 시작해서 천하의 서적을 모아 16만 8천여 책을 경經, 사史, 자子, 집集의 네 종류로 나눠 정리한 것)를 펴내는데 서사원으로 뽑혀서 지금 북경에 가 있고, 다만 조분만이 집에 있긴 하나 문필이 매우 짧다. 그의 집에는 과친왕(청세종의 일곱째 아들), 아극돈(청고종 때의 명신으로 문장에 능하였음), 우민중(청고종 때의 학자, 정치가), 악이태(청태종 때의 명신), 황삼자(이름은 홍시), 황오자(이름은 홍

114　열하일기

서), 화석공친왕 등의 시를 붙여 놓았다. 그들은 모두 홍경 제관祭官으로 가는 길에 이곳에 묵으면서 시를 남기고 간 것이다. 우민 중과 아극돈은 다 해내의 명필이라 일컫건만 과친왕에 비해서 여간 손색 있는 것이 아니다.

또 침실 문설주 위에 백하 윤 판서 순(조선 숙종 때의 서예가로 백하는 호, 순은 이름, 자는 중화)의 칠절 한 수를 붙여 놓았고, 문 밖설주 위에는 조 참판 명채가 윤卅의 시를 차운한 것을 걸어 놓았다. 윤 공은 우리나라의 명필이라 한 점 한 획이 옛 법 아닌 것이 없어, 그 천재의 화려하고 고운 품이 마치 가는 구름과 흐르는 물같고, 먹빛이 짙고 연함과 획의 살찌고 여윈 것이 알맞게 섞였으나, 이제 그들의 글씨에 비해서는 손색이 없지 않음은 어인 까닭일까?

우리나라에서 글씨를 익힐 때는 옛날 사람의 참된 필적을 보지못하고 한평생 본뜬 것이 기껏해야 금석문자에 지나지 않으니 '금석'이란 다만 고인의 글씨에 대하여 그 모습을 상상할 수 있을 뿐그 붓놀림의 그지없이 오묘하고 고상하며 신비스러운 운치는 벌써 태어나면서부터 몸에 지니고 있는 것이다. 그러므로 아무리 본글씨체와 비슷하다 하더라도 그 뼈대가 뻣뻣해져서 전혀 필의가엿보이지 않으며, 그 먹빛이 짙을 때에는 먹돼지처럼 되고 마를때는 마른 등나무처럼 되니, 이는 다름 아니라 금석에 새긴 획이습성에 젖어 있고 또 종이와 붓이 그들과 다르기 때문이다.

중국서 옛날부터 고려의 백추지(백지를 다듬질한 것)와 낭모필을일컬었다 하지만 이는 특히 외국의 진기한 물건이라서 그런 것이지 실제로 쓰고 그리기에 좋은 것은 아니다. 종이도 먹빛을 잘 받고 붓길이 순순히 풀리는 것을 귀히 여기는 것이요, 반드시 단단하고 질겨서 찢어지지 않은 것만이 덕이 되는 것은 아니리라.

서위(명나라의 유명한 예술가로 시문과 서화에 모두 능하였으며, 자는 문장文長)가 말하기를,

"고려 종이는 그림에는 맞지 않고 다만 돈錢처럼 두꺼운 것이 좀 낫다."

라고 한 것으로 보아 그다지 좋게 여기지 않았다. 왜냐하면 우리나라 종이는 애초에 다듬지 않으면 결이 거칠어서 쓰기 힘들고, 도침(가죽이나 종이 등을 다듬잇돌에 다듬어서 반드럽게 하는 것)을 지나치게 하면 지면이 너무 빳빳해지므로 미끄러워서 붓이 머무르지 않고 딱딱해서 먹을 받지 않는다. 그러므로 우리 종이가 중국 것만 못 하다는 것이다.

붓은 부드럽고 날씬하며 고르고 순하여 팔과 함께 잘 돌아가는 것이 좋은 것이요, 빳빳하고 강하며 뾰족하고 날카로운 것은 그렇지 못한 것이다. 그러므로 중국에서 좋은 붓이라면 반드시 호주 것을 말하는데, 이는 오로지 양털을 쓰고 다른 털을 섞지 않는다. 양털은 다른 털에 비하여 가장 부드러우므로 부서지지 않고, 종이에 닿으면 먹을 마음대로 놀리는 것이 마치 효자가 어버이의 뜻을 말하기 전에 벌써 알아차리는 것과 같다. 그리고 '낭모필'이란 더욱 잘못인 것이, 이리가 무슨 짐승인지도 알지 못하고 어찌 그 꼬리를 얻을 수 있을 것인가? 이는 곧 족제비의 속명 광獷에서 나온 것이다. 그리하여 광獷 자에서 녹犭 변을 떼고 또 광廣 자에

서 엄厂을 버리면 곧 황黃 자가 되므로 이를 '황필黃筆'이라 한다. 이는 늘 굳세며 억세고 뻣뻣하여 부서질 염려가 있어 마치 동서를 가리지 않고 제멋대로 내닫는 철없는 아이 같다. 그러므로 우리 붓이 중국 것만 못 하다는 것이다.

종이와 붓이 이러한데다가 안동의 마간석(독천이라는 냇물 속에서 나는 유명한 벼룻돌) 벼루에 해주의 후칠 먹을 갈아서 왕희지(진晉의 서예가로 중국의 대표적 명필이며 희지는 이름, 자는 일소)의 《필진도서》(왕희지가 짓고 쓴 유명한 필첩)를 체첩으로 본받으니, 아무리 삼절법(세 번 붓을 꺾는 서법)을 쓰더라도 여윈 뼈대가 메마르다. 아이들의 습자에 쓰는 분판(종이가 귀하므로 널판에다 분을 칠하고 기름을 먹여서 종이로 대용하였음)이란 또 무엇인가.

그 후당이 매우 조용하고 깨끗하여 세간의 잡된 소리가 들리지 않고 강진향(남양 지방에서 나는 향나무의 일종)으로 만든 와탑이 있는데, 탑 위에 진열해 놓은 것들은 여러 사람이 지닐 수 없는 진기한 물건들이었고, 시렁 위에 놓인 서화는 그야말로 금권錦卷, 옥축玉軸으로 질서 있게 배치되었다.

정사, 부사의 비장들이 함부로 어지러이 뽑아서 무어라 떠들면서 빙 둘러서 펼쳐보는 품이 마치 조보朝報를 펴보듯, 피륙을 말라재는 듯이 접었다 꺾었다 하고, 함부로 날치는 양은 성을 무너뜨리고 전진을 떨어뜨리며 적장을 베고 적기를 부러뜨리는 듯한 기세다. 더구나 구경할 마음만이 바빠서 그 긴 것을 다 펴보기 어려우므로,

"공연히 펴기 시작했네그려."

하고 도리어 만든 공장工匠을 나무라며,

"이렇게 긴 축軸을 무엇에 쓴단 말인가? 병풍도 안 되겠고 족자도 못 만들 것을."

하고 투덜거린다. 그리고 어떤 이는,

"나는 그림을 모르네만, 그림이야 주홍빛 나는 까마귀가 가장 좋데그려."

한다. 그러고 보니 환현(진晉의 서화 애호가) 같은 사람은 자기 집에 손님이 와도 혹시나 붙여둔 서화를 더럽힐까 봐 기름과자를 대접하지 않았으니, 이야말로 참말 명사라 아니할 수 없다.

서편 벽 밑에서 별안간 군대가 행진하는 듯이 우당탕하는 소리가 나기에 깜짝 놀라서 돌아다보니 여러 사람이 정鼎(솥), 이彝(그릇), 준尊(질그릇으로 된 옛날 술잔), 호壺(작은 병) 등의 골동품을 제멋대로 들추어보고 있었다. 나는 하도 민망하여 바삐 문을 나섰다. 그 아래윗집이 모두 금색 글자로 현판을 달았기에, 다만 장복만 데리고 이집 저집 들러보았으나 모두 주인이 없었다.

한 집에 이르니, 담 밑에 자죽紫竹 수십 대가 자라고 축대 아래에 벽오동 한 그루가 서 있으며, 그 서쪽에는 두어 이랑 되는 연못이 있는데 흰 돌로 난간을 만들어 둘레는 둘렀다. 연못 가운데는 대여섯 자루 연밥이 떠 있고, 난간 가까이에는 거위 새끼 세 마리가 노닌다. 당堂 가운데는 주렴을 깊게 드리우고 주렴 속에는 뭇 사람의 지껄이고 웃는 소리가 와아 하고 들린다.

나는 연못가에 이르러 잠깐 난간에 기대어 섰다. 온 당 안이 잠잠하여 쥐죽은 듯하고 주렴 너머로 엿보는 것이 어른거린다. 나는 연못가를 배회하면서 당 안을 향하여 연거푸 기침을 보냈더니, 이윽고 한 동자가 뒤쪽에서 나오며 멀찌감치 서서 인사를 하고 소리를 높여 묻는다.

"어르신께서는 무엇 하러 여기를 오셨습니까?"

"너희 집 어른이 어디 계시기에 멀리서 오신 손님을 맞이하지 않느냐?"

하고 장복이 되물으니 동자가 대답한다.

"아버지는 아까 일가 어른 이 공과 함께 고려에서 온 양반들의 사관을 찾아 그들의 태의관을 만나러 가셔서 아직 돌아오시지 않았습니다."

"너희 댁에서 의원을 찾을 때는 필시 집안에 우환이 있는 게로구나. 내가 곧 태의관이고 이미 이곳까지 왔으니 진찰해 보아도 좋고, 또 진짜 청심환도 있으니 네 곧 가서 너의 아버지를 모셔 오너라."

라고 내가 말하였으나 동자는 들은 체도 않고 옷을 벌려서 거위 새끼를 몰아 새초롱에 넣고, 난간에 세워둔 낚싯대를 집어서 연못 가운데에 꺾어진 연잎을 끌어내어 우산처럼 들고 가버린다.

주렴 안에는 일고여덟 사람이 있는 듯한데, 뭐라고 소곤소곤하고는 또 입을 막고 가만히 웃는 소리가 들린다. 한참 서성거리다가 몸을 돌이켜 나오는데 장복을 돌아보니 그 귀밑의 사마귀가 더 커진 듯싶다. 조 주부 명회와 함께 나란히 말을 타고 가면서,

"무령의 풍속이 좋지 못하군."

하였더니 조는,

"무령 사람들은 조선 사람들을 귀찮은 손님으로 여긴답니다. 서학년은 본래 성품이 손님을 좋아하는 편이어서 처음으로 백하 윤공을 만나 흉금을 터놓고 곡진히 대접하고 간직하고 있던 서화를 내어보였던 것인데, 그 후 무령현 서 진사의 이름이 우리나라에 알려져 해마다 사행이 반드시 그의 집에 들르게 되었답니다. 그러나 사실 그 고을에 서 씨 집보다 더 나은 집들이 많고 또 손님을 좋아하는 주인도 다 학년만 못 하지 않으나, 공교롭게도 윤 공이 먼저 학년을 만나게 되었고 그가 가진 것이 우리나라의 재상도 당할 수 없음을 보고는 입에 침이 마르도록 칭찬을 하여, 그 뒤로 역관들이 으레 서 씨 집으로 찾아들게 된 것은 역시 다른 집을 귀찮게 하지 않으려는 것입니다. 우리 사행은 하인을 수십 명 거느리는 까닭에 비록 몇 길이나 되는 문호라도 드나들 때에는 반드시 소리를 갖추어 알리고, 또 한 군데 당에 오르면 물러나 기다릴 줄 모르는 것은 대청이 없기 때문입니다. 학년의 집에서도 접대가 차츰 전과 같지 못하던 것이 그가 죽은 뒤에는 아들들이 조선 손님을 아주 귀찮게 여겨서, 우리 사행이 올 무렵이면 좋은 그릇은 따로 챙겨두고 너저분한 것들만 벌여 놓고 겨우 인사치레를 할 뿐이랍니다. 이제 그 옆집에서 피하고 숨은 것도 역시 학년의 집처럼 될까 두려워하기 때문일 것입니다."

하고 말했다. 그래서 서로 한바탕 크게 웃었다. 윤 공이 돌아온 뒤에 되놈의 새끼에게 재주를 팔았다 하여 탄핵을 입었다 함은 대개 시詩를 지은 까닭이다. 당시 언론의 지나침이 이 경지에 이르렀단 말인가.

유주와 기주의 산세는 맑은 기운이 서렸다. 태항산이 서쪽으로 쫓아와서 연경을 껴안은 듯하고, 의무려산이 동으로 달려서 후진이 되어 용이 나는 듯 봉이 춤추는 듯하여 각산에 이르러 뭉툭 잘리어 산해관이 되었다. 관에 들어서자 산들은 더욱 대막의 억세고 거친 기세를 벗어나서 남으로 탁 트인 국면이 맑고 **빼어나며** 밝고 부드럽다. 창려에 이르자 모든 바닷가 고을들의 산기는 더욱 아름다웠다. 우공의 갈석이 창려현 서쪽 20리 되는 가까운 곳에 있으니 위무제 조조의 시에,

　　동으로 갈석에 다다라
　　아득한 저 바다 구경코저

라 함은 곧 이를 말한 것이다.

이 고을에는 한문공(당의 저명한 문학가 한유, 문공은 시호, 자는 퇴지)과 한상(한유의 조카로 자는 청부)의 사당이 있다. 《당서》〈본전〉에는 문공을 등주 남양인이라 하였고, 《광여기》에는 창려인이라 하였으며, 송나라의 원풍(신종의 연호) 연간에 문공을 창려백으로 봉하였고, 원나라의 지원(세조의 연호) 때에 이르러서 비로소 이곳에다 사당을 세워서 지금도 문공의 소상(찰흙으로 만든 형상)이 있다 한다. 내 평생에 문공을 꿈속에서도 그리워했으므로 여러 사람에게 함께 가보자 하였으나 응하는 이가 없으니, 이는 20리나 돌아가야 하기 때문이다. 혼자서 가기도 어려우니 한스러운 일이다.

지나는 길에 동악묘에 들렀다. 뜰에 비석이 다섯 기가 있고 전각 위에는 금색 글자로 '동악대제'라 써 붙였고, 그 가운데에는 금신 金神 둘을 앉혔는데 모두 단정히 손을 모으고 홀笏을 잡았다. 후전 後殿도 전전과 같은데, 여상女像 셋을 앉혔고 이름을 '낭랑묘'라 한다. 머리에는 모두 면류관을 썼다.

영평부에 이르니 성 밖으로 굽이쳐 흐르는 강물이 성을 둘러싸서 그 지형이 평양과 흡사하다. 시원하게 툭 트인 것은 평양보다 더 낫다. 다만 대동강과 같은 맑은 물이 없을 뿐이다. 세인들의 전하는 말에 '김 학사 황원(고려 예종 때의 문학가)이 부벽루에 올라가서,

> 긴 성 저 한편에는 용용히 흐르는 강물이요
> 넓은 벌 동쪽 머리엔 점점이 찍힌 뫼이로다

이 두 구절을 읊고는 아무리 끙끙거려도 시상이 떠오르지 않아서 그 다음을 잇지 못한 채 통곡하며 내려오고 말았다.'라고 한다. 그리하여 사람들이 평하기를 '평양의 아름다운 경치가 이 두 구절에 다 표현되었으므로 그 뒤 천 년이나 되는 오랜 시간을 지냈건만 다시 한 구절도 덧붙이는 이가 없다.'

그러나 나는 늘 이것이 좋은 글귀가 아니라 생각된다. 왜냐하면 '용용溶溶'은 큰 강大江의 형세를 표현함에는 부족하고, '동쪽 머리東頭'와 '점점點點'의 산이란 그 거리가 40리에 불과한데 어찌 넓은 벌大野이라 이를 수 있으리오. 이제 이 글귀를 연광정의 주

련으로 붙였으나, 만일 중국의 사신이 이 정자에 올라가서 읽어본다면 반드시 '넓은 벌' 글자를 보고 웃을 것이다. 그런데 이곳 영평성루는 그야말로 '넓은 벌 동쪽 머리엔 점점이 찍힌 뫼이로다.' 라고 할 만하다. 또 어떤 이는 '영평도 역시 기자가 수봉한 땅이다.' 라고 하나 이는 잘못이다. 영평은 곧 한나라의 우북평이요, 당나라의 노룡새다. 옛날은 아주 궁벽한 땅이었던 것이 요나라, 금나라 때부터 북경 가까이에 있어서 거리와 점포가 다른 곳보다 번성하고, 진사의 패액이 무령에 비해 훨씬 많다. 영평부 앞에 있는 문에 '고지우북평古之右北平'이라 써 붙였다.

어두워진 뒤에 정 진사와 함께 조용히 거닐다가 우연히 한 집에 들르니, 마침 등불을 켜 놓고 〈고려진공도〉(조선 사행의 광경을 그린 것)를 새기는 중이다. 지나온 길의 바람벽에 흔히 이 그림을 붙여 놓은 것을 보았는데, 모두 너절한 그림에다 추하게 찍어내어 괴상스럽고 가소로웠다. 그 그림에 홍포를 입은 것은 서장관이요, 흑립을 쓴 건 역관이요, 얼굴이 흡사 중과 같으면서 입에 담뱃대를 문 것은 전배의 비장이요, 곱슬 수염에 고리눈을 하고 있는 것은 군뢰다. 여기서 새기는 것도 추악하기 그지없어서 얼굴이 모두 원숭이처럼 되었다. 당 가운데에 세 사람이 있으나 함께 이야기할 만한 자들이 못 된다. 탁자 위에 돌병풍이 놓여 있는데 높이가 두 자 남짓, 넓이는 한 자쯤 되는 화반석이다. 강산, 수목, 누대, 인물 등을 그려 새겼으되, 모두 돌무늬를 따라 천연의 빛깔을 내어 그 미묘함이 신선의 경지에 들 지경이다. 강진향으로 받침대를 만들어 세웠다.

이때 소주 사람 호응권이란 자가 화첩을 하나 가지고 왔는데, 겉장에는 어지럽게 초서로 씌어 있고 먹똥이 덕지덕지 묻어 있는데다 형편없이 낡아서 한 푼어치도 안 되어 보이지만, 호생의 거동을 보니 마치 세상에 다시없는 보배인 듯 사뭇 조심하여 이를 받들고 꿇어앉아서 여닫는 데도 깍듯이 한다. 정 군이 눈이 침침해서 두 손으로 이를 움켜쥐고 책장을 바람처럼 재빨리 넘기니, 호생이 얼굴을 찡그리며 못마땅해 하는 기색이 역력하다.

정 군이 다 보고는 홱 집어던지면서,

"겸재(조선 숙종 때의 유명한 화가 정선의 호, 자는 원백)나 현재(겸재의 제자인 심사정의 호, 자는 이숙)가 모두 되놈의 호이구먼."

하기에 나는 웃으면서,

"아니 보아도 잘 알 일이지."

하고 호생에게 물었다.

"당신은 이걸 어디서 구하셨소?"

"아까 초저녁 때 귀국 김 상공('상공'은 애초에는 '정승'을 의미했는데 여기서는 상인들끼리 서로 높여서 하는 말)이 우리 상점에 오셔서 팔고 갔소. 김 상공은 믿음직한 사람이옵고 또 나와는 정분이 자별하여 친형제나 다름없습니다. 문은(은괴 중에서도 그 빛이 가장 좋은 것) 3냥 5푼을 주고 샀으나, 만일 비단으로 발라서 잘 꾸며 고쳐 놓으면 7냥은 실히 가리다. 다만 그린 이의 관지가 없사오니, 바라옵건대 선생께서 이를 일일이 고증해서 적어주시옵소서."

하고는, 이내 품속에서 붉은 주사 한 홀忽을 꺼내어 패물로 주며 그린 이의 약력을 간곡히 부탁한다. 주인도 주과를 내어 왔다.

대개 우리나라의 서화첩에는 연호도 없고 이름을 적기도 꺼리며, 시축詩軸의 끝에 흔히들 '강호산인'이라 하였을 뿐 어느 때 어느 곳 아무 성 어떠한 사람의 솜씨인지 알 길이 없다. 이 책에도 간단하게 두 글자로 된 별호가 적혀 있기는 하나 분명하지 않아서 누가 누군지를 분간할 수 없으므로 정 군이 겸재, 현재를 되놈이라 한 것도 괴이한 일은 아니다.

　정 군이 중국말에 서툰데다 또 이가 성기어서 계란볶음을 매우 좋아하므로 책문에 들어온 뒤로 하는 중국말이라고는 다만 '초란' 뿐인데, 그나마 혹시 말할 때 듣는 사람이 잘못 들을까 두려워하여 가는 곳마다 사람을 만나면 문득 '초란' 하고 불러보아서 그 혀끝이 돌아가는지를 잘 가늠하므로 정鄭을 '초란공'이라 부르게 되었다. 우리나라 광대놀음에 탈 쓴 것을 '초란炒亂'이라 부르는데, 중국말로 계란볶음이라는 '초란'과 발음이 비슷하기 때문이다. 그리하여 주인이 당장 가서 한 쟁반을 지져 가지고 왔다.

　그러나 행적이 마치 음식을 강제로 청하여 먹은 것같이 되었으므로 한바탕 웃고 나서 주인에게 사연을 말하고 값을 치르려 하니 주인이 도리어 몹시 부끄러워하는 얼굴로,

　"여기는 음식점이 아닙니다."

하고 자못 노여워하는 빛이 있기에, 나는 대강 그림 옆에 적힌 별호를 보고 그들의 성명을 적어서 사례하였다.

7월 26일 임인 壬寅

오후에 우레가 일고 비바람이 몹시 불었으나 곧 개었다.

영평부에서 청룡하까지 1리, 남허장 2리, 압자하 7리, 범가점 3리, 난하 2리, 이제묘 1리, 모두 16리를 가서 점심을 먹었다. 이제묘에서 망부대까지 5리, 안하점 8리, 적홍포 7리, 야계타 5리, 사하보 8리, 조장 10리, 사하역 2리, 모두 45리이다. 이날은 61리나 가서 사하역 성 밖에서 묵었다.

이날 아침 일찍 영평부를 떠날 때 새벽바람이 선선하였다. 성 밖의 강가에 장이 섰는데 온갖 물건이 거리에 꽉 찼고 수레와 말이 즐비하였다. 장에 가서 능금 두 개를 사면서 보니 옆에 대나무 상자를 멘 자가 있어서, 상자를 여니 다섯 개의 수정합이 나오고 합마다 뱀이 한 마리씩 들어 있었다. 뱀은 모두 그 합 속에 도사리고 있었는데, 머리를 내민 것이 마치 솥뚜껑에 꼭지 달린 듯이 한복판에 솟아 있고 두 눈이 반들반들하다. 검은 놈이 한 마리, 흰 놈이 하나, 파란 놈이 둘, 빨간 놈이 하나, 모두가 합 밖에서 환히 들여다보이긴 하는데 죽었는지 살았는지 분간하기 어려워 물어보니 대답이 시원하지 않다. 이를 악창(고치기 힘든 모진 부스럼)에 쓰면 기이한 효과가 있다고 했다. 또 다람쥐 놀리는 자, 토끼 놀리는 자, 곰 놀리는 자 등 여러 가지 놀이가 있는데 모두 비렁뱅이들이다.

곰은 크기가 개만 한데 칼춤도 추고 창춤도 추며, 사람처럼 서서 다니기도 하고, 절도 하며 꿇어앉기도 하고, 머리를 조아리기도 하여 사람이 시키는 대로 온갖 시늉을 다 내지만 꼴이 몹시 흉악하고 그 민첩함도 원숭이보다 못 하다. 토끼와 다람쥐놀이는 더욱 재롱스럽고 또 사람의 뜻을 잘 알아차리긴 하나 길이 바빠서 상세히 구경하지 못하였다.

도사 둘과 동자 하나가 장바닥에서 구걸을 하며 돌아다니고 있었다. 운관(도사 관의 일종)을 쓰고 하대(도사 띠의 일종)를 띠고 눈매가 맑고 깨끗한데, 손으로 영저(자루를 금강저 모양으로 만든 방울로 밀교에서 사용하는 중요한 불구佛具)를 흔들며 입으로는 주문을 외고, 그 행동이 괴이하여 사람인가 귀신인가 의심스럽다. 여자 셋이 길 차림을 차리고 말을 타고 달린다.

배로 청룡하와 난하를 건넜다. 이제묘에서 먼저 떠나 야계타에 거의 다 갔을 무렵에 날씨가 찌는 듯하고 바람 한 점 없더니 노盧, 정鄭, 주周, 변卞나라 등 여러 사람들과 이야기를 하며 가는데 갑자기 손등에 찬물이 떨어져 마음과 등골이 섬뜩하기에 사방을 둘러보았으나 아무도 물을 끼얹는 이는 없었다.

다시 주먹 같은 물방울이 떨어지며 창대의 모자 위와 노 군의 갓 위에도 떨어졌다. 그제야 모두들 머리를 들고 하늘을 쳐다보니, 해 옆에 바둑돌만 한 작은 구름이 나타나고 은은히 맷돌 가는 소리가 나더니 삽시간에 사면 지평선에 각기 자그마한 구름이 일어 마치 까마귀머리 같고 그 빛은 별나게 독해 보였다. 그리고 해 곁에 검은 구름이 이미 해 둘레의 반을 가렸고, 한 줄기 흰 번갯불이 버드나무 위에 번쩍 하더니 이내 해는 구름 속에 가리고 그 속에서 천둥소리가 마치 바둑판을 밀어치는 듯 명주를 찢는 듯했다. 수많은 버들이 다 어둠침침하여 잎마다 번갯불이 번쩍였다.

여럿이 일제히 채찍을 날려 길을 재촉하나 등 뒤에 수많은 수레가 다투어 달리고, 산이 미친 듯, 들이 뒤집히는 듯, 성낸 나무가 부르짖는 듯하여 하인들은 손발이 떨려 급히 우장을 꺼내려 하나 얼른 부대 끈이 풀리지 않았다. 비와 바람과 천둥과 번개가 가로 휘몰아쳐 지척을 분간할 수 없을 지경이다. 말은 모두 사시나무 떨 듯하고 사람은 숨결이 급하여 할 수 없이 말머리를 모아서 삥 둘러섰는데 하인들은 모두 얼굴을 말갈기 밑에 가리고 섰다.

가끔 번갯불에 비치는 것을 보니, 노 군이 새파랗게 질리어 두 눈을 꼭 감고 숨이 당장 멎을 것 같다. 조금 뒤에 비바람이 좀 멈칫하자 서로 바라보니 얼굴이 모두 흙빛이었다. 그제야 양쪽에 있는 집들이 보이는데 불과 40~50보밖에 안 되는 곳에 두고서도 비가 막 쏟아질 때에는 피할 수가 없었다. 사람들은,

"조금만 더했더라면 거의 숨 막혀 죽었을 거야."

하고 말한다. 상점에 들어가서 잠깐 쉬려니 하늘이 맑게 개고 바람과 햇빛이 산뜻하였다. 간단히 서로 술잔을 나누고는 곧 떠났다. 길에서 부사를 만나서,

"어디서 비를 피하셨습니까?"

하고 물었더니 부사는,

"가마 문이 바람에 떨어져버려 빗발이 들이쳐서 밖에 서 있는 것이나 다름없었습니다. 빗방울 크기가 주발만 하니 대국은 빗방울조차 무섭습니다그려."

한다. 나는 계함에게,

"나는 오늘로서 더욱 사전史傳(역사에서 전하는 기록)을 믿지 않

겠네."

하였더니 정 진사가 말을 채찍질하여 앞으로 나서면서,

"무슨 말씀인가?"

"항우가 아무리 노하여 고함친다 하더라도 어찌 이 우레 소리를 당하겠는가. 그럼에도 《사기》에 적천후(한나라 장수 양무의 봉호, 항우가 죽었을 때 시체를 찢어서 가진 다섯 장수 중의 한 사람)의 인마가 모두 놀라서 물러섰다 하였으니 이는 거짓말이 아니고 무엇인가. 항우가 비록 눈을 부릅떴다 하기로서니 이 번갯불만 못 했을 터인데, 여마동이 말에서 떨어졌다 함은 더욱 못 믿을 일일세."

라고 내가 말하니 여럿이 모두 크게 웃었다.

7월 27일 계묘癸卯

개었다. 아침에 잠깐 서늘하였으나 낮에는 몹시 더웠다.

사하역에서 홍묘까지 5리, 마포영 5리, 칠가령 5리, 신점포 5리, 건초하 5리, 왕가점 5리, 장가장 5리, 연화지 10리, 진자점 5리, 모두 50리를 가서 점심을 먹었다. 진자점에서 연돈산까지 10리, 백초와 6리, 철성감 4리, 우란산포 4리, 판교 6리, 풍윤현 20리, 모두 50리다. 이날 1백 리를 가서 풍윤성 밖에서 묵었다.

어제 이제묘 안에서 점심을 먹을 때 고사리 넣은 닭찜이 나왔는데, 맛이 매우 좋고 또 길에서 변변한 음식을 먹지 못한 터라 별안간 입맛이 당기는 대로 달게 먹었으나, 그것이 구례舊例인 줄은 몰랐다. 오후에 길에서 소나기를 만나 겉은 춥고 속은 막히어 먹은 것이 내려가지 않고 가슴에 그득히 체하여, 한 번 트림을 하면 고사리 냄새가 목을 찌르는 듯하여 생강차를 달여 마셔도 오히려 속이 편하지 않기에,

"이 한창 가을에 철 아닌 고사리를 주방은 어디서 구해 왔는고?"

하고 물었더니 옆 사람이 말하기를,

"이제묘에서 점심을 대접하는 것이 준례가 되어 있사오며, 또 여기서는 언제든 고사리를 먹는 법이기에 주방이 우리나라에서 마른 고사리를 가지고 와서 국을 끓여 일행을 먹이는 것이 이젠 하나의 고사가 되었답니다. 10여 년 전에 건량청(먼 길을 가는데 마른 양식을 준비하는 부서)이 이를 잊어버리고 가지고 오지 않아서 건량관이 서장관에게 매를 맞고 물가에 앉아서 통곡하면서 푸념하기를 '백이숙제, 백이숙제야, 나하고 무슨 원수냐. 나하고 무슨 원수냐.' 라고 하였답니다. 소인의 소견으로는 고사리가 고기만 못하며, 또 들자오니 백이들은 고사리를 뜯어 먹고 굶어 죽었다 하오니, 고사리는 참말로 사람 죽이는 독물인가 하옵니다."

하니 여러 사람들이 모두 허리를 잡았다.

　노 참봉의 마두인 태휘란 자는 초행인데다가 사람이 경망해서, 조장을 지나다가 비바람에 꺾여 담 밖에 넘어진 대추나무를 보고는 그 풋열매를 따 먹고 배앓이로 설사가 멎지 않아서 속이 허하고 몸이 달아오르며 마음이 답답하고 목이 타는 듯하다가, 급기야 고사리 독이 사람 죽인다는 말을 듣고 큰 소리로 몸부림치면서,

"아이고, 백이숙채熟菜(삶은 나물)가 사람 죽이네. 백이숙채가 사

람 죽인다.”

하니 숙제叔齊와 숙채熟菜가 음이 서로 비슷한지라 사람들이 깔깔

거리고 웃었다.

내 일찍이 백문(서울 부근의 지명)에 살 때였다. 때마침 숭정 기

원 후 137년 세 돌째 맞이한 갑신년이며, 3월 19일은 곧 의종열

황제가 순사(나라를 위하여 목숨을 바침)한 날이다. 시골 선생님이

동리 아이 수십 명을 거느리고 성서(서울 서대문 밖)에 있는 송 씨

의 셋방살이 집에 찾아가서 우암 송시열 선생의 영정에 절하고,

초구(초피 두루마기, 효종의 하사품)를 내어서 어루만지며 강개함을

이기지 못하여 눈물을 흘리는 이까지 있었다. 돌아오는 길에 성

밑에 이르러서 팔을 뽐내며 서쪽을 향하여,

“되놈.”

하고 불렀다. 그러고는 선생님이 여수(제사를 지낸 뒤 술잔을 나누는

일종의 음복)를 벌였는데 고사리나물을 차렸다. 이때 마침 주금酒

禁이 내렸으므로 꿀물로서 술을 대신하여 그림이 그려진 자기 주

발에 담았으니, 그 주발의 관지에는 ‘대명 성화에 만든 것이다.’ 라

고 새겼다. 여수하는 자가 꿀물을 따를 때는 반드시 머리를 숙여

주발을 들여다보곤 한다. 이는 춘추의 의리를 잊지 않기 때문이라

한다. 이에 서로 시를 읊었다.

그중 한 동자가 쓰기를,

아무리 무왕武王인들 패해서 죽었다면

아득한 천 년 뒤에 주왕紂王에겐 역적이 될 것을

여망呂望이 어이하여 백이伯夷를 구하고도
역적을 옹호했다 하여 벌을 받지 않았던고
춘추春秋의 큰 의리를 이제껏 떠들건만
되놈으로 간주하면 그들에겐 역적일걸

하였다. 모두 한바탕 웃었다. 그 선생님이 섭섭한 표정으로 한참
있다가,

"아이들은 일찍부터 《춘추》를 읽혀야 돼. 아직 그게 무엇인지
분간을 못 하므로 이런 괴상한 말을 하는 게야. 어디 한 번 즉경(그
자리에서 보는 광경이나 눈앞의 경치)이나 읊어 보아라."

하자 또 한 동자가 짓기를,

고사리 캐고 캔들 배부르다는 거짓말이
백이도 나중에는 주려서 죽었다오
꿀물이 몹시 달아 술보다 낫겠지만
이것 마시자 죽는다면 그 아니 원통하리

하였다. 선생은 눈썹을 찡그리면서,

"어어, 이게 또 무슨 괴상한 수작인고."

하니 사람들이 또 한 번 크게 웃었다. 그러한 지도 어언 17년의 세
월이 흘렀다. 그때의 늙은이들도 다 가버린 오늘날에 다시 백이의
고사리로 이런 말썽이 생겨서, 타향의 풍등 아래서 옛 이야기를
하다 보니 필경 잠을 잃고야 말았다.

새벽에 떠나 길에서 상여를 만났다. 널 위에 흰 수탉을 놓았는데 닭이 홰를 치며 울고 있다. 연이어 상여를 만났으나 모두 닭을 놓았으니 이는 영혼을 인도하는 것이라 한다.

길옆에 너비가 수백 이랑이나 되는 연못이 있는데 연꽃은 벌써 지고 사람들이 각기 조그마한 배를 타고 들어가서 마름과 연밥과 연근 같은 것을 캐고 있다. 돼지 수십 마리를 몰고 가는 이가 있는데, 그 모든 법이 마소 다루는 것과 같다. 길가 100여 리 사이에 아름드리 버드나무가 수없이 자빠져 있다. 이는 어제 비바람에 쓰러진 것이다.

진자점에 이르렀다. 이곳은 본래 기생이 많기로 유명하다. 강희제가 일찍이 천하의 창기를 엄금하여 양자강과 판교 같은 곳의 창루, 기관(기생이 있는 요리집)들이 모두 쑥대밭이 되었고 다만 이곳만이 남아 있어서 그를 '양한적'이라 이름하는데 얼굴이 그럴싸하고 음악도 곧잘 한다. 재봉과 상삼이 후당으로 들어가며 나를 보고 빙긋 웃음을 띤다. 나도 그 뜻을 짐작하고 가만히 그 뒤를 밟아가서 문틈으로 들여다보니 상삼이 벌써 한 여인을 껴안고 앉았다. 이들은 전부터 알고 지내는 사이인 모양이다.

청년 둘이 의자에 마주 걸터앉아서 비파를 타고 한 여인은 의자 위에서 봉鳳부리에 금고리를 물린 저를 불고 있는데, 부리에는 금고리가 달렸고 금고리에는 붉은 수술을 드리웠다. 재봉은 그 아래에 서서 손으로 수술을 어루만지고 있고, 또 한 여인은 주렴을 걷고 나오더니 손에 박자판을 들고 재봉을 부축하여 앉히려 하였으나 재봉은 듣지 않는다. 한 늙은이가 주렴을 걷고 서서 재봉을 향

하여,

"안녕하시오?"

한다. 나는 곧 밖에서 큰 기침을 한 번 하며 가래침을 뱉었다. 방 안에 있던 사람들이 모두 크게 놀란다. 상삼과 재봉이 서로 보고 웃으며 곧 일어나 문을 열고 나를 맞아들인다. 내가 문 안으로 머리를 들이밀며,

"안녕들 하시오?"

했더니 늙은이와 두 젊은이가 일어나서 웃으며,

"예, 안녕하십니까?"

하고 답하니 세 양한적도,

"천복을 누리시옵소서."

한다. 재봉은 노랑 저고리에 붉은 치마를 입은 여인을 가리키며,

"이름은 유사사랍니다. 병신년에 이곳을 지날 때 나이 스물넷에 그야말로 일색이었던 것이 이제 5년 동안에 얼굴이 아주 망가져서 보잘것없이 되었습니다그려."

한다. 상삼은,

"유사사는 일찍이 열네 살부터 소리 잘하기로 이름을 날렸답니다."

하고 검은 윗옷에 주홍치마를 입은 여인을 가리키며,

"이름은 요청이고 올해 나이 스물다섯입니다. 작년부터 이곳에 와 있는 산동 여자입니다."

한다. 나는 검은 저고리에 초록 치마를 입은 그중 제일 어려 보이는 여인을 가리켰더니 상삼은,

"그는 처음 보는 여인이어서 이름도 나이도 모르겠습니다."

한다. 세 기생이 모두 특별한 자색은 없으나 대체로 당화唐畵 미인도에서 보이는 여인과 같았다. 그 늙은이는 곧 관館 주인이고, 두 청년은 모두 산동에 온 장사치들이다. 나는 상삼에게 눈짓하여 그들에게 음악을 아뢰도록 했더니, 상삼이 그 청년을 보고 뭐라고 하자 한 청년은 노래하고 요청은 홀로 박자판을 치며 소리를 맞추어 합창할 때, 다른 기생들은 모두 부는 것을 멈추고 귀를 기울여 듣기만 한다. 한 청년이 자리를 옮겨 나에게 묻기를,

"알아들으시는지요?"

"잘 모르겠네."

라고 하였더니 그는 글로 써서 보이며,

"이 사곡詞曲은 〈계생초鷄生草〉라 부르고, 가사는 다음과 같습니다."

전조에 낳은 장수 모두들 영웅이라
도원에 의를 맺어 그 성은 유劉ㆍ관關ㆍ장張을
그 셋이 뜻이 맞아 제갈량을 군사軍師 삼고
신야와 박망파를 불살라버리고선
상양성을 또 깨뜨렸네
노천老天을 원망하건대 주유를 낳았으니
제갈량이 또 웬일일꼬

그 청년이 글은 제법 아는 모양이나 얼굴은 쑥스럽게 생겼다. 그는 스스로 소개하기를,

"저는 신성에 살고 있는 사람으로 성은 왕王이요, 이름은 용표라 합니다."

"자네가 혹시 왕서초 사록 선생의 후손되시는 이가 아닌가?"

"아닙니다. 저는 민가 출신으로 장사치 노릇을 하고 있습니다."

그 청년이 또 한 곡조를 부를 때 기생들이 혹은 박자판을 치고, 혹은 비파를 뜯고, 또는 봉적을 불어서 소리를 맞춘다. 왕용표는,

"공자公子께선 이를 아십니까?"

"모르네. 이건 무슨 사詞라 하나?"

라고 했더니 용표는 글로 써 보이기를,

"이 곡조는 〈답사행踏莎行〉이라 하옵니다. 그리고 가사는 다음과 같습니다."

　　　세월은 문틈의 말 달리기 티끌이나 곧 아지랑이
　　　동으로 흐른 강물 쉴 줄 모르누나
　　　명리를 다투던 건 예로부터 헤어보니
　　　백 년이 채 못 되어 몇몇이나 남았던고

유사사는 그 뒤를 이어서,

　　　고기잡이 나무꾼의 싸늘한 이야기가
　　　옳고 그름 예 있으니 《춘추》만 못 하지 않으리
　　　술 부어 마시면서 시구를 길이 읊어
　　　알아줄 이 적다고 한탄하지 마소서

라고 부르는데, 그 소리가 너무 구슬퍼서 남의 창자를 에이는 듯
싶고 참으로 들보의 티끌이 저절로 나부낀다. 상삼이 다시 이어서
창을 청하니 유사사가 눈을 흘기며,

"채소 사는지요, 더 달라게."

한다. 그 청년은 손수 비파를 뜯으면서 유사사더러 노래를 계속하
라고 권한다. 그 소리는 더욱 부드럽고 아리땁다. 왕용표는 또 글
을 써서 보였다.

"이 곡조는 〈서강월西江月〉이라 하며, 가사는 다음과 같습니다."

> 쓰르라미 울음소리 세월이 바쁘구나
> 모기가 날아들 제 산천이 어지러워라
> 거센 바람 소낙비가 밤 사이 지나가고
> 그제야 눈 떠보니 한 낱도 없구나

요청이 그 뒤를 이어서 창을 하였다.

> 항아리 속 빚은 술을 다하도록 마시고서
> 달 아래 높은 노래 고요히 들어보소
> 공명이랑 부귀마저 마침내 그 무엇인고
> 닥쳐오는 뒷일일랑 그 아예 묻지 마오

그 소리는 매우 거세서 유사사의 가냘픔만 같지 못하였다. 나는
그제야 일어서서 나올 때 재봉도 역시 뒤를 따랐다. 재봉이 나에

게 말하기를,

"상삼이 관주館主에게 은 두 냥, 대구어 한 마리, 부채 한 자루를 주었답니다."

이곳에서 식암 김 공(조선 숙종 때의 정승 김석주, 식암은 호)이 보았다는 계문란의 시를 찾았으나 보이지 않았다.

연로沿路 수천 리 사이에 부녀들의 말소리들은 모두 연연燕燕, 앵앵鸎鸎(둘 다 유명한 기생의 이름)이고 하나도 거친 목소리는 듣지 못했다. 그야말로 '아리따운 임이시여, 있는 곳을 몰랐더니 눈썹 그리는 그 소리 주렴 너머 들리는 듯' 이 곧 그것이었다.

나는 한 번 그들의 앳된 노랫소리를 듣고 싶었는데 이제 그 부르는 사곡의 의미는 짐작할 수 있겠으나, 오히려 성음은 분별하지 못할 뿐더러 더욱이 그 곡조를 알지 못하므로 차라리 듣지 않았을 때 여운을 지니고 있느니만 못 했다.

저녁나절에 풍윤성 아래에 이르렀다. 주인 집 뒷문이 해자(성 밖으로 둘러서 판 못)를 향해서 열려 있고 몇 그루 실버들이 문 앞을 가렸다. 정사는,

"지난 정유년(1777년) 봄에 사신으로 갔다 돌아오는 길에 일찍이 이 집에 머물면서 서장관 신형중과 함께 이 버드나무 밑에서 한담한 일이 있었다."

하며 가마에서 내려 곧 뒷문 밖에 자리를 펴게 하고 모든 비장들과 잠깐 술을 나누었다. 그 해자의 넓이는 10여 보나 되는데 버들 그늘이 짙어서 땅 위에 치렁치렁 드리우고 물가에 남실남실 잠겼다. 성 위엔 높은 3층 다락이 구름 위에 솟아 보일 듯 말 듯 한다.

드디어 모든 사람들과 함께 성에 들어가 다락에 올라 구경을 했다. 그 이름은 '문창루'라 하였는데, 문창성군(별 이름을 딴 귀신 이름)을 모셨다고 한다.

길에서 초楚나라 사람 임고를 만나 함께 호형항의 집에 가서 촛불을 밝히고, 차수(박제가의 자, 호는 초정)가 쓴 무관(이덕무의 자, 형암은 별호)의 시를 구경하고 저녁 식사를 마친 뒤에 다시 오기로 약속하면서 묻기를,

"혹 성문이 닫히지 않을까요?"

"곧 닫겠지만 반 시간도 못 되어 다시 연답니다."

하고 대답한다. 저녁을 먹은 후에 촛불을 들고 다시 가보니 성문이 닫히지 않았다. 이때 우리를 따라온 하인들은 더부룩한 머리에 갓도 쓰지 않고 거리를 쏘다니며 말먹이 풀을 구하는 모양이었다.

호胡와 임林 두 사람이 나와서 반갑게 맞이한다. 방 안에는 벌써 주안상을 차려놓았다. 그가,

"이형암과 박초정 모두 잘 지내십니까?"

하고 묻기에 나는

"모두 편합니다."

하고 대답하였더니 임생은,

"박朴과 이李 그 두 분은 참으로 인품이 맑고 재주가 높은 선비입니다."

하기에 나는 이렇게 말했다.

"그들은 모두 나의 문생이지만 그 변변하지 않은 글재주를 이다지 칭찬할 거야 뭐 있겠소."

그러자 임생은,

"옛말에 정승의 문하엔 정승이 나고 장수의 문하엔 장수가 난다더니 과히 헛된 말이 아닙니다."

하고 그는 또 말하기를,

"형암과 초정 두 분이 일찍이 무술년(1778년) 황태후 진향(황태후의 탄일 열흘 전에 황제가 향을 바치는 예식) 때 이곳을 지나다 하룻밤 쉬어 갔습니다."

임과 호, 그 둘이 비록 정성껏 대접하는 셈이나 전연 글을 모르고 게다가 호생은 얼굴마저 단아하지 못하여 시정배 같고, 임생은 긴 수염에 장자의 풍도가 없진 않으나, 다만 수작하는 사이에 장사치들의 행동이나 몸가짐이 그대로 드러났다. 호생은 내게 〈송하선인도松下仙人圖〉를 주고 임생도 역시 그림 부채 한 자루를 선사하기에 각기 부채 한 자루와 청심환 한 개씩을 주어서 감사의 뜻을 표했다.

술을 몇 잔 하였다. 그 곁에는 유리등 한 쌍이 있어서 제법 아름다워 보였다. 밤이어서 다른 골동품은 구경하지 못할 것이므로, 나는 곧장 일어서면서 돌아오는 길에 다시 찾기를 약속했을 뿐이다. 임생이 문에 나와 전송하면서 몹시 섭섭해했다. 사관에 돌아와 호생이 선사한 민강(생강)과 국화차와 귤병(귤 말린 것) 등을 내어서 장복으로 하여금 푹 달여 소주에 타서 두어 잔 마시니 그 맛이 매우 좋았다.

성 밖엔 사성묘가 있고 옹성 안엔 백의암이 있으며, 앞 네거리엔 패루 둘이 있고, 초루(먼 적진을 바라보기 위하여 세운 문 위의 높은 누각)에는 관제關帝의 소상을 모셨다.

7월 28일 갑진甲辰

아침에 개었다가 오후엔 바람과 우레가 크게 일었으나 비의 세기는 앞서 야계타에서 만난 것만 못 했다.

풍윤성에서 새벽에 떠나 고려보까지 10리, 사하포 10리, 조가장 2리, 장가장 1리, 환향하 1리인데, 환향하의 일명은 어하교였고, 거기에서 민가포 1리, 노고장 4리, 이가장 3리, 사류하 8리를 가서 점심을 먹으니 모두 40리였고, 또 사류하로부터 양수교까지 10리, 양가장 5리, 입리포 5리, 시오리둔 5리, 동팔리포 7리, 용읍암 1리, 옥전현 7리, 모두 40리인데 이날에는 80리를 가서 옥전성 밖에서 묵었다.

옥전의 옛 이름이 유주요, 무종국이 이에 있었는데 곧 소공의 봉지다. 《정의》(당나라의 공영달이 지은 경서들의 주석서)에 이르기를 '소공은 애초에 무종에 봉했다가 나중엔 계주로 옮겼다.' 하였고, 《시서》(공자의 제자 복상이 지은 《시경》 각 편의 해제)에는 '부풍 옹현 남쪽에 소공정이 있으니, 이곳이 곧 소공의 채읍이다.' 하였으나 어느 것이 옳은지는 모르겠다.

고려보에 도착하여 보니, 집들이 모두 띠 이엉을 이어서 몹시 쓸쓸하고 검소해 보인다. 이는 묻지 않아도 고려보임을 알겠다. 앞서 정축년(1637년, 병자호란 다음 해)에 잡혀온 사람들이 저절로 한 마을을 이루어 산다. 관등 천여 리에 무논이라고는 없던 것이 다만 이곳만은 물벼를 심고, 떡이나 엿 같은 것이 본국의 풍속을 많이 지녔다. 그리고 옛날에는 사신이 오면 하인들이 사 먹는 음식 값을 받지 않는 일도 있었고, 그 여인들도 내외하지 아니하며, 말이 고국 이야기에 미칠 때에는 눈물을 짓는 이도 많았다.

그러므로 하인들이 이를 기회로 여기고 마구잡이로 도둑질을 하는 일이 많을 뿐만 아니라 따로 그릇이며 의복 등을 요구하는 일까지 있으며, 또 주인이 본국의 옛 정의를 생각하여 심하게 지키지 않는 틈을 타서 도둑질을 하므로 그들은 더욱 우리나라 사람들을 꺼려서 사행이 지날 때마다 주식을 감추고 팔지 않으며, 간곡히 청하면 그때 팔되 비싼 값을 달라 하고 혹은 값을 먼저 받곤 한다. 그럴수록 하인들은 온갖 방법으로 속여 그 분풀이를 한다. 그리하여 서로 상극이 되어 마치 원수 보듯 하며 이곳을 지날 때면 일제히 한목소리로,

"너희 놈들, 조선 사람의 자손이 아니냐. 너희 할아비가 지나가시는데 어찌 나와서 절을 하지 않느냐?"

하고 욕지거리를 하면 이곳 사람들도 역시 욕설을 퍼붓는다. 그러므로 우리나라 사람들은 도리어 이곳 풍속이 극도로 나쁘다 하니 참으로 한심한 일이다.

길에서 소나기를 만났다. 비를 피하느라고 한 상점에 들렀더니 차를 내오고 대접이 좋았다. 비가 한동안 멎지 않고 천둥소리가 드높아진다. 그 상점의 앞마루가 제법 넓고 뜰도 100여 보나 되는데, 마루 위에는 늙고 젊은 여인 다섯이 부채에 붉은 물감을 들여

서 처마 밑에 말리고 있었다. 이때 별안간 말몰이꾼 하나가 알몸으로 뛰어드는데 머리엔 다 해진 벙거지를 쓰고, 허리 아래엔 겨우 한 토막 헝겊으로 가릴 뿐이어서 그 꼴은 사람도 아니요 귀신도 아니고 그야말로 흉측했다. 마루에 있던 여인들이 와자하게 웃고 지껄이다가 그 꼴을 보고는 모두 일거리를 버리고 도망쳐버린다. 주인이 몸을 기울여 이 광경을 내다보고는 얼굴빛이 붉어지더니, 교의에서 벌떡 뛰어내려 팔을 걷고 철썩 하고 그의 뺨을 한 대 때렸다. 말몰이꾼이 따져 물었다.

"말이 허기가 져서 보리찌꺼기를 사러 왔는데, 당신은 왜 공연히 사람을 치시오?"

"이 녀석, 예의도 모르는 녀석. 어찌 알몸으로 당돌하게 구느냐?" 하고 주인은 소리를 지른다. 말몰이꾼이 문 밖으로 뛰어나갔다. 주인은 오히려 분이 풀리지 않아서 비를 무릅쓰고 뒤를 쫓아 뛰어나갔다. 그제야 말몰이꾼이 몸을 돌이켜 왝 소리를 지르며 그의 가슴을 들이받으니, 주인이 흙탕 속으로 나가떨어졌다. 그러자 그는 다시 주인의 가슴을 한 번 걷어차고 달아나 버렸다. 주인이 꿈쩍도 하지 못하고 마치 죽은 듯하더니 이윽고 일어나서 비틀거리며 걸어오는데, 온몸이 진흙투성이가 되었으나 분풀이할 곳이 없어서 씨근거리면서 돌아와, 곱지 않은 눈으로 나를 보는데 입으로 말은 못 하나 기세가 사나웠다. 나는 그럴수록 넌지시 눈을 내리뜨고 사색을 가다듬어 늠름히 범하지 못할 기세를 보인 후에 얼굴빛을 부드럽게 하고 주인에게 말했다.

"하인이 무례해서 이런 일을 저질렀나 봅니다만, 다시 마음에 두지 마시지요.”

그러자 주인이 곧 노여움을 풀고 웃으며 대답했다.

“도리어 부끄럽습니다. 선생, 다시는 그 말씀을 하지 마십시다.”

비가 점차 더 쏟아져서 오래 앉아 있으니 몹시 답답했다. 주인이 방으로 들어가더니 옷을 갈아입고 8, 9세쯤 되어 보이는 계집애를 데리고 나와서 내게 절을 시켰다. 아이 생김새가 한악(성질이 사납고 악함)해 보였다. 주인이 웃으며,

“이게 제 셋째 딸년입니다. 전 사내아이를 두지 못했답니다. 보자 하니 선생께선 너그러우실 것 같습니다. 이 아이를 선생께 바치오니 수양아버지가 되어주신다면 고맙겠습니다.”

하기에 나도 웃으며,

“실로 주인의 후의엔 감사하고 있습니다만 일이 그렇지 않은 것이, 나로 말하면 외국 사람으로 이번에 한 번 왔다 가면 다시 오기 어려운데, 잠깐 동안 맺은 인연이 나중에 서로 생각하는 괴로움만 남길 것이니 이는 부질없는 일이오.”

했더니, 주인은 그래도 굳이 수양아비가 되어 달라 하나 나 역시 굳이 사양했다. 만일 한 번 수양딸을 삼으면 돌아갈 때 으레 연경의 좋은 물건을 사다 주어서 정표를 삼아야 하니, 이는 마두들 사이에 보통 있는 일이라 한다. 괴롭고도 우스운 일이 아닐 수 없다.

비가 잠시 멎고 산들바람이 일기에 곧 일어나 나가니 주인이 문까지 나와서 작별 인사를 하는데 몹시 섭섭한 모양이다. 청심환 한 개를 주니 그는 두세 번 사양을 한다. 이곳 여인들은 발에 검은 신을 신었으니, 대개 기하(만주 사람)들인 듯싶다.

용읍암에 이르니 그 앞 큰 나무 밑에 건달패 여남은 명이 더위를 피하는데, 도끼를 돌리는 자도 있고, 비파를 타고 제[笛]를 불며 《서유기》 놀음을 하는 판이었다.

저녁에 옥전현에 이르니 무종산이 있다.

어떤 사람이 말한다.

"연소왕(燕 연의 임금, 소왕은 시호이며 이름은 평)의 사당이 이곳에 있었다."

성중에 들어가서 한 상점을 조용히 구경하고 있는데 어디선가 음악 소리가 흘러나오므로, 곧 정 진사와 함께 그 소리를 따라 들어가 보니 낭각 아래에 젊은이 대여섯 명이 앉아서 저와 피리를 부는 이도 있고 현악을 타는 이도 있다. 방 가운데에는 한 사람이 교의 위에 단정히 앉았다가 우리를 보고 일어나 읍하는데, 얼굴이 제법 단아하고 나이는 쉰 남짓해 보이며 수염이 희끗희끗하다.

이름을 써 보이니 그는 머리를 끄덕일 뿐 성명을 물어도 대답하지 않는다. 사방 벽엔 이름난 사람들의 서화가 가득 걸려 있다. 주인이 일어나 작은 감실을 여니, 그 속에 주먹만 한 옥으로 새긴 부처가 들어 있고 부처 뒤에는 관음상을 그린 조그마한 장자[障子]를 걸었는데 그 화제[畵題]에는 '태창 원년(1620년) 춘삼월에 제양 구침은 쓰다.' 라고 씌었다. 주인이 부처 앞에 나아가 향을 피우고 절을 한 뒤에 감실 문을 닫고 도로 교의 위에 앉더니, 그 성명을 글씨로 써 보인다.

"저는 심유붕입니다. 소주에 살고 있으며 자는 기하요, 호는 거천이며, 나이는 마흔여섯입니다."

그는 매우 말수가 적으며 조용한 기상을 지녔다. 나는 곧 그와 하직하고 일어나 문을 나오다가 얼핏 탁자 위에 놓인 구리를 녹여서 만든 사슴을 보았다. 그것은 푸른빛이 속속들이 스민 듯하고 높이는 한 자 남짓 되며 또 두어 자 남짓한 연병硏屛에 국화를 그렸고, 그 곁에는 유리를 붙였는데 솜씨가 매우 기교하였으며, 서쪽 바람벽 밑에 푸른 꽃 항아리가 있고 게다가 벽도화 한 가지를 꽂았는데, 검은 왕나비 한 마리가 그 위에 앉았기에 애초에는 만든 것이려니 하였더니, 자세히 보니 비취 바탕에 금무늬의 진짜 나비로, 꽃잎 위에 다리를 붙여서 말라버린 지 벌써 오래된 것이었다.

그리고 벽에 한 편의 기문奇文이 걸려 있는데, 갱지에다 가늘게 써서 격자를 만들어 가로로 붙인 것이 한 폭 벽에 가득하였다. 글씨 역시 정교하고 아름답기에 그 밑에 다가서서 읽어보니 가히 절세의 기이한 글이라 하겠다.

나는 다시 자리에 돌아와서 주인에게 물었다.

"저 위에 걸린 글은 어떤 사람이 지은 거요?"

"어떤 이가 지은 것인지는 모릅니다."

라고 주인이 대답한다. 정 군이 다시 묻기를,

"이는 아마 근세의 작품인 듯싶은데, 혹시 주인 선생께서 지으신 게 아닙니까?"

"저는 글을 한 줄도 모른답니다. 지은이의 성명이 기록되어 있지 않은데, 대체 한漢나라가 있는 줄도 모르는 놈이 어찌 위魏나라인지 진晉나라인지를 논할 수 있겠습니까?"

라고 심유붕이 말하니 이번에는 내가 물었다.

"그럼 이게 어디에서 났단 말씀이오?"

"며칠 전 계주 장에서 사온 것입니다."

"베껴 가도 되겠지요?"

내가 물었더니 심은 머리를 끄떡이며,

"그러시지요."

라고 한다. 종이를 가지고 다시 오겠다고 약속하고 저녁을 먹은 후에 정 군과 함께 가니, 방 안에는 벌써 촛불 두 자루를 켜놓았다. 내가 벽 가까이 가서 격자를 풀어 내리려 하였더니, 심은 심부름 하는 사람을 불러서 내려주었다. 나는 다시,

"이게 선생이 지으신 게 아니오?"

하였더니 심은 머리를 절레절레 흔들며 말한다.

"저는 거짓이 없기가 마치 저 밝은 촛불과 같답니다. 오래전부터 부처님을 섬기고 있기 때문에 부질없는 말은 삼가고 있습니다."

나는 그제야 정 군에게 부탁하여 한가운데부터 쓰게 하고 나는 처음부터 베껴 내려갔다. 심은 내게 묻기를,

"선생은 이걸 베껴서 무얼 하시려오?"

"돌아가서 우리나라 사람들에게 한 번 읽혀서 모두들 허리를 잡고 한바탕 웃게 하려는 거요. 아마 이걸 읽는다면 입 안에 든 밥알이 벌처럼 날아갈 것이며, 튼튼한 갓끈이라도 썩은 새끼처럼 끊어질 겁니다."

하고 말을 마쳤다. 사관에 돌아와 불을 밝히고 다시 훑어보니, 정 군이 베낀 곳에 그릇된 것이 수없이 많을 뿐더러 빠뜨린 글자와

글귀가 있어서 전혀 맥이 닿지 않으므로 대략 내 뜻으로 고치고 보충해서 한 편을 만들었다.

7월 29일 을사乙巳
맑게 개었다.

옥전현에서 새벽에 떠나 서팔리보까지 8리, 오리둔 7리, 채정교 5리, 대고수점 10리, 소고수점 2리, 봉산점 3리, 별산점 12리, 송가장을 구경하고 모두 47리를 가서 점심 먹고, 또 별산점에서 이리점까지 2리, 현교 5리, 삼가방 2리, 동오리교 16리인데, 이 다리의 일명은 용지하 어양교라 한다. 거기에서 계주성까지 5리, 서오리교 5리, 방균점 15리, 모두 50리다. 이날 97리를 가서 방균점에서 묵었다.

산의 오목한 곳에 큰 나무가 있는데 몇 백 년 동안이나 잎이 피어나지 않으나 가지와 줄기가 썩지 않아 사람들은 모두 '고수'라 불렀다. 송가장의 성 둘레는 2리, 명明나라의 천계 연간에 송 씨들이 쌓은 것이다. 그들의 이른바 외랑이란 서리의 별칭이며, 송 씨가 이 지방의 큰 성바지여서 그 자손이 몇 백 명이요, 살림이 모두 넉넉하여 명·청이 교체될 즈음에 저희들끼리 이 성을 쌓아서 자손들을 모아 지켰다. 성 가운데에 세 개의 대를 세웠는데 높이가 각기 여남은 길이나 되고, 문 위엔 다락을 세웠고, 집 뒤에는 4층으로 된 높은 다락이 있고, 맨 꼭대기엔 금부처를 모셨다. 난간을 비껴서 멀리 바라보면 눈앞이 시원스레 트였다. 청나라 사람이 처음 이곳에 들어올 때 온 문중을 모아서 성을 사수하였고, 천하의 대세가 바뀐 뒤에도 항복하지 않아 이를 미워하여 해마다 은 천 냥을 바치게 하였는데, 강희제 말년에 이르러서는 그 대신 말먹이 풀 천 단씩을 내게 하였다.

성중에는 아직도 큰 집 여남은 채가 모두 송 씨의 것이며, 노비들도 오륙백 명이나 된다고 한다.

계주성 안엔 인물들이 번화하니 실로 북경 동현의 거진답다. 산 위엔 안녹산(본래 만주 지방 사람으로 당현종 때 양귀비의 눈에 들어서 높은 벼슬에 올랐다가 반란을 일으킴)의 사당이 있고, 성중엔 돌로 세운 패루 셋이 있는데, 그중 하나는 금색 글자로 '대사성'이라 새기고, 그 아래엔 국자좨주(국자감의 벼슬 이름) 등 '삼대고증'이라고 나란히 써서 붙였다. 이곳의 술맛은 관동에서 으뜸이라 하므로 비교적 규모가 큰 한 술집에 들어가 여러 사람과 함께 흉금을 터놓고 한 번 취하도록 마셨다.

독락사에 들어가 보니 정전의 제액은 자비사였고, 그 뒤엔 2층 다락이 서 있는데 그 가운데엔 아홉 길이나 되는 금부처를 세웠고, 그 머리 위엔 작은 금부처 수십 개를 앉혔으며, 다락 밑엔 한 부처를 누인 채 비단 이불을 덮어두었는데, 그 다락의 현판엔 '관음지각'이라 하고, 그 왼쪽에 조그마한 글자로 '태백(당의 유명한 시인 이백의 자)이라 써 붙였다. 어떤 이가 말하기를,

"저기 이불 덮은 채 누운 것은 부처님이 아니고 이백이 취해서 자는 소상이에요."

행궁이 있긴 하나 굳게 잠가 놓아 구경을 하지 못했다. 객관에
돌아오니 문 밖엔 장사치들이 구름처럼 모여드는데, 말과 나귀에
다 서책과 서화와 골동품 등을 실었고, 곰을 놀리는 등 여러 가지
재주를 구경했다. 그러나 뱀 놀리는 자, 범 놀리는 자도 있었던 모
양이나 벌써 끝나버렸으므로 미처 보지 못해서 안타까웠다. 앵무
새를 파는 자가 있으나 날이 저물어서 그 털빛을 상세히 볼 수 없
으므로 막 등불을 찾아오는 동안에 그자가 그만 가버려서 더욱 유
감이었다.

30일 병오丙午
맑게 개었다.

방균점에서 별산장까지 2리, 곡가장 2리, 용만자 3리, 일류하 2
리, 현곡자 2리, 호리장 10리, 백간점 2리, 단가점 2리, 호타하 5
리, 삼하현 5리, 동서조림 5리, 모두 40리를 가서 점심 먹고, 조림
에서 백부도장까지 6리, 신점 6리, 황친점 6리, 하점 6리, 유하점
5리, 마이핍 6리, 연교보 7리, 모두 42리이다. 이날 82리를 가서
연교보에서 묵었다.

계주는 옛날 어양이다. 그 북쪽에 반산이 있는데 위태로이 솟은
봉우리가 깎아 세운 듯하고, 봉우리마다 위가 퍼지고 아래가 가늘
어서 그 모양이 소반과 같으므로 '반산' 이란 이름을 얻었고, 또
일명 오룡산이라고도 한다. 내 앞서 원중랑 명의 유명한 문학가인

원굉도, 중랑은 그의 자)의 《반산기》를 읽다가 경치가 뛰어난 곳이 많음을 알았는데, 이제 기어코 한 번 올라가 보고 싶지만 함께 갈 사람이 없으니 하는 수 없겠다.

그 산이 비록 가파르나 몇 백 리를 웅장하게 서려 있을 뿐만 아니라, 겉은 바위지만 속은 흙이어서 과일나무들이 많으므로 연경에서 날마다 소비하는 대추, 밤, 감, 배 등이 모두 이곳에서 나는 것이라 한다.

어양교에 다다르니 길 왼편에 양귀비의 사당이 있어서 산꼭대기에 자리 잡은 안녹산의 사당과 서로 마주보고 섰다. 천하에 돈 있는 자가 아무리 많다손 치더라도 하필이면 이런 추잡한 사람들의 사당을 지어서 명복을 빈단 말인가.《시경》에 이르기를 '아무리 복을 구한다 한들 사곡해선 안 되리라.' 하였으니, 이런 것들이야말로 돈만 헛되이 버렸다 하겠다.

어떤 이는,

"성인孔子도 정鄭, 위衛나라의 음시淫詩를 뽑아버리지 않아서 후세 사람의 경계를 삼지 않았던가. 뿐만 아니라 계주 금병산 석벽에는 양웅이 반교운을 베는 상도 있다."

하고 변명한다. 백간점에서 구경하러 온 수재 하나를 만나서 서로 이야기하는데 그가,

"안녹산 역시 명사랍니다. 그가 앵두를 두고 읊은 시에,

앵두 알 한 광주리
파랑 노랑이 반씩일세

회왕懷王(안녹산의 아들)과 주지周贄(안녹산의 스승)에게

반씩 나눠 보내고저

하였으므로 어떤 이가 청하기를 '당신의 주지 구를 회왕 구와 바꾸었으면 운韻이 맞지 않겠소?' 하였더니 녹산은 크게 노하여 '그게 무슨 말이야? 주지로 하여금 우리 집 아이 위를 누르게 한단 말이야?' 했으니, 어찌 이런 시인의 사당이 없어서야 되겠소."
하고 말하여 서로 한바탕 웃었다.

지나는 길에 향림사에 들어갔다. 불전에는 '향림암'이라 씌어 있고 그 위에는 금색 글자로 '향림법계'라 씌었으니, 이는 강희제의 글씨다. 순치제의 누이가 청상과부로 여승이 되어 이 암자에 있다가 나이 아흔이 넘어서 죽었다고 한다. 그리고 이 암자에는 모두 비구니만이 살고 있었다. 뜰 가운데에는 흰 줄기 소나무 두 그루가 있어 높이가 수십 길이나 되며, 나무껍질의 비늘도 푸른 채 희고, 암자 동쪽에는 작은 탑 다섯이 있고, 그 좌우에는 역시 흰 소나무 세 그루가 있어서 푸른빛이 뜰에 가득 차고, 바람 소리가 마치 물결처럼 서늘함을 돕는다. 그리고 보니 '백간점'이라는 이름도 아마 흰 줄기 소나무에서 말미암은 듯싶다.

차츰 연경이 가까워지자 거마의 울리는 소리가 메마른 하늘에 우레 소리인 듯하고, 길 양편에는 모두 부호가들의 무덤이 있는데 담을 둘러서 마치 여염집같이 즐비하고, 담 밖에는 하수를 이끌어 해자를 만들었고, 문 앞의 돌다리는 모두 무지개처럼 공중에 떠 있는 듯하고, 가끔 돌로 패루를 만들어 세웠다. 그리고 해자 가장

자리의 갈대숲 사이엔 콩깍지만 한 작은 배가 매어 있고, 다리 아래에는 곳곳마다 고기 그물을 쳐놓았다. 담 안에는 수목이 울창한데 가끔 기왓골이나 처마 끝이 보이기도 하고, 혹은 지붕 위의 호리병박 꼭대기가 솟아오르기도 한다.

한 상점에서 잠깐 쉬고 있는데 예쁜 아이들이 떼를 지어 노래를 부르며 간다. 그들은 비단 저고리에 수놓은 바지를 입고 옥같이 맑은 얼굴에 살결이 눈처럼 희다. 혹은 박자판을 치고, 혹은 피리를 불며, 혹은 비파를 뜯고, 나란히 서서 천천히 노래한다. 모두들 곱고도 아름답게 치장을 했다. 이들은 모두 연경의 거지들로 거리를 돌아다니며 멀리서 온 장사치들과 하룻밤 같이 지내고 몇 백 냥을 받는 일이 있다고 한다.

길옆에 삿자리를 걸쳐서 햇빛을 가리고 군데군데 노는 곳을 만들어 놓았는데, 《삼국지》를 연출하는 자, 《수호전》을 연출하는 자, 《서상기》를 연출하는 자가 있어서, 큰 소리로 대사를 외우고 음악소리가 들린다. 온갖 장난감들을 벌여 놓고 파는데 모두 어린이들 것이건만 비단 그 자료가 희귀할 뿐 솜씨는 그리 대단한 것이 없으며, 어떤 것은 손만 닿아도 깨질 물건인데도 값은 몇 냥이나 된다. 탁자 위에는 관공關公의 상을 몇 만 개나 벌여 놓았는데 칼을 가로 잡고 말을 탔으나 그 크기는 겨우 두어 치밖에 안 되며, 모두 종이로 만들어 교묘하기 짝이 없다. 이는 아이들 장난감인데 이렇게 많은 것을 보아서 그런지 다른 것을 짐작할 수 있겠다. 하도 황홀하고 찬란한 것들을 많이 보았는지라 눈과 귀와 정신이 함께 피로할 지경이었다.

배로 호타하를 건너서 삼하현 성중에 들어가 손용주 유의(연암의 친구 홍대용이 전년에 왔을 때 깊이 사귀었던 학자로 용주는 호, 유의는 이름)의 댁을 찾았더니, 용주는 벌써 달포(한 달이 조금 넘는 기간) 전에 산서에 가서 아직 돌아오지 않았다고 한다. 그 집은 성의 동편 관왕묘 곁의 대여섯 칸 초가집이니 그의 가난함을 짐작할 수 있겠다. 심부름하는 아이도 없이 주렴 너머로 부인의 목소리가 마치 연연과 앵앵처럼 아름답다. 그는,

"저희 주인께선 어떤 글방의 훈장이 되어 산서 지방으로 가시고 저 홀로 딸년 하나를 키우고 있는 형편이옵니다. 조선서 멀리 오신 선생님께서 이런 누지에 오셨는데도 공손히 맞아들이지 못하여 죄송하옵니다."

하고는 또 사람 부르는 소리가 들린다. 나는 그제야 담헌(홍대용의 호)의 편지와 정표를 주렴 앞에 놓고 나왔다. 담이 허물어진 곳에 나이 열대여섯 살 되어 보이는 계집애 하나가 섰는데, 그 흰 얼굴에 조촐한 목덜미, 아마 용주의 따님인 듯싶다.

삼하현은 옛날 임후다.

8월 1일 정미丁未

아침엔 개고 찌는 듯 덥다가 오후에는 비가 오다 멎다 했고, 밤엔 우레를 동반한 큰비가 내리다.

연교보에서 새벽에 떠나서 사고장까지 5리, 등가장 3리, 호가장

4리, 습가장 3리, 노하 4리, 통주 2리, 영통교 8리, 양가갑 3리, 관가장 3리, 모두 35리를 가서 점심을 먹고, 거기에서 다시 삼간방까지 3리, 정부장 3리, 대왕장 3리, 태평장 3리, 홍문 3리, 시리보 3리, 파리보 2리, 신교 6리, 동악묘 1리, 조양문 1리, 서관에 드니 모두 28리다. 이날 모두 63리를 걸었다. 압록강으로부터 연경까지 모두 33참站 2천 30리였다.

새벽에 연교보를 떠나 변卞과 정鄭 등 여러 사람과 먼저 갔다. 몇 리를 가지 않아서 날이 벌써 밝아지는데 별안간 우레 같은 소리가 우렁차게 공중을 울린다. 이는 노하(통주에서 천진에 이르는 운하)의 배에서 나는 포성이라 한다. 멀리 아침노을이 어린 곳을 바라보니 돛대들이 총총히 늘어선 갈대 같고, 버드나무 위에는 뗏목과 풀뿌리 따위가 많이 걸렸는데, 이는 한 열흘 전에 연경에 큰비가 내려서 노하가 넘쳐 민가 몇 만 호를 쓸어가고, 물에 휩쓸린 사람과 짐승의 수가 이루 헤아릴 수 없었다 한다.

내 이제 말 위에서 담뱃대를 쥔 채 팔을 뻗쳐서 버드나무 위의 물이 찬 흔적을 가늠해 보았더니, 땅에서 두서너 길 됨직하다. 물가에 다다르니 물이 넓고도 맑으며 배가 빽빽이 들어선 것이 장성의 웅대함과 견줄 만하고, 큰 배 10만 척에 모두 용을 그렸는데 호북의 전운사(운수를 맡은 벼슬 이름)가 어제 호북의 곡식 300만 석을 싣고 왔다 한다. 한 배에 올라가서 구경을 했다. 배 길이는 여남은 발이나 되고 쇠못으로 장식하였으며, 그 위에는 널빤지를 깔아서 층집을 세웠고 곡물들은 모두 선창 속에 그냥 쏟아 넣었다.

집은 모두 아로새긴 난간, 그림 기둥, 아롱진 들창, 수놓은 지게 문으로 꾸미어 그 모양이 뭍의 건물과 다름없이 밑은 창고, 위는 다락으로 되었으며, 패액과 주련과 장유(휘장)와 서화 등이 모두 신선의 세계였다. 지붕에는 쌍돛을 높이 세웠는데 돛은 가는 등나무로 엮어 몇 폭이나 되고, 온 배에 연분鉛粉을 기름에 타서 두껍게 바르고, 그 위에 노란 칠을 입혔으므로 한 방울 물도 스미지 않을 뿐 아니라 비가 내려도 아무런 걱정도 없는 것이다.

배의 깃발에는 '절강'이니 '산동'이니 하는 배 이름이 크게 씌어 있으며, 물을 따라 100리를 내려오는 사이에 배들은 마치 대밭처럼 빽빽하게 들어섰는데, 남으로 직고해에 줄곧 통하여 천진위를 거쳐 장가만에 모이게 된다. 그리하여 천하의 선운들이 모두 통주에 모여들게 되니, 만일 노하의 선박들을 구경하지 못한다면 이 나라 수도의 장관을 말할 수 없을 것이다.

또 삼사와 함께 한 배에 오르니, 그 양쪽에는 채색 난간을 두르고 그 앞에는 휘장을 드리우고 창을 세워서 문을 만들고, 양편에는 의장(지위가 높은 사람이 행차할 때에 위엄을 보이기 위하여 격식을 갖추어 세우는 칼이나 창 등의 물건), 기치(군대에서 쓰던 깃발), 도창(칼과 창을 아울러 이르는 말), 검극(칼과 창을 아울러 이르는 말), 봉인(창, 칼 따위의 날) 등을 세웠는데 모두 나무로 만들었고, 방 안에는 관 하나가 놓이고 그 앞에는 교의와 탁자를 놓았으며, 탁자 위에는 온갖 제기를 벌여 놓았다. 상주는 푸른 들창 아래에 걸터앉았는데 몸에는 무명옷을 입었고 머리는 깎지 않아서 두어 치나 자란 것이 마치 중다버지(머리가 길게 자라서 더펄더펄한 아이) 모양이다.

그는 다른 사람과 어울리지도 않고 앞에《의례》한 권을 놓아두었다. 부사가 앞으로 다가서서 인사를 하니 답례하고 이마를 조아리며 일어났다 엎드렸다 하다가 다시 교의에 앉는다. 부사가 나더러 그와 필담을 해 보라 하기에 나는 그때서야 부사의 성명과 관함을 써 보였더니, 상주도 역시 머리를 조아리며 쓰기를,

"저의 성은 진이요 이름은 경이옵고 가계는 호북이옵니다. 선친께옵서 북경에 벼슬하여 한림원 수찬을 지내시고 금년 7월 9일에 세상을 버리시자, 임금께옵서 토지와 돌아갈 배를 내리시옵기에 고향으로 유해를 모시고 돌아가는 길이옵니다. 상복의 몸에 있으므로 손님을 접대하지 못해 죄송하옵니다."

한다. 부사가 글을 써서 나이를 물었으나 진경은 대답하지 않는다. 부사가 또 글로 묻기를,

"중국에서는 모두 삼년상을 치르는지요?"

"성인께옵서 인정을 따라 예를 제정하였으니 저같이 불초한 자도 힘껏 따르고자 하옵지요."

부사가 다시 물었다.

"상제喪制는 모두 주자朱子의 학설을 따르는지요?"

"그렇습니다. 모두 문공(주희의 시호)을 따르지요."

라고 진경이 대답한다.

창 밖에 아롱진 대 난간이 사창에 비치어 영롱하고, 옆 배에서 흘러나오는 풍류 소리가 소란하며, 갈매기 날고 내와 구름이 끼고 누대의 아름다움이 모두 선창에 어리고, 흰 모래톱 아득한 언덕에는 바람을 안은 돛들이 나타났다 꺼졌다 한다. 사람으로 하여금 슬며시 이것이 곧 부가(떠 있는 집), 범택인 줄을 알고도 마치 저

번화한 도시 한가운데 화려한 방 안에 몸을 담고서, 강호 경물(계절에 따라 달라지는 경치)의 아름다운 낙을 겸누르는 듯싶었다. 부사가 몸을 돌려 미소를 지으며,

"저야말로 월파정 상주(당시 우리나라에서 유행되던 말인데, 황주 월파정에 놀러온 풍류적인 상주)라고 이르겠군."

하기에 나도 역시 가만히 웃었다.

정사가 사람을 보내어 구경할 것이 있으니 얼른 오라고 하기에 부사와 함께 일어나는데, 등 뒤로 무엇이 툭 하는 소리가 나기에 돌아다보니, 부사의 비장 이서귀가 넘어져서 겸연쩍은 듯이 웃고 있다. 배 위에 깐 널빤지가 얼음처럼 미끄러워 발붙이기가 힘들었다. 어릿어릿하며 좌우로 부축하고 가다가 이를 돌아본다는 것이 그만 옆 사람들까지 한꺼번에 쿵 하고 넘어졌다.

휘장 안에서 네 사람이 투전을 하고 있기에 들여다보았으나 모두 만주 글자여서 도무지 알 수가 없었다. 어떤 이가 알려준다.

"이것의 이름은 마조馬弔랍니다."

깊숙한 곳에 탁자를 늘어놓고 그 위에 준尊, 호壺, 고觚(술잔), 관罐(물동이) 등의 그릇을 진열했는데 모두 기이하게 생긴 물건들이다. 또 한 문을 나서니 정사와 서장관이 널판에 앉아서 선창 속을 들여다보고 있었다. 그 안이 곧 주방인데, 흰 베로 머리를 감싼 늙은 부인들이 가마솥에 숙주나물, 무, 미나리 등속을 삶아서 다시 찬물에 헹구고 있고, 또 나이 열여섯쯤 되어 보이는 아리따운 얼굴을 가진 처녀 하나가 있었다. 낯선 손님을 보고도 조금도 수줍어하지 않고 다소곳이 제 맡은 일만 하고 있는데, 고운 깁옷의 주

름은 안개처럼 어른어른하고 하얀 팔목은 연뿌리인 양 민틋하였다. 아마 진 씨의 차환(주인을 가까이에서 모시는 젊은 계집종)이 아침상을 보살피고 있는 모양이다. 배 양편에는 파초선을 두루 꽂았는데 '한림, 지주, 정당, 포정사'라 썼으니, 이는 모두 죽은 이의 이력이었다.

강 가운데에서는 뱃놀이가 한창이다. 작은 배에 혹은 붉은 일산을 펴고, 혹은 푸른 휘장을 두르고 셋씩, 다섯씩 서로 짝을 지어 각기 다리 짧은 교의에 기대기도 하고, 혹은 평상 위에 앉아서 책이며 그림축이며 향로며 차 도구들을 벌여 놓았고, 혹은 봉생이나 용관을 불고, 혹은 평상에 비껴서 글씨와 그림도 그리고, 더러는 술을 마시며 시를 읊기도 하는데 그들은 반드시 고인高人이나 운사는 아니겠지만, 그윽하게 아취가 있어 보였다. 배에서 내려 언덕에 오르니 수레와 말이 길을 막아서 다닐 수가 없었다.

동문에서 서문까지 줄곧 5리 사이에 외바퀴 수레 몇 만 채가 꽉 차서 몸 돌릴 곳이 없었다. 말에서 내려 한 상점으로 들어가니 화려하고 번창함이 벌써 성경, 산해관 따위에 비길 것이 아니었다.

길이 비좁아 간신히 조금씩 나아가 보니, 시문市門의 현판에는 '만수운집'이라 하였고, 한길 위에 2층 높은 누를 세우고는 '성문구천'이라 써 붙였다. 성 밖에는 창고 셋이 있는데, 성곽과 같이 지붕은 기와로 이고 그 위에는 창문을 내어서 나쁜 기운을 내보내게 하고, 벽에도 구멍을 뚫어서 습기가 가시게 하고, 강물을 끌어들여 창고를 둘러 해자를 만들었다.

영통교에 이르렀는데 이 다리는 일명 팔리교라고 한다. 길이가 수백 발, 넓이는 여남은 발이요, 무지개 문의 높이도 여남은 발이나 되는데, 좌우에는 난간을 돌리고 그 위에는 사자 몇 백 마리를 앉혔는데, 그 정교함이 마치 도장 꼭대기의 가는 무늬와 같았다. 다리 밑의 선박들은 줄곧 조양문(북경의 동북문) 밖에 닿아서 다시 작은 배로 물문을 열고 태창에 끌어들인다 한다.

통주에서 연경까지 40리 사이는 돌을 깎아서 길게 깔았다. 쇠수레바퀴가 서로 맞닿는 소리가 너무 우렁차서 정신이 아찔아찔했다. 길가 양편에는 모두 무덤인데 담을 가지런히 쌓고 나무가 울창하여 봉분은 보이지 않는다.

대왕장에 이르러서 잠깐 쉬고 곧 떠났다. 길 왼편에 돌 패루 세 칸이 있기에 말에서 내려 그 만든 모양을 보니, 이는 곧 청나라 강희 때의 충신 퉁국유의 무덤이었다. 패루에는 그의 벼슬들을 나란히 새겨 놓았고, 위층에는 여러 가지 조칙을 새겼다. 곧 다리를 건너 문 안에 들어서니 좌우에 여덟 모 난 망주석을 세우고 그 위에는 돌사자를 새겼다. 가운데에는 길을 쌓아올려서 층대 높이가 한 발이나 되며, 길 좌우에는 늙은 소나무 수십 그루가 서 있고, 3층 돌대 위에 큰 비석 열셋을 세웠는데, 모두 퉁씨 3대의 훈벌을 표창한 조칙들이다. 퉁국유는 또 융과다라고도 하며, 그 아내는 하사례 씨다.

북쪽 담 밑에 봉분 여섯이 나란히 있는데, 떼를 입히지 않아서 밑은 둥그스름하나 위는 뾰족하며 석회로 번질번질하게 발랐다. 기와로 이은 집 수십 칸이 있는데 단청이 이미 우중충하며, 층계는 쓰러지고 채색한 주렴은 낡았는데 집 안에는 박쥐 똥이 가득할 뿐 텅 비고 괴괴하며 지키는 자도 보이지 않는다. 이는 마치 깊은 산중의 낡은 절과 같다. 매우 괴이한 일이다. 아마도 훈벌이 혁혁하였던 집안이었으나 이제는 자손이 없어서 그런 것인 듯싶다.

동악묘에 이르러 심양에 들어갈 때처럼 삼사가 옷을 갈아입고 일행을 점검하였다. 이때 통역관 오림포, 서종현, 박보수 등이 벌써 그 가운데에 와서 기다린다. 그들은 모두 망포, 수보(청나라 관리의 예복)에다 목에는 조주(청나라 때 5품 이상과 한림, 중서 등의 가슴에 달던 108개의 구슬)를 걸고 말을 타고 앞을 인도하여 조양문에 이르렀는데, 그 모양은 산해관과 다름없으나 상세히 볼 수 없었다. 검은 먼지가 부옇게 일어 수레에 물통을 싣고 곳곳마다 길바닥에 물을 뿌린다.

사신은 곧장 예부를 찾아 표문과 자문을 바치러 갔다. 나는 그와 헤어져서 조명회와 함께 먼저 사관으로 갔다. 순치(청淸세조 때의 연호) 초년에 조선 사신의 사관을 옥하 서쪽 기슭에다 세우고 옥하관이라 일컬었는데, 그 뒤에 악라사가 점령하고 말았다. 악라사는 이른바 대비달자(러시아)인데 너무 사나워서 청나라 사람들도 그들을 누를 길이 없어서, 할 수 없이 회동관(외국 사신을 접대하는 곳으로 나중에는 사린관과 합쳐서 회동사역관이라 하였음)을 건어호동에다 세우니, 이는 곧 도통 만비(청강희 때의 외교관으로, 러시아와 조약을 맺을 때에도 참가함)의 집이었다. 만비가 도륙당할 때에 집안사람이 많이 자결하였으므로 그 집에 귀신들이 많았다 한다. 혹은 우리나라 별사(임시 사행)와 동지사가 한꺼번에 맞부딪치면 서관에 나누어 들게 되었다. 연전에 별사가 먼저 건어호동에 들었으므로 금성위가 마침 동지사로 와서 서관에 머문 일도 있었다. 지난해 건어호동에 있는 회동관이 불에 타버리고 여태까지 다시 세우지 못했으므로 이번 걸음에도 서관에 들게 되었다.

아아, 슬프다. 옛 역사《통감》에 이르기를 '문자가 생기기 전에는 연대와 국도國都를 상고할 수 없다.' 하였으나, 문자가 생긴 이후 21대(원元 이전 21조朝의 정사正史를 21사史라 하였음) 3천여 년 동안에 천하를 다스림에 있어서 과연 어떠한 술법으로 하였을 것인가. 이는 곧 그들의 이른바 유정惟精, 유일惟一이란 심법心法으로 했을 것이다. 그러므로 나는 천하를 다스리는 데는 요堯, 순舜이 있음을 알고, 홍수를 다스리는 데는 하우씨夏禹氏(9년 동안 치수 사업에 공적이 많아서 임금이 됨)가 있음을 알며, 정전井田(중국 고대의 농촌 경리에 적용하던 토지 제도) 제도를 마련하는 데는 주공이 있음을 알고, 학문의 선전에는 공자孔子가 있음을 알고, 재정과 세금을 골고루 마련하는 데는 관중管仲(제齊나라의 정치가로 특히 경제에 밝았다고 하며 중은 자요, 이름은 이오)이 있음을 알았을 뿐이다.

나는 알지 못하겠구나. 그 밖에 또다시 얼마나 많은 성인이 그 머리를 짜냈으며, 또 얼마나 많은 성인이 그 시력을 기울였으며, 또 얼마나 많은 성인이 그 총기를 다했던가. 그뿐 아니라 또 얼마나 많은 성인이 벌써 저 21대 3천여 년 동안 문자가 창조되기 전에 이를 기초하고 이를 빛내고 이를 수정하였던가. 생각하건대 이러한 여러 성인이 생각과 심력과 총기를 다 기울여서 기초하고 빛내고 수정하였으니, 그들은 장차 이것으로써 자기의 사리私利를 취하려 하였을까, 아니면 길이길이 만세를 두고 모든 백성들과 그 행복을 함께 누리고자 하였을까.

그리하여 그중에 한 사람이라도 그의 심술心術이 같지 못하고 사업이 각기 다르면 이를 곧 '우인愚人'이라 지목하였을 뿐만 아니라, 그를 일찍이 집과 나라를 망친 자라고 시종 헐뜯었던 것이다. 그러나 그들은 대체로 마음의 음탕함과 귀와 눈의 영리함이 도리어 성인을 능가하므로, 더욱이 후세 사람들에게 환영을 받았던 것이다. 그리하여 겉으로는 그의 몸을 배격하면서도 은근히 그의 공훈을 본받고, 또 겉으로는 그 사람을 욕하면서도 속으로는 그의 장점을 칭찬하는 것이다. 그리하여 천하의 온갖 기이한 기술과 음탕한 솜씨가 날로 부풀어 오르는 법이다.

보라, 대체 궁궐을 옥과 구슬로 꾸민 자는 이른바 걸桀과 주紂가 아니었으며, 산을 허물어 골짜기를 메우고 만리장성을 쌓은 자는 몽염(진秦나라의 유명한 장수로 진시황을 도와서 장성을 쌓아 흉노를 물리쳤다고 함)이 아니었으며, 천하에 곧은 도리를 닦은 자는 진시황이 아니었으며, 천하의 일은 법이 아니면 안 된다 해서 드디어 나무를 옮겨 보기도 하고, 또는 쓰레기를 버리는 것까지 간섭하여 그 제도를 통일시킨 자는 상앙(진나라의 정치가로 법치를 주장함)이 아니었던가. 대체 이 너덧 사람들은 그의 역량과 재주와 정신과 기백과 계획과 시설이 족히 천지를 움직일 만하였던 만큼, 애초에는 모든 성인들과 함께 나란히 설 수 있으련만 불행히 서계(문자)가 이미 이룩된 뒤에 나왔기 때문에 그들의 공로와 이익의 누림은 오로지 뒷사람에게로 돌아가고, 그 몸은 화를 일으키는 실마리가 되어 길이 어리석은 사람의 이름을 듣게 되었으니, 어찌 슬픈 일이 아니겠는가!

그리고 나는 더욱 알지 못하겠다. 저 21대 3천여 년 사이에는 몇 명의 걸·주와 몇 명의 몽염과 몇 명의 진시황과 몇 명의 상앙이 있어서 그 서계가 이룩된 이후의 것을 본받았던 것인가. 서계가 이룩된 뒷일이 그러하니, 서계가 이룩되기 전의 일도 가히 짐작할 수 있을 것이다. 어떻게 이것을 아는가 하면, 옛날에 진시황이 육국(전국시대 때 진秦을 제외한 초楚·제齊·연燕·조趙·한韓·위魏)의 것을 본떠서 아방궁을 크게 지었으니, 본뜬다는 것은 저 환쟁이들의 모사가 곧 그것이다.

육국의 선비들이 그들의 임금을 유세할 때에는 모두 걸·주를 욕하지 않은 이가 없었건만, 사실은 앞서 궁궐을 옥과 구슬로 꾸몄다는 것이 마침내는 저 장화대(초楚의 누각)와 황금대(연燕소왕의 궁전)의 부본이 되는 동시에 장화대, 황금대는 아방궁의 윤곽에 지나지 않을 것이다. 그런데 항우가 이에 한 번 불질러서 곧 평지의 재가 되고 만 것은 족히 뒷세상의 토목공사만을 일삼는 사람들에게 하나의 거울이 되었을 것이다. 그 마음인즉 이왕 내가 여기에 살지 못할 바에는 다른 사람이 와서 차지하는 것을 싫어했던 것에 불과할 뿐이니, 그렇다면 저 팽성의 도시도 또한 아방궁이 될 것이었으나, 다만 미처 하지 못하였을 따름이다.

그리고 소하(진나라의 관리로서, 한漢고제를 도와 천하를 평정하고 재상이 되었음)가 미앙궁을 크게 공사할 때 한고제는 짐짓 모르는 체하다 궁궐이 다 이룩된 뒤에는 도리어 소하를 꾸짖었으니, 이

꾸지람이 실로 옳다면 어째서 소하를 당장 죽이지 않았으며 또 궁궐을 불질러 태워버리지 않았던가. 이로써 미루어 보아도 앞서 육국의 것을 본떠서 아방궁을 지은 것은 곧 미앙궁을 위하여 터를 닦은 것에 지나지 않은 셈이었다.

내 이제 조양문에 들어서자 곧 저 요·순의 이른바 유정, 유일의 마음씨가 이러하고, 하우씨의 홍수 다스림이 이러하고, 주공의 정전이 이러하고, 공자의 학문이 이러하고, 관중의 이재가 이러하였음이 눈에 선하게 띄었으며, 걸·주가 옥과 구슬로 궁궐을 세운 것도 이런 방법에 지나지 않고, 몽염이 산을 허물어서 골짜기를 메운 것도 이런 방법에 지나지 않으며, 진시황이 곧은길을 닦은 것도 이런 방법에 지나지 않고, 상앙이 제도를 통일시킨 것도 이런 방법에 지나지 않음을 깨달았다.

어째서 그런가 하면 성인이 일찍이 율律, 도度, 양量, 형衡(계율과 길이와 부피와 무게) 등을 하나로 통일시켜서 둥근 것은 그림쇠에 맞도록 하고, 모난 것은 곱자에 맞도록 하고, 곧은 것은 먹줄에 맞추었기에, 천하에 퍼지자 천하가 이를 좇고, 걸·주에게 주어도 그들 역시 받아들이지 않을 수 없었다. 또 성인이 일찍이 높은 언덕에 넘실거리는 홍수를 다스릴 때, 삼태기에 삽질하는 번거로움과 도끼로 찍는 날카로움과 기술자의 교묘함과 역부의 많음이, 어찌 산을 헐고 골짜기를 메워 만리장성을 쌓는 것에 그쳤으며, 성인이 일찍이 천하의 밭이란 밭은 죄다 금을 그어 정전의 제도를 만들면서, 그 밭두둑과 도랑 사이에는 수레 몇 채가 달릴 수 있도록 마련하였는데, 그 곧고 바름이 어찌 천리의 한길을 닦음만 못

하였으며, 성인이 일찍이 그 문인의 물음에 대답하여 나라를 다스리는 법을 말씀하셨으나 이는 다만 말로만 하였을 뿐 몸소 행한 것은 아니었다.

　그러나 후세의 임금들이 반드시 그 학문이 성인보다 나은 것이 아니어서 곧 이를 행할 수 있으니, 이는 어찌 중화 민족만이 그러하리오. 이적(오랑캐) 출신으로서 중원의 임금이 된 자치고 일찍이 도道를 물려받아서 행하지 않는 이가 없었으며, 또 의식衣食이 넉넉한 뒤에야 예절을 지킬 수 있다 하였는데, 후세의 임금들 중에 그 나라를 튼튼히 하고 그 군사를 굳세게 한 자가, 차라리 각박하고 인정머리 없다는 말을 들을지언정 어찌 그 몸을 위해서 사리를 탐했다고 이를 수 있겠는가. 그러므로 내가 앞서 재지才智와 역량이 하늘과 땅을 움직일 수 있다고 한 것이 오늘날의 중국을 이룩한 것이며, 21대 3천여 년 동안의 모든 제도를 이로써 미루어 짐작할 수 있음을 의미하는 것이다.

　이제 그들은 나라 이름을 '청淸'이라 하고 수도를 '순천'이라 하니 천문으로 보면 기箕(이십팔수의 일곱째 별자리의 별들)와 미尾(이십팔수의 여섯째 별자리의 별들) 두 별의 사이였고, 지리로 말한다면 우공禹貢에서 이른바 기주의 터전으로써 고양씨(오제의 하나인 전욱)는 유릉이라 하였고, 도당씨는 유도, 우나라는 유주, 하·은나라는 기주, 진은 상곡, 어양이라 하였으며, 한나라의 초기엔 연국이라 하였다가 뒤에는 나누어서 탁군이라 했고, 또 고쳐서 석진부라 하였으며, 송宋은 연산부라 하였고, 금金은 연경이라 했다가 곧 중도라 고쳤으며, 원元은 대도라 하였고, 명明의 초년엔 북평부라 하였다가, 태종 황제가 수도를 옮기고 순천부라 고쳤더니, 이제 청淸나라는 이곳에 수도를 세웠다.

성 둘레는 40리, 왼쪽에는 창해가 있고 오른쪽에는 태항산을 끼고, 북으로는 거용관을 베고, 남으로는 하수·제수가 옷깃처럼 되어 있다. 성문의 정남은 정양, 오른쪽은 숭문, 왼쪽은 선무, 동남은 제화, 동북은 조양, 서남은 평택, 서북은 서직, 북동은 덕승, 북서는 안정이고, 외성에 문이 일곱 있으며, 자금성에는 문이 셋 있고, 궁성은 17리인데 문이 넷이며, 그 전전前殿을 태화라 하여 오로지 한 사람만이 살고 있다. 그의 성姓은 애신각라요, 종족은 여진 만주부요, 지위는 천자, 호는 황제, 직책은 하늘을 대신하여 만물을 다스리는 것이다. 그가 자신을 일컬을 때는 '짐'이라 하고, 세계의 여러 나라들이 그를 높여서 '폐하'라 하며, 말씀을 내면 '조'라 하고, 명령을 내리면 '칙'이라 하며, 그 갓은 홍모이고, 옷은 마제수(만주인 옷의 소매 모양을 형용하여 말한 것임)였으며, 그는 국통을 이은 지 벌써 4대였고, 연호를 세워 '건륭'이라 한다.

이 글을 쓴 자가 누구인가 하면 조선에서 온 박지원이고, 쓴 때가 언젠가 하면 건륭 45년 가을 8월 초하루다.

8월 2일 무신戊申

맑게 개었다.

간밤에 뇌성벽력과 함께 내린 비를 겪고서, 아직 수리하지 못한

객관의 창호지가 떨어졌으므로 새벽에 찬바람이 들어와서 감기가 조금 들고 입맛을 잃었다.

아침 일찍 아문에 예부, 호부의 낭중(각 부마다 둔 그 사司의 책임자)과 광록시(식량과 찬품을 맡은 간부)의 관원이 모여들었다. 쌀과 팥 대여섯 수레와 돼지, 양, 닭, 거위, 채소 등속이 바깥뜰에 가득 찼다. 그 부의 관원이 교의에 나란히 앉았는데, 아무도 감히 떠드는 자가 없었다.

정사에게는 날마다 관館의 찬饌으로 거위 한 마리, 닭 세 마리, 돼지고기 다섯 근, 생선 세 마리, 우유 한 병, 두부 세 근, 백면(메밀가루) 두 근, 황주 여섯 항아리, 엄채(김치) 세 근, 다엽 넉 냥, 오이지 넉 냥, 소금 두 냥, 청장(맑은 간장) 여섯 냥, 감장(맛이 단 간장) 여덟 냥, 식초 열 냥, 참기름 한 냥, 화초(후추) 한 돈, 등유 세 병, 납초 석 자루, 내수유(우유 기름) 석 냥, 세분 근 반, 생강 닷 냥, 마늘 열 뿌리, 빈과(능금) 열다섯 개, 배 열다섯 개, 감 열다섯 개, 말린 대추 한 근, 포도 한 근, 사과 열다섯 개, 소주 한 병, 쌀 두 되, 나무 서른 근, 또 사흘마다 몽고양 한 마리씩을 준다.

그리고 부사나 서장관에게는 날마다 두 사람 어울러서 양羊 한 마리, 우유 한 병, 고기 세 근, 거위와 닭과 생선 각각 한 마리, 백면과 두부 각각 두 근, 엄채 각각 세 근, 화초 각각 한 돈, 다엽과 소금 각각 한 냥, 청장과 감장 각각 여섯 냥, 식초 각각 열 냥, 황주 각각 여섯 항아리, 오이지 각각 넉 냥, 참기름 각각 한 냥, 등유 각각 한 종지, 쌀 각각 두 되, 빈과와 사과와 배 어울러 열다섯 개, 포도와 말린 대추 어울러 닷 근, 그 밖의 과실은 닷새 만에 한 번씩 준다. 부사에게는 날마다 나무 열일곱 근, 서장관에게는 열닷 근씩을 준다.

그리고 대통관 3명과 압물관 24명에게는 날마다 각각 닭 한 마리, 고기 두 근, 백면 한 근, 엄채 한 근, 두부 한 근, 황주 두 항아리, 화초 닷 푼, 다엽 닷 돈, 청장 두 냥, 감장 넉 냥, 참기름 네 돈, 등유 한 종지, 소금 한 냥, 쌀 한 되, 나무 한 근씩을 주고, 또 득상종인(상을 탈 자격을 지닌 수행원) 30명에게는 날마다 각각 고기 근반, 백면 반 근, 엄채 두 냥, 소금 한 냥, 등유 어울려 여섯 종지, 황주 어울려 여섯 항아리, 쌀 한 되, 나무 네 근씩을 주고, 무상 종인 22명에게는 날마다 각각 고기 반 근, 엄채 넉 냥, 식초 두 냥, 소금 한 냥, 쌀 한 되, 나무 네 근씩을 주었다.

8월 3일 기유己酉

맑게 개었다.

해가 뜬 뒤에 비로소 관문을 연다. 나는 시대와 장복과 함께 관을 떠나 첨운패루 밑까지 걸어와서 태평차 하나를 세내었는데, 나귀 한 마리가 끌고 간다. 아까 주방에서 하루 동안 쓸 것을 주기에, 시대를 시켜 돈으로 바꾸어 차에 실었다. 시대는 오른쪽에, 장복은 뒤에 태우고 빨리 달려서 조양문과 비슷한 선무문에 이르렀다. 왼쪽은 상방(코끼리를 기르는 곳)이요, 오른쪽은 천주당(당시 북경에는 네 곳에 천주당이 있었는데, 연암이 찾아간 곳은 선무문 안 서천주당이었음)이다. 문으로 나와 오른편으로 굽어서 유리창(북경성 남부에 있는 거리로 본래는 해왕촌이었으나, 유리 가마가 있으므로 이렇게 불렸음)에 들어가 보니, 첫 거리에는 '오류거'라는 세 글자의 간판이 붙었다. 이는 곧 도옥의 책사다. 지난해에 무관이 이 책사에서 책을 많이 샀다 해서 퍽 흥미 있게 오류거를 이야기하더니, 이제 이곳을 지나고 보니 마치 옛 친구를 만난 듯싶다. 그리고 무관이 나를 떠나보낼 때에 또 말하기를,

"만일 당원항 낙우를 찾으려거든 먼저 선월루에 가서 그 남쪽에 있는 조그만 거리로 돌아들면 두 번째 대문이 곧 당 씨의 댁이랍니다."

하였다. 차를 몰아 양매서가에 이르러 우연히 육일루에 올랐다가 유황포(세기)를 만나서 잠깐 이야기할 때, 서문포(황)와 진립재(정훈) 등이 마침 자리에 있었다. 그들은 모두 아담한 선비이기에 날을 골라 이곳에서 다시 만나기로 약속하고 차를 돌려 북쪽 골목으로 들어가니, 길가에 금색 글자로 '선월루'라 쓴 것이 별안간 수레 앞에 눈부시게 보인다. 이도 역시 책사다. 곧 수레에서 내려 두 하인과 함께 당 씨의 집을 찾아갔는데, 마치 익숙한 곳을 찾듯이 했다. 문 앞에 하인 셋이 나오더니,

"대감께선 아침 일찍 아문에 나가셨습니다."

"그럼, 언제 돌아오실까?"

하고 내가 물었더니 그는,

"묘시(오전 5시~7시)에 나가셔서 유시(오후 5시~7시)면 돌아오십니다."

한다 그중 한 사람이,

"잠깐 외관에 올라 땀을 식히시지요."

하기에 따라가니 옹졸한 학구 한 사람이 나와 맞이한다. 그의 성은 주周라고 기억되나 이름은 잊어버렸다. 앞서 듣건대, 원항이 아들 다섯을 두었는데 모두들 잘났다더니, 이제 두 아이가 방에서 나와 공손히 인사하는 것을 보니 묻지 않아도 원항의 아들임이 틀림없기에 나는 그 두 아이의 나이를 물었다. 맏이는 열셋, 다음은 열하나였다. 나는 곧 물었다.

"형의 이름은 장우고, 아우의 이름은 장요가 아니냐?"

"예에, 그렇습니다. 어른께선 어찌 아시옵니까?"

둘이 함께 묻기에 내가 대답하였다.

"너희들이 글을 잘 읽는다 하여 이름이 해외에까지 들리기에."

조금 뒤에 그 집 하인이 파초잎 모양으로 생긴 흰 주석 쟁반에 더운 차 한 그릇, 빈과 세 개, 양매탕 한 그릇을 가지고 와서 은근히 권한다. 그리고 하인이 그 집 늙은 마나님의 말씀을 전하기를,

"지난해 조선 어른 두 분이 가끔 제 집에 놀러오셨는데 지금도 평안하신지요? 만일 청심환 가지고 있으시면 한두 개 주십시오."

"마침 지니고 온 것이 없사오니, 뒷날 다시 올 때 갖다드리겠습니다."

하고 답을 전했다. 앞서 듣기에 당 씨의 늙은 마나님은 늘 동락산방에 있으며, 나이가 여든이 넘었어도 근력이 오히려 좋다더니, 이제 하인이 멀리 손으로 가리키며,

"노 마나님이 방금 중문에 나오셔서 귀국 사람들의 옷차림을 구

경하고 계십니다."

한다. 나는 바로 보기가 겸연쩍어서 못 본 체하고는, 붉은 종이로 만든 중머리 부채 두 자루와 여러 가지 빛깔의 시전지를 내어 장우와 장요에게 나눠주고, 열흘 안으로 다시 오리라 약속하고 곧 일어나 문을 나섰다. 돌아보니 마나님이 오히려 중문에 섰고 아환 (주인을 가까이에서 모시는 젊은 계집종) 둘이 옆에서 부축하고 있다.

멀리 바라보니 학발(두루미의 깃털처럼 희다는 뜻으로, 하얗게 센 머리)이 그 머리를 덮었으나 몸이 웅건해 보이고, 아직도 화장과 보물 꾸미개를 잊지 않았다. 두 하인의 말이,

"아까 당 씨의 여러 하인이 우리들을 좌우로 에워싸서 뜰 가운데에 세워 놓고 늙은 마나님이 우리 옷을 구경하겠다고 하므로, 소인들이 황공하여 감히 바로 쳐다보지 못하고 '날이 더워서 입은 것이 단지 홑적삼뿐입니다.' 하니 그는 돌려 세워보기도 하고 모로 세워보기도 하고는, 다시 여러 하인을 시켜 깃고대와 도련을 들추어보고 술과 먹을 것을 내어다 먹입디다. 소인들의 의복이 이렇게 남루해서 부끄러워 죽을 뻔했습니다."

한다. 돌아오는 길에 회자관(이슬람 교당)에 들러 구경하였다.

8월 4일 경술庚戌
맑게 개었다.

더위가 심하여 삼복三伏이나 다름없었다. 차를 몰아 정양문을

나와서 유리창을 지나며 물었다.

"이 창廠이 모두 몇 칸이나 됩니까?"

"모두 27만 칸이나 된답니다."

하고 어떤 이가 대답한다. 정양문에서부터 가로 뻗어 선무문에 이르기까지의 다섯 거리가 모두 유리창이었고, 국내와 국외의 모든 보화가 여기에 쌓였다.

내 그제야 한 누 위에 올라 난간에 기대어 탄식하였다.

"이 세상에 진실로 저를 아는 사람 하나를 만났다 하더라도 한이 없을 것이다. 아아, 인정은 대체 제 몸을 알고자 하되 이를 알지 못하면 때로는 커다란 바보나 또는 미치광이처럼 되어서, 저아닌 남이 되어 저를 보아야만 저도 비로소 다른 물건과 다를 바 없음을 알 수 있을 것이다. 그 경지에 이르러서야 비로소 몸이 움직이는 곳마다 아무런 거리낌이 없을 것이다. 성인은 이 방법을 지녔으므로 세상을 버리고도 아무런 고민이 없었으며, 외로이 서있어도 아무런 두려움이 없었던 것이다.

그러므로 공자가 일찍이 말씀하시기를 '남이 나를 알아주지 않는다 하더라도 노여운 뜻을 품지 않는 이라면 어찌 군자가 아니겠느냐.' 하였고, 노자도 역시 '나를 알아주는 이가 드물다면 나는 참으로 고귀한 존재다.' 하였다. 이렇듯이 남이 나를 몰라보았으면 하여 혹은 의복을 바꾸기도 하고, 얼굴을 못 알아보게 하거나 성명을 바꿔버린다. 이는 곧 성인[聖]과 부처[佛]와 현자[賢]와 호걸[豪]들이 세상을 하나의 노리개로 보아서, 비록 천자의 자리를 준다 하더라도 그의 즐거움과 바꾸지 않는 까닭이다. 이러한 때에 천하에 혹시 한 사람만이라도 저를 아는 이가 있다면, 그의 자취는 드러나고 마는 것이다.

　그러나 사실은 천하에 단지 한 사람만이라도 그를 알아주는 이가 없는 것은 아니다. 그러므로 요堯(요임금)가 미복微服으로 강구에서 놀았으나 격양가(요임금 때 늙은 농부가 땅을 치면서 천하가 태평한 것을 노래한 데서 온 말로 태평한 세월을 즐기는 노래)를 부르는 늙은이가 나타났고, 석가가 얼굴을 달리하였으나 아난(석가의 으뜸가는 제자)이 그를 알았고, 태백(주周의 왕자로서, 그 자리를 아우에게 양보함)은 몸에 그림을 떠서 놓아 남만으로 도피하였으나 중옹(태백의 아우로 곧 우중, 태백이 자기에게 임금 자리를 양보하는 것을 보고 자기도 뒤를 따랐음)이 뒤를 따랐고, 예양(전국시대 때 지백의 신하로, 지백이 죽자 그 원수를 갚기 위해서 몸에 옻칠을 하고 입에 숯을 머금어서 문둥이와 벙어리로 행세하였을 때, 그의 아내는 알지 못하였으나 그의 벗 중에는 아는 이가 있었음)은 몸에 칠을 하였으나 그 벗이 알았고, 삼려대부(초楚의 정치가이며 문학가 굴평, 삼려대부는 벼슬, 자는 원 또는 영균)는 얼굴이 파리했을 때에 어부가 알았고, 치이자(범려의 호)는 오호에 뜰 때 서시가 따랐고, 장녹(진秦의 정치가 범저의 다른 이름)은 객관에서 가만히 걸을 때 수가(위魏의 고관으로, 일찍이 범저를 박대했는데 진秦에 사신으로 갔을 때에 범저를 만나서 그의 궁곤을 측은히 여겨 선물을 주었으나, 실은 그때 범저는 이미 진秦의 승상이 되었는데 궁곤을 가장하여 수가를 속였음)를 만났고, 장자방(자방은 장량의 자)은 이교에서 조용히 걸을 때 황석공(장양에게 비서秘書를 전해 준 도사)을 만났다.

이제 내 이 유리창에 홀로 섰으니 그 옷과 갓은 천하에 모르는 것이요, 그 수염과 눈썹은 천하에 처음 보는 바이며, 반남(연암의 관향)의 박朴은 천하에 일찍이 듣지 못하던 성일지라도, 내 여기에서 성인도 되고 부처도 되고 현자도 되고 호걸도 되어, 그 미침이 기자(은殷나라 말에 거짓으로 미쳐서 종이 됨)나 접여(초楚의 광사狂士 육통)와 같으므로 장차 그 누가 와서 이 천하의 지락을 논할 수 있겠는가."

어떤 이가 묻기를,

"공자孔子께서 송宋나라를 지나갈 때에 무슨 관을 쓰셨을까요?"

"아마 우물과 창고와 평상과 거문고가 벌여 있고, 그의 앞에 있었던 것이 별안간 뒤에 있었을 것이며, 또 물고기 비늘과 표범 무늬처럼 별의별 변덕이 많았을 테니, 누가 그 참된 모습을 알 수 있으리오."

라고 내가 말하고 껄껄 웃었다. 그러므로 그가 이르기를,

"선생님께서 계시니 회回가 감히 죽을 수 있겠습니까?"

라고 하였던 것이다. 이로써 볼 때 공자가 천하의 지기를 논한다면 오직 안자(안회를 높여 부르는 말) 한 사람이 있었을 따름이다.

북경에서 북으로 열하를 향해

막북행정록漠北行程錄

8월 5일 신해辛亥에 시작하여 8월 9일 을묘乙卯에 그쳤다.
연경에서 열하에 이르기까지 모두 닷새 동안이다.

   열하는 황제의 행재소(황제가 행차하다가 임시로 머무는 곳)가 있는 곳이다. 옹정제 때에 승덕주를 두었는데, 이제 건륭제가 주州를 승격시켜 부府로 삼았으니 곧 연경의 동북 420리에 있고, 만리장성에서는 200여 리다.

   《열하지》(열하의 지리책으로, 건륭 42년에 고종의 칙명에 의하여 엮었음)를 살펴보면,

   '한나라 때는 요양·백단의 두 현으로 어양군에 속하였고, 원위元魏 때에는 밀운·안락 두 군의 경계가 되었고, 당나라 때는 해족의 땅이 되었으며, 요遼나라 때는 흥화군이라고 하여 중경에 속했고, 금나라 때는 영삭군으로 고쳐서 북경에 속하였으며, 원元나라에서는 고쳐서 상도로에 속하였다가 명나라에 이르러서는 타안위의 땅이 되었다.'

하니, 이는 곧 열하의 연혁이다. 이제 청나라가 천하를 통일하고는 비로소 열하라 이름하였으니 실로 장성 밖의 요해의 땅이었다.

강희제 때부터 늘 여름이면 이곳에 행차하여 더위를 피하였다. 그의 궁전들은 채색이나 아로새김 등이 없어서 피서 산장이라 이름하고, 여기에서 서적을 읽고 때로는 임천(숲과 샘)을 거닐며 천하의 일을 다 잊어버리고는 짐짓 평민이 되어봄직하다는 뜻이 있는 듯하다.

사실은 이곳이 험한 요새여서 몽고의 목구멍을 막는 동시에 북쪽 변경의 깊숙한 곳이었으므로 이름은 비록 피서라 하였으나, 천자 스스로 북호(북쪽에 있는 오랑캐 나라)를 막기 위해서였다. 이는 마치 원나라 때에 해마다 풀이 푸르면 수도를 떠났다가, 풀이 마르면 남으로 돌아오는 것과 같다. 천자가 북쪽 가까이 머물러 있으면서 자주 행차를 하면, 북방의 모든 호족들이 함부로 남으로 내려와서 말을 놓아먹이지 못할 것이므로 천자의 오고감을 늘 풀의 푸름과 마름으로써 시기를 정하였으니, 이 피서라는 이름도 역시 이를 이르는 것이었다. 올봄에도 황제가 남방을 순행하였다가 바로 북의 열하로 온 것이다.

열하의 성지와 궁전은 해로 더하고 달로 늘어서, 그 화려하고 웅장함이 저 창춘원이나 서산원보다도 지나치다. 뿐만 아니라 그 산수의 경치도 오히려 연경보다 나으므로 해마다 이곳에 와서 머물게 되었으며, 애초에는 외적을 막기 위했던 것이 도리어 방탕한 놀이터로 발전되었다. 이제 우리나라 사신이 갑자기 열하로 오라는 명을 받아서 밤낮없이 달려온 지 닷새 만에야 겨우 다다랐으니, 그 노정을 짐작하건대 400여 리뿐이 아닐 것이다. 열하에 와서 산동 도사 학성과 함께 노정의 원근을 논하였는데, 그도 역시

열하에 처음 온 모양이다. 그의 말이,

"대개 구외에서 북경이 700여 리지만 강희제 이후로 해마다 이곳에 피서하여 석왕(황제의 아들)과 액부(부마의 만주어)와 각부 대신들이 5일에 한 번씩 조회하게 마련되었는데, 빠른 여울과 사나운 큰물, 높은 고개, 험한 언덕이 많아서 모두들 그 험하고도 먼 곳에 가기를 꺼리므로 강희제가 일부러 참站을 줄여서 400여 리를 만든 것이지 실은 700리나 됩니다. 그러나 모든 신하들이 늘 말을 달려와서 일을 하였으므로, 막북을 문 앞처럼 여기고 몸이 안장 위를 떠날 겨를이 없으니, 이는 성군聖君이 편안할 때 오히려 위태로움을 잊지 않으려는 뜻이랍니다."

하니 그의 말이 근사한 듯싶다.

그리고 고염무의 《창평산수기》에,

'고북구역으로부터 북으로 56리를 가서 청송이란 곳이 한 참站이고, 또 50리를 가서 고성이라 하는 곳이 한 참이며, 또 60리를 가서 회령이라 하는 곳이 한 참이고, 또 50리를 가서 난하라 하는 곳이 한 참이다.'

하였으니, 이제 난하를 건너서 열하까지 40리인즉 고북구로부터 이곳에 이르기까지 모두 256리다. 이를 보더라도 벌써 56리가 《열하지》에 기록된 것보다 많다.

구외의 노정이 서로 어긋남이 이와 같으니 장성 안이야 더욱 그러할 것을 짐작할 수 있겠다. 이제 이 걸음은 우리나라 사람으로는 처음일 뿐더러 밤낮을 가리지 않고 달려와서 마치 소경이 걷는 것이나 꿈결에 지나치는 것 같아서, 역참과 돈대를 아무도 자세히 보지 못하였다. 그러나 이제《열하지》를 살펴보니 420리라 하였으니, 이를 좇을 수밖에 없다.

가을 8월 5일 신해辛亥

맑게 개어 더웠다.

아침 사시(오전 9시~11시)에 사은겸진하정사(사은사와 진하사를 겸한 정사. 곧 박명원을 말함)를 따라서 연경을 떠나 열하로 가는데, 부사와 서장관과 역관 세 사람, 비장 네 사람, 또 하인들, 모두 일흔넷이고, 말이 모두 쉰다섯 필이다. 그 나머지는 모두 서관에 머물러 있게 되었다.

애당초 책문을 들어선 뒤로 길에서 자주 비를 만나고 물이 막혀 통원보에서는 앉아서 5, 6일을 허비했으므로 정사가 밤낮으로 근심하였다. 나는 마침 그 건너편 방에 묵었으므로 빗소리가 들리는 밤이면 촛불을 밝히고 밤을 새웠다. 그때 정사는,

"천하의 일은 알 수 없는 것일세. 만일 우리 일행을 열하까지 오라고 하는 일이 있다면 날짜가 모자랄 터인데 그때는 장차 어떻게 할 것이며, 또 열하로 가는 일이 없다 하더라도 마땅히 만수절(황제의 탄일)은 대어 가야 할 것인데, 다시 심양과 요양 사이에서 비에 막히는 일이 있다면 이야말로 속담처럼 밤새도록 가도 문에 닿지 못하는 격이 아니겠는가?"

하고 걱정하였다. 그러다가 날이 밝으면 백방으로 물 건널 계책을

세웠는데, 여러 사람들이 이를 말리면 그는,

"나는 나랏일로 왔으니, 물에 빠져 죽는 한이 있더라도 내 직분이니 어찌하겠는가."

하고 말했다.

　그 후 아무도 감히 물이 많아서 건너지 못하겠다는 말을 하지 않았다. 때마침 더위가 심하고, 또 이곳에서는 비가 오지 않은 날에도 마른 땅이 갑자기 물바다를 이루기 일쑤이니, 이는 모두 저 천리 밖에서 폭우가 쏟아졌기 때문이다. 물을 건널 때면 모두 몸이 떨리고 앞이 캄캄하여 낯빛을 잃고 하늘을 우러러 가만히 잠깐 동안 목숨을 빌지 않은 자가 없었으며, 무사히 건넌 뒤에야 비로소 서로 돌보며 축하의 말들을 나누되 마치 죽을 고비를 겪고 난 사람이나 만난 듯이 하였으나, 다시 앞에 있는 물이 지나온 곳보다 더하다는 말을 듣고는 더욱 놀라서 서로 쳐다볼 뿐이었다. 그러면 정사는,

"제군들은 걱정마오. 이 역시 왕령(염라대왕의 넋)이 도우시리."

하고는 불과 몇 리도 못 가서 다시 물을 건너게 되고, 어떤 때에는 하루에 여덟 번이나 건너기도 하였다. 이리하여 쉴 참을 뛰어넘어 쉴 새 없이 달렸으므로 말이 더위에 쓰러지고, 사람들 역시 더위를 먹어서 토하고 싸게 되면, 문득 사신을 원망하며 투덜거린다.

"열하에 갈 일이야 만무할 텐데 이렇듯 한더위에 쉴 참을 뛰어넘은 건 전례에 없던 일이오."

"나랏일이 아무리 중하다 하더라도 정사께선 늙고 또 쇠약하신 분이 이렇게 몸을 가벼이 하시다가 만일 덧나시기라도 하면 도리

어 일을 그르치게 될 것이오."

"지나치게 서두르면 도리어 더딘 법입니다."

"앞서 장계군이 진향사로 왔을 때 책문 밖에서 물이 막혀 침상을 쪼개어 밥을 지어 먹으며 열이레를 묵었어도 설 참을 뛰어넘은 일은 없었다오."

하고 옛일까지 끌어대곤 하였다. 그리하여 8월 초하룻날 연경에 닿자 사신은 곧 예부에 가서 표문과 자문을 바치고 서관에서 나흘을 묵었으나 별다른 지시가 없으므로 그제야 모두들,

"과연 아무런 염려는 없나 보다. 사신이 우리말을 곧이듣지 않으시더니 글쎄 그런 것을. 아무튼 일이야 우리들이 잘 알지. 그대로 왔어도 열사흗날 만수절에는 넉넉히 대어 올 것을."

하며 빈정거렸다. 그리하여 더욱 열하는 생각에 두지 않았으며, 사신도 차츰 열하로 갈 걱정을 놓기 시작하였다.

초나흗날, 나는 구경을 나갔다가 저녁 때 취하여 돌아와서 이내 곤히 잠들었다가 밤중에야 잠깐 깨었다. 목이 몹시 마르기에 상방에 가서 물을 찾는데 정사가 나를 불러서,

"아까 잠깐 졸다가 꿈결에 열하 길을 떠났는데 행리가 역력하데 그려."

하시기에 나는,

"길 떠나신 뒤로 계속해서 열하에 대한 생각을 떠올려 이제 편안히 계셔도 꿈에 떠오르는가 봅니다."

라고 대답하고 물을 마시고 돌아와서 다시 코를 골았다.

꿈결에 별안간 여러 사람의 벽돌 밟는 발자국 소리가 마치 담이

허물어지고 집이 쓰러지듯이 요란스레 들려 깜짝 놀라 벌떡 일어나 앉으니, 머리가 어지럽고 가슴이 두근거린다. 내 하루 종일 나가 돌아다니다가 밤에 들어와 누우면 언제나 관문이 깊이 잠긴 것을 생각할 적에 마음이 울적하여 여러 가지 망념에 사로잡히곤 했다.

이는 곧 옛날 원순제(원元의 말주末主, 순제는 묘호)가 북으로 도망갈 때 그제야 고려의 사신을 본국으로 돌아가게 하니 사신이 관을 나서서 비로소 명나라의 군대가 온 천하를 점령한 줄 알았고, 가정 때에는 엄답(달단의 추장)이 갑자기 수도를 에워싼 일이 있다고 한다. 어젯밤에 변 군과 내원과 함께 이 이야기를 하고 웃었다. 이제 저렇듯 요란스러운 발자국 소리가 무슨 영문인지 모르겠으나 큰 변고가 일어난 것은 틀림없는 듯싶다. 급히 옷을 주워 입는데 시대가 달려와서 고한다.

"이제 곧 열하로 떠나게 되었답니다."

"관에 불이 났소?"

그제야 내원과 변 군도 놀라 깨어서 묻기에 나는 짐짓 장난으로,

"황제가 열하에 행차하여 연경이 비어서 몽고 기병 10만 명이 쳐들어왔다오."

했더니 두 사람은 놀라서,

"아이고."

한다. 내가 바삐 상방으로 가보니 온 관이 물 끓듯 한다. 통관 오림포, 박보수, 서종현 등이 달려와서 모두 황급하여 얼굴빛을 잃고서 혹은 제 가슴을 두드리고 제 뺨을 치며 제 목을 끊는 시늉을 하면서,

"이제야 카이카이[開開]요."

한다. '카이카이'는 목이 달아난다는 말이었다. 또 펄쩍펄쩍 뛰며,

"아까운 목숨 달아난다."

한다. 아무도 그 까닭을 묻지 않았으나 하는 짓들은 몹시 흉측하고 왈패 같았다. 이는 황제가 조선 사신을 기다리다가 급기야 주문(임금에게 아뢰는 글)을 받아 보고는, 예부가 조선 사신을 행재소로 보낼 것인가 아니 보낼 것인가를 말하지 않고서 다만 표문과 자문만 올린데 노하여 감봉 처분을 내렸으므로, 상서尚書 이하 연경에 있는 예부의 관원들이 황송하여 어쩔 줄을 모르고 다만 얼른 짐을 꾸리고 인원을 줄여서 빨리 떠나도록 독촉할 따름이었다.

이에 부사와 서장관이 모두 상방에 모여서 데리고 갈 비장을 뽑았다. 나는 함께 가고 싶은 마음은 간절하나 첫째 먼 길을 겨우 쫓아와서 안장을 푼 지 얼마 되지 않아 피곤이 가시지 않았는데 다시 먼 길을 떠나는 것은 실로 견딜 수 없는 노릇이요, 둘째는 만일 열하에서 바로 본국으로 돌아가게 된다면 황경皇京 구경을 놓치게 되는 것이다. 전례에 황제가 우리나라 사행을 각별히 생각하여 빨리 돌아가도록 분부한 특별 은전이 있었으니, 이번에도 십중팔구는 바로 돌려보낼 수도 있어서 내가 주저하고 있으니 정사가,

"자네가 만 리 연경을 멀다 않고 온 것은 널리 구경하고자 함이거늘, 열하는 앞서 온 사람들이 보지 못한 곳일 뿐만 아니라 돌아간 뒤에 열하가 어떻더냐고 묻는 이가 있다면 무어라 대답할 것인가. 그리고 연경은 여기에 온 사람은 다 보았지만 이번 길이야말로 좀처럼 얻기 어려운 기회이니 꼭 가야만 할 것이 아닌가?"

하기에 나는 드디어 가기로 정하였다. 그리하여 정사 이하로 직함과 성명을 적어서 예부로 보내어 역말 편에 먼저 황제에게 알리기로 하였으나 나의 성명은 단자 속에 넣지 않았으니, 이는 별상(청나라 황제가 유상 종인에게 주는 상사賞賜)이 있을까 봐 일부러 피한 것이었다.

그제야 인마를 살펴보니 사람은 모두 발이 부르트고, 말은 여위고 병들어서 정해진 시간에 맞추어 갈 것 같지 않다. 그리하여 일행이 모두 마두를 없애고 견마잡이만 데리고 가기로 하여 나도 하는 수 없이 장복을 떨어뜨리고 창대만 데리고 가기로 했다. 변 군과 노 참봉 이점, 정 진사 각, 건량판사 조학동 등은 관문 밖에서 손잡고 서로 작별할 때 여러 역관들도 와서 손을 잡으며 무사히 다녀오기를 빌었다. 남아 있고 떠나는 이 마당에 자못 처연함을 금치 못하였으니, 이는 함께 외국에 와서 또다시 외국에서 헤어지는 것이니 인정이 어찌 그렇지 않으리오. 마두들이 다투어 빈과와 배를 사서 주므로 각기 한 개씩을 받았다. 그들은 모두 첨운패루 앞에 이르러 말머리에서 절을 하며,

"귀중하신 몸 조심하소서."

하고는 눈물을 짓지 않는 이가 없었다.

지안문에 들어서니 지붕은 누런 유리기와를 이었고 문 안 좌우에는 시전이 번화하고 장려하여, 수레바퀴가 서로 부딪히고 사람 어깨가 서로 스치고 땀은 비 오듯 하며, 소매는 천막을 이루었다는 말이 곧 이를 형용한 말이다. 문을 나서서 다시 꼬부라져 북으로 자금성을 끼고 돌아 7, 8리를 갔다. 자금성은 높이가 두 길이며

밑바닥을 돌로 깔고 벽돌로 쌓아올리고, 누런 기와에다 주홍빛 석회를 칠했는데, 벽은 마치 대패로 민 듯하고 그 윤기가 왜칠(倭漆)한 것 같았다. 길 가운데 대여섯 발 되는 높은 돈대가 있고 그 위에는 3층 다락이 있는데, 그 제도는 정양문루보다도 훌륭하고, 돈대 밑에는 붉은 난간을 둘렀으며 문이 있으나 모두 잠겼고 병졸들이 지키고 섰다. 누가 말하기를,

"이것이 종루입니다."

한다. 거기에서 30, 40리를 가서 동직문을 나서니 내원이 따라와서 작별 인사를 하고, 장복은 말등자를 붙잡고 흐느껴 울며 차마 헤어지기 어려워했다. 내가 돌아가라 타이르니 또 창대의 손목을 잡고 서로 슬피 우는데 눈물이 마치 비 오듯 했다. 2만 리를 짝지어 와서 하나는 가고 하나는 떨어지니 인정이 그렇지 않을 수 없겠다. 나는 이내 말 등에서 이런 생각이 들었다.

'인간의 가장 괴로운 일은 이별이요, 이별 중에도 생이별보다 괴로운 것은 없을 것이다. 대체 저 하나는 살고 또 하나는 죽고 하는 그 순간의 이별이야 구태여 괴로움이라 할 것이 못 된다. 왜냐하면 예로부터 인자한 아버지와 효성스러운 아들, 믿음 있는 남편과 아름다운 아내, 정의로운 임금과 충성스런 신하, 피로 맺은 벗과 마음 통하는 친구들이 역책(학덕이 높은 사람의 죽음이나 임종을 이르는 말)할 때에 마지막 교훈을 받들거나 또는 궤석에 기대어 말명(末命)을 받을 즈음에 서로 손을 잡고 눈물지으며 뒷일을 부탁하는 것은 이 천하의 부자와 부부와 군신과 붕우가 다 한가지로 겪은 바요, 이 세상 사람의 인자와 효도, 믿음과 아름다움, 정의와 충

성, 혈성과 지기에서 솟아나온 정리는 한결같을 것이다. 이것이 사람마다 한가지로 겪는 바요, 사람마다 한결같이 솟는 정이라면 이 일은 곧 천하의 순리일 것이다.

그 순리를 행함에 있어서는 3년 동안 아버지의 도道를 고치지 말라 하였고, 또는 구원에서 다시 살려 일으켰으면 하는 것에 불과하였고, 살아남은 자의 괴로움을 논한다면 부모를 따라서 죽으려는 이, 아들을 여의고 눈이 먼 이, 분盆을 두드리며 노래 부르는 이, 거문고 시위를 끊은 이, 숯을 머금고 벙어리가 된 이, 슬피 울어 성을 무너뜨린 이들도 있거니와, 나랏일을 위하여 몸을 바친 이도 없지 않으나 모두 죽은 이에겐 아무런 관계가 없을 것이며 역시 그들에게는 괴로움도 없을 것이다. 그리고 임금과 신하 사이로는 반드시 부견(오호五胡 때 전진前秦의 임금)과 왕경략(부견의 승상 왕맹, 경략은 자), 당태종과 위문정(위징, 문정은 시호)이라 일컬으나 나는 아직 경략을 위하여 눈이 멀고 문정을 위하여 시위를 끊었다는 말을 듣지 못하였노라. 오히려 무덤의 풀이 돋아나기 전에 그 채찍을 던지고, 그 비碑를 넘어뜨려 구원에 깊이 간직한 사람에게 부끄러울 바가 있었으니, 이로써 보면 살아남은 자로서 괴로움을 느끼지 못한 이도 없지 않으리라.'

또 세상 사람이 흔히들 사생의 즈음에 대하여 너그럽게 위안하는 말로,

"순리대로 지내는 것이 옳지."

한다. 그 순리대로 지낸다는 말은 곧 이치를 따르라는 말이다. 만일 그 이치를 따를 줄 안다면 이 세상에는 벌써 괴로움이란 없을

것이다. 그러므로 나는 '하나는 살고 또 하나는 죽고 하는 그 순간의 이별이야 구태여 괴로움이라 할 것이 못 된다.'라고 하는 것이다. 이별의 괴로움은 하나는 가고 하나는 떨어질 때의 괴로움보다 더함이 없을 것이다. 대체 이러한 이별에 있어서는 벌써 그 땅이 그 괴로움을 돋우는 것이니, 그 땅이란 정자도 아니며, 누각도 아니며, 산도 아니며, 들판도 아니요, 다만 물을 만나야만 격에 어울리는 것이다. 그 물이란 반드시 큰 것으로 강과 바다이거나 또는 작은 것으로 도랑과 개천이어야 되는 것은 아니고, 흘러가는 것이라면 모두 어울린다.

그러므로 이별하는 자가 수도 없이 많건만 유독 저 하량(북방 오랑캐 땅에 있는 하수의 다리. 소무와 이릉이 여기서 작별할 때에 이릉이 소무에게 읊어준 시가 비장강개하기 짝이 없었음)을 일컫는 것은 무슨 까닭일까. 결코 소무(한무제의 명신으로서 흉노에게 사절로 갔다가 그들에게 억류당하여 10년 만에 돌아왔음)와 이릉(역시 한무제의 명장이요 이광의 손자로서, 흉노를 치다가 실패하여 흉노에게 머물고 있었음)만이 천하의 유정有情한 사람이 아니건만, 특히 그 하량이란 곳이 이별하는 땅으로 알맞았던 것이며, 그 이별이 그 땅을 얻었으니 괴로움이 가장 심한 것이다. 저 하량은 내가 알기에 얕지도 깊지도 않으며, 잔잔하지도 않고 거세지도 않은 그 물결이 돌을 이끌어안고 흐느껴 우는 듯하며, 바람도 불지 않고 비도 내리지 않는, 음산하지도 않고 볕도 쪼이지 않는, 그 햇볕이 땅을 감돌아 어슴푸레 해미가 끼고 하수 위의 다리는 오랜 세월에 곧장 허물어지려 하고, 물가의 나무는 늙어서 고목이 되려 하고, 물 언덕 모래톱은 앉았다 섰다 할 수 있고, 물속에서는 물새가 떴다 잠겼다 노닐며, 이 가운데 사람은 넷도 아니요 셋도 아닌데도 서로 묵묵히 말없는 이 이별이야말로 천하의 가장 큰 괴로움이 아닐 수 없으리라.

그러므로 〈별부別賦〉에 이르기를,

> 말없이 아픈 마음
> 이별보다 더할쏜가

하였으니 어찌 그 말 표현의 멋없음이 이러할까. 천하의 어떤 이별이 누가 말없지 않는 이 있으며, 마음 아프지 않는 이가 있으리오. 이는 다만 한 개의 별別자에 대한 전주箋注에 지나지 않을 말이니 그다지 괴로움이 되지는 않을 것이다. 특히 이별하는 일 없이 이별하는 마음을 지닌 자는 오직 시남료(장주의《남화경》에 나오는 사람) 한 사람이 있었을 뿐이다. 그는 말하기를,

"그대를 보내러 갔던 이가 저 아득한 강둑으로부터 돌아오니, 그대의 모습은 이로부터 멀어졌구나."

하였으니, 이는 참으로 애끊을 만한 말이었다. 왜냐하면 이는 곧 물에 다다라서 이별함이니 그야말로 이별이 땅을 얻은 까닭이다. 옛날 유우석(당의 문학가, 자는 몽득)이 상수에서 유종원과 헤어졌다가 그 뒤 5년 만에 우석이 옛길로부터 계령을 나와 다시 앞서 이별하던 곳에 이르러 시를 읊으며 유柳를 슬퍼하였는데,

> 내 말은 구슬피 숲 가린 채 울건마는

임 싣고 감돈 배는 산 너머 아득하구나

하였으니, 귀양살이하는 사람이 무수히 많건마는 이것이 가장 괴롭게 여겨짐은 오로지 물가에서 이별한 까닭이리라. 그런데 우리나라는 땅이 좁은 곳이라 살아서 멀리 이별하는 일이 없으므로 그리 심한 괴로움을 겪은 일은 없으나, 다만 뱃길로 중국에 들어갈 때가 가장 괴로운 정경이었던 것이다.

그러므로 우리나라 대악부 중에 이른바 〈배따라기곡〉(추탄 오윤겸이 지었다 함)이 있는데, 우리 시골말로는 배가 떠난다는 것이다. 그 곡조가 몹시 구슬퍼서 애간장이 끊어질 듯하다. 자리 위에 그림배를 놓고 동기童妓 한 쌍을 뽑아서 소교(군교를 따라서 죄인을 잡는 사령)로 꾸미되 붉은 옷을 입히고, 주립(융복을 입을 때 쓰던 붉은색의 갓)·패영(산호, 호박, 밀화, 대모, 수정 따위를 꿰어 만든 갓끈)에 호수(주립 네 귀에 꾸밈새로 꽂던 흰 새털)와 백우전(흰 깃을 단 화살)을 꽂고, 왼손엔 활시위를 잡고 오른손엔 채찍을 쥐고, 먼저 군례를 마치고는 첫 곡조를 부르면 뜰 가운데에서 북과 나팔이 울리고, 배 좌우의 여러 기생들이 채색 비단에 수놓은 치마들을 입은 채 일제히 〈어부사〉(우리나라 농암 이현보나 고산 윤선도의 것인 듯싶음)를 부르며 음악이 반주되고, 이어서 둘째 곡조, 셋째 곡조를 부르는데 처음 격식과 같이 한 뒤에 또 동기가 소교로 꾸며 배 위에 서서 배가 떠나라는 포를 놓으라고 창을 한다. 이내 닻을 거두고 돛을 올리면 여러 기생들이 일제히 축복의 노래를 부른다. 그 노래에,

닻 들자 배 떠난다
이제 가면 언제 오리
만경창파에 가는 듯 돌아오소

하였으니, 이는 우리나라에서는 제일 눈물이 나는 대목이다. 이제 장복은 어버이와 아들의 친함도 아니요, 임금과 신하의 의도 아니요, 남편과 아내의 정도 아니요, 동창과 친구의 사귐도 아니거늘, 살아서 헤어지는 괴로움이 이러한데 이는 그 이별하는 땅이 오로지 강이나 바다, 또는 저 하수의 다리에서만 이러함은 아니었으리라. 실로 이국이나 타향치고서 이별에 알맞은 땅이 아닌 것이 없는 까닭이리라.

아아, 슬프다. 앞서 소현세자(인조의 맏아들)께서 심양에 계실 때, 당시 신료(봉림대군 이하의 사람들, 봉림은 효종이 대군으로 있을 때의 봉호)들이 머물거나 떠날 때, 또 사신들이 오갈 때 그 마음이 어떠하였으리. 임금이 욕됨에 신하된 자 마땅히 죽어야 한다는 것도 이 경지면 오히려 대수롭지 않은 말일지니, 어떻게 머무르고 어떻게 가며, 어떻게 참고 보내며, 어떻게 참고 놓았겠는가. 이것이 우리나라에서는 제일 통곡할 때였던 것이다.

아아, 슬프다. 내 비록 이와 벼룩과 같은 미천한 신민이건만 100년이 지난 오늘에 이르러 한 번 생각해 볼 때에도 오히려 정신이 싸늘하고 뼈가 저리어 부러질 것 같거늘, 하물며 그 당시 자리에 일어서서 절하고 하직할 때는 어떠하였겠는가. 하물며 그 당시 걸림이 많고 혐의 또한 깊어서, 눈물을 참고 소리를 머금으며 얼굴엔 슬픈 표정을 드러내지 못할 때가 아니던가. 하물며 그 당시 떨어져서 머무른 여러 신하가 아득히 떠나가는 이들의 행색을 바라볼 때 저 요동의 넓은 들판은 끝이 없고 심양의 우거진 나무들은 아득한데, 사람은 팥알처럼 작아지고 말은 지푸라기처럼 가늘어서, 시력이 다하는 곳에 땅의 끝, 물의 마지막이 하늘에 닿도록 아려하니, 해가 저물어 관문을 닫을 때에 그 심정이 어떠하리.

이런 이별일진대 어찌 반드시 물가만이 이에 알맞은 땅이겠는가. 정자도 좋고 누각도 좋고, 산도 좋고 들판도 좋을지니, 어찌 반드시 저 흐느껴 우는 물결과 어슴푸레 해미 낀 햇볕만이 우리의 괴로운 심정을 자아낼 것이며, 또 하필이면 저 무너지려는 다리, 망가진 고목만이 우리 이별의 마당이 될 것인가.

이 경지에 이르러서는 비록 저 그림 기둥에 현란한 문지방과 푸른 봄철에 밝은 날씨라도 모두들 우리를 위한 애끓는 이별의 땅이 될 수 있고, 또는 우리를 위해 가슴 치고 통곡할 때가 될 수 있는 것이다. 이럴 때를 만나서는 비록 돌부처라도 머리를 돌릴 것이요, 쇠로 된 간장일지라도 다 녹고 말 것이니, 이는 또 우리나라에서 정사情死함에 제일 알맞은 때일 것이리라.

이렇게 생각하는 동안에 나도 모르게 20여 리를 갔다. 성문 밖은 꽤 쓸쓸한 편이어서 산천이 눈에 드는 것이 없다. 해는 이미 저물었는데 길을 잘못 들어서 수레바퀴 쫓아간다는 것이 서쪽으로 너무 치우쳐서 벌써 수십 리나 돌아서 걸었다.

양쪽에 옥수수가 하늘에 닿을 듯 아득하고 길은 함函 속에 든 것

같은데, 웅덩이에 고인 물이 무릎에 빠지며 물이 가끔 스며 흐르
므로 구덩이를 파 놓았어도 물이 그 위를 덮어서 보이지 않는다.
마음을 도사리고 조심하여 길을 따라 소경처럼 앞으로 나아가니
밤은 벌써 깊었다. 손가장에서 저녁을 먹고 묵었다.

8월 6일 임자 壬子

아침에 개었다가 차츰 덥더니, 낮에는 크게 비바람이 치며 천둥과 번
개가 일더니 저녁나절에 개었다.

새벽에 길을 떠나다. 역정 푯말에 순의현계라 씌었고, 또 수십
리를 가니 회유현계라 씌었는데, 그 현성은 길에서 10여 리 혹은
7, 8리 떨어져 있다 한다.

수隨나라의 개황(문제의 연호) 연간에 말갈이 고구려와 싸워서
패하자 부장 돌지계가 8부를 거느리고 부여성으로부터 그 부락을
통틀어 귀순하였으므로, 새로이 순주順州를 두어서 수용하였더니,
당태종 때에 오류성을 주치州治로 하고 돌리극한을 우위대장군으
로 삼아서 그 무리를 거느리고 순주를 도독하게 하였으며, 개원
(당唐현종의 연호) 때에는 탄한주를 두었고, 천보(당唐현종의 연호)
이후로는 귀화현이라 고쳤으며, 후당 장종 때 주덕위가 유수광을
쳐서 순주를 점령하였다 하니, 생각하건대 순의와 회유 두 고을의
땅이 곧 옛날의 순주인 듯싶다. 우란산이 서북 300리에 뻗쳐 있으
나 전해 내려오는 말에,

‘옛날에는 금소가 그 골짜기에서 나오고 선인이 이를 타고 노닐었다 하며, 돌이 마치 구유처럼 생긴 것이 있어서 이름을 음우지라 하고, 이 산을 영적산이라 부른다.’ 라고 한다.

그 산 동쪽에는 조하가 백하와 합하며 동북에 호로산이 있고, 또 서북엔 도산의 다섯 봉우리가 깎아지른 듯이 마치 손가락을 세운 것 같다. 다시 수십 리를 가서 백하를 건너는데 백하의 근원은 새문 밖에서 흘러나와 석당령에서 장성을 뚫고 황화의 진천, 창평의 유하 등 새문 밖의 모든 물과 합하여 밀운성 밑으로 지나간다.

원元의 승상 탈탈이 일찍이 수리에 능한 자를 뽑아서 둑을 내고 논을 풀어 해마다 곡식 100여 만 섬을 거두었더니 뒤에 명나라의 태감 조길상의 것을 몰수한 땅으로 국영농장을 삼았는데, 그리하여 가난한 백성들이 업을 잃고 백하의 수리도 마침내 폐지되었다. 금나라의 알리불(태조 아골타의 둘째 아들)이 순주에 들어와서 곽약사(요나라가 망할 때 원군의 괴수)를 백하에서 무찔렀다는데, 바로 이곳이다. 물살이 세고 빛이 흐리며, 다만 작은 배 두 척이 있는데 건너려는 자의 수레가 수백 대요, 셀 수 없이 많은 인마가 모래톱에 서 있다.

올 때 길에서 보니 막대를 가로질러서 누런 궤 수십 개를 나르고 있는데, 뾰족하고 넓적하고 길쭉하고 높다란 것들이다. 여기에는 모두 옥그릇을 실었는데 회자국(이슬람교국)에서 조공을 바치는 것이며, 북경에서 짐꾼을 세내어서 나르고 회자 너덧 사람이 이를 거느리고 가는 것이다. 그 생김새는 벼슬아치인 듯하며 그중 한 사람은 회자국의 태자라 하는데, 그 몰골이 웅건하고 사나워 보인다. 누런 궤짝을 배에 싣고 금방 삿대를 저어 언덕에서 떠나려 하는데, 주방과 구인(말몰이꾼)들이 펄쩍 뛰어 배에 올라서 말을 포개어 놓은 궤짝 위에 세웠다. 배는 이미 길을 떠났고 언덕에 있는 회자는 놀라서 소리치며 발을 구르나, 주방과 구인들은 조금도 두려움 없이 먼저 건너려고만 한다. 내가 수역에게 말하니 그가 크게 놀라서,

　"빨리 내려."

하고 소리를 지르고, 회자 역시 어지러이 지껄여대면서 배를 돌리게 하여 그 궤짝을 모두 내렸으나 한 마디도 우리나라 사람과 다투는 일이 없었다.

　중류에 이르렀을 때 갑자기 한 조각 검은 구름이 하늘을 덮더니 바람을 일으켜 삽시간에 모래를 날리고 티끌을 자아올려 연기와 안개처럼 하늘을 덮어서 지척을 분별하지 못할 지경이다. 배에서 내려 하늘을 쳐다보니 구름이 여러 겹 주름잡듯 하였는데, 독기를 품은 듯 노염을 피는 듯 번갯불이 그 사이에 얽혀서 올올이 번쩍이는 금실이 천 송이 만 떨기를 이루었으며, 벽력과 천둥이 휘감고 겹겹이 싸여서 마치 검은 용이라도 뛰어나올 듯싶다.

　밀운성을 바라보니 겨우 몇 리밖에 남지 않았으므로 채찍을 날려서 말을 빨리 몰았으나, 바람과 우레가 더욱 세지고 빗발이 비껴 치는 것이 마치 사나운 주먹으로 후려갈기는 듯하여 재빨리 길가에 있는 낡은 사당으로 뛰어들었다. 그 동편 월랑에 두 사람이 책상을 사이에 놓고 교의에 걸터앉아서 바삐 문서를 다루고 있었는데, 이는 밀운 역리가 오가는 역마들을 적는 것이었다. 하나는

한자로 쓰고 또 하나는 만주 글자가 보이기에 들여다보니 '황제의 명령을 받들어 북경에 있는 병부로부터 조선 사신들에게 건장한 말을 주어서 어려움이 없게 하며, 또는 그들 행리의 필수품을 공급하라.'는 내용이다. 이윽고 사신이 비를 피하여 뒤이어서 들어왔으므로 수역을 시켜 그 종이를 사신에게로 가져갔다. 그리고 그 사람들에게 물었더니 그들은,

"저희들은 모르는 일입니다. 저희들은 다만 오가는 문서를 장부와 견주어 맞춰볼 따름입니다."

하고 대답한다. 그 문서에 이른바 건장한 말이란 찾아볼 곳도 없거니와 설령 그 말을 준다 한들 모두 몹시 날쌔고 건장해서 불과 한 시간에 70리를 달리니, 이는 그들의 이른바 비체법飛遞法이다. 길에서 역마가 달리는 것을 보니, 앞에서 선창하기를 노래하듯 하면 뒤에서 응하기를 마치 범을 쫓듯이 하는데, 그 소리가 산골과 벼랑을 울리면 말이 일시에 굽을 떼어 바위와 시내와 숲을 가리지 않고 훌훌 날뛰며 달린다. 그 소리가 마치 북을 치는 듯 소나기가 퍼붓는 듯하다. 우리나라에서는 마치 쥐처럼 잔약한 과하마(과실나무 가지 밑을 타고 지나갈 수 있을 만큼 작은 말) 따위를 견마 잡히고 부축하고서도 오히려 떨어질까 두려워하는데, 하물며 이렇게 날뛰는 역마를 누가 감히 탈 수 있겠는가. 만일 황제의 명령으로 억지로 이를 타게 한다 해도 도리어 걱정거리일 것이다. 황제가 근신近臣을 보내어 우리 사신을 영접하게 한 것이 방금 이곳을 지나쳤는데 길이 서로 어긋난 모양이다.

비가 좀 멎기에 곧 길을 떠났다. 밀운성 밖을 감돌아서 7, 8리를

갔다. 별안간 건장한 호인 몇이 나귀를 타고 오다가 손을 내저으며,

"가지 마시오, 5리 앞에 시냇물이 크게 불어서 우리도 되돌아오는 길이오."

하고 또 채찍을 이마에까지 들어 보이면서,

"이만큼 높은데 당신네들 두 날개가 돋쳤나요?"

한다. 그리하여 서로 돌아보며 낯빛을 잃고 모두 길 가운데서 말을 내려섰으나, 위에서는 비가 내리고 아래로는 땅이 질어서 잠시 쉴 곳도 없다. 그제야 통관과 우리 역관들을 시켜서 물 있는 데를 가보게 하였다. 그들이 돌아와서 말한다.

"물 높이가 두어 발이나 되어 어찌할 수 없습니다."

버드나무 그늘이 촘촘하고 바람결이 몹시 서늘한데 하인들의 홑옷이 모두 젖어서 덜덜 떨지 않는 자가 없다. 비가 잠깐 그치자 길 왼편 버드나무 밖에 새로 지은 조그만 행전(군주가 지방을 순시할 때 임시 거처하는 곳, 행궁)이 보이므로 곧 말을 달려 그리로 들어가서 물이 빠지기를 기다리기로 하였다. 연경에서부터 길가에 30리마다 반드시 행궁이 하나씩 있어서 창름(곳간)과 부고(문서나 재물을 넣어두는 곳간)까지도 다 갖추고 있다. 그러나 이 성 밖에 이미 행궁이 있었는데도 불구하고 10리도 못 되는 이곳에 또 이 집을 둔 것은 무슨 까닭인가. 그리고 사치하고 현란한 양식으로 보아 어느 대목(큰 건축물을 잘 짓는 목수) 따위의 손으로 이룩된 것이 아닌 듯싶으나, 다만 내 몸이 춥고 배가 고파서 두루 구경할 경황이 없었다.

때마침 해는 홍라산에 지는데 온 산의 봉우리 겹겹이 쌓인 푸른

빛이 한 덩이 붉은 빛으로 물들고 아계, 서곡, 조왕 등 여러 산이 금빛 구름과 수은 안개 사이에 빙 둘러섰다. 《삼국지》에 '조조가 백단을 거쳐 오환을 유성에서 쳐부수었으므로 지금까지 그 산 이름을 조왕이라 하였다.'는 것이 이를 말하는 것이고, 유향(한漢의 종실로서 저명한 학자)의 《별록》에는 '연燕나라에 서곡이란 땅이 있으나 추워서 오곡이 나지 않더니 추연(전국시대 제齊의 음양가로, 퉁소를 불어서 추운 날씨를 따뜻하게 하였다고 함)이 퉁소를 불어서 온기가 생겼다.' 하였고, 《오월춘추》에는 '북쪽으로 한곡寒谷을 지나쳤다.'

하였으니 곧 이곳을 말하는 것이다. 내 어렸을 때 과체시(과거 볼 때 시를 짓는 형식)를 짓다가 서곡의 취율을 써서 고실을 삼았는데, 이제 눈으로 바로 그 산을 바라보게 되었다.

역관이 제독과 통관과 의논하면서,

"이제 앞으로 물을 건널 수도 없고 물러나도 밥 지을 곳이 없이 해가 또한 저무니 어찌하면 좋을까?"

하니 오림포가,

"여기는 밀운성에서 겨우 5리밖에 안 되는 곳이니 도로 성으로 들어가서 물 빠지기를 기다리는 수밖에 없습니다."

한다. 오림포는 나이가 일흔이 넘어서 그중 춥고 배고픔을 못 견디는 모양이다. 새북 길을 제독 이하의 여러 사람이 전에 가 본 일이 없으므로, 길도 모르고 해는 저물어 사람의 그림자도 드물어지자 아득히 갈 바를 모름이 우리와 다름이 없다.

내가 먼저 밀운성에 도착했는데 길가의 물이 벌써 말의 배에 닿았다. 성문에서 말을 세우고 일행을 기다려서 함께 들어가니 뜻밖에 쌍 등과 쌍 촛불을 들고 와서 맞이하는 이가 있고, 또 기병 10여 명이 앞에 와서 환영하는 듯이 보였다. 이는 곧 밀운 지현이 몸소 와서 맞이한 것이다. 통관이 먼저 가서 주선한 것이 불과 몇 마디 말이 끝나기 전인데 그 거행의 재빠름이 이러하다.

중국의 법이 비록 왕자나 공주의 행차라도 민가에 머무르지 못하므로 그 사관은 반드시 상점이 아니면 사당이다. 이제 이 고을에서 우리 일행의 숙소로 정해진 곳은 관묘인데, 지현은 문까지 왔다가 곧 돌아가고 관묘에는 인마를 들일 수는 있으나 사신이 머무를 곳은 없었다. 이때 밤이 이미 깊어서 집집마다 문을 잠갔으므로, 오림포가 백 번 천 번 두드리고 부르고 한 끝에 겨우 나와서 응대하는 이가 있었다. 그곳은 곧 소 씨의 집이었다. 그는 고을 아전으로서 집이 훌륭하기가 행궁이나 다름없다. 그 주인은 이미 죽고 다만 열여덟 살 된 아들이 있는데, 눈매가 청수하여 속세의 풍상을 겪지 않은 사람 같다.

정사가 불러서 청심환 한 개를 주니, 그는 여러 번 절을 했으나 몹시 놀라서 떨리는 빛이 있다. 마침 잠이 들었는데 문을 두드리는 자가 있어서 나가 보니, 사람 지껄이는 소리와 말 우는 소리가 요란한데 모두 생전 처음 듣는 소리요, 문을 열자 벌떼처럼 뜰에 가득 찬 사람들이 과연 어디 사람들인가. 조선 사람이라고는 이곳에 온 일이 없으므로 북로에서는 처음 보니 그들은 아마 안남 사람인지 또는 일본, 유구, 섬라 사람인지 분간하지 못하였을 것이다. 뿐만 아니라 쓰고 있는 모자는 둥근 테가 몹시 넓어서 머리 위에 검은 우산을 받친 것 같으니 이는 처음 보는 것이라 '이 무슨 갓일까, 이상하다.' 했을 것이며, 입고 있는 도포도 소매가 너무 넓어서 너풀거리는 것이 마치 춤추는 듯하니 이 또한 처음 보는 것이라 '이 무슨 옷일까, 이상하다.' 했을 것이요, 말소리도 '남남' 하고 '니니' 또는 '각각' 하니 이 역시 처음 듣는 소리라 '이 무슨 소리인가, 이상하다.' 했을 것이다.

처음에 보면 비록 주공의 옷과 갓이라도 놀라울 것인데, 하물며 우리나라의 것이 몹시 크고 고색이 창연하니 어떠했을까. 그리고 사신 이하의 복장이 모두 달라서 역관과 비장과 군뢰의 복장이 따로따로 되어 있고, 역졸과 마두의 무리는 맨발에 가슴을 풀어헤치고 얼굴은 햇볕에 그을리고 옷은 해어져서 엉덩이를 가리지 못하였으며, 왁자하게 지껄여대며 대령하는 소리는 너무도 길게 빼니 이 모두 처음이라 '이 무슨 예법인가, 이상하고 야릇하다.' 했을 것이다. 그리고 그는 반드시 같은 나라 사람이 함께 온 것을 모르고 아마 남만, 북적, 동이, 서융들이 함께 제 집에 들어온 줄로 알았을 것이니 어찌 놀라고 떨리지 아니하리오. 이는 대낮에라도 넋을 잃을 것이거늘, 더군다나 열여덟 약관의 어린 사내가 어떠했겠는가. 비록 세상일을 싫도록 겪은 여든 살 노인일지라도 필시 놀라서 와들와들 떨며 놀라지 않을 수 없을 것이다.

역관이 와서 정사께 고한다.

"밀운 지현이 밥 한 동이와 채소와 과실 다섯 쟁반, 돼지와 양과 거위와 오리고기 다섯 쟁반, 차와 술 다섯 병을 보내왔고, 또 땔나무와 말먹이도 보내왔습니다."

"그래, 땔나무와 말먹이는 받지 않을 이유가 없겠지만 밥과 고기는 주방이 있으니 남에게 폐를 끼쳐서는 안 되겠지. 받든 안 받든 간에 부사님과 서장관 나리께 여쭈어 결정짓는 게 좋겠다."

라고 정사가 말하니 수역은,

"이곳에 들어오면 동팔참(구련성과 산해관 사이에 설치한 여덟 군데의 숙소로, 우리나라 사신이 중국에 왕래하던 교통로에 두었음)으로부터 으레 공궤(음식을 줌)가 있는 법이랍니다. 다만 이렇게 익힌 음식을 제공하지 않았을 뿐이지요. 이제 이곳에 도로 오게 된 것은 비록 뜻밖의 일입니다만, 그러나 저들이 지주의 체면으로 이를 제공하였는데 무슨 이유로 물리칠 수 있겠습니까?"

한다. 이때 마침 부사와 서장관이 들어와서,

"이건 황제의 명령도 없었는데 어찌 받을 수 있겠소. 마땅히 돌려보내는 것이 좋겠습니다."

한다. 정사도,

"그게 좋겠소."

하고는 곧 명령을 내려 그를 받기 어려운 뜻을 밝히게 하였다. 이제 여남은 인부들이 아무 소리도 없이 다시 지고 가버렸다. 서장관이 또 하인들에게,

"만일 한 줌의 땔나무나 말먹이를 받는다면 반드시 무거운 벌을 내릴 것이다."

하고 엄격히 단속하였다. 얼마 안 되어 조달동이 와서 여쭙는다.

"군기대신 복차산이 당도하였답니다."

황제가 특히 군기대신을 파견하여 사신을 맞게 한 것이다. 그리

하여 그가 바른 길로 덕승문에 들어가자 우리 일행은 벌써 동편 바른 문을 통과하였으므로 서로 어긋나게 된 것이다. 복차산은 밤 낮을 헤아리지 않고 뒤를 쫓아온 것이다. 그는,

"황제께옵서 사신을 고대하고 계시오니 반드시 초아흐렛날 아침 일찍 열하에 도달하여 주십시오."

하며 두세 번 거듭 부탁하고 가버린다. 군기軍機란 마치 한漢나라 의 시중侍中과 같아서 늘 황제 앞에 모시고 앉았다가, 황제가 군기 에게 명령을 내리면 군기가 의정대신에게 하나하나 전달하곤 한 다. 그가 비록 계급은 낮으나 황제를 가까이에서 모시는 직책을 맡았으므로 '대신'이라 일컫는다. 복차산의 나이는 스물 대여섯 쯤 되었으나 키는 거의 한 길이나 되고 허리가 날씬하고 눈매가 가늘어서 매우 풍치가 있어 보인다. 그는 말이 끝난 뒤에 화고(중 국 전통의 떡) 하나를 먹고는 곧 말을 달려 떠나버렸다.

그리고 벽돌이 깔린 대청이 넓고도 환했으며 탁자 위의 모든 물 건은 잘 정돈되었는데, 하얀 유리그릇에 불수감(겨울에 익으며 유 자보다 훨씬 크고 길며, 끝이 손가락처럼 갈라지고 향내가 매우 좋음, 곧 귤의 일종) 세 개가 놓였는데 맑은 향내가 코를 찌르는 듯하다. 10 여 개의 교의는 모두 무늬 있는 나무로 꾸몄으며, 서편 바람벽 밑 에는 등자리와 꽃방석, 양털 보료 등이 깔려 있고, 구들 위에는 길 이와 넓이가 알맞게 붉은 털방석을 깔아 놓았고, 침대 위에 깔린 자리는 말총으로 쌍룡을 수놓아 오색이 찬란하다. 두 하인이 그 위에 누워 있기에 시대를 시켜 깨웠으나 곧 일어나지 않자 시대가 크게 호통을 쳐서 쫓아버렸다. 나는 이때 너무 피로하여 잠깐 그

위에 누웠더니 별안간 온몸이 가려워 한 번 긁자 굶주린 이들이
더덕더덕하였다. 곧 일어나 옷을 털고 나서,

"밥이 이미 익었느냐?"

하고 물었다. 시대는,

"애초부터 밥을 지은 일이 없답니다."

하면서 빙그레 웃는다. 이미 밤은 닭이 울 즈음이어서 물 한 그릇
이나 한 움큼 땔나무도 사올 곳이 없으니, 비록 저 사자어금니같
이 흰 쌀이 쌓여 있다 해도 밥을 해 먹을 길은 없었다. 그리고 부
사의 주방은 낮에 벌써 비 내리기 전에 시내를 건넜으므로 영돌
(상방의 건량고지기)이 부사와 서장관의 주방을 겸하였으나 밥을
지을 기약은 아득하였다.

하인들이 모두 춥고 굶주려서 혼수상태에 빠졌다. 나는 그들을
채찍으로 갈겨 깨웠으나 일어났다가 곧 쓰러지곤 한다. 하는 수
없어서 몸소 주방에 들어가 살펴보니 영돌이 홀로 앉아 공중을 쳐
다보면서 긴 한숨을 내쉰다. 남은 사람들은 모두 종아리에 고삐를
맨 채 뻗고 누워서 코를 곤다. 마침 간신히 수숫대 한 움큼을 얻어
서 밥을 지으려 했으나, 한 가마솥의 쌀에 반 통도 안 되는 물을
부었으니 끓을 리도 없을 뿐만 아니라 도리어 가소로운 일이다.

얼마 후 밥을 받아보니 물이 쌀에 스며들지 못하여 생쌀 그대로
였다. 그리하여 한 숟갈도 들지 못한 채 정사와 함께 술 한 잔씩을
마시고 곧 길을 떠났다. 이때 닭은 서너 홰를 쳤다. 창대가 어제
백하를 건너다 말굽에 밟혀서 마철(말편자)이 깊이 들어 쓰리고 아
파서 신음하고 있으니 견마 잡을 자도 없고 어찌하랴. 그렇다 해

서 한 걸음도 옮기지 못하는 그를 중도에다 떨어뜨리는 것은 있을
수 없는 일이므로, 비록 잔인하기 짝이 없으나 하는 수 없이 기어
서라도 뒤를 따라오게 하고 스스로 고삐를 잡고 성을 나섰다.

사나운 물결이 길을 휩쓸고 간 나머지 어지러운 돌이 이빨처럼
날카로웠다. 손에는 등불 하나를 들고 있었으나 거센 바람에 꺼져
버렸다. 그리하여 다만 동북쪽에서 흘러내리는 한 줄기 별빛만을
바라보며 나아갔다. 앞 시냇가에 이르러 보니 물은 줄어들었으나
아직 말의 배꼽에 닿았다. 창대는 몹시 춥고 주린 데다 병까지 나
고 졸음을 견디지 못하는 채 또 차가운 물을 건너게 되어 그저 걱
정되기 짝이 없었다.

8월 7일 계축癸丑

아침에 비가 조금 뿌리다가 곧 개었다.

목가곡에서 아침을 먹고 남천문을 나섰다. 성은 큰 재 마루턱에
있고 그 후미진 곳에 문을 내었는데 이름은 신성이다. 옛날 오호
(북방의 다섯 개 종족, 곧 흉노·갈·선비·저·강이 중국 내부에 들어와
서 집권하던 시대) 때 후조後趙의 황제 석호가 단요를 추격하자 단
요가 북연北燕 왕 모용황과 함께 도로 반격하여 석호의 장수 마추
를 쳐서 죽인 곳이 바로 이곳이었다.

이로부터 잇달아 높은 고개를 넘게 되어 오르막길은 많으나 내
리막길이 적어짐을 보아 지세가 점차 높아짐을 알겠고 물결은 더

욱 사나웠다. 창대가 이곳에 이르자 통증을 견디지 못하여 부사의 가마에 매달려 울면서 하소연하고 또 서장관에게도 호소하였다 한다. 이때 나는 먼저 고북하에 이르렀으므로 부사와 서장관이 와서 창대의 딱하고 민망스러운 꼴을 이야기하면서, 나에게 다시 변통할 좋은 꾀를 생각해 보기를 권하였으나 실은 어떻게 할 수 없었다. 이윽고 창대가 엉금엉금 기다시피 따라왔다. 이는 도중에 말을 얻어 타고 온 모양이다. 곧 돈 200닢과 청심환 다섯 알을 주어서 나귀를 세내어 뒤를 따르게 하였다.

드디어 냇물을 건넜다. 이 물의 또 다른 이름은 광형하였으니 이곳이 곧 백하의 상류였다. 물살이 변방에 이를수록 더욱 사나워서 건너기를 다투는 거마들이 모두 옹기종기 서서 배가 오기를 기다린다. 제독과 예부 낭중이 손수 채찍을 휘두르면서 이미 배에 오른 사람들까지도 몰아쳐 내리게 하고는 우리 일행을 먼저 건너게 하였다.

저녁나절에 석갑성 밖에서 밥을 지었다. 이 성의 서쪽에 갑匣처럼 생긴 돌이 있다 하여 역 이름까지도 석갑이라 하였다 한다. 그리고 옛날 유수광이 도망 왔다가 사로잡힌 데가 이곳이었다. 식사가 끝나자 바로 떠났다. 날은 이미 어두워지기 시작하였다. 산길은 몹시 굴곡이 심했다. 송나라의 문학가 왕기공이 일찍이 거란에 올린 서한 중에,

'금구전에 이르러 산을 감돌아들어 오르고 또 오르되 이정표나 척후도 없으므로 말이 달리는 시간을 따져서 대체로 90리쯤 가서 고북관에 이르렀습니다.'

라고 하였다는데, 이제 벌써 금구전은 어디인지를 알 길이 없을 뿐더러 새북의 노정이 멀고 가까운 것에 대하여는 옛 사람도 역시 아리송한 모양이다.

때마침 대추가 반쯤 익었는데 마을마다 대추나무로 울타리를 이루었으며, 혹은 대추나무 밭이 보여 마치 우리나라의 청산, 보은과 같았고, 대추는 한 줌이 넘을 만큼 컸다. 그리고 밤나무도 역시 숲을 이루었으나 밤톨이 자잘하여 겨우 우리나라 상주의 것과 비슷하였다. 옛날 소진이 연燕문공을 유세하던 말 중에 '연燕나라 북쪽에 밤과 대추의 생산지가 있는데 '천부' 라 이른답니다.' 하였으니, 아마 이는 고북구를 두고 말한 듯싶다.

마을 거리를 지날 때마다 남녀 구경꾼이 몰려들었다. 나이 조금 지긋한 여인치고 목에 혹이 달리지 않은 자가 없는데, 큰 것은 거의 뒤웅박처럼 되었고 더러는 서너 개가 주렁주렁 달린 이가 있으며, 젊은 계집애들과 얼굴 고운 여인은 흰 분을 발랐으나 목에 달린 뒤웅박처럼 생긴 혹을 가릴 수는 없었다. 그리고 남자 중에도 늙은이는 가끔 커다란 혹이 달렸다. 옛말에 '진晉에 살고 있는 사람은 이가 누렇고, 험한 곳에 살고 있는 사람은 목에 혹이 달린다.' 하였고 또 '안읍은 진晉의 땅으로 대추가 잘 되므로 그들은 단 것을 많이 먹어서 이가 누렇다.' 하였으나, 이제 이곳에는 대추나무 밭이 있으나 여인들의 하얀 이가 마치 박씨를 쪼개 세운 듯하니 이는 잘 알 수 없는 일이다.

그리고 〈의방醫方〉에 이르기를 '골짜기의 물은 급히 흘러내리므로 오래 마시면 혹이 많이 생긴다.' 하였으니, 이제 이곳 사람들이 혹이 많은 것은 험한 곳에 살고 있는 까닭이겠지만, 유독 여인에게 많은 것은 어인 일인지 알 길이 없다.

잠시 성 안에서 말을 쉬었다. 시전과 거리가 제법 번화하긴 하였으나 집집마다 문이 닫혔으며, 문 밖에는 양각등(양의 뿔을 고아서 투명하고 얇게 만든 껍질을 씌운 등)을 달아 오롱조롱 별빛과 함께 오르내리곤 한다. 이미 밤이 깊었으므로 두루 구경하지 못하고 술을 사서 조금 마시고 곧 나섰다. 어두운 가운데 군졸 수백 명이 나타났다. 이들은 아마 검색하려고 지키고 있는 듯싶다.

세 겹의 관문을 나와서 곧 말에서 내려 장성에 이름을 쓰려고 패도(칼집이 있는 작은 칼)를 뽑아 벽돌 위의 짙은 이끼를 긁어내고 붓과 벼루를 행탁 속에서 꺼내어 성 밑에 벌여 놓고 사방을 살펴보았으나 물을 얻을 길이 없었다. 아까 관내에서 잠시 술 마실 때 몇 잔을 남겨서 안장에 매달아 밤 샐 때까지를 준비한 일이 있기에, 이를 모두 쏟아 밝은 별빛 아래에서 먹을 갈고, 찬 이슬에 붓을 적시어 여남은 글자를 썼다. 이때는 봄도 아니요 여름도 아니요 겨울도 아닐 뿐더러, 아침도 아니요 낮도 아니요 저녁도 아닌, 곧 금신金神이 때를 만난 가을에다 닭이 울려는 새벽이었으니 그 어찌 우연한 일일까.

또 한 고개에 올랐다. 초승달은 이미 졌는데 시냇물 소리는 더욱 요란히 들렸으며, 어지러운 봉우리는 우중충하여 언덕마다 호랑이가 나올 듯, 구석마다 도둑이 숨어 있는 듯하며, 때로는 우수수 하는 바람이 머리카락을 나부낀다. 따로 〈야출고북구기〉에 적은 것이 있다.

물가에 다다르니 길이 끊어지고 물이 넓어서 아득히 갈 곳을 찾을 수 없는데, 다만 허물어진 너덧 채의 집이 언덕을 의지하여 서 있었다. 제독이 달려가서 손수 문을 두드리며 백천 번 거듭 주인을 불렀다. 그때서야 주인은 문을 열고 자기 집 앞에서 건너라고 가르쳐준다. 그에게 돈 500닢을 주고 정사의 가마 앞을 인도하게 하여 마침내 물을 건넜다. 대체 한 강물을 아홉 번이나 건너는데 물속에는 돌에 이끼가 끼어서 몹시 미끄러우며, 물이 말 배에 넘실거려 다리를 옹송그리고 발을 모아 한 손으로 고삐를 잡고 또 한 손으로는 안장을 꽉 잡고, 끌어주는 이도 부축해 주는 이도 없건마는 그래도 떨어지지 않는다. 내 이에 비로소 말을 다루는 데는 방법이 있음을 깨달았다.

우리나라의 말 다루는 방법은 몹시 위태로운 것이다. 옷소매는 넓고 한삼(소매 끝에 붙여 드리우는 흰 헝겊) 역시 길어 그것에 두 손이 휘감겨서 고삐를 잡거나 채찍질을 할 때 모두 거추장스러운 것이 첫 번째 위태로움이다.

그런 형편이므로 부득이 다른 사람에게 견마를 잡히게 되니 온 나라의 말이 벌써 병신이 되어버렸다. 이에 고삐를 잡은 자가 항상 말의 한쪽 눈을 가려서 말이 제멋대로 달릴 수 없는 것이 두 번째 위태로움이다.

말이 길에 나서면 사람보다 더 조심하는데 사람과 말이 서로 마음이 통하지 않으므로 마부 자신이 편한 땅을 디디고 말을 늘 위태로운 곳으로 몰아넣으므로 말이 피하려는 곳에 사람이 억지로 디디게 하고, 말이 디디고 싶어 하는 곳에서 사람이 억지로 밀어버리니, 말이 뒤받는 것은 다름 아니라 항상 사람에게 노여운 마음을 품은 까닭이니, 이것이 세 번째 위태로움이다.

말의 한 눈은 이미 사람에게 가려졌고 또 다른 한 눈으로 사람의 눈치를 살피느라 온전히 길만 보고 걷기 어려우므로 넘어지기 일쑤이니, 이는 네 번째 위태로움이다.

우리나라의 안장과 뱃대끈은 둔하고 무거운데다 끈과 띠가 너무 많이 얽혀 있다. 말이 이미 등에 한 사람을 싣고 입에 또 한 사람이 걸려 있으니, 이는 말 한 필이 두 필의 힘을 쓰는 것이라 힘에 겨워서 쓰러지게 되니 이것이 다섯 번째 위태로움이다.

사람이 몸을 쓰는 데도 오른쪽이 왼쪽보다 나은 것을 보아 말 역시 그러할 것임에도 불구하고, 말의 오른쪽 귀가 사람에 눌리어 아픔을 참을 수 없으므로 할 수 없이 목을 비틀어서 사람과 함께 한 옆으로 걸으며 채찍을 피하려는 것이다. 사람은 곧 말이 그 목을 비틀어 옆으로 걷는 것을 사납고도 날랜 자태라 하여 기뻐하기는 하나 실은 말의 본심이 아니니 이것이 여섯 번째 위태로움이다.

말이 늘 채찍을 받다 보니 오른쪽 다리가 아플 텐데도 탄 사람은 무심히 안장에 버티고 앉아 있고, 견마잡이는 갑자기 채찍질을 하여 사람을 떨어뜨리게 하고는 도리어 말을 책망하나, 이 역시 말의 본의가 아니니 이것이 일곱 번째 위태로움이다.

문무를 막론하고 벼슬이 높으면 다시 좌견(의식에 쓰는 말의 왼쪽에 다는 넓고 긴 고삐)을 잡히니 이는 무슨 법인지, 우견이 이미 좋지 않거늘 하물며 좌견은 어떠하리. 짧은 고삐도 불가한데 하물며 긴 고삐는 어떠하겠는가. 사삿집의 출입에는 혹시 위의를 갖출 법도 하거니와 심지어 임금의 어가를 모시는 신하로서 다섯 길이나 되는 긴 고삐로 위엄을 보이려 함은 옳지 않은 일이리라. 그리고 이는 문관도 불가한데 하물며 병영으로 나아가는 무장은 말해 무엇하리오. 이는 이른바 스스로를 얽을 줄을 치는 격이니 이것이 여덟 번째 위태로움이다.

무장이 입는 옷을 철릭이라 하는데 이는 곧 군복이다. 세상에 어찌 명색은 군복이면서 소매가 중의 장삼처럼 넓은 것이 있으리오. 이제 이 여덟 가지의 위태로움이 모두 넓은 소매와 긴 한삼 때문이거늘, 오히려 이러한 위태로움에 편안히 지내려 하니 아아, 슬프구나. 이는 설사 백락(주周 때 말을 잘 다루던 사람)으로 오른쪽에 견마를 잡히고 조보(주周목왕의 여덟 마리 준마를 잘 길들인 사람)가 왼쪽에 따른다 한들 이 여덟 가지의 위태로움을 그대로 둔다면 비록 준마가 여덟 필일지라도 배겨내지 못할 것이다.

옛날 이일이 상주에 진을 칠 때 멀리 숲 사이에서 연기가 피어오르는 것을 바라보고는 군관 한 사람을 시켜 가보게 하였더니, 그 군관이 좌우로 쌍견을 잡히고 거들먹거리고 가다가 뜻밖에 다리 밑에서 왜병 둘이 내달아 말의 배를 칼로 베고 군관의 목을 베어가 버렸다. 임진년 왜구가 왔을 때의 일이다.

그리고 서애 유성룡은 어진 정승이다. 그가 《징비록》을 지을 때에 이 일을 기록하여 비웃었으나, 그럼에도 그 잘못된 습속을 그런 난리와 어려움을 겪고도 고치지 못하였으니 심하구나, 습속의 고치기 어려움이여. 내 이 밤에 이 물을 건너는 것은 세상에서 가장 위태로운 일이다. 그러나 나는 말을 믿고 말은 제 발을 믿고 발

은 땅을 믿어서 겁마 잡히지 않는 보람이 이와 같구나. 수역이 주부에게 하는 말이,

"옛사람이 위태로운 것을 말할 때 소경이 애꾸 말을 타고 밤중에 깊은 물가에 서 있는 것이라고 하지 않소. 정말 우리의 오늘 밤 일이 그러하구려."

한다. 나는 곧,

"그게 위태롭긴 위태로운 일이지만 위태로움을 잘 아는 것이라고는 할 수 없습니다."

했다. 그 둘은,

"어째서 그렇단 말씀이오."

한다. 나는,

"소경을 볼 수 있는 자는 눈 있는 사람이라 소경을 보고 스스로 그 마음에 위태로이 여기는 것이지, 결코 소경이 위태로운 줄 아는 것이 아닙니다. 소경의 눈에는 어떠한 위태로움도 보이지 않는데 무엇이 위태롭단 말이오."

하고는 서로 껄껄댔다. 따로 〈일야구도하기〉를 적은 것이 있다.

8월 8일 갑인 甲寅
맑게 개었다.

새벽에 반간방에서 밥을 지어 먹고 삼간방에서 잠깐 쉬었다. 가끔 산기슭에 화려한 사당과 절들이 보이고, 아흔아홉 층의 백탑이

있다. 그 탑과 사당을 지은 자리를 살펴보아도 아무런 아름다운 경개가 없는 산등성이나 또는 물이 흘러 떨어지는 곳에 돈을 허비하였음은 대체 무슨 뜻인지. 이런 것들이 이루 헤아릴 수 없을 만큼 많았으며, 그 웅장함이나 조각의 공교로움과 단청의 찬란함이 모두 똑같은 수법이어서 하나만 보면 다른 것은 모두 미루어 짐작할 수 있으니 일일이 기록할 것조차 없겠다.

차츰 열하에 가까워지니 사방에서 조공이 모여들어서 수레와 말과 낙타 등이 밤낮으로 끊이지 않고 쿵쿵거리고 수레바퀴 소리가 마치 비바람 치는 듯하다. 창대가 별안간 발 앞에 나타나 절을 한다. 몹시 반가웠다. 저 혼자 뒤떨어질 때 고개 위에서 통곡을 하자 부사와 서장관이 이를 보고 측은히 여겨 말을 멈추고 주방에게 묻기를,

"혹시 짐이 가벼운 수레가 있어 저를 태울 수 있겠느냐?"

"없소이다."

하고 하인들이 대답하므로 민망하게 여기고 지나갔는데 또 제독이 이르니 더욱 서럽게 울부짖으니, 제독이 말에서 내려 위로하고 그곳에 머물러 있다가 지나가는 수레를 세내어 타고 오게 하였다. 어제는 입맛이 없어 먹지 못하니 제독이 친히 먹기를 권하고, 오늘은 제독이 자기가 그 수레를 타고 자기가 탔던 나귀를 창대에게 주었으므로 이에 따라올 수 있었다. 그 나귀가 매우 날쌔어 다만 귓가에 바람 소리가 일 뿐이었다 하기에 나는,

"그 나귀는 어디에다 두었느냐?"

하고 물었더니,

"제독이 저에게 이르기를 '너 먼저 타고 가서 공자公子를 따르되 만일 길에서 내리고 싶거든 지나가는 수레 뒤에 나귀를 매어두어라. 그러면 내가 뒤에 가면서 찾을 테니 염려 말라.' 하더이다. 그리하여 삽시간에 50리를 달려 고개 위에서 수레 수십 바리가 지나가기에 나귀에서 내려 맨 뒤에 있는 수레에 매어두었습니다. 차부車人가 묻기에 멀리 고개 남쪽 지나온 길을 가리켜 보였더니 차부가 웃으면서 고개를 끄덕이더이다."

제독의 마음씨가 매우 아름다우니 고마운 일이다. 그의 벼슬은 회동사역관 예부정찬사낭중 홍려시소경이요, 작품은 정사품 중헌대부였으며, 나이는 이미 예순에 가까웠다. 그러나 외국의 한 마부를 위하여 이토록 극진한 마음씨를 보임은 비록 우리 일행을 보호하는 것이 직책이라 하겠지만, 그 처신의 간략함과 직무에 충실함이 가히 대국의 풍도를 엿볼 수 있겠다. 창대의 병이 조금 나아서 견마를 잡고 갈 수 있게 되었음은 또한 다행한 일이 아닐 수 없다.

삼도량에서 잠깐 쉬고 합라하를 건너 황혼이 될 무렵에 큰 재 하나를 넘었다. 조공 가는 수많은 수레가 길을 재촉하면서 달린다. 나는 서장관과 고삐를 나란히 하며 가는데 산골짜기에서 갑자기 호랑이 소리가 들려온다. 그 많은 수레가 모두 멈추고서 함께 고함을 치니, 소리가 천지를 진동할 듯싶다. 아아, 굉장하구나. 따로 〈만방진공기〉를 썼다.

이곳에 이르기까지 나흘 밤낮을 눈을 붙이지 못하였다. 하인들이 가다가 발길을 멈추면 모두 서서 조는 것이었다. 나 역시 졸음을 이길 수 없어 눈시울이 구름장처럼 무겁고 하품이 조수 밀리듯

한다. 눈을 빤히 뜨고 물건을 쳐다보지만 벌써 이상한 꿈에 잠겼고, 남더러 말에서 떨어질라 일깨워주면서도 내 자신은 안장에서 기울어지곤 한다. 포근포근 잠이 엉기고 아롱아롱 꿈이 짙을 때는 지극한 낙이 그 사이에 스며 있는 듯도 하였다. 그리하여 때로는 온몸이 나른해지고 두뇌가 영리해져서, 그 견줄 곳 없는 묘한 경지야말로 취중의 건곤이요, 꿈속의 산하였다.

또 때는 가을 매미 소리가 가느다란 실오리를 뽑고, 아득히 높고 먼 하늘에 흩어진 꽃봉오리가 어지러이 떨어지며, 그 아늑한 마음은 도교의 내관(묵상)과 같고, 놀라서 깰 때는 선가의 돈오頓悟와 다름없었다. 81난(중생이 도를 통하는데 81가지의 장애가 있다는 말로, 불교에서 나왔음)이 삽시에 걷히고, 404병(지地·수水·화火·풍風이 각기 108가지의 병이 있다 함. 《유마경》에서 나온 말로 즉 많은 질병을 일컬음)이 잠깐에 지나간다. 이런 때엔 비록 추녀가 몇 자가 넘는 화려한 고대광실에 석 자를 괸 큰 상을 받고 예쁜 계집 수백 명이 모시고 있는 즐거움이나, 차지도 않고 덥지도 아니한 구들목에 높지도 낮지도 않은 베개를 베고, 두껍지도 얇지도 않은 이불을 덮고, 깊지도 얕지도 않은 술잔을 받으면서, 장주도 호접도 아닌 꿈나라로 노니는 그 재미와는 결코 바꾸지 않으리라. 길가의 돌을 가리키며,

"내 장차 우리 연암 산중에 돌아가면, 1천하고도 하루를 더 자서 옛 희이 선생(송의 은사 진단. 희이는 호, 자는 도남. 그는 한 번 잠들면 천 날씩 오래 잤다 함)보다 하루를 이길 것이고, 코 고는 소리가 우레 같아 천하의 영웅으로 하여금 젓가락을 놓치고 미인으로

하여금 놀라게 할 것이다. 그렇지 못한다면 이 돌과 같으리라."
하다가 한 번 꾸벅하면서 깨니 이 또한 꿈이었다.

그리고 창대도 가면서 이야기하기에 나 역시 대꾸하다가 가만
히 살펴보니 헛소리를 자주한다. 대개 제가 여러 날 동안 주린 끝
에 다시 크게 추위에 떨다가 학질에 걸린 듯 인사를 차리지 못할
지경이었다. 이때에 밤은 이미 이경二更 즈음이다. 마침 수역과 동
행하였는데 그의 마부도 역시 추위에 벌벌 떨고 크게 앓았으므로
함께 말에서 내렸다. 다행히 앞 참이 5리밖에 남지 않았다 하므로
병든 두 마부를 각기 말에 싣고, 흰 담요를 꺼내어 창대의 온몸을
둘러싸고 띠로 꼭꼭 묶어서 수역의 마부더러 부축하여 먼저 가게
하고, 수역과 더불어 걸어서 참에 이르니 밤이 이미 깊었다.

이곳에는 행궁이 있고 여염과 시전이 매우 번화하였으나 그 참
의 이름은 잊었다. 아마 화유구인 듯싶다. 객점에 이르니 곧 밥을
내어 왔으나 심신이 피로하여 수저가 천근이나 되는 듯 무겁고,
혀는 백근인 양 움직이기조차 거북하다. 상에 가득한 소채나 적
구이가 모두 잠 아닌 것이 없을 뿐더러, 촛불마저 무지개처럼 뻗
쳤고 광채가 사방으로 퍼지곤 한다. 이에 청심환 한 개를 소주와
바꾸어 마시니, 술맛이 하도 좋아서 마시자마자 훈훈히 취하여 몸
이 느른해져서 베개를 끌어다가 잠이 들었다.

아침나절 사시에 열하에 들어 태학에 머물렀다. 그날 새벽에 먼저 떠나서 수역과 동행하였다. 길에서 난하를 건너기 어렵다는 말을 듣고, 수역이 오는 사람마다 붙들고 난하의 소식을 물었다. 그들은 모두 입을 모아 말한다.

"예니레 기다려야 한 번 얻어 건널 수 있겠지요."

강가에 이르니 거마가 구름처럼 모인 것이 무려 천이며 만인데, 물은 넓고 거세어서 흙탕물이 소용돌이치며 흘러 행궁 앞이 제일 물살이 세다. 난하는 독석구에서 나와 옛 흥주를 거쳐 북예北隸에 들어가는 것이다. 《수경水經》의 주註에 이르기를 '유수는 어융진에 나와서 사야를 거치며 굽이굽이 돌아서 1천 500리쯤 흘러 장성에 든다.' 하였다.

겨우 작은 배 너덧 척이 있었다. 사람은 많고 배는 작아서 건너기가 어렵다. 말 탄 사람들은 모두 옅은 물결을 골라서 건너지만, 수레는 그리 할 수 없었다. 석갑에서 가마 탄 자를 만났다. 따르는 사람이 10여 명이요, 네 사람이 어깨에 가마채를 메고 5리에 한 번씩 교대하는데, 말 탄 사람이 내려서 서로 바꾸어 매곤 하였다. 우리와 앞서거니 뒤서거니 가는데 병부시랑의 행차라 한다.

가마는 녹색 우단(벨벳)으로 가리고 삼면에 유리를 붙여서 창을 냈으나, 탄 사람은 깊이 들어앉았으므로 얼굴은 볼 수 없었다. 모자를 벗어 창 한구석에 걸어 놓고 종일토록 책을 읽고 있다. 어제는 종자從者를 부르니까 종자가 갑 속에서 책 하나를 꺼내어 바쳤는데, 그것은《오자연원록》이었다. 창 안에서 손을 내밀어 이를 받는데 그 팔뚝이나 손가락이 옥같이 희었다. 또 창 안에서《이아익》한 권을 내준다. 그 목소리나 손길이 모두 여인 같다. 이곳에 이르자 가마에서 내리고 가마 안의 책을 꺼내어 종자들이 나누어 품속에 간직하며, 그 사람은 다시 말을 타는데 참으로 미남자였다. 이목구비가 시원하고 몇 줄기 흰 수염이 듬성듬성하다. 가마는 휘장을 걷고 종자를 태웠던 말들은 모두 물에 둥둥 떠서 건넌다.

  모자에 푸른 새 깃을 꽂은 사람이 언덕 위에 서서 채찍을 들어 지휘하여 먼저 우리 일행을 건너게 하는데, 비록 짐짝에다 진공進貢이니 상용上用이니 하는 글자를 쓴 기를 꽂은 것이라도 먼저 건너지 못하게 하였다. 혹시 먼저 뛰어오른 자의 차림새가 관원인 듯하여도, 반드시 채찍으로 몰아내버린다. 이는 곧 행재낭중으로, 황제의 명을 받들어 나루를 건너는 일을 점검하는 자다. 다만 쌍교 넷이 있어 그 크기가 집채만 한데, 바로 배 안으로 메고 들어가는 것이 마치 무거운 산을 들어서 알을 누르는 듯싶다. 그러하므로 낭중들도 채찍을 걷고 한 걸음 물러서서 그의 날카로운 위세를 피하곤 한다. 그 가마꾼들의 눈에는 하늘도 없고 땅도 없고 물도 없을 뿐더러, 사람도 보이지 않으니 외국 사람이야 말할 것도 없고, 다만 그가 멘 가마만이 있을 뿐이니 알지 못하겠노라. 그 가운데 어떠한 보물이 들었기에 가마꾼이 그처럼 기세가 등등할까?

  강을 건너 10여 리를 가니 환관 셋이 와서 박보수와 더불어 말머리를 대고 몇 마디 수작하고는 곧 말을 돌려 가버린다. 또한 내시가 오림포와 나란히 타고 가면서 무슨 이야기를 하는지는 알 수 없으나, 오림포가 가끔 낯빛을 변하며 놀라워하는 기색을 보일 때, 박보수와 서종현이 말을 달려서 옆으로 가면 오림포가 손짓하여 가까이 오지 못하게 하는 것으로 보아 무슨 비밀 이야기인 듯싶다. 그 내시 역시 말을 달려 가버린다.

한 산모롱이를 지나치니 언덕 위에 돌을 깎아 세운 듯한 봉우리가 탑처럼 마주 서 있어서, 하늘의 기교한 솜씨를 보이는 듯 높이가 100여 길이나 된다. 그리하여 '쌍탑산'이란 이름을 얻은 것이다. 연달아 내시가 와서 사행이 지금 어디까지 왔는지 알아보고 간다. 예부에서 태학에 들라는 뜻을 먼저 알리러 왔다.

며칠 동안 산골길을 다니다가 열하에 들어가니, 궁궐이 장려하고 좌우에 시전이 10리나 뻗쳐 실로 새북에 있어서 한 큰 도회지임을 알았다. 바로 서쪽에 봉추산의 한 봉우리가 우뚝 솟았는데, 마치 다듬잇돌과 방망이 같은 것이 높이 100여 길이요, 꼿꼿이 하늘에 솟아서 석양이 옆으로 비치어 찬란한 금빛을 뿜고 있다. 강희제가 이를 경추산이라 고쳐 이름 지었다 한다.

열하성은 높이 세 길이 넘고 둘레가 30리다. 강희 52년(1713년)에 돌을 섞어서 얼음무늬로 쌓아올리니 이른바 가요문이었다. 인가의 담도 모두 이 법으로 하였다. 성 위에 비록 방첩을 쌓긴 하였으나 여느 담과 다름이 없으며 지나온 여러 고을의 성곽만도 오히려 못 하였다. 그리고 이곳에 36경景이 있다 한다. 한나라의 옛 요양, 백단, 활염 세 고을의 땅이니, 한경제漢景帝가 이광(북방 흉노족과 70여 회를 싸워서 이긴 한漢의 명장)에게 조칙을 내려 말하기를,

'장군은 군사를 거느리고 동으로 달려 백단에서 깃발을 멈추라.' 한 것이 곧 이 고을 이름이다. 거란의 아보기(요遼태조 야율억)가 활염의 허물어진 성을 고쳐 쌓았는데, 세속 사람들은 이를 대흥주라 하였고, 명나라 상우춘이 먀숙(원나라의 명장)을 전녕으로 몰아서 깨뜨리고 대흥주로 나아가 머무른 곳이 바로 이곳이다.

지난해에 태학을 새로 지었는데, 그 제도는 연경과 다름없었다. 대성전과 대성문이 모두 겹처마에 누런 유리기와를 이었고, 명륜당은 대성전의 오른편 담 밖에 있으며, 당堂 앞 행각에는 일수재와 시습재 등의 편액이 붙어 있고, 그 오른편에는 진덕재와 수업재 등이 있었다. 뒤에는 벽돌로 쌓은 대청이 있고 그 좌우에 작은 재실이 있어서 오른편엔 정사가 들고 왼편엔 부사가 들었다.

그리고 서장관은 행각 별재에 들고, 비장과 역관은 한 재실에 들었으며, 두 주방은 진덕재에 나누어 들었다. 대성전의 뒤와 좌우에 있는 별당과 별재들은 이루 다 기록하기 어려울 만큼 많고도 또 모두 화려하기 그지없는데, 우리 주방으로 인해 많이 그을리고 더럽혀졌으니 애석한 일이 아닐 수 없었다.

태학관에 머물며

태학유관록 太學留館錄

가을 8월 9일 을묘乙卯

사시에 태학에 갔다. 사시 이전의 것은 길에서 적었고, 사시 이후의 것은 관에서 있었던 일을 기록한다.

날씨가 매우 더웠다. 말에서 내려 후당으로 들어가니 한 노인이 모자를 벗으며 교의에 앉아 있다가 나를 보더니 일어나며 말하기를,

"수고가 많으십니다."

하며 맞아준다. 나도 같이 답례를 하고 앉으니 그 노인이 묻기를,

"벼슬은 몇 품쯤 되시는지요?"

"나는 아직 선비의 몸으로 삼종형 대대인과 함께 귀국에 관광하러 왔습니다."

하고 답했다. 중국에서는 정사를 대대인이라 부르고, 부사를 을대인이라고 부르는데, 을은 둘째라는 뜻이다. 그가 나의 성명을 묻기에 써주었더니,

"영형 대인의 존함과 관직과 품계는 무엇입니까?"

하고 묻는다.

"명함은 박명원이고 일품 벼슬인 부마이며 내대신입니다."

라고 답해 주었다. 그가 다시 묻는다.

"영형 대인께선 한림 출신이신가요?"

"아니옵니다."

하고 내가 대답했다. 그러자 노인은 붉은색 명함 한 장을 꺼내 보이면서,

"나는 이러한 사람입니다."

하는데 명함을 보니 오른쪽으로 가느다란 글씨로 '통봉대부 종삼품 대리시경 치사 윤가전' 이라 씌어 있어 내가 묻기를,

"공이 이미 공사에서 물러나셨다면 어떠한 일로 변새 밖에까지 멀리 나오셨습니까?"

그가 대답하기를,

"황제의 명을 받들고 나왔습니다."

또 다른 한 사람이 말하기를,

"저 역시 조선 사람이올시다. 보잘것없으나 제 이름은 기풍액이라 하옵고, 경인년(1770년)에 문과에 장원하여 현재 귀주안찰사의 일을 보고 있습니다."

윤 공이 묻기를,

"사해가 이제는 한집안이라 문 밖을 나서면 모두 우리 동포 형제가 아니겠습니까. 고려 박인량이라는 분이 혹시 공△ 가문의 명망 높은 어른이 아니신지요?"

"아니옵니다. 주죽타의 《채풍록》 중에 있는 박미란 어른이 저의 5대조이십니다."

라고 대답하니 기 공이,

"과연 문망이 높으신 상경이시군요."

윤 공이 다시 말하기를,

"왕어양의 《지북우담》에는 그 어른의 시문이 자세히 적혀 있습니다. 제비와 기러기가 서로 등을 지고, 소와 말이 상관없는 곳인데, 이제 하늘의 연분이 공교하여 이곳 새북에서 평수의 종적이 같이 만나게 되니, 이는 곧 책에 있는 어른의 후손입니다."

라고 한다. 모였던 사람이 감탄하여,

"그의 시를 읊고 책을 읽고서도 그의 인품을 몰랐다니 이게 될 말입니까?"

라고 하니 기 공은,

"비록 옛 어른은 가셨다고 하지만 그의 전형은 남아 있지 않습니까?"

라면서 내게 다시 묻는다.

"귀국의 연사年事는 어떠한가요?"

"가을이 되기 전인 6월에 압록강을 건너왔기 때문에 잘 모르겠소만 떠나올 때에는 우순풍조雨順風調하였습니다."

모여 있던 여러 사람들 중에 왕민호라는 거인擧人이 묻기를,

"조선 땅의 넓이는 얼마나 되나요?"

"옛 기록에 의하면 5천 리라 하나 단군 조선은 당요唐堯와 같은 때였으며, 기자 조선은 주周나라 무왕 때에 봉한 나라였고, 위만 조선은 진秦나라 때에 연燕나라 사람들이 피란을 와서 부분적으로 한쪽만을 차지하였으니, 땅은 5천 리를 차지하지 못하였을 것입니다. 또 전조前朝 때에는 고구려와 백제와 신라 등을 합해서 고

려가 세워졌으니 남북이 3천 리고 동서가 1천 리였습니다. 중국의 역사책에 적혀 있는 조선의 민물民物 및 노래와 습속은 사실과 달라서 모두 기자와 위만 때의 조선을 적은 것이니 오늘의 조선은 아닙니다. 그리고 역사를 적는 사람들이 대체로 외국 일에 생소하여 겨우 옛날 기록에 의하였을 뿐이고, 그 풍토와 나라의 풍속은 시대에 따라 각기 다른 것입니다. 우리나라는 오직 유교를 숭상하여 예악과 문물이 전부 중국을 본받았기에 예로부터 소중화小中華라는 이름이 붙었고, 나라의 규모나 사대부의 행실과 범절이 아주 조송(조광윤이 세운 송宋나라)과 다름없습니다."

내가 대답하자 왕 군은,

"가히 군자지국君子之國이라 할 수 있구려."

하고 말했다. 윤 공이,

"태사(기자가 일찍이 은나라의 태사 벼슬에 있었음)의 유풍遺風이 아직 찬란하게 남아 있으니 가히 존경할 만합니다. 《시종詩綜》에 적혀 있는 영존선공께서는 어찌하여 소전小傳이 없습니까?"

하기에 나는,

"우리 선인의 자호와 관작이 빠졌으며 그중 소전이 있다는 이도 대개는 잘못된 것이 많습니다. 제 5대조의 휘는 미요, 자는 중연, 호는 분서라 하며 네 권의 문집이 국내에서 만들어졌고, 명나라 만력 때의 어른이시며, 소경왕(조선 선조의 시호)의 부마이신 금양군이시며 시호는 문정공이라고 하옵니다."

윤 공은 이것을 품속에 집어넣으면서 말했다.

"이것으로 빠진 곳을 보충하겠습니다."

왕 거인이 이르기를,

"다른 잘못된 곳이 있으면 바로잡아 주십시오."

라고 하였다. 기 공도 거들며 말한다.

"옳은 말씀입니다. 하늘이 주신 좋은 기회라고 생각합니다."

"나는 원래 기억력이 분명치 못하여 책을 놓고 고증을 하면 더욱 좋겠습니다."

하니 기 공이 왕 거인을 돌아보며 무어라 하고, 윤 공 역시 이야기를 한 끝에 마침내 왕 거인이 즉석에서 '명시종明詩綜'이란 세 자를 써서,

"이리 오너라."

하고 부르자 어떤 청년이 앞에 와서 절을 하니, 왕 거인이 그 종이쪽지를 청년에게 주자 청년이 받아들고 급히 어디로 가버렸다. 아마도 다른 곳에 빌리러 보낸 것 같다. 그 청년이 곧 되돌아와 꿇어앉으며 말한다.

"없습니다."

기 공이 다시 다른 사람을 불러 그 종이쪽지를 주니 곧 나갔다가 다시 돌아와서 무어라고 말을 했다. 그러자 왕 거인이,

"새외塞外에는 책점이 없군요."

"우리나라에 이달이라는 사람이 있는데 그의 호는 손곡입니다. 그런데 한 책에는 이달의 시를 실었으며 또 따로 손곡의 시를 실었는데, 이것은 그의 호와 이름을 서로 다른 사람으로 잘못 알고 나누어 적은 것입니다."

라고 하니 세 사람은 크게 웃고는 서로 돌아보며 말하기를,

"옳거니, 바로 그랬었구먼. 치이나 도주가 원래 같은 사람인 범려였으니까요."

라고 한다. 윤 공이 급하게 일어나면서 붉은 명함 세 장과 자기가 지은 《구여송》이란 책을 보이며,

"선생에게 수고를 끼쳐 영형 대인을 뵈옵고자 합니다."

하니 좌중의 다른 사람들도 일어나면서 말하기를,

"윤 대인께서는 지금 조정에 나가시니 다음날 또다시 만나기로 합시다."

윤 공은 벌써 모자와 복장을 갖추어 입고 조주를 걸었으며, 나를 따라 나와 정사의 방 앞에 도착하였다. 조금 전에 문에서 나오는 길에 그가 이곳에 들를 것을 나는 미처 몰랐다. 대부분의 다른 사람들이 윤 공이 지금 조정에 나가신다고 했을 뿐이고, 윤 공이 명함을 내놓고 곧 나를 따라올 줄은 미처 생각지 못했던 것이다.

정사는 주야로 격무에 시달린 나머지 겨우 눈을 붙였으며 부사와 서장관은 여기에 소개할 것이 못 되며, 더욱이 우리나라 대부들은 억지로 존귀한 체하는 것이 대단하였으므로 중국 사람들을 보면 만주 사람, 한나라 사람을 구분하지 않고 모두 되놈으로 보며, 오로지 도도한 체하는 것이 처음부터 몸에 배어 버릇이 되었다. 그러했으므로 그가 어떠한 호인胡人이며 무슨 신분인가를 알기 전에는 그를 반겨 맞이할 까닭도 없거니와 행여 서로 만난다 하더라도 틀림없이 개나 돼지와 같이 푸대접할 것이며, 또한 나를 불쾌하게 여길 것이다. 그런데 윤 공이 뜰에 서서 오래 기다리므로 일은 몹시 난처하게 되었다. 나는 그제야 정사에게 들어가 말

하였다. 정사는,

"나 혼자서는 만날 수 없으니 어쩌면 좋겠는가?"

라고 한다. 나는 나이 많은 분이 뜰에 오래 서 있으므로 안타깝게 생각되어 뜰에 나가,

"정사께서 주야로 먼 길을 오시느라 몹시 피곤하시므로 삼가 맞이하지 못하오니, 다음날에 직접 나아가 사례하려 한다 합니다."

라고 말했다. 그러자 윤공은,

"아, 그렇습니까?"

하고는 한 번 읍하며 나가는데 그 표정을 살펴보니 매우 멋쩍은 것 같았으며, 표연히 가마를 타고 가버렸다. 그가 탄 가마의 모습은 정말 휘황찬란한 것으로 귀인이 타는 것이었다. 시종 10여 명이 모두 비단옷에 수많은 안장을 하고 가마를 호위하며 가는데, 향기로운 바람이 멀리까지 풍기었다.

통관이 담당 역관에게,

"귀국에서도 부처님을 숭배하는지요. 나라 안에 있는 절은 모두 얼마나 되는지요?"

라고 물으므로 수역이 들어와 사신에게 여쭙기를,

"통관의 이 말은 아무 뜻 없이 하는 것이 아닌 듯하오니 어떻게 대답하리까?"

하고 묻는다. 삼사가 의논하여 수역에게 말하기를,

"우리나라 습관은 원래부터 부처님을 숭배하지 않았으므로 시골에는 절이 있으나 서울이나 도회지에는 없습니다."

라고 대답하라고 지시하였다. 잠시 후에 군기장경 소림이 관중에

왔기 때문에, 삼사가 캉(온돌방)에서 내려와 동쪽으로 앉았다. 이 것은 땅의 형세를 따른 것이었다. 소림이 황제의 조서를 읽어 전 달하기를,

"조선 정사는 이품 끝의 반열에 서라."

이것은 잔칫날 조정에서 좌석 순서를 미리 일러주는 것으로, 전 에 없던 일이라고 하였다. 그러고 나서 소림은 나는 듯이 빨리 몸 을 돌려 가버렸다. 또 예부에서는 관중의 말을 전해 왔다.

"사신이 오른쪽 계열에 오름은 이제까지는 없던 특전인데 당연 히 황감하다는 인사 절차가 있어야 할 것이니, 이러한 뜻으로 예 부에 글월을 낸다면 즉시 황제께 올려드리겠소."

라고 하자 사신은 곧,

"배신陪臣(제후의 신하가 천자를 상대하여 자기를 낮추어 이르던 말) 이 이곳에 사신으로 와 비록 황제의 지극하신 은혜를 받자와 황감 하기 이를 데 없사오나, 개인적으로 인사 절차를 차린다 함은 오 히려 도리에 합당치 못하다고 생각하옵니다."

라고 했더니 예부에서,

"무엇이 합당하지 못하단 말이오?"

하며 연이어서 빗발치듯 독촉한다.

황제는 나이가 많았으며 황제 자리에 오른 지 오래되어 모든 권 력이 한 손에 있는데다 총명이 쇠퇴하지 않았으며, 혈기가 몹시 왕성하였다. 그런데 세상이 태평하고 임금의 자리가 차차 높아짐 에 따라서 시기하고 사납고 엄격하고 가혹한 사례가 많아졌을 뿐 아니라, 절제 없이 희로애락을 나타냈다. 따라서 조정에 있는 신

하들은 순간순간 잘 꾸며서 모면하는 것을 상책으로 삼고, 오로지 황제의 마음을 기쁘게 하는 것만을 적절한 것으로 알기 때문에, 이제 예부에서 글월을 이렇게 독촉하는 것은 바로 그런 뜻에서 나온 것이다. 그래서 그들의 온 조정을 자세히 알아보니 그 지시는 단지 예부에서 나온 것에 불과하였다. 담당 역관이 말하기를,

"지난해 심양에 사신으로 갔을 때도 역시 글월을 올려 사례한 일이 있었던 만큼 이번 일도 지난번과 다를 바가 없을 듯합니다."

라고 한다. 하는 수 없이 부사와 서장관이 서로 상의하여 글월을 지어서 예부에 보내어 즉시 황제께 올리도록 하였다. 예부에서는 또 내일 오경(새벽 3시~5시)에 대궐 안에 들어가서 황제의 은총을 사례하라고 하니, 이것은 즉 이품과 삼품으로 좌석의 오른쪽 반열에 참석하게 한 특전을 사례하라는 것이다.

저녁을 먹은 후에 다시 윤 공의 처소를 찾아갔더니 왕 군은 벌써 다른 방으로 옮겨가 버렸고, 기 공은 아직 중당中堂에 머물러 있었으므로 윤 공과 함께 기 공의 처소에서 이야기하였다. 윤 공은 얌전하고 또 소탈한 사람이었다. 그는 말하기를,

"아까는 매우 바빠 이야기를 끝내지 못하였는데, 원하건대《시종》에서 빠지거나 잘못된 곳이 있거든 알려주셔서 선배의 소홀한 점을 보완하도록 하여 주십시오."

라고 한다. 나는,

"고국의 선배들은 바다 저쪽 한구석에서 태어나 늙어 병들어 죽을 때까지 태어난 곳을 떠나지 못하면서도, 반딧불처럼 잠시 번뜩이거나 마른 버섯 모양으로 말라빠진 보잘것없는 시편으로 대국

의 책에 실리게 된 것은 매우 영광스럽고 다행스런 일입니다. 그러나 우물에 빠진 모수(전국시대 때 평원군 조승의 식객으로, 초楚에 유세하여 진秦을 물리친 변사인데, 그와 같은 이름을 가진 이가 우물에 빠졌다 함)가 있다거나 모인 사람들을 모두 놀라게 한 진 공(한漢의 명사 진번, 자는 유자, 그가 일찍이 재주와 명망이 있어서 좌객들을 놀라게 했는데, 그와 같은 이름을 지닌 이가 있었음)이 있다고 하는 것은 너무 지나친 것이 아닌가 싶습니다.

고국의 유학자 중에 이이라고 하는 선생님이 있으니 그분의 호는 율곡이요, 또 이상공 정귀(조선 선조 때의 정치가이며 문학가로, 자는 성징)라는 분이 있으니, 그의 호는 월사입니다. 그런데 《시종》이란 책자에는 이정구의 호가 '율곡'이라고 적혀 있고, 월산대군은 공자이신데 그의 이름이 '정'이므로 여자인 것으로 오해하고 있었습니다. 또한 허봉(허균의 형)의 누이동생 허 씨는 호가 난설헌(조선의 탁월한 여류 문학가 허초희)으로, 그 책자에서는 여관女冠이라 하였는데, 우리나라에는 원래부터 도관이나 여관이라고 하는 것은 없으며, 또 그녀의 호를 경번당이라 하였는데 이것은 더더욱 사실과는 다른 것입니다.

허 씨가 김성립에게 시집을 갔는데 김성립의 얼굴이 무척 못생겼기 때문에 그의 친구들이 그를 놀리려고 그의 아내가 두번천(당唐의 풍류 미남으로 유명한 시인 두목, 번천은 호요, 자는 목지)을 연모한다고 희롱한 것입니다. 대개 규중에서 시를 읊는 것이 본래 아름답지 못한 일인데 거기다가 두번천을 연모한다는 말이 떠돌았으니 어찌 원통하지 않았겠습니까.”

라고 말했더니 윤 공과 기 공 두 사람은 몹시 웃었다. 문 밖에 있던 아이들이 영문도 알지 못한 채 모두들 늘어서서 따라 웃는다. 이것은 웃음소리만 듣고도 따라 웃게 된다는 속담의 경우와 마찬가지다. 그들이 왜 그렇게 웃었는지 알지 못하였지만 나 역시 웃음을 참을 수가 없었다.

영돌이 찾아와서 나오니, 두 사람은 문 밖까지 나오며 전송해 주었다. 달빛은 뜰에 가득히 비치고 때마침 담 너머 장군부에서는 벌써 초경(저녁 7시~9시)을 알리는 야경 소리가 고요를 깨뜨린다.

상방에 가보니 하인들이 휘장 밖에 드러누워서 코를 골며 잠들었고 정사도 벌써 잠들어 있는데, 짧은 병풍 하나를 사이에 두고 나의 잠자리도 보아 놓았다. 일행 모두 윗사람 아랫사람 할 것 없이 닷새 밤을 꼬박 새운 뒤였기 때문에 이제야말로 깊은 잠이 든 모양이었다. 정사 머리맡에 술병이 둘 있으므로 흔들어 보니, 하나는 텅 비고 하나는 남아 있었다. 달이 이토록 밝은데 어느 누가 마시지 않으랴. 드디어 가만가만히 잔에 가득 따라서 마시고는 촛불을 훅 불어 끄고 방에서 나왔다.

홀로 뜰 한가운데 서서 교교한 달빛을 바라보고 있노라니 담 밖에서 괴이한 소리가 들려왔다. 이것은 낙타가 장군부에서 우는 소리가 틀림없었다. 명륜당으로 나와 보았더니 제독과 통관의 무리들이 탁자를 끌어다 두 개씩 붙여 놓고 그 위에서 잠들어 있었다. 저들이 비록 되놈이기로서니 무식함도 심하구나 싶었다. 그들이 누워 자는 자리는 선성先聖, 선현先賢께 석전釋奠이나 석채釋菜를 거행할 때만 사용되는 탁자인데 어떻게 감히 그것을 침상으로 쓸

수가 있으며, 또 어떻게 감히 누워 잠을 잘 수 있을 것인고. 그 탁자들은 모두 붉은 색칠을 하였는데 전부 100여 개였다.

오른쪽 행각에 들어가 보니 역관 세 사람과 비장 네 사람이 한 방에 누워 자는데, 머리와 다리를 서로 뒤섞고 아랫도리는 채 가리지도 않았으며, 천둥소리처럼 우악스레 코를 골지 않는 자가 없었다. 어떤 자는 물병을 세워 물을 쏟아내는 소리요, 어떤 자는 나무를 켜는 톱니 긁히는 소리였으며, 어떤 자는 혀를 쉴 새 없이 차며 사람을 호되게 나무라는 소리요, 어떤 자는 투덜거리면서 남을 원망하는 소리를 내고 있었다.

만 리 길을 떠나와 함께 고생하며 자나 깨나 함께하니 그 정분이야말로 친형제와 다름없으며, 생사를 함께할 그들인데도 불구하고 그 잠든 모습을 보니, 비록 같은 자리를 차지하고는 있으나 그 마음은 갖가지요, 마치 초나라와 월나라처럼 멀다는 것을 깨닫게 하였다.

담뱃불을 붙이고 나오니 개 짖는 소리가 마치 표범 소리처럼 장군부에서 들려온다. 그리고 이경(밤 9시~11시)을 알리는 야경 소리가 마치 깊은 산중에 사는 접동새 울음소리처럼 들려왔다. 뜰 한가운데를 홀로 왔다 갔다 하면서 달리기도 하고 발자국을 크게 떼어 보기도 하면서 그림자와 서로 희롱했다. 명륜당 위에 서 있는 고목들은 짙은 그늘을 만들고, 서늘한 이슬은 잎사귀 끝에 방울방울 맺혀 달빛에 어려 영롱한 구슬을 드리운 듯하였다.

담 밖에서는 또 삼경(밤 11시~새벽 1시)을 알리는 소리가 울렸다. 아아, 아깝도다. 이 아름다운 달밤을 함께 구경할 사람이 없으니.

이 시간엔 어찌하여 모두 하나같이 잠들었는가. 도독부의 장군들도 역시 모두 잠들었으리라. 이렇게 생각하며 즉시 방에 들어가 쓰러지듯 드러누우니 베개에 머리가 닿자마자 저절로 잠이 들었다.

8월 10일 병진丙辰
맑게 개었다.

영돌이 나를 깨웠다. 당번 역관과 통관이 모두 문 밖에 모여 시간이 늦는다고 자꾸만 재촉한다. 나는 막 눈을 붙였다가 떠드는 소리에 잠이 깼다. 야경 소리는 아직도 들려온다. 몹시 피곤한 몸에 달콤한 졸음이 와서 꼼짝도 하기 싫은데 아침 국이 벌써 머리맡에 놓여 있다.

간신히 깨어나서 따라가 보니 광피사표패루가 있다. 등불 빛에 좌우의 시전이 보이지만 연경에는 어림도 없고 심양이나 요동에도 역시 미치지 못하였다.

대궐 밖에 이르렀는데도 날이 아직 밝지 않았으므로 통관은 사신을 안내하여 묘당에 들어가 쉬도록 하였다. 이것은 지난해에 새로 지은 관제묘로 겹겹이 들어선 누각과 깊은 전당, 굽은 행각, 겹친 겹채 등 모두 조각이 정교하고 단청이 현란하였다. 중들이 몰려와서 다투어 구경하고 있다. 묘 안의 여기저기에는 연경의 관리들이 와서 머물고 있으며, 왕자들도 또한 여기에 많이 와 있다고 한다.

당번 역관이 오더니 말하기를,

"어제 역부에서 알려온 것은 다만 정사와 부사의 사은만을 말한 것으로 이것은 황제가 어명을 내려 정사와 부사만을 오른쪽 계열의 좌석에 참여케 하는 것이며, 바로 그 은혜를 사례하는 것이므로 서장관이 사례하는 일은 없을 듯합니다."

그래서 서장관은 관제묘에 그대로 남아 있고, 정사와 부사가 궐내에 들어갈 때 나도 따라 들어갔다. 전각은 모두 단청을 입히지 않았고, '피서 산장'이라는 편액을 붙였는데, 오른편 곁채에 예부 조방(조회하러 들어갈 때의 대기실)이 있어 통관이 그곳으로 안내한다. 한인漢人 상서 조수선(당시 예부상서로 자는 영지, 호는 지산)이 교의에서 내려와 정사의 손을 잡고 매우 반기는 뜻을 보이며,

"대인은 앉으시지요."

하고 청한다. 사신은 손을 들어 사양하며 주인이 먼저 앉기를 청하였으나 조 공 역시 손을 흔들면서,

"대인께서 먼저 앉으셔야지요."

하고 사양한다. 사신이 굳이 너덧 차례나 사양했지만 조 공 역시 끝까지 사양하여 하는 수 없이 정사와 부사가 먼저 캉에 올라앉았다. 그제야 조 공도 교의에 걸터앉아 서로 인사를 나누었다.

우리 사신의 의관은 그의 모자와 복장에 비하면 훨씬 풍채가 있어 선인仙人이라 부를 수 있겠으나, 말이 잘 통하지 않고 태도가 서툴러 인사치레에 있어 뻣뻣하고 서먹했으므로, 그네들의 세련되고 은근한 솜씨에 비하면 보다 생소하고 딱딱한 것이 오히려 묵중한 태도로 보이게 되었다. 정사가,

"서장관의 거취는 어떻게 하오리까."

하고 묻자 조 공은,

"오늘 사례는 함께할 것이 아니고, 뒷날 하반賀班에는 함께 오셔도 좋겠습니다."

하고는 즉시 일어나 나간다. 통관이 또,

"만주인 상서 덕보가 들어옵니다."

하기에 사신이 문에 나와서 맞아 읍하니, 덕보 역시 읍하여 답례하고 말을 멈추며,

"먼 길에 무탈하신지요. 어제 황제께옵서 내리신 각별한 은혜를 잘 아시는지요?"

라고 하므로 사신은,

"황제께서 베푸신 은혜 거룩하여 영광이 그지없소이다."

하고 말했다. 덕보는 웃으면서 무어라 지껄였으나 그 말소리가 목에 걸리는 것처럼 맑지 못하여 옹인지 앙인지 분간하기 어려웠다. 대부분 만주 사람들의 말투는 그 모양이었다. 그도 역시 말을 끝마치고 즉시 나가버린다.

내옹관이 찬합 셋을 내왔는데 백설기와 돼지고기 적과 과실들이었다. 떡과 과실은 누런 찬합에 담겼고 돼지고기는 은 찬합에 담겨 있다. 예부낭중이 곁에 있다가 말하기를,

"이것은 황제의 아침 찬에서 세 그릇을 남겨 온 것이오."

조금 있다가 통관이 사신을 안내하여 전문 밖에 나가서 삼배와 아홉 번 머리를 조아리는 구고두의 예를 드리고 돌아왔다. 어떤 사람이 앞에 나와 읍하면서,

"이번 황제의 은총이야말로 망극한 일이오."

하고 그는 다시,

"귀국은 당연히 예단을 더 보내야 할 것이며, 그렇게 하면 사신과 종관들에게도 두 번째로 상품이 내릴 것이외다."

라고 말한다. 그 사람은 만주인으로서 예부우시랑 아숙이었다. 사신은 대기실인 조방에 다시 들어가고 나는 먼저 나왔는데, 대궐 밖에는 수레와 말이 꽉 들어찼으며 말은 모두 담을 향하여 나란히 늘어서 있었다. 그런데 말이 모두 굴레도 없고 고삐도 없는 채여서 마치 푸른 나무로 깎아 만들어 세워둔 것 같았다. 문 밖에서 홀연히 사람들이 좌우로 쫙 갈라서는데, 떠드는 소리가 하나도 들리지 않았다. 어떤 이가 말한다.

"황자皇子께서 오십니다."

바라보니 한 사람은 말을 타고 대궐 안으로 들어가고 다른 사람들은 모두 말에서 내려 따라가고 있었다. 이 사람이 바로 황육자 영용이다. 흰 얼굴이 심하게 얽었으며 콧날은 낮고 작은데 볼이 몹시 넓고 흰 눈자위에는 눈꺼풀이 세 겹이나 지고, 어깨는 넓고 가슴은 떡 벌어져서 체격이 건장하긴 하나 귀인다운 모습은 전혀 없어 보인다. 그러나 그는 글을 잘했고 글씨와 그림에도 통달하였으므로 《사고전서》 총재관이며, 백성들의 촉망을 받고 있다 한다.

내가 얼마 전에 강녀묘에 들어갔을 적에 그 벽에 황삼자와 황오자의 시를 새겨 깊이 간직한 것을 본 적이 있다. 황오자의 호는 등금거사라 불리는데 시는 매우 스산한 내용이었으며, 글씨조차 매우 가냘파서 재주는 있지만 황왕가皇王家의 부유하고도 존귀한 기상이란 엿볼 수가 없었다. 또한 등금거사 황오자는 호부시랑 김간의 생질(누이의 아들)이 되며, 간은 또 상명의 종손이 된다. 상명의 조부는 원래 의주 사람으로 중국에 들어갔으며, 상명은 예부상서에까지 벼슬이 올랐고, 후일 간의 누이동생이 궁중에 들어가 귀비가 되어 총애를 받은 것이다.

건륭제는 이 황오자에게 뒷일을 맡기려고 생각했는데 몇 해 전에 일찍 죽어, 지금은 영용이 건륭제의 총애를 독차지하여 작년에 서장(티베트)에 가서 반선班禪 교주를 맞이해 왔다고 한다. 죽고 없는 황오자가 읊은 시들은 내용이 몹시 스산하고 살아 있는 황육자의 시들은 귀한 기운이 전혀 없으니, 건륭제의 집안일이 장차 어찌 되어갈지 모를 노릇이다.

가산 사람 득룡은 마두로 연경에 드나든 지 무려 40년이 되었으므로 중국말에 매우 능숙하였다. 이날 멀리서 많은 사람 가운데 그가 나를 부르므로 사람들을 밀며 가까이 가보니, 마침 어떤 늙은 몽고 왕과 서로 손을 맞잡고 이야기가 한창이다. 그 몽고 왕은 모자에 홍보석을 달고 공작 깃을 꽂고 있었는데 나이는 여든하나쯤이요, 키는 거의 한 길[6척]이나 되는 장신이었으며, 허리가 구부러지고 얼굴 길이가 한 자 정도인데, 검은 피부에 회색 반점이 희끗희끗 보이며 몸을 부들부들 떨며 머리를 흔들어댔다. 따라서 도무지 볼품이 없어 마치 곧 무너지려는 나뭇등걸 같았고, 온몸의 원기를 모두 입으로 내보내는 듯하였다. 그 늙은 모양이 이러했으므로 그가 혹 흉노족일지라도 두려울 것이 못 되었다. 그의 뒤를 따르는 자가 수십 명인데도 아무도 그를 부축하지도 않는다.

역시 또 어떤 몽고 왕이 있는데 그는 건강하고 기운도 있어 보이므로 득룡과 함께 가서 말을 붙였더니, 그는 내 갓을 손으로 가리키며 무엇인지 알아듣지도 못할 말로 몇 마디 묻더니만 그대로 가마를 타고 가버린다.

득룡이 그들 귀인들에게 가까이 다가가 읍하고 말을 붙이니 모두들 읍하면서 답례하고 대답해 준다. 득룡이 나보고도 자기처럼 해보라 하였으나 나는 처음이므로 어색한데다가 말이 서툴러 도저히 할 수가 없었다. 곧 관제묘에 들어가 보니 사신은 벌써 나와서 옷을 갈아입고 있었다. 마침내 우리는 함께 관으로 돌아왔다.

아침 식사를 마치고 후당으로 들어갔더니 왕 거인 민호가 나와서 맞이한다. 왕 거인의 호는 곡정이고, 산동도사 학성과 한방에 거처하고 있으며, 학성의 자는 지정이요, 호는 장성이라 한다.

곡정이 우리나라의 과거 제도를 궁금해하며,

"어떠한 글자로 무슨 글월을 지어 바치는 거요?"

하고 묻기에 나는 대강 설명해 주었다. 그가 다시 혼인에 대한 예식을 물으므로,

"관혼상제는 모두 주자의 가르침인 가례를 따릅니다."

라고 하였더니 곡정은,

"가례는 주부자가 완성하지 못한 책이므로 중국에서는 꼭 이것만을 따르지 않습니다."

하고는 다시 덧붙이기를,

"귀국의 훌륭한 점 몇 가지를 들려주시면 좋겠습니다."

"우리나라는 비록 바다 저편 귀퉁이에 자리를 잡았으나 네 가지

의 좋은 점이 있습니다. 온 나라의 풍습이 유교를 숭상함이 첫째요, 땅에 황하처럼 홍수가 날 걱정거리가 없음이 둘째요, 고기와 소금이 많아 딴 나라에서 얻어 오지 않음이 셋째요, 아낙네는 두 지아비를 섬기지 아니함이 그 넷째 좋은 일입이다."

라고 하였다. 지정이 곡정을 돌아보며 둘이서 무어라고 주고받더니 이윽고 곡정이,

  "참으로 좋은 나라요."

하고 지정은,

  "아낙네가 지아비를 바꾸지 않는다는 것은 온 나라 모두가 그럴 수야 있겠습니까?"

라고 한다. 그래서 나는,

  "온 나라의 천한 농민이나 하인배들까지 모두 그렇다는 것은 아닙니다만, 명색이 선비 집안이라 하면 설사 아무리 가난하더라도, 또 삼종三從(《의례》에 나오는 말로, 여자가 어려서는 아버지를 따르고, 시집가서는 남편을 따르고, 남편이 죽었을 때에는 아들을 따르는 것)의 길이 이미 끊어졌다 하더라도 죽을 때까지 과부의 절개를 지켜서 변치 아니합니다. 그러한 기품이 아래로 비복이나 하인들에게까지 영향을 주어 관습이 된 지 이미 400년이 되었습니다."

라고 하였더니 지정이 묻기를,

  "혹시 금지 법령이라도 정해져 있는지요?"

  "별로 정해진 금지 법령은 없습니다."

라고 대답하였다. 곡정은,

  "중국에서도 이런 관습이 막심한 폐단이 되어, 어떤 이는 납채

만 하고 초례를 하지 않았거나 성례만 하고 첫날밤을 채 치르지 않았는데도 불행한 사고가 생기면 일 년 동안 과부의 절개를 지켜야 합니다. 그러나 이것은 차라리 나은 편이고, 심한 경우는 대대로 사귀어 온 정의가 두터운 집 사이에서는 아이가 태어나기 전에 이미 언약하거나, 또는 어릴 때 부모끼리 혼담을 정했다가 불행히 사고가 생기면 독약을 마시거나 같이 무덤에 들어가고자 하니, 이것은 오히려 도리에 어긋나는 일입니다. 군자들은 그런 것을 시분(시체를 따라서 음분淫奔함)이라 하여 나무라기까지 하고, 혹은 절음(절개를 구실로 한 서방질)이라고 나쁘게 일컬었습니다. 국법으로 이를 엄격히 단속하고 그 부모에게는 죄를 주기도 했지만 관습이 되어버렸으며 동남 지방에서는 더욱 심합니다. 그러므로 학식 있는 집안에서는 여자가 다 큰 뒤에야 비로소 혼담을 꺼내게 되었는데, 이것은 최근의 일입니다.”

라고 한다. 내가,

“《유계외전》을 읽어 보면, 효자가 자신의 간을 꺼내어 어버이의 병을 치료했고, 효자 조희건은 가슴을 가르고 염통을 꺼내다가 잘못하여 창자에 한 자가량의 상처까지 내고 염통을 꺼내 삶아서 그 어머니의 병환을 고쳤는데, 바로 그 상처가 아물어 아무런 일이 없었다고 합니다. 이것을 본다면 손가락을 끊었다거나 똥을 맛보았다고 하는 것은 오히려 대수롭지도 않은 일이 되고, 눈 속에서 죽순을 딴 것이나 얼음 구멍에서 잉어를 잡았다는 것은 오히려 바보스런 사람이라 생각됩니다.”

라고 하였더니 곡정은,

"그러한 일이 많습니다."

한다. 지정은,

"최근에도 산서 지방에서는 어떤 효자의 정문旌門을 세웠다는데 그가 한 일이 이상스럽더군요."

하고 곡정이 다시,

"눈 속에서 죽순을 캐고 얼음 구멍에서 잉어를 잡는 일이 사실이라면, 이것은 천지의 조화가 문란해졌다는 것이군요."

라고 하여 모두 한바탕 크게 웃었다. 지정은 다시금,

"육수부(송나라의 충신)가 임금을 업고 바다에 들어간 것과, 장세걸이 향을 피워 배가 뒤집히기를 원한 것과, 방효유(명나라 초의 학자로서 자는 희직, 연왕燕王의 즉위조서 기안을 거부하여 집안이 화를 당했음)가 그 십족의 멸함을 달갑게 받은 것과, 철현(명나라 초의 명장으로서 연왕에게 사로잡혀 악형을 받았음)이 끓는 기름을 튀게 하여 딴 사람을 오히려 데게 한 것 등은 모두 예삿일이 아니었습니다. 이제는 그렇듯 기이한 일이 아니면 사람들 마음에 흡족하지 못하니, 뒷날 사람들의 입에 충신과 열사가 되어 오르내리는 것 역시 어려운 노릇입니다."

하자 곡정은,

"천지가 뒤집혀서 생긴 지 하도 오래되어 뛰어나게 흔쾌한 일이 아니고서는 이름을 떨치지 못하니, 남화노선 장자의 말에 '한숨을 쉬면서 효도를 행하는 것입니다.' 라고 한 것은 바로 이를 두고 말한 것 같습니다."

라고 한다. 나는,

"조금 전에 왕王 선생께서 천지의 조화가 온통 문란해졌다고 하신 말씀이 옳은 것 같습니다. 단술을 끊여서 소주를 만든다면 전국술에 대해서는 언급할 수 없을 것이고, 입으로 담배를 피우니 매캐한 것에 대해서는 언급할 수조차 없습니다. 이런 것들을 만일 자꾸만 꼬집어내어 말한다면 절의를 배척하는 의론이 세상에 또 일어날 것이지요."

라고 하였더니 곡정은 다시,

"바로 그렇습니다. 그런데 귀국 부인네들의 의관 제도는 어떠합니까?"

하고 묻기에 나는 저고리와 치마, 또 머리 쪽지는 법을 대략 말해 주고, 원삼과 당의 같은 것을 탁자 위에 대강 그려서 보여주니 두 사람이 모두 훌륭하다고 하였다. 지정은,

"다른 데 약속한 일이 있어서 잠깐 다녀오겠으니 선생께서는 가시지 마시고 조금만 더 앉아 계십시오."

하고는 곧 나가버린다. 곡정은 지정을 몹시 칭찬하며,

"그는 무인인데도 불구하고 학식과 글이 뛰어나 당대에 드문 사람으로 지금은 사품 병관입니다."

하였다. 그는 다시,

"귀국에서도 부인네들이 발을 묶습니까?"

하고 묻기에 나는,

"아닙니다. 중국 여자들의 활 굽정이처럼 생긴 신발은 정말 못 봐주겠더군요. 뒤뚱거리며 걸어가는 꼴이 마치 보리씨를 뿌릴 때 모양으로 좌우로 흔들리며 바람이 없는데도 자꾸 넘어지니 그게

무슨 꼴입니까."

라고 하자 곡정은,

"이것 때문에 도륙을 당하였으니 세운世運을 짐작하시겠지요? 전 왕조인 명나라 때에는 그 죄가 부모에까지 미쳤고, 우리 때에 와서도 이것에 대한 금지령이 매우 엄하였음에도 끝끝내 이를 막을 수 없었습니다. 대체로 남자는 따라도 되지만 여자는 따르지 말라는 말 때문이지요."(청조淸朝 때 한족이 만주족에 대해 십부종十不從을 외쳤으니, 그 첫째가 남자는 따르되 여자는 그들을 따르지 말라는 것이었음)

라고 한다. 나는 다시,

"모양도 흉하고 걷기에도 불편한데 구태여 왜 그런 것을 하게 되었을까요?"

하고 물었다. 그러자 곡정은,

"만주 여자들과 다르게 보이려고 그렇게 한 것이지요."

하고는 금방 붓으로 지워버리고 다시 이어서,

"절대로 고칠 생각을 하지 않는답니다."

이에 나는,

"삼하 통주 사이에서 한 거지 노파가 머리에 꽃을 가득 꽂고 발을 싸맨 채 말을 뒤쫓아 오면서 구걸하는 모양이, 마치 오리가 배 불리 먹은 것처럼 뒤뚱뒤뚱 넘어질 듯 말 듯하니 내가 보기로는 오히려 만주 여자보다 더 흉하더군요."

하고 말했더니 곡정은,

"그래서 삼액三厄이라고들 말하였지요."

"삼액이란 또 무엇인가요?"

하고 내가 물었더니 곡정은,

"남당南唐(오대 때 남경에 수도를 정했던 나라) 때에 장소랑(남당 후주의 궁인으로, 초승달처럼 맵시 있는 발로 금련 위에서 춤을 추어 후주의 마음을 사로잡았는데, 남당이 망하자 송에 사로잡혔음)이 송나라의 포로로 잡혀 오자 궁인들이 그녀의 자그마하고 예쁜 발이 뾰족한 게 보기 좋다 하여 서로 다투다시피 헝겊으로 발을 팽팽하게 싸맨 것이 풍속이 되고 말았답니다. 원나라 때는 중국 여자들이 발을 싸매서 중국 여자라는 표시로 삼았고, 명明에 이르러 이를 금지했으나 아무 소용이 없었지요. 그러나 만주족 여자들이 한족 여자들의 발을 싸맨 것을 비웃어 회음(작고 예쁜 발이 남자들에게 음탕한 생각을 일어나게 한다는 것)이라 하는 것은 참으로 억울한 일입니다. 이것이 바로 족액足厄이라는 것이지요.

홍무 때에 고황제가 슬며시 신락관을 거닐 때 어떤 도사가 실을 가지고 망건을 떠서 머리카락을 싸매는 것을 보고 편리할 듯해서, 이것을 빌려 거울 앞에서 써 보고는 흡족히 여겨 그 제도를 천하에 명령했답니다. 그 뒤로는 실 대신 말갈기로 꼭 졸라맸는데 자국이 낭자하게 났으며, 이것을 호좌건이라 부르는데 이는 앞이 높고 뒤가 낮아서 마치 호랑이가 쭈그리고 앉은 것 같다는 뜻입니다. 또한 이를 수건이라고도 하였는데 당시에도 이를 좋지 않게 여기는 사람이 있어서 천하의 두액頭額이 모두 그물 속에 갇혔다는 뜻으로, 불편하게 여긴 사람이 많았던 것입니다."

하고는 붓으로 내 이마를 가리키면서 말하기를,

"이것이 바로 두액이 아닙니까?"

하기에 나는 웃으면서 그의 이마를 가리켜,

"이 번쩍이는 것은 도대체 무슨 액인지요?"

하고 말했다. 곡정은 갑자기 슬픈 얼굴로 고개를 끄덕이더니, 곧 천하두액 이하의 모든 글자를 까맣게 칠해서 지워버렸다. 그리고 그는 다시 말하기를,

"담배는 만력 말년에 절동과 절서 사이에 널리 퍼졌는데, 피우는 사람이 가슴이 답답하고 취해서 쓰러지는 천하의 독풀입니다. 먹어서 배가 부른 것도 아닌데 천하의 좋은 밭에 심으면 다른 좋은 곡식과 이익이 다름없고, 부인이나 어린아이들까지도 즐겨 피울 뿐만 아니라, 그것을 좋아하는 정도가 기름진 고기나 또는 차나 밥을 능가하더군요. 담뱃대의 쇠끝 불이 함께 입을 뜸질하니 이 역시 세운世運이라고 할까, 어쨌거나 이보다 더한 변괴가 어디 있겠습니까. 선생께서도 이것을 즐기시는 편이신지요?"

내가 그렇다고 대답하자 곡정은 다시,

"저는 담배를 좋아하지 않습니다. 전에 시험 삼아 한 번 피워본 적이 있었는데 곧 구역질이 나고 취한 것처럼 쓰러질 것 같아서 아주 혼났었지요. 이것이야말로 구액口厄이라고 할 수 있습니다. 귀국에서도 사람들이 이것을 피우겠지요?"

"그렇습니다. 하지만 부형이나 어른 앞에서는 감히 피울 생각을 못 한답니다."

라고 내가 말했다. 곡정은 다시,

"그렇겠지요. 독한 연기를 내뿜는다는 것은 보통 다른 사람 앞

에서도 불손한 일인진대 하물며 부형 앞에서야 더 말할 것이 있겠습니까."

"다만 그것뿐만이 아니라 입에 기다란 담뱃대를 물고 어른 앞에 있는 것은 무척 건방지고 무례하게 보이기 때문이지요."

라고 내가 말했다. 곡정은 묻기를,

"그러면 담배가 귀국에서 재배됩니까, 아니면 중국에서 사들여 가는 것입니까?"

"만력 연간에 일본에서 들어와 지금은 토종이 중국의 것과 똑같습니다. 청나라가 아직 만주를 차지하고 있을 때에 담배가 우리나라에 들어왔고, 그 씨앗은 원래 일본으로부터 왔기 때문에 남초南草라고 부릅니다."

라고 말했다. 곡정은,

"원래 이것은 일본에서 나온 것이 아니고 서양 배편으로 온 것입니다. 서양, 즉 아메리카의 임금이 여러 가지 풀을 맛보고 조사해서 백성들의 입병을 낫게 하였다지요. 사람의 비장은 토土에 속하므로, 양기가 부족하여 몸이 차고 습기가 차면 벌레가 생기는데 그것이 입까지 번지게 되면 금방 죽는답니다. 이에 불로써 벌레를 죽이고, 목木을 제압하고, 토土를 도와 기운을 돕고, 습기를 털어내어서 신효를 거두었으므로 영초靈草라고 불렀답니다."

"우리나라에서도 이것을 남령초南靈草라고 부르고 있습니다만, 만일 그 신효함이 사실이라면 수백 년 동안 온 세상 사람들이 다 함께 즐겨 피우는 것도 역시 운수가 그 사이에 있는 모양입니다. 선생의 이른바 '세운' 이라 하심은 참으로 옳은 말씀입니다. 만일

이 풀이 없었더라면 세상 사람들 모두가 입창으로 죽었을지도 모르지 않습니까?"

라고 했더니 곡정은,

"저는 담배를 좋아하지 않아도 나이 예순이 되도록 아직 입병이라곤 없고, 지정도 또한 담배를 즐기지 않습니다. 서양 사람들이 대체로 과장과 허풍이 심하여 빈말을 잘하고 남 속이는 말로 이익 꾀하기를 즐기니, 어찌 그들의 그러한 말을 모조리 곧이들을 수가 있겠습니까."

이윽고 지정이 돌아와서 곡정의 필담 중에 '저는 담배를 좋아하지 아니하여도'와 '지정도 역시 담배를 즐기지 않습니다.' 라는 구절에 먹으로 동그라미를 치며,

"그것은 몹시 독합니다."

하여 모두 함께 웃었다. 나는 그만 하직하고 숙소로 돌아왔다.

군기대신이 황제의 명령을 받들고 와서 전하기를,

"서번(티베트를 중심으로 중앙아시아를 총칭해 부른 지명)의 성승聖 僧에게 가보지 않겠소?"

라고 하자 사신은,

"황제께서 저의 작은 나라를 중국과 다름없이 대해 주시니 중국의 인사人士와는 자연스럽게 왕래해도 상관이 없으나, 다른 외국인과는 함부로 사귀지 못하는 것이 우리나라의 법입니다."

군기대신이 가버리고 나자 사신들의 얼굴에는 수심이 가득하고, 당번 역관들은 갈팡질팡 분주하여 흡사 지난밤의 술이 덜 깬 사람들 같았다. 그리고 비장들은 공연히 화를 내며,

"황제가 하는 일이 괴상망측해서 반드시 망하고 말 거야. 암, 반드시 망하고말고. 오랑캐니까. 그렇지만 명나라 때에야 어디 이런 일이 있었던가."

라고 하자, 수역은 그 분주함 속에서도 비장을 향해,

"지금 춘추 대의를 논할 때가 아니오."

하며 나무란다. 잠시 후 군기대신이 다시 말을 타고 달려와 황제의 명령을 거듭 전하기를,

"서반의 성승은 중국 사람과 마찬가지니 즉시 가보라 하신다."

라고 한다. 그러자 사신들은 서로 의논하고 혹은 말하기를,

"가보는 것은 틀림없이 힘든 일이오."

"예부에 글을 써 보내어 이치로 따집시다."

하고 당번 역관은 말끝마다,

"예, 예."

할 뿐이었다. 나는 원래 한가한 몸으로 구경이나 할 뿐 사행에 관해서는 조금도 간섭하지 않았거니와 또 이제까지 내게 묻는 일도 없었다. 이때 내 마음속으로 하도 놀랍고 신통해서 혼잣말로,

"이야말로 정말 좋은 기회로다."

라고 중얼거리고 나서 다시 손가락 끝으로 공중에 수없이 권주圈朱를 그리며,

"좋은 제목이로군. 이러한 때 사신이 만일 소장을 올린다면 그 의로운 명성이 세상에 드날리고 우리는 나라를 크게 빛낼 것이로다."

하고는 내 스스로 또 묻기를,

"그렇다고 설마 군사를 낼 것인가?"

하고 다시 스스로 답하기를,

"이것은 사신의 잘못이지 어찌 그 나라까지 화가 미칠 것인가. 사신이 그 일 때문에 운남이나 귀주 등지로 귀양살이 가는 것쯤이야 있을 수 있는 일일 테지. 그렇게 되면 나 혼자서 우리나라로 돌아갈 수 있을 거야. 그러면 서촉과 강남의 땅을 곧 밟게 되겠구나. 강남은 그래도 가깝지만 저 교주니 광주니 하는 곳은 연경에서 만여 리 길이나 된다고 하니 내 구경은 한없이 많아지겠구나."

하고 마음속으로 매우 기뻐 즉시 밖으로 뛰어나가 동상東廂 아래서서 건량의 마두인 이동을 불러,

"빨리 술을 사 오렴. 돈은 아낄 것 없다. 내 이제부터 너와는 이별이다."

하며 술을 마시고 들어갔지만 여태까지 의논이 미정인 상태였다. 예부의 독촉이 성화같아서 하원길(명나라 때의 명신)의 당당한 위풍이라 하더라도 배겨낼 수 없었을 것이다. 안장과 말을 정돈하는 사이에 어느새 늦어져 해가 벌써 기울었고 낮이 지나자 날씨는 몹시 뜨거웠다. 행재소의 대궐문을 지나서 성을 돌아 서북으로 향해 반도 채 못 갔을 무렵에 갑자기 황제의 명령이 전달되었다.

"오늘은 이미 늦어졌으니 사신들은 일단 돌아갔다가 다른 날을 기다리라."

이 말에 서로 놀라서 되돌아섰다.

이른바 성승이란 서번의 승왕僧王인데, 호는 반선불이라고도 하고 장리불이라고도 하며, 중국 사람들은 대부분 그를 숭상하여 살아 있는 부처님이라고 일컫는다. 그는 스스로 이르되,

"42대 전신轉身(라마교에서 말하는 전생, 반선이 죽는 순간 다른 집에서 아기로 다시 태어나면 그 아기를 찾아 길러서 후계자로 삼는다고 함)이며, 전신은 대부분 중국에서 태어났고, 나이는 지금 마흔셋이오."

라고 한다. 지난 5월 스무날에 열하로 찾아와서 따로 궁을 짓고 스승으로 대접을 받고 있는 것이다. 어떤 사람은 말하기를,

"그는 하인들이 매우 많고, 이곳에 들어오자 차츰 떨어져 나갔지만 그래도 그를 따라온 자들이 수천 명이 넘으며, 그들은 모두 비밀리에 무기를 숨겨 가지고 있는데 황제만이 이를 모르고 있습니다."

이것은 일부러 민심을 어지럽히려고 하는 말인 것 같다. 그리고 또 거리의 아이들이 부르는 '황화요黃花謠'는 이를 두고 말한 것이라 한다. 그런데 이 시는 육리자가 지은 것으로 다음과 같다.

붉은 꽃 모두 지고 누런 꽃 피어나네

붉은 꽃이란 붉은 모자를 뜻하는데 중국을 가리키고, 몽고와 서번은 모두 누런 모자를 쓰는 것에서 나온 말이었다.
또 다른 한 노래에서는,

원元은 옛 물건이니 누가 정말 주인인가

라고 하였으니, 이 두 노래를 살펴보건대 모두 몽고를 두고 부른

것임에 틀림없다. 몽고는 지금 마흔여덟 부가 강한데 그중 토번이 제일 사납다. 토번은 서북쪽의 몽고족이었으며, 몽고의 별부로서 황제가 가장 두려워하는 존재였다.

박보수가 예부에 가서 일을 알아보고 와서 말하기를,

"황제께서 말씀하시길 '그 나라는 예의를 아는데 사신들은 예의를 모르는도다.' 하시더군요."

보수와 통관들은 가슴을 치고 울면서,

"우리들은 모두 죽겠습니다그려."

라고 하나, 이것은 통관 무리들이 곧잘 해대는 버릇이라고 한다. 설령 털끝만큼 사소한 일이라 하더라도 황제의 명령이라면 갑자기 죽는다고 야료(까닭 없이 트집을 잡고 함부로 떠들어 댐)를 하기가 다반사인데, 더욱이 중도에서 돌아가라고 함은 마음이 불쾌함을 뜻한 것이다. 또 예부에서 전하는 말 가운데 '예를 모르는도다.' 라는 구절은 바로 불평을 나타낸 말이므로 통관들이 가슴을 치며 우는 것도 공연한 허세는 아니겠지만, 그 태도가 망측하고 요란스러워서 사람들은 웃음이 터질 지경이었다. 우리나라 역관들도 두렵기는 했을 테지만 조금도 흔들리지 않았다.

저녁에 예부에서 전하기를,

"내일 식사 뒤나 모레 아침때쯤에 황제께서 사신을 만나 보실 것이니 일찍 서둘러서 늦지 않도록 각별히 조심하라."

저녁을 먹고 윤형산을 찾아갔더니 마침 홀로 앉아서 담배를 피우고 있다가 친히 담배에 불을 붙여 내게 권하면서,

"영형 대인께서는 안녕하신지요?"

"황제 폐하 덕택으로 별고 없으시답니다."

라고 했더니, 그가 다시 《계림유사》(송나라 손목이 우리나라 고사古
事를 적은 책으로, 계림은 경주를 말함)를 묻기에 나는,

"그것은 열수 지방의 사투리와 다름없는 것입니다."

라고 하였다. 윤 공이 다시,

"귀국에 《악경樂經》이 있다고 하는데 정말 그렇습니까?"

하고 묻는데, 기 공이 들어와서 '악경'이란 글자를 보고,

"귀국에는 안부자가 지은 책이 있으나, 중국 사신이 이 두 책을
가지고 나오면 압록강을 건너지 못한다 하는데 정말 그렇습니까?"

하고 물었다. 나는,

"공자가 계신데 안회가 어떻게 책을 지었겠습니까. 또 진시황이
시詩와 서書를 모두 불사를 때 어찌 《악경》만을 빼놓을 수 있었겠
습니까."

라고 답하자 기 공은 고개를 끄덕이며,

"정말 그렇겠군요."

내가 다시,

"중국은 문화가 집중되는 곳인데, 만약 우리나라에 정말로 이
두 가지 책이 있어서 가지고 나오려는 사람이 있었다면 모든 신령
이 보호할 일일진대 왜 강물을 건너지 못하겠습니까."

라고 하자 윤 공이,

"옳은 말씀입니다. 《고려지》도 일본에서 나왔으니까요."

라고 하기에 내가,

"《고려지》라니, 몇 권이나 됩니까?"

하고 물었더니 윤 공은,

"난완 무공련이 초鈔한 《청정쇄어》에 고려서목이 있더이다."

라고 한다. 기 공이 나를 이끌고 밖으로 나와 달구경을 하는데 달빛이 대낮처럼 밝았다. 나는,

"달 속에 만약 또 하나의 세상이 있다면, 달에서 땅을 바라보는 이가 있어 그 난간 아래에 비스듬히 서서 우리와 같이 땅 빛이 달에 가득한 것을 구경하고 있겠지요."

라고 하자, 기 공이 난간을 치면서 기묘한 말이라고 감탄했다.

8월 11일 정사 丁巳

맑게 개었다.

새벽에 사신들은 대궐로 들어갔다. 덕상서가 사신들과 인사를 나눈 뒤에 말하기를,

"내일은 당연히 만나보시겠다고 명령이 내릴 것이오나 오늘은 그러한 명령이 반드시 없으리라고는 확언할 수 없겠사오니 잠깐만 조방에 가셔서 앉아 기다리십시오."

사신이 모두 조방에 들어가니 황제가 또 음식 세 그릇을 남겨 보냈는데 음식물은 어제와 똑같았다. 나는 궐문 밖으로 나가서 천천히 걸어 다니며 구경을 하였다. 어제 아침보다 더 복잡다단하며 검은 먼지가 공중에 가득가득하고 길가에 있는 다방과 주점에는 수레와 말이 가득 차 득시글거렸다. 나는 아침 일찍 깨어났기 때

문에 속이 비어 혼자서 사관으로 오는데, 한 젊은 중이 준마를 타고서 흑단으로 만든 모난 모자를 쓰고 공단으로 만든 도포를 입었는데, 얼굴이 잘생기고 의관 차림이 말쑥하여 중으로는 아까울 정도였다.

의기양양하게 지나가다가 커다란 노새를 타고 오는 한 사람과 만나 말 위에서 서로 손을 붙잡고 반가워하더니 중이 갑자기 화를 내었다. 그러더니 둘이 다 고성을 지르고는 드디어 말 위에서 싸우기 시작했다. 중이 두 눈을 부릅뜨고 한 손으로 상대의 가슴을 움켜잡고, 또 한 손으로는 머리를 쳤다. 노새를 탄 자가 몸을 숙이면서 약간 비키니까 모자가 떨어져 목에 걸렸다.

노새 탄 자도 역시 체격이 건장하고 머리와 수염은 약간 희끗희끗한데 기색을 살펴보니 중에게는 조금 눌리는 모양이었다. 이윽고 둘이 서로 껴안은 채 안장에서 떨어져 땅에 뒹굴게 되었는데, 처음에는 노새 탔던 자가 중을 올라탔으나 나중엔 중이 뒤집어 그 자 위에 올라갔다. 서로서로 한 손으로 가슴을 움켜잡았기 때문에 때릴 수가 없어서 얼굴에다 침을 뱉었다. 노새와 말은 마주 서서 우두커니 움직이지도 않는다. 둘이 한 덩어리가 되어 길을 굴러가도 주위에는 구경꾼도 없으며 뜯어 말리는 사람도 없다. 다만 서로 쳐다보거나 내려다보며 헐떡거릴 뿐이었다.

한 과일 상점에 들렀더니 마침 새로 난 과일이 산더미처럼 쌓여 있었다. 노전(중국 엽전) 일백一伯으로 배 두 개를 사 가지고 나오니, 맞은편 술집의 깃대가 헌함 앞에 펄럭거리며 은호며 술병이 처마 밖에까지 너울거린다. 푸른 난간이 공중에 걸려 있고, 금빛

현판이 햇빛에 반짝인다. 양쪽의 푸른 술집 깃발[酒旗]에는,

　　신선의 옥패 소리 이곳에 머물고
　　공경의 금초구는 끌러서 주네

라고 씌어 있다. 다락 아래에는 수레와 말이 몇 필 놓여 있는데, 다락 위에 있는 사람들이 내는 웅얼거리는 소리가 흡사 벌과 모기들의 소리 같았다. 나는 발길 닿는 대로 다락 위로 올라가 보니 층계가 모두 열둘이었다. 의자에 앉아서 탁자를 가운데 두고 서넛씩 또는 대여섯씩 사람들이 끼리끼리 둘러 앉아 있었는데, 모두 몽고 계통의 사람들로서 무려 수십 패가 되었다.

　몽고 사람들의 머리에 두른 것은 꼭 우리나라의 쟁반 모양으로 모자는 없고 꼭대기는 양털로 꾸미고 노란 물을 들였다. 어떤 자는 갓을 쓰기도 했는데 그 모양은 우리나라 벙거지와 같으며, 등이나 가죽으로 만들어 안팎에 금칠을 하거나 오색으로 구름무늬 같은 것을 그렸다. 모두들 누런 옷에 붉은 바지를 입었고, 몽고인 회자는 대부분 붉은 옷을 입었으나 역시 검은 옷을 입은 자도 많았다. 붉은 전氈(짐승의 털로 아무 무늬가 없이 두껍게 짠 피륙)으로 고깔을 만들어 썼는데 테두리가 너무 넓어서 단지 전후에 차양만 달았고, 그 모양은 마치 또르르 말린 연잎이 물속에서 지금 막 나온 것 같았다. 또 약을 가는 쇠방망이처럼 두 끝이 뾰족하고 가벼우며 투박해 보이는 것이 우스꽝스럽기도 했다.

　내가 쓴 갓은 벙거지처럼 생긴 것으로 은으로 술을 달고 꼭지에

는 공작 깃을 꽂았으며, 턱은 수정 끈으로 맸는데 저들 두 오랑캐의 눈에는 어떻게 보일까 하고 생각했다. 만주족이건 한족이건 간에 중국인이라고는 한 사람도 다락 위에 없었다. 두 오랑캐의 생김새가 사납고도 지저분해서 올라온 것이 후회스러웠으나, 이미 술을 주문한 지라 그중에 좀 좋은 교의를 찾아 앉았다. 사동이 오더니,

"몇 냥어치의 술을 마시겠습니까?"

하고 묻는다. 여기서는 술의 무게를 달아서 파는 것이다. 나는,

"넉 냥어치만 가져오렴."

하고 일러주었더니 심부름꾼이 가서 술을 데우려 하기에 내가,

"데우지 말고 찬 것 그대로 가져오너라."

술집 사동이 웃으면서 술을 가져와 작은 잔 둘을 탁자 위에 놓는다. 그래서 나는 담뱃대로 잔을 모두 쓸어 엎어버리고,

"커다란 술 종지를 가져와."

하고 외쳤다. 그리하여 큰 술잔에 부어서 단번에 들이마셨다. 그러자 되놈들은 서로 얼굴을 쳐다보며 크게 놀라는 표정을 감추지 못했다. 내가 유쾌하게 마시는 것을 모두 경이의 눈초리로 바라보는 것 같았다.

중국은 술 마시는 법도가 몹시 엄하여 한여름이라도 반드시 데워서 먹을 뿐 아니라 심지어 소주 종류까지도 끓였다. 술잔은 은행 알만큼 작은데도 뜨겁게 데워서 조금씩 마시며, 한꺼번에 다 마셔버리는 법이란 좀처럼 없다. 만주족들도 마찬가지여서 세상에서 말하는 소위 큰 종지나 사발에 부어 마시는 일은 전혀 없었

다. 내가 찬 술을 달라고 하여 넉 냥어치를 한꺼번에 다 마신 것은, 이것으로 저들에게 겁을 주기 위해 일부러 대담한 체한 것이다. 사실대로 말하면 겁쟁이의 짓이요, 참다운 용자의 일이 못 되는 것이다. 내가 찬 술을 달라고 하자 여러 되놈들은 이미 3분쯤 놀랐는데 한꺼번에 마시는 것을 보고는 더욱 경악하여 이제는 나를 몹시 두려워하는 것이었다.

주머니에서 8푼을 꺼내어 사동에게 값을 치르고 나오려고 하는데, 되놈이 모두 교의에서 일어나 머리를 조아리며 다시 한 번 앉을 것을 청한다. 그러고는 그중 한 사람이 자신의 자리에 나를 앉힌다. 저희는 호의로 하는 것인데도 나는 벌써 등줄기에 땀이 배었다.

내가 어릴 때 하인들이 저희끼리 모여 술 마시는 것을 보았는데 그 주령酒令 가운데 '자기 집을 지나쳐 가면서도 들어가 본 적이 없이 나이 칠십에 아들을 얻고 보니 등줄기에 땀이 젖었다네.' 라는 구절이 있었다. 나는 원래 웃음을 못 참는 성질이라서 너무 웃은 나머지 사흘 동안 허리가 시큰거렸다. 오늘 아침에 만 리 변방에서 홀연히 여러 되놈들과 함께 술을 마셨으니 혹 주령을 써낸다면 실로 '등줄기에 땀이 솟는다.' 라고 해야 마땅하리라.

한 되놈이 일어나더니 술 석 잔을 부어 탁자를 치면서 마시기를 권유한다. 나는 일어나서 그릇에 담긴 차茶를 난간 밖에 쏟아버리고는, 그 석 잔을 한 그릇에 전부 부어 한꺼번에 마셔버리고는 몸을 돌려서 한 번 읍한 후에 큰 걸음으로 층계를 내려오는데, 머리끝이 오싹하여 무엇인가가 뒤를 따라오는 것만 같았다. 밖에 나와서 길 가운데에 서서 위층을 올려다보니 웃고 지껄이는 소리가 왁 자지껄하였다. 아마도 내 말을 하는 모양들이었다.

사관으로 돌아오니 점심 식사 시간이 아직 멀었으므로 윤형산 의 처소에 들렀다. 그러나 그는 조정에 나가고 없었기 때문에 다 시 기 안찰을 찾아갔으나 역시 처소에 없었다.

또다시 왕곡정을 찾아갔더니 그가 《구정시집서》 한 권을 보여 주는데 글도 별로 잘 되지 못한데다가 전편은 오로지 강희제와 지 금 황제의 성덕과 대업만을 적은 것으로, 그들을 요·순에 비교하 여 너무 요란스러울 정도였다. 미처 다 읽지도 않았는데 창대가 와서 고한다.

"아까 황제께서 사신들을 만나보시고 산부처님[活佛]께 가보라 고 하셨습니다."

나는 점심을 재촉하여 먹고 의주 비장과 함께 궐내에 들어가서 사신을 찾아보았으나 벌써 반선의 처소로 가고 없었다. 즉시 궐문 을 나오니 황육자가 문에 도착하여 말에서 내리더니 말은 문 밖에 매어두고는 구종들과 함께 급한 걸음으로 들어간다. 어제는 말을 타고 그대로 들어가더니, 오늘은 왜 말에서 내리는지 알 수가 없 다. 궁성을 끼고 왼편으로 돌아가니 서북쪽 일대의 궁관宮觀과 절 들이 차례로 한눈에 들어온다. 너덧 층짜리 누각도 있으니 이는,

상강湘江에서 배를 타고 굽이굽이 돌아드니
형산 아홉 봉우리의 그 모습 다 보이는구나

하는 것이 곧 이를 말함이리라.

군포가 있는 곳에는 숙위宿衛하는 장정들이 모두 나와서 보고 있다가, 내가 혼자 갈 곳을 모르고 방황하는 것을 보고는 다투어 서북쪽으로 멀리 가리켜준다. 그리하여 비로소 시내를 끼고 가보니 물가에 하얀 군막이 수천 개나 있는데, 모두 수자리 사는 몽고 병들이었다. 또 북쪽으로 눈을 돌려 먼 하늘가를 바라보니 두 눈이 갑자기 어질어질해진다.

허공에 우뚝 금옥金屋이 솟아 있어 구름 속에 들어가 햇빛에 눈이 부신 까닭이다. 강에는 거의 1리나 되는 다리가 놓여 있으며, 난간을 꾸민 단청이 서로 어려 비치고, 몇 사람이 그 위로 걸어 다니는 것이 마치 아련한 그림처럼 보였다. 다리를 건너려고 하자 모래 위로 사람이 황급히 오면서 손을 휘젓는다. 마치 건너지 말라는 것 같다. 마음이 몹시 급해 자꾸만 말을 채찍질하였으나 도리어 더 느린 것 같았다. 드디어 말에서 내려 강을 따라 걸어 올라가니, 돌다리가 있고 다리 위에 우리나라 사람들이 많이 오고가기에 문을 열고 들어가 보니 기묘한 바위와 이상스런 돌들이 층층으로 쌓여 있고, 그 재주의 신기함이란 사람이 아니라 귀신의 솜씨 같았다.

사신들과 당번 역관은 궐내에서 곧바로 왔기 때문에 내게 채 알리지 못한 것을 안타깝게 여기고 있었는데, 내가 나타나자 의외인 듯 모두들 나를 향해 어지간히 구경을 좋아한다고 놀려댔다.

연경의 숲 사이에도 자주색, 홍색, 초록색, 청색 등의 채색 기와로 이은 집이 나타나 보이고, 어떤 것은 정자 꼭대기에 황금색 호로병을 세운 것도 있었지만, 지붕 위에 금기와를 올린 것은 본 적이 없었다. 지금 이 전殿을 덮은 기와가 순금인지 도금인지는 알 수 없지만 2층 대전이 둘, 다락이 하나, 문이 셋 있었다. 그 나머지 전각은 여러 가지 색깔로 만들어진 유리기와인데 이것과 비교하면 무색하며 보잘것없을 정도였다.

동작대의 기와는 가끔 캐내어 옛 연구에 사용하나 그것은 가마에 구운 것이지 유리가 아니었다. 유리기와는 어느 때부터 시작된 것인지는 알 수 없지만 시인이,

옥섬돌에 금지붕이로다

라고 떠들어댄 것이 실로 오늘 내가 보는 것과 같은 것인지, 그러한 일이 역사책 같은 데에 나타난 것으로는 '한漢성제가 소의(궁녀 벼슬 이름의 하나이며, 당시의 소의는 바로 조비연의 자매)를 위하여 집을 짓게 했는데, 그 체를 전부 구리로 만들어서 위에 황금을 덧입혔노라.'(《한서》에 인용한 것임)라고 하였고, 당나라 학자 안사고는 이것에 주석을 달아 '체라고 하는 것은 문지방이니, 구리를 그 위에다 덧입히고 그런 다음에 또 금을 덧입혔노라.' 라고 하였다.

또한 사전에 '바람벽 가운데에는 가끔 황금강黃金缸을 만들어 박고, 남전산에서 나는 옥이나 진주나 비취로 날개를 만들었다.' 라고 했는데 복건(진한 말기의 학자)은 말하기를 '강缸이란 벽 한가운데를 가로지르는 것이다.' 라고 하였고, 진작(진의 학자)은 '금고리처럼 만든 것이다.' 라고 하였다.

무릇 영인 현이나 반맹견(《한서》의 저자 반고) 같은 무리들이 몇 번이나 열심히 황금이란 말을 자꾸만 되풀이하여 천 년이 지난 뒤에 한 번 책을 펴보니 더욱더 눈이 부시고 휘황찬란할 지경이다. 그러나 이것은 벽이나 문지방 등에 금칠한 정도를 가지고 역사를 쓴 사람들이 너무나 과장했을 뿐이다.

실제로 소의의 자매에게 이 집을 보여준다면 틀림없이 침상에 쓰러져서 몸부림치며 울고 밥도 안 먹었을 것이고, 설령 성제가 화려하게 짓고자 했더라도 안창(성제의 스승)과 무양(성제의 재상) 등의 무리가 전부 유학자들이므로 틀림없이 옛 경서를 인용하여 이것을 반대했을 것이다. 따라서 성제의 역량으로는 어떻게 할 수 없었으며, 가령 그 뜻과 같이 되었다 할지라도 반맹견의 필력을 가지고서 어떻게 포장을 하였겠는가.

아마 '금전金殿이 알쏭달쏭하구나.' 라고 하지 않았겠는가. 그러다 필경 이것을 지워버렸을 것이고 또, '금궐이 하늘 높이 솟아올랐다.' 라고 했을 것이다. 그러한 후에는 한 번 읊어보고 다시 지워버렸을 것이며 또한 '2층 대궐을 짓고 기와에는 황금색을 칠했도다.' 라고 했거나 또는 '임금님께서는 황금전을 지으셨도다.' 라고 하였을 것이다. 아무리 양한兩漢 때 문장이라 하더라도 그는 항상 적은 제목에 어마어마하게 과장해서 말하니 이것은 천고의 작가作家가 영향을 준 한恨이라 하겠다.

예를 들자면, 한 폭의 그림을 그리는데 궁실을 잘 꾸민다 할지라도 궁실에는 네 개의 벽이 있고, 또 안팎이 있으며 겹친 곳도 있지 않겠는가. 이것은 비록 서양의 그림이 아무리 잘 표현되었다

해도 오로지 한 면만을 그린 격이니 나머지 세 면은 그릴 수 없을 것이 빤한 일이요, 그 나머지는 그린다 하더라도 내부는 그릴 수 없을 것이다. 또한 복전, 첩사, 회랑, 중각은 다만 날아갈 듯한 처마 끝과 단아한 툇마루를 그렸을 따름이지, 그 새긴 것이 섬세하여 털끝과 같아 그림을 가지고는 도저히 이를 나타낼 수 없는 것이 바로 천고의 화가가 미친 한이라 하겠다. 그래서 우리 공부자께서는 이미 이 두 가지에 대해서 말씀하시기를,

"글월의 힘만으로는 하고자 하는 말을 다 나타낼 수 없고 그림도 역시 뜻하는 바를 다 표현할 수 없을 것이다."
라고 했던 것이다.

천하에 사관寺觀이 만을 헤아린다 하지만, 금을 입힌 것은 단지 산서 오대산에 있는 금각사가 있을 따름이다. 당唐대종 대력 2년(767년)에 왕진(당唐 시인 왕유의 아우이며 자는 하경, 대종 때 정승으로 불교를 열심히 믿었음)은 정승이 되자, 중서성 부첩을 내려서 오대산에 사는 중 수십 명을 각지에 파견하여 시주를 모아 이것을 짓게 하였는데, 구리쇠를 가지고 기와를 굽게 하고 금물을 입혀서 그 비용이 수십만 금이 된다는데 그 집이 지금까지 남아 있다고 전해지고 있다. 이제 이 기와 또한 구리쇠로 구웠을 것이고 금을 입혔을 것이다.

언젠가 요양 거리에서 잠깐 쉬고 있을 때였다. 사람들이 앞을 다투어 가면서 묻기를,

"황금을 가지고 오셨나요?"

"금은 토산이 아니랍니다."

하고 내가 말했더니 그들은 한결같이 비웃는 것이었다. 심양, 산해관, 영평, 통주를 지나갈 때에도 사람들이 하나같이 금에 대해서 물어보았다. 나는 몇 번이고 처음과 똑같은 대답을 하였다. 그러면 사람들은 자기 모자의 맨 꼭대기를 가리켜 보이면서,

"이것은 조선 금이랍니다."

하고 말했다. 연암에 있는 우리 집은 송도(개성)에 가까워서 간혹 그곳에 드나들기도 했는데, 송도란 곧 연상(연경에 드나드는 장사꾼)을 기르는 곳이어서 해마다 7, 8월경부터 10월까지의 사이에 금값이 뛰어올라 한 푼쭝에 엽전으로 계산하여 마흔다섯 닢, 혹은 쉰 닢씩이나 하게 된다.

우리나라에서는 금을 사용할 데가 별로 없으며 문무 이품 이상의 금관자나 금띠를 보더라도 항상 새롭게 만드는 것이 아니어서 대개는 서로서로 빌려 사용하고, 시집가는 새색시의 반지나 비녀 같은 것도 그리 흔하지 않으므로 금은이란 흔하기가 흙과 다를 바 없는 것인데, 그 금의 귀함이 이렇게 된 까닭은 무엇일까.

한 번은 내가 압록강을 건너기 직전에 박천에 도착하여 말을 길가에 세워 놓고 버드나무 아래서 땀을 식히는데, 남부여대하고 떼를 지어 가는 사람들을 보았다. 그들은 모두 아홉이나 열 살 정도 되는 남자와 여자아이들을 데리고 꼭 흉년에 정처 없이 떠도는 것처럼 보여 이상하게 생각되어 물어보니,

"성천 금광으로 가는 것입니다."

그 도구를 보니 나무바가지 하나에 포대 하나, 그리고 끌뿐인 듯했으며, 끌로 파내 포대에 담아서 바가지로 일어내는 것이다.

하루 종일 흙 한 포대만 일면 별로 힘들이지 않아도 먹고 살 수 있
으며, 어린 여자아이들이 눈이 어둡지 않아서 금을 잘 파낸다고
한다. 나는 그 사람들에게 묻기를,

"하루 종일 파내면 금을 얼마나 얻게 되오?"

"그것은 그날 운에 달렸지요. 어떤 때는 하루에 열 알 이상이나
얻는 때도 있고, 재수가 없을 때는 서너 알밖에 얻지 못합니다. 그
러나 운이 좋으면 일순간에 억만 부자가 되기도 합니다."

"그렇다면 그 알은 도대체 어떻게 생겼습니까?"

"대개는 피 낟알만 하지요."

이것은 농사짓는 일보다 이익이 좋으니, 한 사람이 평균 하루에
얻는 금은 적어도 육칠 푼쭝이므로 이를 돈으로 환산하면 두세 냥
이나 된다고 한다. 그래서 대부분 농사짓는 사람들이 농장을 떠나
서 이곳에 모여들고 있으며, 여러 곳에서 건달패들이 달려들어 마
침내 마을이 형성되고 무려 10만여 명이 들끓어 곡식이나 그 외
여러 가지 물건이 들어와 술이나 밥, 떡과 엿 같은 것을 파는 장사
치들이 온 산골에 가득가득 차 있다고 하는데 나는 잘 모르겠다.
그 금이 도대체 어디로 가는 것이며, 그 금이 많으면 많을수록 금
값이 더욱 올라가는 이유가 무엇인지. 이제 이 기왓장에 물들여
놓은 것이 우리나라 금인지 어느 나라 금인지 알 수가 있겠는가.

청나라 초기 세폐(조선시대에 해마다 음력 10월에 중국에 보내던 공
물)에 제일 먼저 금을 면제한 것은 토산이 아닌 까닭이다. 어쩌다
부당한 이익을 취하려는 장사치들이 법을 어기고 아무도 몰래 살
짝 금을 팔다가 이 사실이 청나라 조정에 알려지게 되는 날에는

사단이 생길 우려가 있으며, 황제께서 이미 황금으로 지붕을 칠하였으니 우리나라에 있는 금광을 열지 않을 줄 누가 알겠는가.

대臺 위에 놓인 작은 정자의 창호는 하나같이 우리나라에서 나는 종이로 발랐다. 창 틈새로 들여다보았더니 아무것도 없이 속이 텅 비었고 교의, 탁자, 향로, 화병 등이 매우 멋있게 보였다.

사신들은 하인들을 문 밖에 세워두고는 함부로 출입하지 않도록 엄히 일러두었는데 얼마 안 가서 모두가 기어올랐다. 역관과 통관들은 깜짝 놀라 호령하며 내쫓았다. 그들은,

"저희들이 어찌 마음대로 들어왔겠습니까. 문지기가 먼저 서둘러 저희들이 들어가지 않을까 염려하면서 올라가기에 따라온 것뿐입니다."

하고 말했다. 정사는,

"오전에 사찬(임금이 아랫사람에게 음식을 내려주는 것)이 있은 후에 조금 있다가 인대引對하겠다."

하고 명령했다. 통관이 정문 앞으로 인도하였는데, 동쪽으로 난 좁은 문에는 시위하는 여러 신하들이 여기저기 서 있기도 하고 앉아 있기도 하였다. 덕상서와 낭중 몇 사람이 와서 사신의 출입을 주선하는 순서를 일러주고 돌아갔다. 마침내 군기대신이 황제의 지시를 받아,

"그대의 나라에도 사찰이나 관제묘가 있습니까?"

하고 묻더니, 얼마 되지 않아 황제가 정문으로 해서 문 안에 벽돌을 깔아 놓은 곳에 나와 앉았다. 교의와 탁자도 가져오지 않고 단지 평상 위에 누런 방석을 깔았으며 양 옆의 시위는 모두 누런 옷

을 입고 있었다. 그 가운데 칼을 지닌 사람은 서너 쌍에 지나지 않고, 누런 양산을 받치고 서 있는 사람은 두 쌍이었다. 그 사람들은 냉엄한 표정으로 침묵을 지키고 있었다.

먼저 회자回子의 태자가 앞으로 나와서 몇 마디 말하고 물러간 뒤에 사신과 세 사람의 통사를 나오라고 하자 모두 나가서 무릎을 꿇었다. 이것은 무릎이 땅에 닿기만 할 따름이지 엉덩이를 발바닥에 붙이고 앉은 것은 아니다.

황제가,

"국왕께서는 안녕하신가?"

하고 물으니 사신은 공손한 태도로,

"네 그렇사옵니다."

하고 대답하였다. 황제가 다시,

"만주말을 썩 잘하는 사람이 있는가?"

하자 상통사 윤갑종이 앞으로 나서며,

"제가 조금 할 줄 아옵니다."

하고 만주말로 대답하니 황제는 좌우를 둘러보며 즐거이 웃었다.

황제의 네모난 얼굴은 하얗고 조금 누런빛을 띠었으며, 수염은 절반쯤 하얗게 세었고 나이는 60세가량으로 봄날의 화창한 기운을 지니고 있었다. 사신이 반열에서 물러나가자 무사 예닐곱 명이 차례차례 들어와서 활을 쏘기 시작하는데, 화살 하나를 쏘고는 반드시 꿇어앉아서 소리를 지른다. 그래서 과녁을 맞힌 사람은 두 명뿐으로, 그 과녁은 흡사 풀로 만든 우리나라의 과녁과 비슷하게 생겼으며 한복판에 짐승 한 마리를 그려 놓았다.

활쏘기를 마치자 황제는 바로 돌아갔다. 내시도 함께 물러가고 사신들도 또한 물러갔다. 문 하나도 채 못 나왔는데 군기軍機가 오더니,

"사신은 바로 찰십륜포(반선 라마, 살아 있는 부처가 살고 있는 곳)로 가셔서 반선 액이덕니(원래는 지명인데 후에 반선의 별칭으로 씀)를 만나시오."

하고 황제의 말을 전한다.

옛날의 역사를 다시 생각해 보면 서번은 멀리 사천, 운남의 밖에 있어서 중국과는 아주 멀리 떨어져 있었다. 강희 59년(1720년)에 책망아라포원(준갈이 부족의 장수)이 납장한(몽고 부족의 추장)을 유인해 죽이고 난 후 그 성지를 점령하고는, 묘당을 헐어버리고 번승은 모두 해산시켜버렸다. 그리고 나서 도통 연신을 평역장군으로, 갈이필을 정서장군으로 삼고는, 장병을 이끌고 새로 세운 달라이라마를 보내서 서장 일대를 되찾은 뒤에, 황교(라마교)를 부흥시켰다고 한다.

황교라고 하는 것이 무슨 도道인가를 자세히 알 수는 없겠지만 대략은 몽고의 여러 부部들이 숭상하는 교이므로, 서장이 만약 침략을 받을 염려가 있으면 강희제 때부터 스스로 육군六軍을 이끌고 영하(감숙성에 있는 지명)까지 이르러 장수를 보내 도와주어서 난리를 무마시킨 적이 여러 번이나 되었고, 건륭 을미년(1775년)에 토사 삭락목이 금천에서 반란을 일으켰을 때 황제가 서장길이 끊어질까 염려하여 아계를 정서장군으로 내세우고, 풍승액과 명량을 부장으로, 해란찰과 서상을 참찬으로, 또한 복강안과 규림 등

을 영대로 삼아 군사를 거느리고 가서 다시 평정하였으니, 이것 또한 서장을 위한 것이다. 대개 서장의 땅은 황제께서 친히 관리하는 곳이요, 그 사람은 천자를 스승으로 받들었다. 또한 황黃으로 그 교의 이름을 지은 까닭은 황제와 노자의 도道를 흠모함이 아닌가 하는 생각이 들었다.

서장 사람들이 입은 옷과 갓은 모두 누르스름한 빛이어서 몽고인들이 이를 본떠 역시 그 빛을 좋아한다. 그렇다면 황제의 시기심과 억센 심성이 어찌 유독 이 황화요를 꺼려하지 않았는지 모를 일이다. 액이덕니는 서승의 이름이 아니고 서번 땅에도 이런 이름이 있으니, 희귀하고도 황당무계하여 그 원인을 찾아내기 힘든 일이다.

사실은 실상 내키지 않은 마음으로 나아가 반선을 보았지만 마음속으로는 불만을 가졌으며, 담당 역관은 오히려 일이 터질까 싶어 바삐 미봉하는 것을 천만다행으로 알았고, 하인들은 하나같이 마음속으로 번승과 황제를 욕하고 비난하였다. 왜냐하면 그들은 만국의 공통된 군주로서 어느 것 하나라도 삼가지 않을 수 없다는 것을 의미하는 것이다.

태학에 돌아오니 중국의 사대부들은 모두 내가 반선을 만나본 것을 명예스러운 일로 생각하고, 또한 그 도술의 신기함을 지극히 칭찬하지 않는 사람이 없었으니, 근거가 없고 이치에 닿지 않는데도 억지로 짜 맞추는 그들의 희대希代의 기풍이 대체로 이러했다. 대개 옛날부터 세도의 성쇠나 인심의 선악이 모두 손윗사람으로부터 본받지 않은 것이 없다.

학지정의 집에 가서 잠깐 술을 마셨는데 이날 밤은 유난히 달이
밝았다.

8월 12일 무오戊午
맑게 개었다.

새벽녘에 사신은 조반朝班에 들어가서 광대의 소리를 들었다.
나는 너무 졸려서 금방 누워 자버렸다. 아침을 먹은 후에 조심스
럽게 걸어서 궐내에 들어가니 사신은 조회에 참여한 지 벌써 오래
되었고, 당번 역관과 모든 비장은 뒤에 떨어져서 궁문 밖에 있는
낮은 언덕 위에 모여 있으며, 통관들 또한 들어가지 못하고 이곳
에 앉아 있었다.

음악 소리가 담장 안쪽 가까이에서 새어 나와 작은 문틈 사이로
살짝 엿보았지만 아무것도 보이지 않았다. 담장을 돌아 열 걸음
정도 걸어가니 작은 일각문이 보이는데 한쪽 문은 열려 있고 또
한쪽 문은 닫혀 있다. 내가 잠깐 들어가 보려고 하자 군졸 몇 명이
만류하며 문 밖에서 보기만 하라고 한다.

문 안에 있는 사람들은 하나같이 문을 등진 채 늘어서 있었는데
조금도 그 자리를 벗어나지 않고 허수아비가 서 있는 것 같았으
며, 넘겨다보려고 해도 틈이 없어 단지 그들 머리 사이 빈 곳으로
바라보니 고요한 한 더미 푸른 무덤에 솔과 잣나무가 빽빽한데 잠
깐 눈을 돌린 사이 갑자기 어디론가 사라져버린다.

또한 채삼彩衫에 수포繡袍를 입은 사람이 얼굴에는 붉은 연지를 바르고 허리 위가 사람들의 머리 위로 우뚝 솟아 있어 마치 초헌貂軒을 탄 것처럼 보였다. 그리고 그 무대의 거리는 그리 멀지 않지만 그늘이 지고 깊어 보여 마치 꿈속에서 성찬을 만난 것같이 먹어 보아도 맛을 알 수 없을 것 같았다.

문지기가 담배를 요구하자 즉시 꺼내주었다. 또 한 사람은 내가 오랫동안 발뒤꿈치를 들고 서 있는 것을 보고는 걸상 하나를 가져다 그 위에 올라서서 구경하게 해주기에, 나는 한 손으로는 그의 어깨를 짚고 또 한 손으로는 문지방을 짚고 섰다. 출연하는 사람들은 한인의 옷과 갓으로 분장하였으며 4, 5백 명이 한꺼번에 달려들었다가 일제히 물러서면서 입을 모아 노래를 부른다.

내가 딛고 서 있던 걸상은 마치 횃대에 오랫동안 올랐던 오리같이 되어 오랜 시간 지탱하기가 힘들어서 돌아 나와 작은 언덕의 나무 그늘 아래 앉았다. 이날은 매우 더웠으나 구경하는 사람들은 엄청나게 많았다. 그들 중에는 수정꼭지를 단 사람이 많이 있었지만 그들이 어떤 관원인지는 알 길이 없었다. 한 청년이 문을 열고 나오니 사람들은 모두 그 청년을 피한다. 청년이 잠깐 발을 멈추고 서서 종자에게 뭐라고 말을 하는데, 돌아보는 모습이 아주 험상궂게 보였다.

사람들은 두려워서 입을 꾹 다물고 있었다. 두 명의 군졸이 채찍을 가지고 나와서 사람을 밀어내니, 회자 하나가 앉았다가 버럭 화를 내며 일어나서는 두 군졸의 뺨을 때리고 한주먹에 쓰러뜨렸다. 청년 관원은 눈을 흘기며 어디론지 사라져버린다. 다른 사람들

에게 물어보니 수정꼭지를 단 사람은 호부상서 화신이라 한다. 눈
매가 곱고 수려한 얼굴에 생기가 있었으나, 단지 덕성스러운 데가
없으며 나이가 이제 서른한 살이라고 한다. 그는 처음에 난의사
(황제가 행차할 때 필요한 사무와 의장을 맡는 관서) 호위군사 출신으
로 성품이 매우 간교하여 윗사람의 비위는 잘 맞추었다고 한다.
그래서 불과 5, 6년 사이에 급격히 높은 자리를 구해서 구문(황성
의 각 성문을 지키는 장군)을 통치하는 제독이 되어, 병부상서 복융
안(복강안의 오기인 듯함)과 같이 항상 황제의 좌우에만 붙어 있어
그 세력이 조정에서는 대단했다. 이시요가 해명에게 뇌물 받은 것
을 적발하여 우민중(청나라 건륭 때 고관)의 집을 빼앗고 아계를 내
친 것이 모두 화신의 덕이었는데, 이런 것들은 하나같이 이번 봄
과 여름 사이의 일이었다.

　사람들은 마음대로 눈을 뜨고 쳐다보지를 못한다. 그리고 황제
가 이제 겨우 여섯 살 되는 딸을 화신의 어린 자식에게 약혼시켰
는데, 황제가 점차 나이가 들자 성격이 조급해지기 시작하여 노여
움이 잦아 주위 사람들에게 매질하기가 일쑤였으나 그가 이 어린
딸을 몹시 사랑하였으므로 황제가 크게 화를 낼 때에는 궁인이 곧
잘 이 어린 딸을 데리고 와서 황제 앞에 내려놓으면 황제의 노여
움은 그만 풀린다고 한다.

　이날 조회 반열에는 차와 음식이 세 번이나 나왔다. 사신도 또
한 그들과 똑같이 떡 한 그릇을 얻어먹었다. 누런 것과 흰 것 두
층으로 포갰는데, 네모가 반듯하였으며 그 빛깔은 마치 누런 밀
(벌집을 만들기 위하여 꿀벌이 분비하는 물질)과 같았다. 단단하면서

가늘고도 매끄러워 칼이 잘 들어가지 않았으며 그 맨 위층은 유별나게 옥같이 맑고 윤기가 흘렀다.

한편 떡 위에는 한 선관仙官을 만들어 세웠는데 수염과 눈썹이 살아 움직이는 것과 같이 도포와 홀이 화려했고, 그 양 옆에는 또 선동仙童을 세웠는데 그 조각이 참으로 기묘하였다. 이것들은 대개가 밀가루에 설탕을 섞어서 만든 것이다. 땅에 묻는 허수아비를 만드는 것도 옳지 못하다고 하였는데 하물며 이 인조 사람을 어찌 차마 먹을 수가 있을 것인가. 사탕 여남은 가지를 보태어 담은 것이 한 그릇, 양고기가 한 그릇이다.

또 조정 진신(모든 벼슬아치를 통틀어 이르는 말)들에게 여러 가지 색깔의 비단과 수를 놓은 주머니, 쌈지 등을 주었는데, 사신에게는 채단 다섯 필, 주머니가 여섯 쌍, 담뱃대가 하나이며, 부사와 서장관에게는 조금 적게 주었다.

이날 저녁에는 구름이 많이 끼어서 달빛이 흐렸다.

8월 13일 기미己未

새벽녘에 비가 조금 내리다가 맑게 개었다.

사신이 만수절 하반에 참석하려고 오경에 대궐 안으로 들어갔다. 나는 푹 자고 아침에 일어나 조심스럽게 걸어서 대궐 아래에 도착했다. 누런 보가 덮인 짐 일곱 개가 놓인 궐문 앞에서 쉬었다. 짐 안에는 옥으로 만든 그릇과 골동품이 들어 있으며 보통 사람의 키만큼이나 큰 금부처 하나를 앉혀 놓았는데, 이는 모두 호부상서 화신이 진상한 것이라 한다.

이날도 음식은 세 차례에 걸쳐 나오고, 또 사신에게는 백자로 만든 다호(차를 담아두는 단지) 하나, 찻종(차를 따라 마시는 종지)과 대臺까지 갖춰 가지고 한 벌, 실로 뜬 빈랑 주머니 하나와 칼 하나, 자양에서 만든 주석 다호 하나씩을 주었고, 또 저녁에는 작은 황문(내시)이 와서 모가 난 주석 항아리를 하나 주었다. 통관이,

"이것은 차입니다."

라고 설명해 주자 황문은 곧 가버렸다. 누런 비단으로 항아리 마개를 봉했기 때문에 떼어 내고 보니 빛이 누르스름하면서도 약간 붉은 기가 마치 술과 같아 보였다. 서장관이,

"이것은 참말로 황봉주야."

라고 한다. 맛이 달고 향내가 풍겨서 술기운이란 조금도 없었다. 다 따르고 나니 여지 여남은 개가 떠오른다. 사람들은,

"이것은 여지로 빚은 것이야."

하고 서로 한 잔씩 마시고 나서 하는 말이,

"참 훌륭한 술이군요."

비장과 역관들에게도 찻잔이 돌아가니 마시지 않는 사람도 있는데 한숨에 들이켜는 사람은 없었다. 이것은 너무 지나치게 취할까 염려해서 그런 것 같았다. 통관들은 목을 내밀며 침을 삼켰다. 수역이 남은 것을 얻어서 주었더니 돌려가면서 맛을 보고는,

"참 훌륭한 궁중의 술이오."

라며 모두 칭찬했다. 마침내 일행은 서로 돌아보면서 말하기를,

"취했군, 취했어."

이날 밤에 기 공을 만났을 때 한 잔 따라서 보여주었더니 그는,

"이것은 술이 아니고 여지즙이라고 합니다."

하며 깔깔 웃어보이고는 곧 소주 대여섯 잔을 가져와서 거기다가 혼합하니 맑은 빛깔에 매운 맛의 묘한 향내가 몇 배로 풍겨 나온다. 이것은 다름 아닌 여지 향내가 술기운과 합쳐져서 더욱 은근한 향기를 뿜어내는 것이었다.

얼마 전에 꿀물을 마시고 향내를 얘기한 것이나 여지즙의 맛을 보고서 취함을 말했던 행동이 바로 종소리만을 듣고 나서 해를 측정한다거나 매실을 생각함으로써 갈증을 해소하는 것(《삼국지연의》에 나오는 조조의 고사)과 그 무엇이 다르리오.

이날 밤에는 달빛이 유난히 밝았다. 기 공과 함께 명륜당으로 나가서 난간 밑을 거닐었다. 나는 달을 가리키면서 묻기를,

"달의 몸체는 항상 둥글둥글하여 햇빛을 삥 둘러 받습니다. 그렇기 때문에 지구에서 쳐다보는 달이 둥그렇게 되었다가 작아졌다가 하는 것이 아닙니까. 오늘 밤에 비치고 있는 저 달을 만약에 온 세계가 한 가지로만 생각하여 본다면 쳐다보는 장소에 따라서 저마다 달은 살찌고 여위어 보이며 깊고 얕음이 있는 것이 아닐까요? 별이 달보다도 크고, 해가 땅덩어리보다도 크지만 사람이 보기에 따라서 실제와 달리 보이는 것은 멀고 가까운 이유가 아닌가 생각됩니다. 설사 이것이 정말이라고 한다면 해나 땅이나 달은 모두 허공에 둥둥 떠 있는 별들로 보이는 것은 아닐는지요.

별에서 땅을 내려다볼 때에도 마찬가지로 그렇게 보일 것은 빤

한 일이요, 땅 위의 하나의 줄이 해와 달을 한꺼번에 꿰어서 반짝반짝 빛나는 세 낱이 어쩌면 저 하고河鼓(견우성의 북쪽에 자리 잡은 삼태성을 말함)와 같은 것이 아니겠는지요. 땅의 표면에 붙어 있는 여러 가지 만물은 무엇이건 간에 모양이 하나같이 둥글둥글할 뿐이요, 한 가지도 네모난 것을 구경할 수가 없는데, 단지 방죽이나 익모초 줄기만이 네모졌지만 이것도 또한 네모 반듯한 것이라고는 확정지을 수 없습니다.

네모 반듯반듯한 물건은 어디에서고 찾을 수가 없으며 무엇 때문에 땅 위에 있어서만 네모가 난 물건이라고들 하였는지, 만약에 땅덩어리가 네모졌다고 한다면 달이 월식을 할 경우에 달을 거무스름하게 먹어 들어가는 가장자리가 왜 활의 등허리처럼 둥글게 보이는 것인지요? 땅덩어리가 네모졌다고 우겨대는 사람들은 어떠한 것이나 네모 반듯해야만 한다는 대의에 의하여 물체를 이해하려고 할 것이며, 땅덩어리가 둥그렇다고 내세우는 사람은 사실대로 보이는 상태를 믿고 다른 의미는 아예 염두에 두려고도 하지 않는 것입니다.

이러한 뜻으로 보아서 땅덩어리라는 것의 실체는 둥그렇고, 대체적으로 표현한다면 모가 났다는 것이 아닐까요? 해와 달은 오른쪽으로 수레바퀴처럼 돌고 돌아, 도는 궤도가 해는 달보다 크고 달은 해보다 작으니, 도는 속도가 늦어지고 빨라지는 일 없이 한 해와 한 달은 일정하게 맞아 들어가, 해와 달이 땅을 둘러싸고 왼쪽으로 돈다는 말은 우물 안에서 보는 상식이 아닐까요?

땅덩어리의 본바탕은 둥글둥글하게 허공에 걸려서 방향도 없으며 위아래도 없이, 어쩌면 쐐기가 돌아가듯 돌다가 햇빛이 처음 닿는 곳을 가리켜 날이 밝아진다고 말하는 것이 아닐까요? 지구가 더 많이 돌아 처음에 해와 마주 대하는 곳은 차차로 비켜 나가며 멀어져서, 정오도 되고 해가 기울어지기도 하여 밤과 낮이 구분되는 것이 아닐까요?

비유컨대 창에 구멍이 나 있는 곳으로 햇빛이 뚫고 들어와 콩알만 하게 비친다고 해보십시오. 창의 아래쪽엔 햇살이 들어오는 자리에 맷돌을 가져다 놓고, 바로 햇살이 비치는 그 자리를 먹으로 표시해 둔 다음, 맷돌을 한 바퀴 돌리고 나서 보면 먹으로 표시해 둔 자리는 햇살이 비치는 자리에 변함없이 그대로 남아 있을 것이요, 맷돌이 다시 한 바퀴를 돌아서 그 자리에 다시 돌아온다면 햇살이 비치는 자리와 먹으로 표시해 둔 곳은 잠깐 서로 합쳐져 있다가는 다시금 비켜 나가게 될 것이니, 지구가 한 바퀴를 돌아서 하루가 된다는 것도 이러한 원리가 아닐까요? 또한 등불 앞에 놓여 있는 물레를 자세하게 살펴보면, 물레바퀴가 돌아갈 때에는 그 바퀴의 대부분이 등불의 빛을 받고는 있겠으나 그렇다고 해서 등불이 물레바퀴 주위를 도는 것은 절대로 아닙니다. 마찬가지로 지구에 있어서의 밝고 어두운 원리도 이러한 이치가 아닐까요?

그렇다면 해와 달은 처음부터 떴다가 지는 것이 아니요 또 오고 가는 것도 아닌데, 사람들은 저마다 땅이 움직여 돌지 않고 항상 그 자리에 고정되어 있는 것이라고 확신하기 때문에 생겨난 착각이 아닐까요? 그 명확한 원리를 찾아내지 못한다면 이 땅 위에 있는 봄, 여름, 가을, 겨울을 가리켜 그 방향을 따라서 움직이는 것이라고 규정지어버렸으니, 결국 움직인다는 것은 나갔다가 물러섰다가 하는 것을 의미함이요 올라감을 뜻하는 것으로써, 움직인다고 할 바에는 오히려 돌아간다고 하는 것이 더 낫지 않겠습니까?

이러한 착각을 하는 사람은 이렇게들 얘기할 것입니다. '땅덩어리가 돌아갈 때에는 땅 위에 머무르고 있는 물건들은 뒤섞여지고 합쳐지고 부서져서 떨어져 나간 것이라고 할 수 있다. 만약에 떨어져 나가버린다고 하면 어떤 땅 위에 떨어져 정착될 것인가.'

만약에 그렇게 된다면 저 높은 하늘에 떠 있는 별들과 은하는 원리를 좇아 돌고 있으면서 왜 떨어져 나가지 않고 그 자리에 머물러 있을까요? 움직이지도, 돌지도, 살아 움직이지도 않는 덩어리져 있는 물체가 무엇 때문에 부패하거나 부서지지도 않고 흩어지지도 않은 채 그대로 자기 위치를 지키고 있을까요? 땅덩어리는 표면에 물체들이 자연스럽게 모여서 살 때에는, 공과 같이 물건의 표면 위에다가 발을 밟고 서서 어디에서나 머리 위에 하늘을 받치고 있다는 것을 상상해 본다면, 수십 마리의 개미나 벌들이 때때로 반듯한 바람벽을 기어 다니기도 하고 또는 천장에 딱 들러붙어 사는 것을, 어느 누가 바람벽을 향해 옆으로 붙어 섰다고 할 것이며, 어느 누가 천장에 거꾸로 매달렸다고 할 것입니까?

현재에도 이 땅덩어리 아래에는 마찬가지로 바다가 있게 마련인데, 만약에 땅의 표면에서 살아가는 물체들이 떨어지지 않을 것인가를 염려한다면, 땅 아래에 있는 바다는 어떤 자가 제방을 만들어두었기에 물이 쏟아지지 않고 자연스럽게 제 위치를 지키고 있는 것인가요? 높은 하늘에 반짝이고 있는 별들은 저마다 얼마나 클 것이며, 또한 표면 위에 있는 지구나 별도 다 마찬가지가 아닐까요?

별도 표면이 있을 것이므로 생물이 살고 있을지도 모릅니다. 만약에 생물이 살고 있다고 한다면 다른 곳에 세상을 만들어 놓고 번식해 나가면서 살고 있는 것은 아닌지요. 지구는 둥그렇게 만들어져 본래 음과 양이 없을 것인데, 태양으로부터 불의 기운이 전달되고 달로부터 습기를 흡수하게 되어 마치 살림하는 사람이 동쪽 근방에서 불을 구하러 오고 서쪽 근방에서 물을 구하러 오는 셈이니, 한편은 불이요 다른 한편은 물이어서 그것을 이른바 음과 양이라 하는 것이 아닐까요?

이것을 엉뚱하게 오행이라고 부르면서 제각기 상생한다고 하며 서로가 상극한다고 하지만, 넓은 바다 위에 파도가 일어날 때에 불꽃같은 것이 훌훌 타오르는 것처럼 보이는 것은 무슨 이유에서일까요?(옛날 사람들은 바다에 파도가 심하게 일어날 때 햇빛이 반사되는 현상을 불꽃이라 생각했음) 얼음 속에 누에가 살고 있으며(빙잠氷蠶, 《습유기》에 나오는 전설), 불 속에 쥐가 살고(화서火鼠, 《산해경》에 나오는 전설), 물속에서는 고기가 살아가고 있기 때문에 여러 가지 생물들은 어디든 붙어사는 곳을 가리켜 제각기 땅이라고 합니다. 만약에 달 속에도 세계가 있다고 한다면 오늘 같은 밤에 어떤 달나라 사람이 난간 끝에 마주 서서 달빛이 아닌 땅빛이 차고 기울어지는 이야기를 나누고 있지는 않은지 어느 누가 증명해 주겠습니까?"

기 공은 껄껄 웃으며 묻기를,

"참 묘한 이야기요. 땅덩어리가 둥글다는 말은 서양 사람들이 제일 처음 했지만 땅덩어리가 돈다는 말은 하지 않았는데, 당신의 이 학설은 당신이 생각해 낸 것인가요, 그렇지 않으면 어떤 선생으로부터 가르침을 받은 것인가요?"

 "인간의 일도 제대로 모르는데 하늘에 관한 일을 어떻게 알겠습니까. 나는 원래 도수度數나 학문에 밝지 못합니다. 어쩌다 칠원용(장자)의 사려 깊은 생각을 가지고도 심오한 우주에 대한 학문은 덮어둔 채 연구를 하지 않으셨더군요. 앞에 말했던 것은 내가 연구해 낸 것이 아니고 얻어들은 것입니다. 우리 친구 중에 홍대용이라는 사람이 있는데 호는 담헌이라 부릅니다. 그 친구의 학문은 무척 넓어서 전부터 나와 더불어 달구경을 하면서 가끔 농담 삼아 이러한 이야기를 하기도 했지요. 대강 간추려서 말씀드리기 힘이 드나, 비록 성인의 지혜를 가진 사람이라 할지라도 이 학설을 무너뜨리기란 어려울 것이라 생각합니다."

하고 말하자 기 공은 다시 크게 소리 내어 웃으며 묻는다.

 "남의 꿈속을 함께 갈 수는 없는 것이지요. 당신의 친구 되시는 담헌 선생께서는 이에 대한 저서가 몇 권이나 되는지요."

 "저서는 아직 가지고 있지 않지만 선배 되시는 김석문(조선 숙종 때의 학자)이란 분이 계셔서 오래전부터 삼환부공설(해와 달과 땅의 세 개 둥근 물체가 허공에 떠 있다는 학설)을 주장했는데, 그 친구는 유별나게 농담처럼 이 학설을 덧붙였습니다. 그렇지만 그 친구도 실제 보아서 얻은 것이 이런 것이라는 게 아니요, 또한 오래전부터 남들에게 꼭 이것을 믿어달라고 한 적도 없었습니다. 나도 또

한 이 밤에 달구경을 하고 있다가 갑자기 그 친구 생각이 나 말을 한 번 꺼내 놓고 보니 그 친구를 대한 것 같기도 합니다."
하고 내가 대답했다.

　대체로 여천은 한漢나라 사람과는 다르므로 담헌이 오래전부터 항주의 유명 인사들과 함께 지낸 옛날 일들을 거리낌 없이 이야기할 수는 결코 없었다.(홍대용은 북경에서 항주의 선비 육비, 엄성, 반정균 등을 만나 막역지간이 되었음)

　기 공은 다시 나를 향해,

　"김석문 선생께서 지으신 시 가운데 가장 아름다운 것 몇 구절만 골라서 들려주실 수는 없을까요?"

　"그에게 아름다운 시구가 있다는 말은 들어본 적이 없소이다."

　기 공은 나를 데리고 자기 방으로 들어섰다. 벌써 촛불 네 자루를 켜놓고 커다란 교자상에 음식을 잘 차려 준비해 두었다. 각별히 나를 위하여 준비한 것이다.

　향고 세 그릇, 여러 가지 색깔의 사탕을 담은 그릇이 셋, 용안육과 여지와 낙화생, 매실 서너 그릇, 닭·거위·오리들을 주둥이와 발목이 달린 그대로, 또한 껍질을 벗겨버린 통돼지에 용안육·여지·대추·밤·마늘·후추·호두·살구씨·수박씨 등을 골고루 섞어 찐 다음 떡처럼 만들었는데, 그 맛이 기가 막히게 달고 매끄러웠으나 너무나 짜서 많이 먹기는 힘들었다. 떡이나 과실들은 수북이 쌓여 있었다.

　마침내 음식을 다 내가고 다시 채소와 과실만 따로 두 접시씩 차려 놓고 소주 한 주전자를 가득히 따라 마시면서 조용히 이야기를 시작했다. 닭이 두 번째 홰를 치고 울자 자리를 물리고 잠자리에 돌아와 누워서 이리저리 몸을 뒤척이며 잠을 이루지 못하고 있는데, 하인들이 벌써 일어나라고 깨운다.

8월 14일 경신庚申
맑게 개었다.

삼사는 밝아지기 전에 대궐로 들어가 버리고 혼자서 늘어지게 자고는 아침나절에 일어나서 윤형산을 찾아갔다가, 거기서 다시 왕곡정을 찾아가 함께 시습재로 들어가 악기들을 구경했다.

거문고나 비파는 하나같이 길고 넓으며, 빨간 비단에 솜을 넣어 주머니를 만들었고 겉은 붉은 털로 만든 천으로 싸여 있었다. 종鍾과 경磬은 시렁에 매달아두었는데 이것 또한 두툼한 비단으로 덮여 있었고, 비록 축어(풍류를 마칠 때 치는 나무로 만든 악기) 같은 것이라 할지라도 유별난 비단으로 집을 만들어 넣어두었다. 대부분의 거문고와 비파 등속은 그 본이 너무 크고 칠은 지나칠 정도로 두꺼웠으며, 젓대와 퉁소 따위는 상자 안에 넣고서 단단하게 포장해 두어서 구경할 수가 없었다. 곡정이 말하기를,

"악기를 보관한다는 것은 몹시 까다로워 습기 있는 곳은 피하고, 그렇다고 너무 건조한 곳도 부적당할 뿐만 아니라, 거문고 위에 쌓인 먼지는 사자학이라 부르고, 거문고 줄 위에 묻은 손때는 앵무장이라고 부르며, 생황의 부는 구멍 안에 말라붙은 침을 가리켜

봉황과라 부르고, 종이나 경에 묻은 파리똥 같은 것은 나화상이라
고 한답니다."

어떤 잘생긴 청년 한 명이 바삐 들어오더니 눈알을 부라리면서
나를 쳐다보며 내가 들고 있는 작은 거문고를 빼앗아 재빨리 집어
넣어버린다. 곡정은 몹시 무서워하는 표정을 지으며 나에게 나가
자고 눈짓을 했다. 그 청년은 갑자기 웃더니 나를 붙들고 청심환
을 달라고 한다. 나는 없다고 말하며 바로 나왔다. 그 청년은 무척
무안한 표정을 지었다.

사실 내 허리에 두른 전대 속에는 환약이 여남은 알 들어 있었
으나 그의 행위가 괘씸해서 주지 않았던 것이다. 그 청년은 곡정
에게 한 번 읍하고는 나가버린다.

"그 청년은 누구요?"

하고 내가 물었더니 곡정은,

"그는 윤 대인과 함께 북경에서 온 사람이랍니다."

"그 청년은 무슨 악기와 관련이 있나요?"

"그 어떤 악기와도 관련은 없고, 다만 조선 환약을 얻어내기 위
해서 체면도 없이 선생을 속이려고 한 수작이니 선생은 마음을 쓰
지 않아도 좋습니다."

나는 아무 생각 없이 문 밖으로 나갔다. 수백 필이나 되는 말 떼
가 문 앞을 지나가고 있다. 한 목동이 큰 말 위에 올라앉아서 수숫
대 하나를 손에 쥐고 따라가고 있다. 또 그 뒤를 따라서 소 30~40
마리가 따라가고 있는데, 코도 꿰지 않았고 뿔도 잡아매지 않아서
뿔은 모두 한 자 남짓이나 길며 빛깔은 푸른색을 띤 것이 많았다.

또 당나귀 몇 십 마리가 뒤따라가는데, 목동이 절굿공이 크기의 막대기를 손에 쥐고 맨 앞의 푸른 놈을 향해 힘껏 한 대 내리치니 소는 씩씩대며 앞으로 달려갔다. 그러자 모든 소들도 일제히 그 뒤를 따라갔는데 마치 대오가 행진하는 것처럼 보였다. 이것은 대개 아침나절에 방목하기 위해 끌고 나가는 것이었다. 한가한 때에 다니면서 자세히 보니 집집마다 대문을 열어 놓고 말, 나귀, 소, 양들을 몇 십 마리씩 몰아 내놓았다. 돌아와서 우리 사관 밖에 매어 놓은 말의 꼬락서니를 보니 정말 한심스러운 노릇이었다. 전에 정석치와 더불어 우리나라 말의 값에 대해 이야기하면서 내가,

"불과 몇 십 년 안 돼서 베갯머리의 조그마한 담뱃대 통을 말구유로 삼아서 말을 먹이게 될 것이야."

하자 석치는,

"그것이 무슨 말이야?"

하고 되물어 보기에 나는 웃으며,

"서리병아리(이른 가을에 깬 병아리)를 여러 차례 번갈아가면서 씨를 받아 4, 5년이 지나면 베개 속에서 울음을 울어대는 새끼 닭이 되는데, 이 새끼 닭을 침계枕鷄라고 부른다네. 말도 마찬가지로 종자가 작아지기 시작하면 맨 끝에 가서는 침마枕馬가 되지 않는다고 어느 누가 장담하겠는가."

라고 했다. 석치는 소리 내어 웃으며,

"우리들도 점차 더 늙어가면 새벽잠이 조금씩 없어져 베개 속에서 닭이 우는 소리를 듣게 될 것이 빤한 일이요, 또 베개 말을 탄 채 뒷간을 간다 하더라도 무방하겠지. 하지만 요즈음 풍습에 말

교미하는 것을 몹시 꺼려, 기르는 말이 암수 할 것 없이 모두 동정으로 늙어 죽거든. 국내의 말이 몇 만 필이나 되는데 그 말들에게 교미를 붙이지 않으면 그 말들은 어떻게 번식될 것인가. 그래서 국내에서는 해마다 말을 몇 만 필이나 잃게 되니, 이렇게 해서는 몇 십 년 못 가서 베개 말이고 무엇이고 간에 다 멸종될 것이야."
하고는 둘이 서로 웃으며 얘기를 한 적이 있었다.

사실 내가 연암에 살 곳을 정한 것은 오래전부터 목축에 뜻을 두었기 때문이다. 연암에 정착을 하고 나니 첩첩산중에 양쪽이 편평한 골짜기인데다가 수초가 좋아서 마소나 노새, 나귀 등 몇 백 마리를 기르기에도 충분하였다. 나는 오래전부터 이것에 대하여 논한 적이 있었다.

북경으로 되돌아가는 이야기

환연도중록還燕道中錄

8월 15일 신유辛酉에 시작하여 20일 병인丙寅에 마쳤다.
열하에서 다시 연경으로 돌아오는 도중 6일 동안의 기록이다.

가을 8월 15일 신유辛酉

맑게 개었으며 잠깐 서늘하였다.

사신들이 의논하여 말하기를,

"이제 우리의 사정은 당연히 연경으로 돌아가는 것이 마땅하겠
으나 예부에서는 우리 사신을 거치지도 않고 정문呈文(하급 관아에
서 동일한 계통의 상급 관아로 올리는 공문)의 내용을 고쳤다고 하니,
비단 이것은 일이 해괴하기 그지없으며 그대로 변명하지 않고 두
었다가는 장차 폐단이 클 것이니, 재차 예부에 공문을 제출하여
그들이 고친 이유를 명백히 한 뒤에 출발하는 것이 낫겠다."

하고는 즉시 역관을 시켜서 글을 제출하게 하였다. 제독이 매우
무서워하고 있으니 이는 벌써 덕상서에게 먼저 통했기 때문이다.
상서 등도 또한 두려워하며 우리에게 다음과 같이 위협을 하였다.

"이 일에 관한 잘못을 앞으로 우리 예부에 넘길 것이오? 이로 인

해 예부에서 죄를 받는다면 당신네 사신들에게 무엇이 좋겠소. 그
리고 당신들이 올린 정문의 내용이 모호하여 전연 성의를 표하지
않았지만, 나는 진실로 당신들을 위해 백방으로 꾸며 올려 그 영
광과 감격의 뜻을 펴주었거늘, 당신들은 오히려 이렇게 한단 말이
오. 이는 참으로 제독의 잘못이 더 큰 것이오."
하고는 정문을 보지도 않고 물리쳐버렸다.

그때서야 사신이 제독을 맞아 예부에 관한 모든 사정을 물으니,
그 이야기가 아주 길고 장황하여 알아듣기조차 어려워서 멍하니
한동안 듣고만 있었는데, 예부에서는 사람을 보내 즉시 출발할 것
을 재촉하며,

"사신 일행이 출발하는 시간을 곧 상부에 아뢰겠다."
하니, 이는 다시 글을 제출하지 못하게 하려는 수작에 지나지 않
는 것이다.

아침을 먹은 후에 즉시 출발하니 해는 벌써 점심때가 지났다.
돌이켜 생각해 보니 저 뽕나무 밑에서 사흘 밤을 묵은 일(불교에서
인연설을 설명할 때에 쓰는 고사)도 도리어 추억에 남았다고 하는데,
내가 우리 부자夫子(공자)님을 모시고 엿새 밤이나 묵은 것임에랴.
게다가 묵은 곳이 신선하고 화려하여 잊을 수가 없다.

내 일찍부터 과거를 폐하여 하찮은 진사 자리 하나도 얻지 못해
서 국학에 몸을 수양하고자 한들 얻을 수 없음도 사실이거늘, 이
제 별안간 나라를 떠나서 만 리 머나먼 변새 밖에 와서 엿새 동안
이나 노닐어 마치 나에게만 고유한 일인 것같이 생각되니, 이 어
찌 우연한 일이겠는가.

그뿐 아니라 우리나라의 선비 중에서도 멀리 이곳 중국의 한복판에서 지내본 사람 가운데 신라의 최치원(우리나라 한문학의 문을 연 사람이며 호는 고운)이나 이제현(고려의 저명한 정치가이자 문학자이며 호는 익재)과 같은 사람은 서촉과 강남의 땅을 모두 밟아 보았으나, 새북에는 들른 적이 없었다.

이때로부터 천백 년 뒤에라도 몇 사람이 다시 이곳을 찾을 것인지 모르겠는데, 나의 이번 길에는 기정과 영빈의 수레 자국과 말발자국이 눈에 선하게 보이는 듯하니 아아, 슬픈 일이로다. 사람이 이 세상에 태어나서 아무런 결정된 일이 없는 것이 이럴 줄 어찌 알았으리오.

광인점과 삼분구를 거쳐 쌍탑산에 도착하여 말을 멈추고 한 번 바라보니 실로 절경이라 아니할 수 없다. 바위의 결과 빛깔이 흡사 우리나라 동선관(황해도 동선령에 있음)의 사인암과 흡사하며, 탑이 높이 솟은 모습은 마치 금강산의 증명탑과도 같이 둘이 뾰족하게 마주 섰는데, 아래 위의 넓이가 꼭 같아서 남에게 의지할 생각도 없는 것처럼 짝이 기울어지지도 않았으니, 장엄하고 웅려하여 햇빛과 구름의 기풍이 마치 비단과 같이 찬란하다. 난하를 건너 하둔에서 묵었다. 이날은 모두 40리를 걸었다.

8월 16일 임술壬戌

맑게 개었다.

아침에 일찍 출발하여 왕가영에서 점심을 먹고 황포령을 지날 무렵 스무 살 정도 되어 보이는 어느 귀족 청년 하나가 푸른 깃과 붉은 보석으로 꾸민 모자를 쓰고 검은 말을 탄 채 달려가는데, 그 앞에 한 사람이 가고 그 뒤에 따르는 자가 기병 30여 명이나 되었다. 금으로 만든 안장과 준마에 의관의 차림새가 선명하고 화려하며 화살과 조총을 멘 자도 있고, 혹은 다창을 받들고 또는 화로를 든 채 번개같이 달리면서도 벽제(지위 높은 사람이 지나갈 때 잡인의 통행을 금하는 것) 소리도 없이 오직 들리는 것은 말발굽 소리뿐이다. 구종들에게 물었더니 그들이 대답한다.

"황제의 친조카이신 예왕입니다."

그 뒤를 이어 태평차가 따라가는데, 세 마리의 힘센 노새가 멍에를 지고 사면에는 유리를 붙였으며 그 겉은 초록빛 천으로 가리고 위에는 네 모서리에 술을 달아 파란 실그물로 얽었다. 대개 귀족들이 탄 가마나 수레는 이렇게 만들어서 그 계급을 표시하였다.

수레 안은 보일 듯 말 듯하나 보이지 않고 다만 여인의 소리가 들리더니, 잠시 후에 노새가 멈추어 오줌을 싸자 우리의 말도 오줌을 눈다. 수레 안에서 여인이 북쪽 창을 열고 다투어 얼굴을 내미는데, 아름답게 뭉쳐 올린 머리는 마치 구름이 얽힌 것 같고, 귀에 달린 구슬들은 별이 흔들리듯 노란 꽃과 파란 줄 구슬이 서로 얽혀 화려하고 아름다움이 마치 낙수의 놀란 기러기와 같은데, 이윽고 창을 닫고 가버린다. 그들은 모두 세 명인데, 예왕을 모시는 궁녀들이라고 한다. 이날은 80리를 걸어가 마권자에서 묵었다.

8월 17일 계해癸亥

맑고 따뜻했다.

아침 일찍 출발하여 청석령을 지나는데 마침 황제가 계주 동릉(청淸 능묘의 총칭으로 세조의 효릉, 성조의 경릉, 고종의 유릉, 문종의 정릉, 목종의 혜릉이 모두 여기에 있음)에 행차하시게 되어 도로와 교량을 벌써부터 닦고 있었다. 한가운데로는 치도(천자나 귀인이 나들이하는 길)를 쌓았으며 미리 각 고을에서 역군을 징발하여 높은 곳은 깎고 깊은 데는 메우며 흙손으로 바르고 맷돌로 다진 듯하여 베를 펴놓은 것 같았다. 푯말을 세웠는데 조금 굽거나 기운 것이 없으며, 치도의 넓이는 두 길이나 되며, 좌우의 좁은 길은 각기 한 길 남짓이나 되었다.

《시경》에 이르기를 '주나라로 가는 길은 숫돌과 같이 바르다.'라고 하였는데, 이제 이 길이 마치 숫돌과 같이 바르게 되어 그 비용이 엄청날 것이니, 흙을 메고 물을 지는 사람들이 가는 곳마다 떼를 지었다. 이 길은 허물어지면 즉시 흙으로 보수를 하는데 한 번만 말굽이 지나가도 벌써 흙손질을 해놓고, 나무를 새끼로 어긋나게 묶어 치도 위로 다니는 것을 금하였다. 그러나 우리나라 사람들은 꼭 그 나무를 쓰러뜨리고 놋줄을 끊어버리고 지나간다. 나는 즉시 마부를 타일러 치도 밑으로 가게 했다. 이것은 감히 못해서 그런 것이 아니라 차마 못할 짓이기 때문이다.

길 한편에는 두어 걸음마다 돌담을 쌓았는데 높이가 어깨에 닿을 만하고 넓이는 약 여섯 자쯤 되어 보였다. 마치 성에 치첩(성 위에 낮게 쌓은 담)이 있는 듯싶고 모든 교량은 난간이 있으며, 돌난간에는 천록天祿(상상 속의 짐승)이나 사자의 모양을 만들어 앉혔는데 모두 입을 벌리고 있어 살아서 움직이는 것 같고, 나무로 된 난간은 그 단정한 것이 눈이 부실 정도였다. 물이 넓은 곳에는 나무쪽을 짜서 광주리 모양으로 둥글게 만들었는데, 그 둘레는 한 칸이나 되며 길이는 한 길쯤 되게 만들어 자갈을 채우고 물속에 굳게 박아서 다리의 기둥을 삼았고, 난하(썰물)나 조하(밀물)에는 수십 척의 큰 배를 띄워 부교를 만들었다.

세 칸 방에 앉아 아침을 먹고 있을 때 우리 일행이 상점에 들렀는데, 어제 길에서 만났던 예왕이 관왕묘에 들어왔기 때문에 우리가 자리 잡은 상점과 이웃하게 되었다. 그들은 모두 다른 상점에 흩어져 떡, 고기, 술, 차 등을 사서 먹기도 했다. 내가 우연히 관왕묘를 구경하려고 조용히 들어가 보니 문에는 지키는 사람도 없고 뜰 안이 물을 끼얹은 듯 사람 하나 없이 아주 조용했다. 나는 예왕이 그 속에 머물러 있는 것을 애당초부터 몰랐던 것이다. 뜰 가운데에는 주렁주렁 석류가 매달려 있고, 작은 소나무는 마치 용이 서린 것처럼 꿈틀꿈틀한다.

내가 그곳을 두루 구경하고 섬돌 위에 발을 딛고 마루턱으로 오르려는 순간, 아름다운 청년 한 사람이 모자도 쓰지 않은 맨머리

로 문 밖으로 나오면서 웃음 띤 얼굴로 나를 맞이하며,

"신쿠[莘苦]."

라고 하는데, 이 말의 뜻은 나를 위로하는 것이다. 나는,

"하오아[好阿]."

하고 대답했다. 우리나라 말로는 안부를 묻는 인사의 뜻을 지니고
있다.

그 섬돌 위엔 아름다운 난간이 있고, 난간 아래에는 교의가 둘
있었다. 그 가운데에는 붉은 탁자가 놓여 있으며, 내게 '줘이줘[坐
着]'라고 하였으니 이 말은 주인이 손님에게 앉을 것을 권하는 말
이다. 또는 '칭줘[請坐] 칭줘'라 하기도 하고, 또는 '줘저 줘저'라
고 거듭 말하기도 하나 '칭請칭칭'을 계속해서 부르기도 하는데,
이것은 정중하고 간곡한 뜻을 표현하는 말이다. 그리고 길을 따라
걷다가 어떤 집에 들어설 때마다 주인들이 모두 그렇게들 말하니,
이것은 일반적으로 손님을 접대하는 예의이다.

그 청년은 모자를 벗고 사복私服을 입고 있기에 처음에는 그가
주승主僧인 줄 알았는데, 살펴보니 바로 예왕인 것 같았다. 그렇지
만 나는 아는 체하지 않고 심드렁하게 보아버렸다. 그 청년도 역
시 교만하거나 거만해 보이지는 않았지만, 붉은 빛이 얼굴에 퍼져
있는 것으로 보아 아침술을 많이 마신 것을 짐작할 수 있었다.

그는 이내 술 두 잔을 손수 따라서 내게 권한다. 나는 계속해서
술 두 잔을 마셨다. 그가 내게,

"만주말을 할 줄 아십니까?"

라고 묻기에 나는,

"잘 모릅니다."

하고 대답했다. 그가 갑자기 난간 밑에다 한 번 토해 내자 술이 마치 폭포같이 튀어 올랐다. 문 안을 들여다보면서,

"량아凉阿(시원하다)."

한다. 그러자 웬 늙은 환시 하나가 방 안에서 돈피 갖옷 한 벌을 들고 나오더니, 나를 향해 나가라는 손짓을 하기에 나는 금방 일어나 나오면서 난간 끝을 돌아보니 그 청년은 도리어 난간에서 비켜 앉았다. 그의 행동은 몹시 불안하고 얼굴은 백지장처럼 창백하여 위엄이라고는 조금도 없어 마치 시정배의 아들처럼 보였다.

아침을 먹은 후 바로 출발하여 몇 십 리를 갔다. 뒤에는 100여 명이나 되는 말을 탄 사냥꾼들이 멀리 산 밑을 바라보면서 달리고 있었다. 독수리를 안은 10여 명이 저마다 산골로 흩어져 갔다. 그 중 한 사람은 큰 독수리를 안고 있었는데, 독수리의 다리가 사냥개의 뒷다리같이 살이 찌고 정강이에 누런 비늘이 반들거렸다. 검은 가죽으로 머리를 질끈 동여매고 눈을 가렸는데 그 나머지들도 모두 눈을 가렸으니, 이는 그것들이 혹시나 다른 물건이 눈에 보이면 마구 퍼덕거리다가 다리 같은 데 상처를 낸다거나 또는 위협을 느낄까 봐 그런 것이고, 또한 그렇게 해야만 눈에 광채를 기르는 동시에 사나운 성질을 그대로 지닐 수 있기 때문이다.

나는 천천히 말에서 내려 모래 위에 앉아서 담뱃대에 담배를 넣고 불을 붙였다. 그런데 그중에서 활과 살을 등에 멘 사람 하나가 말에서 내려 담배를 넣더니 나에게 불을 청했다. 나는 그제야 그에게 몇 가지 물었는데 그는,

"황제의 조카 예왕께옵서 열다섯 살 되는 황손과 열한 살 되는 황손 둘을 데리고 열하에서 북경으로 돌아오시는 길에 사냥하시는 것이옵니다."

하고 대답한다. 내가 다시 물었다.

"그럼 소득은 얼마나 되지요?"

"사흘 동안에 겨우 독수리 한 마리밖에 못 잡았답니다."

그때 갑자기 옥수숫대 꺾어지는 소리가 나기에 등골이 오싹해졌다. 말에 오른 한 사람이 밭 가운데에서 날아오르기라도 하는 것처럼 달려 나오고 있는데, 화살을 힘껏 잡은 채로 안장 위에 엎드려 달리니 그의 흰 얼굴은 눈이 부실 지경이다. 담배를 태우던 사람이 그를 가리키며,

"저이가 열한 살 되는 황손이랍니다."

하고 말한다.

그는 한 마리의 토끼를 쫓고 있었는데 토끼가 달아나다가 모래 위에 쓰러져서 네 발을 모았다. 말을 재빨리 달리며 쏘았으나 맞지 않았다. 토끼는 얼른 다시 일어나서 산 밑으로 달음질을 친다. 그제야 100여 명이 달려가서 토끼를 에워쌌다. 넓은 평원에는 먼지가 자욱하게 일어나고 총소리가 요란하더니 원을 그리던 것을 순식간에 풀고 가버릴 때 먼지 속에서 무엇인가 잠깐 보이고 곧 잠잠해졌다. 과연 토끼를 잡았는지는 잘 모르겠으나, 말 달리는 법에 있어서는 어른 아이 할 것 없이 모두 타고난 천재들이다.

대부분 책문에서 연산관까지는 높은 산과 언덕이 많아 숲이 우거지고 가끔 새들도 지저귀지만, 요동에서 연경까지 2천 리 사이

에는 날아다니는 새도 없을 뿐만 아니라 짐승도 다니지 않는다.

때마침 장마가 지고 날씨는 찌는 듯하여 숲 속에는 뱀이나 벌레도 다니지 못하고 개구리나 두꺼비가 지나가는 것도 볼 수가 없었다. 벼가 익어 한창때지만 참새 한 마리도 날아다니지 않고, 물가의 모래사장 부근에는 물새 한 마리 보이지 않으며, 단지 이제묘 앞 난하에서 겨우 두 쌍의 갈매기를 볼 수 있었다. 그리고 까마귀, 까치, 솔개 등은 보통 도시를 중심으로 모여드는 것이 원칙인데 이 연경에선 아주 드물게 보이고 있으니, 결국 우리나라에서 그것들이 공중을 가면서 날아다니는 것과는 똑같지 않다는 것을 알 수 있었다.

처음에는 이런 변방 요새의 수렵지대에는 언제나 금수가 많을 것이라 예측했는데, 지금 이곳의 산은 가면 갈수록 초목이 없고 새 한 마리도 보이지 않는 것은 호인들이 사냥을 업으로 삼기 때문이라는 것을 비로소 알았다. 그러나 그들이 앞으로 어떤 곳에서 사냥을 또 할 것인지를 알 수 없으니 이러다가 짐승들의 씨를 말려버리지나 않을 것인지, 짐승들이 달리 안전한 곳으로 피신하는 방법이 있는지 알 수 없는 일이었다.

강희제가 왕위에 오르고 나서 20년 만에 오대산에 놀러 갔을 때였다. 갑자기 숲 속에서 호랑이 한 마리가 뛰어나오자 황제는 친히 쏘아서 죽여버렸다. 그때 산서의 도어사인 목이새와 안찰사인 고이강이 황제께 말씀드려 그 땅의 이름을 석호천이라 명하게 하고, 잡은 호랑이 가죽은 대문수원에 보관하여 지금까지 전해지고 있다. 그는 손수 화살 30개를 뽑아 가지고 토끼 스물아홉 마리를 잡았고, 또 그가 송정에서 사냥할 때 큰 호랑이 세 마리를 쏘아 죽였는데, 그것을 그린 그림이 민간에 널리 보급되니 이것은 참으로 신기神技라고 할 수밖에 없다.

이제 여러 공자公子들이 사냥에 나섰을 때 날쌔게 달리는 것을 보니 그들의 집안 법도를 대강 짐작할 수가 있겠다. 만약 그때 옥수수밭 속에서 호랑이가 한 마리 튀어나왔다고 한다면 그가 더욱 기뻐했을 것이고, 만 리의 길을 떠나온 나도 한 번 통쾌한 장면을 볼 수 있었을 것인데, 그렇게 되지 못해 좀 서운했다.

장성 밖에 이르니 묘에 잇대어 성을 쌓아서 높고 낮음과 굴곡이 생겼으며, 그 요충지에는 속이 텅 비어 있는 돈대를 세워두었는데, 높이가 예닐곱 발, 폭이 열너덧 발이나 되어 보였다. 그런데 대부분의 요충지는 40~50보마다 돈대가 하나씩 놓여 있고, 조용한 곳에는 200보 만에 돈대 하나씩을 놓아두었으며, 돈대가 있는 곳에는 백총(지금의 소위에 해당함)이 지키고 있고, 열 돈대를 천총(지금의 중위에 해당함)이 지키고 있었다.

그리고 1, 2리 간격으로 방울 소리가 들려 만약 한 사람이 일이 생겼을 때는 좌우에서 횃불을 높이 들어 서로 옆으로 전하게 하여, 수백 리 먼 곳에서도 모두 급히 알고 준비를 하게 되니 이것은 명明의 명장 척남궁(척계광, 남궁은 봉호, 자는 원경)이 고안해 낸 수단이라 한다.

옛날 육국六國 때에도 마찬가지로 장성은 있었다. 조趙나라의 명장 이목이 흉노를 크게 깨뜨려서 10만여 명이나 되는 기병을 죽이고 첨람을 전멸시켰으며, 임호와 누번을 무너뜨리고 장성을 쌓으니, 대代에서 음산, 고궐에 이르기까지 다시 새문을 만들어 운중, 안문 또는 대군 등의 여러 마을을 세웠다. 진秦나라는 의거(감숙성 지방에 있던 부족)를 격파한 후 마침내 농서, 북지, 상군 등지에 높다란 성을 쌓아 호족의 침입을 막았다. 연燕나라는 또한 동호를 쳐부수고 천 리를 넓힌 다음 마찬가지로 높은 성을 쌓고, 조양에서 양평에 이르기까지 상곡, 어양, 우북평, 요동 등의 여러 마을을 세웠다.

그리하여 진秦, 연燕, 조趙 등 세 나라가 모두 저 세 곳에 새문을 둔 지가 오래고, 저마다 장성을 다시 쌓았으나 실은 서로 연결이 되어 북, 동, 서로 향한 것이 무려 만 리나 되었다. 그런데 진나라가 천하를 통일하여 천자가 되자 곧 몽염으로 하여금 장성을 쌓게 하고 지세를 이용하여 험한 곳은 변경 지역을 눌러서 임조에서 요동에 이르기까지 만 리에 뻗었으니, 생각해 보면 몽염이 옛 성을 모두 다 늘리고 고친 것이 아니었던가. 혹은 연燕, 조趙의 옛 성터에 새로 쌓았던 것인지는 잘 알 수 없으나 몽염의 말로는,

"이 성은 임조에서 시작되어 요동까지 뻗쳐 있다."

라고 했으니 결국 이 성은 만여 리에 뻗은 사이에 지맥地脈을 끊지 않을 수가 없었고, 또한 사마천이 북쪽 변방에 갔을 때 몽염이 쌓아 놓은 장성을 보고 그 역정(역참에 마련되어 있는 정자)과 돈대가 전부 다 산을 헐고 골짜기를 메운 것을 보고는 그가 너무나 백성의 힘을 소모했음을 책망하였다.

사실 이 성은 몽염이 쌓은 것으로, 연燕과 조趙가 쌓은 옛날 것

이 아닐지도 모른다. 이 성은 전부 벽돌을 이용했으며 이 벽돌은 다 한 기계에서 찍어낸 것으로 두텁거나 얇거나 크고 작은 차이가 조금도 없었다. 성 밑에 있는 돈대는 돌을 잘 다듬어서 쌓았으며, 땅 밑에 포개 놓은 것이 다섯이고, 땅 위에 포갠 것은 셋이라 한다. 그 돈대는 가끔 무너진 곳이 있었다. 그 높이는 다섯 길 정도 되고, 흙을 섞지 않고 다만 벽돌에다 석회만을 발랐는데, 종이로 가린 것처럼 얇아서 조심스럽게 벽돌을 이어 붙인 것이 마치 나무에다 아교풀을 합친 것 같았다. 성의 안과 밖이 대패로 밀어낸 것처럼 아래는 넓고 위는 좁아 보여서 대포와 충차(적진이나 성을 공격할 때 쓰던 수레의 하나로 앞, 뒤, 옆, 위가 온통 쇠로 덮여 있어 성벽이나 적진을 세게 부딪쳐서 공격함)라 할지라도 일시에 무너뜨리기에는 힘들게 되어 있다. 바깥 벽돌은 조금씩 일그러진 곳도 있지만, 그 안에 쌓아 놓은 것은 잘 보관되어 있었다.

담결핵을 치료하는 데에는 천년 묵은 석회에다 초를 넣어서 떡처럼 만들어 붙이기도 한다. 오래 묵은 석회로는 장성이 제일이었으므로 사신이 드나들 때는 언제나 이것을 구해 오게 하였다. 내가 젊었을 때는 주먹만 한 것을 본 적이 있는데, 지금 것과 비교해 보면 별로 좋은 것이 아니라는 것을 알게 되었다. 길가의 모든 성의 제도는 장성과 다를 바가 없었으며, 어디서나 주먹같이 큰 석회를 쉽게 얻을 수 있어서 고생을 사서 할 필요도 없는 일이다. 이 것은 우리나라의 길가에 무너져 내린 성 밑을 지나며 주운 것과 별로 다를 바 없다.

돌아오는 길에 고북구에 잠깐 들렀다. 지난번에 새문을 나갈 때에는 때마침 밤이 깊어서 주위를 두루 구경하지 못했는데, 이번에는 반대로 대낮이어서 수역과 함께 잠깐 동안 모래벌판에서 휴식하다가 바로 첫 번째 관關으로 들어갔다.

수천 마리의 말이 관문을 메울 듯이 서 있으며, 두 번째 관문을 들어가니 군졸 40~50명이 칼을 찬 채 빙 둘러서 있고, 또 두 사람이 걸상을 서로 맞대고 앉아 있었다. 나는 수역과 함께 말에서 내린 다음 조심스럽게 걷기 시작했다. 그 둘은 반가운 얼굴로 달려와서 인사를 하고 이곳까지 오느라 수고하셨다고 했는데, 그중 한 사람은 머리에 수정관을 쓰고 있고 또 한 사람은 산호관을 쓰고 있었다. 그 사람들은 모두 수비하는 참장이라고 한다.

석진(오대 때의 후진)의 개운 2년(945)에 거란주 덕광이 쳐들어와서 호북구로 돌아오다가, 진晉나라가 태주를 치러 갔다는 전갈을 받고 군사를 모두 이끌고 와서 다시 남쪽으로 내려가니, 거란주는 수레 안에서 철요기의 기병들에게 명령을 하고 말에서 내려와 진군晉軍의 녹각(군대에서 쓰는 방어물의 일종)을 빼고 들어갔다.

대개 장성을 둘러 구口라는 이름을 지닌 곳이 무려 몇 백이나 되었는데 태원(산서성에 있음) 분수 북쪽에도 호북구라는 지명이 있으니, 그때는 덕광의 군사가 기양에서 북쪽으로 향했기 때문에 그 길이 서로 달라 유주나 단주의 호북이 곧 이 관關일 것이라 생각된다.

당나라의 선조 가운데 호虎라고 하는 휘諱가 있었는데, 당나라에서 이 호虎를 고쳐 고북구라고 했다. 송宋나라 사람이 지은《사료행정록》에 이르기를 '단주에서 북쪽으로 80리를 와서, 거기에서 다시 80리를 가니 호북구관에 닿았다.' 라고 하였으니 단주에 있는 고북구도 마찬가지로 호북구라 불렀던 것이다.

송宋나라 선화 31년(1121년)에 금나라 군사가 요병을 고북구에서 물리쳤고, 가정 2년(1209년)에는 몽고가 금나라로 쳐들어가서 고북구에 당도하자 금의 군사들은 후퇴하여 거용관을 지켰다. 원元나라 치화 원년(1328년)에 태정제의 아들인 아속길팔이 상도에서 임금이 되어 군대를 보내주었는데, 도道를 나누어 연燕나라의 철첩목아와 대도에서 싸울 때에 탈탈목아는 고북구를 지키고 있다가 상도에 있는 군대와 함께 의흥에서 싸웠다.

명나라 홍무 22년(1389년)에는 연왕燕王에게 명령을 내려 군사를 이끌고 고북구에 가서 내안불화를 이도에서 쳐부수고, 영락 8년(1410년)에는 고북구의 소관 어귀와 대관 바깥문을 봉쇄하여 사람 하나와 말 한 필만 허용해 주었다고 하는데, 지금까지 이 관은 다섯 겹이나 되는 문이 별로 손상되지 않고 보존되어 있었다.

사실 이 관은 수많은 전쟁을 거쳐 왔기 때문에 세상이 한 번 뒤집어지면 곧 백골이 산같이 쌓이게 되니, 이것이야말로 참으로 호북구였다. 지금은 평화가 계속되어서 100여 년이나 흘렀는데, 네 경내의 병혁이 혼란하지 않아서 삼과 뽕나무는 울창해지고, 개와 닭이 우는 소리는 멀리까지 들리게 되어 이처럼 풍요로운 휴양과 생식은 한漢·당唐 이후로는 한 번도 구경하지 못했으니, 그들은 어떤 덕화德化로 이렇게 좋은 일을 하였을까. 그러나 기쁨이 극도에 달하면 반드시 허물어지는 것이 이치인데 이곳 백성들이 전쟁을 하지 않은 지가 오래 되었으니 아아, 앞으로 다가올 토붕와해

(근본이 무너져 어쩔 도리가 없음)가 어찌 걱정이 되지 않겠는가.

이 관關은 대부분이 산 위에 위치했기 때문에 비록 수많은 산봉우리로 빙 둘러 있다고는 하나 오히려 눈앞에는 큰 바다가 보인다. 《금사金史》를 살펴보면,

'정우(금金선종의 연호) 2년(1214년)에 물이 흘러 넘쳐서 고북구의 쇠로 만든 관문이 허물어졌다.'

라고 했으니 대개 오랑캐들이 중국을 업신여기는 것은 그의 나라가 상류에 위치하여 마치 병의 목을 거꾸로 매달아 놓은 것처럼 된 까닭이다.

내가 어렸을 때의 일이다. 어떤 어른 한 분이 백곤(하우씨의 아버지로 9년의 홍수를 맡아 다스리다가 실패하여 귀양살이를 함)의 홍수에 대처할 다음과 같은 변증을 내세운 일이 있다.

"중국에서 가장 큰 두 가지의 걱정거리는 바로 하河와 호胡다. 대체로 백곤의 힘과 재주, 슬기와 인격 등 그 어느 것이나 저 오랑캐 놈이 마음대로 날뛸 것을 짐작하고도 남음이 있어, 그는 유주와 기주의 땅을 파서 물이 흐르도록 하고 항산과 대군을 파서 구주의 물을 이끌어 사막에 연결시키고는, 중국으로 하여금 오히려 그 상류에 정착하여 오랑캐를 견제하게 만들었다. 그래서 그때의 사악四岳(요堯 때 있었다는 사방 산악을 맡은 책임자) 또한 그의 의견에 동의하여 한 번 시험해 보려고까지 하였으니, 이는 이른바 '시험해 보고야 말 것이다.'(《서경》에 나오는, 백곤의 치수에 관한 말)라고 했던 것이 바로 그것이다. 요堯나라는 물을 반대로 빼내는 것이 좋지 않다고 생각했지만 백곤의 주장이 워낙 강력해서 거역하

지 못했으며, 우禹나라 역시 물의 역행이 맞지 않음을 알고 있었지만 백곤의 재주와 슬기가 뛰어났기에 그냥 침묵하고 말았으니, 이는 이른바 '명령을 어기고 화합을 깨뜨린다.'(《서경》에 나오는, 백곤의 치수에 관한 말)가 바로 그것이었다.

백곤은 사람의 됨됨이가 사납고도 대쪽 같았을 뿐만 아니라 자기 의견만을 내세우며, 오랑캐족을 중국 만세萬歲의 걱정거리로 삼아 아주 높은 데까지도 물속에 잠길 걱정은 제쳐두고, 지형도 측량해 보지 않은 채 비용도 이루 말할 수 없이 들여 마침내 거꾸로 개울을 파서 거슬러 흐르게 하였다. 이것은 이른바 물이 거슬러 올라가는 것을 강수라 하므로 '강수란 곧 홍수다.'(《맹자》의 〈고자편〉에서 나온 말)라는 말이 그것이다. 그러나 개울도 치고 웅덩이도 파서 청소도 하고 말끔하게 씻어내기도 하는 도중에 지세가 차차 높아지고, 흙이 내려와 자연히 메워지니 이것이 이른바 '백곤이 홍수를 메웠다.'(《서경》에 나오는, 백곤의 치수에 관한 말)는 것이라 하겠다.

만일 그렇게 되지 않았다면 그가 무슨 힘으로 이와 같은 커다란 물을 메워서 자기 스스로 죄과를 저질렀으며, 또 그 시대의 사악과 12목牧은 어떻게 해서 한 목소리로 그를 애써 추천했으며, 또 어떻게 해서 차마 9년 동안이나 지켜보면서 그가 망하기를 기다렸을까. 정말 갸륵한 일이다. 백곤이 만일 이 사업을 성공시켰다면 중국은 오랑캐를 막는 일을 한꺼번에 성취하여 만세를 부르고 용기를 얻는 동시에 그의 큰 공로와 거룩한 업적이 당연히 우禹의 위에 올랐을 것이리라."

라고 했다. 그러나 지금 이곳 지형을 살펴보니 그것은 터무니없는 말이다. 그리고 이백은 시에서 이르기를,

> 황하의 깊은 물이
> 하늘 높이 내리는 듯

이라 하였으니, 대체로 그 지형은 서쪽이 높아서 황하가 흡사 하늘 위에서 내려 흐르는 것처럼 보인다는 것이다.

　관내에 있는 음식점에서 점심을 먹었다. 벽에는 황제의 어필인 칠절七絕 한 수가 붙어 있었다. 이는 공민孔敏에게 내린 것이다. 황제가 일찍이 남쪽으로 순행하고는 곧장 열하로 돌아올 때에 모든 공 씨가 한결같이 환영하기에 바빴다. 황제는 이에 보답하기 위해 시를 읊었는데, 공 씨 문중의 우두머리인 공민이 여기에 발跋을 달아 황제의 두터운 은혜와 은총을 아주 잘 다듬었을 뿐만 아니라 벌써 돌에 새겨 많이 찍었는데, 그중 한 벌을 이 상점 주인에게 선물했다고 한다. 그 시는 별로 훌륭하지는 않지만 새긴 글씨 모양이 특이했다. 상점 주인이 나에게 이것을 사라고 권유하기에 슬그머니 그 값을 물어보았더니, 돈 서른 냥을 부른다.

　식사를 마치고 이내 출발하여 세 번째 관문에 들어섰다. 양쪽 벼랑에 석벽이 깎아 세운 듯이 높다랗게 우뚝 서 있고, 그 가운데로는 수레 한 대 정도가 다닐 수 있게 되어 있으며, 그 아래로는 깊은 시내와 큼직큼직한 바위가 여기저기 널려 있다. 기 공 왕중과 정 공 부필은 오래전에 거란에 사신으로 갈 때에도 이 길을 지

나갔으므로 그의 〈행정록〉 가운데 '고북구에는 양쪽으로 장엄하게 석벽이 세워져 있고, 그 사이로 길이 나 있는데 수레가 겨우 빠져 나갈 정도이다.'라고 한 것을 보면 그가 이곳으로 지나갔다는 것을 알 수가 있겠다. 한 소사蕭寺에서 잠깐 쉬어갈 때, 거기에 영빈 소철(송宋의 대문장가로 소식의 아우이며 당송팔대가의 한 사람)의 시가 새겨져 있었다.

묘가 어지럽게 둘러 있으니 갈 곳이 없어져
좁은 길 어지러워 시냇가에 앉아 있네
꿈속에 잠긴 것처럼 촉나라 길을 헤매니
흥주에서의 동쪽 골이 봉주에서는 서쪽이라네

《송사宋史》를 상고해 보면 '원우(1086~1094) 연간에 소철이 형 소식을 대신해서 한림학사가 되었고, 얼마 되지 않아서 예부상서의 직을 대리해서 거란에 사신으로 갔었는데, 그의 관반인 시독학사 왕사동은 소순·소식의 글과 소철의 〈복령부〉를 외웠다.'하였으니 이 시는 바로 문정공(소철의 시호)이 사신으로 지나갈 때에 이곳에서 쓴 것이리라.

그곳에 머물고 있는 중은 두 사람뿐인데 난간 밑에서 오미자 두어 섬을 말리고 있었다. 내가 우연히 두어 알을 집어서 입 안에 넣었더니, 중 하나가 이것을 보고 갑자기 화를 내며 눈알을 부라린 채 호통을 치는데 그의 행동이 참으로 험상궂어 보였다. 나는 그냥 일어나서 난간 가로 비켜섰다.

때마침 마두 춘택이 담뱃불을 얻으려고 들어오다가 이 광경을 목격하고는 노발대발한 모습으로 달려들며,

"우리 영감께옵서 날씨가 하도 더워 찬물 생각이 나서 많은 것 중에서 겨우 몇 알 되지 않는 것을 씹어 침을 돋우려 하는 것인데 이 무례한 까까중 놈아, 하늘에도 높은 데가 있고 물에도 깊은 데가 있는 줄 모르느냐. 당나귀가 높낮이도 구별하지 못하고 얕은 것과 깊은 것도 알아채지 못하는 격이로구나. 이런 무례한 놈. 이게 대체 무슨 짓이란 말이냐."

하고 꾸짖으니 중은 모자를 홱 던져버리고는 입가에 거품을 문 채 어깨를 기우뚱거리면서 까치걸음으로 앞으로 달려들며,

"너희 영감이 내게 무슨 의미가 있단 말이냐? 하늘이 높다고 하는데 너는 그런지 모르지만 난 무서울 게 하나도 없다. 비록 관우의 혼령이 나타나고 금년의 운세에 살殺이 들었다 할지라도 난 조금도 그를 두려워할 이유가 없어."

라고 한다. 춘택이 달려들어 뺨을 한 대 갈기고는 계속해서 입에서 나오는 대로 심한 욕설을 퍼부어댄다. 그러자 중은 비로소 뺨을 감싼 채 비틀거리며 들어가 버린다. 나는 큰 소리로 춘택에게 소란을 피우지 말라고 했다. 그러나 춘택은 분을 삭이지 못하고 그 자리에서 때려죽이고 말 기세다.

다른 한 중은 부엌문 앞에 서서 미소를 지으면서 아무 편도 들지 않고 싸움을 말리지도 않았다. 춘택은 다시 한 주먹으로 그를 때려눕히고 나서,

"우리 영감께옵서 이 일을 만세야(황제를 높여서 하는 말) 앞에 고

한다면 네놈의 대갈통은 반쪽이 나든가, 그렇지 않으면 이 절을 없애버리고 깨끗이 평지를 만들어버릴 것이다. 이놈.”

하고 호통을 친다. 중은 옷을 툭툭 털며 일어나더니,

“너희 영감은 슬그머니 오미자를 공짜로 가져가고, 또 네놈은 무지막지한 주먹세례를 퍼부으니 이게 무슨 짓이냐.”

하고 반박했으나 그의 기색은 한결 누그러져 있었다. 춘택은 더욱 기승을 부리며,

“공짜고 뭐고가 어디 있어. 그게 한 말이 되느냐, 한 되가 되느냐. 그따위 눈곱만한 것 한두 알을 가지고 우리 영감님 높으신 체면을 손상시킨단 말이냐. 만일 만세야께옵서 이 일을 알게 된다면 너 따위 까까중 놈의 대갈통을 당장 날려버릴 거다. 그리고 우리 영감께옵서 이 사실을 만세야께 말씀드린다면, 너희 놈이 우리 영감님을 두려워하지 않는다지만 만세야도 두렵지 않단 말이냐?”

하고 마구 야단을 친다. 그제야 중이 기가 죽어서 아무 소리도 하지 못한다. 춘택은 아직도 속이 풀리지 않는지 한참 동안 욕설을 퍼붓는데, 세도 당당하게 걸핏하면 만세야를 팔아댔다.

　아마 만세야의 두 귀가 근질근질하였으리라 생각된다. 춘택은 말끝마다 황제를 내세우니, 세도를 믿고 뽐내는 모습이란 그야말로 허리를 잡고 한바탕 웃지 않을 수 없을 정도다. 그 중은 정말 춘택의 위협이 무서웠던 모양으로 만세야라는 석 자를 들을 때마다 마치 벼락이나 만난 듯이 움츠러들곤 했다. 그러다가 춘택이 벽돌 하나를 뽑아서 중에게 던지려 하자, 그들은 갑자기 웃으며 달아나 숨고 말았다. 그러더니 곧 다시 나타나 산사(아가위) 두 알

을 주며 도리어 웃는 얼굴로 청심환을 달라고 한다.

그렇다면 처음부터 모든 행위가 청심환을 얻기 위한 수작에 지나지 않았던 것이 아닌가. 실로 엉큼하기 짝이 없는 중의 배짱이 아닐 수 없었으나, 청심환 한 알을 주었더니 중은 거듭 머리를 조아린다. 정말 염치라곤 조금도 없는 소행이었다. 그들이 준 산사라는 것은 살구와 같이 굵기는 해도 아주 시큼시큼해서 먹을 수는 없었다.

옛 성인은 남의 물건을 거듭 사양하다가 마지못해 받았으며, 남과 물건을 주고받는 행위를 몹시 삼가며 말하기를 '만약 옳지 않은 일이라면, 한낱 조그만 지푸라기라도 함부로 건네주지 않아야 하고, 남으로부터 받아서도 안 되는 것이니라.' 라고 했던 것이다.

사실 조그만 지푸라기를 놓고 본다면 세상에서 가장 작고 가볍기 짝이 없는 하찮은 물건으로서 천지간 만물 중에서 헤아릴 만한 가치조차 없다. 따라서 이런 것을 가지고 사양하고 받고 취하는 일들을 따질 필요가 있을까만, 이런 하찮은 물건 하나하나에 신경을 써야 할 만큼 양심과 예의를 강조한 것이 얼핏 생각하기에 무의미한 것으로 생각되었다가도 이번 오미자로 말미암아 생겨난 일을 당하고 보니, 성인들의 한낱 지푸라기에 관한 그 말이 진리임을 깨달았으니 아아, 성인들이 어찌 헛된 말로 우리를 가르칠 것인가.

오미자 두어 알은 사실 한 개의 지푸라기와 같은 물건이지만 저 불경스런 중이 내게 버릇없는 소행을 보인 것은 실로 횡역橫逆의 경지에 도달한 것이라 하겠다. 그것 때문에 싸움이 시작되었고 주먹다짐이 벌어졌을 뿐더러, 그들이 싸우는 동안은 분한 마음을 억제하지 못하고 저희들의 생사조차 생각하지 않을 지경에까지 이르렀으니 이러한 경우를 보면 한낱 오미자 한두 알에 불과한 것이 커다란 재화를 초래했던 만큼, 아무리 작고 가벼운 물건이라 해도 결코 아무렇게 보아 넘겨서는 안 되는 것이리라.

옛날 춘추 전국시대에 종리에 살던 한 여인이 초나라 여인과 뽕따기 내기를 하다가 결국에는 두 나라 사이에 전쟁을 일으키게 했던 일(《사기》에 나오는 구절)이 생각난다. 지금 이 일에 그것을 비추어 비교해 보건대, 한두 알의 오미자가 성인이 말한 대로 하나의 지푸라기보다 많았으며 그 옳고 그름을 가리는 것이 초나라 여인의 뽕따기 다툼과 다른 게 없어, 만약 이때 싸우다가 목숨을 잃는 사건이 발생했다고 한다면 군사를 동원하여 문책하는 사건으로 번졌을지 그 누가 알겠는가. 나는 원래 학문이 두텁지 못해서 처음부터 갓을 제대로 잡고 들메끈을 매는 것을 그만두지 못하고 공짜로 오미자를 먹었다는 창피를 당했으니, 이 얼마나 수치스럽고 또한 두려운 일이리오.

길가에는 열하로 향하는 빈 수레가 날마다 몇 천인지 몇 만인지 모를 만큼 많은데, 이것은 황제가 앞으로 준화, 역주 등지로 가게 되기 때문에 미리 짐을 싣기 위한 것이다. 그리고 몇 천 마리의 낙타가 줄을 지어 물건들을 실어 나른다. 이것들은 보통 크고 작은 놈이 없이 한결같이 옅은 흰빛에 약간 누르스름한 빛을 띠었으며, 털은 짧고 머리는 말과 같으나 가는 눈매는 양과 같고, 꼬리는 소의 그것과 같이 생겼다. 그리고 걸어 다닐 때는 목을 꼭 움츠리고 머리는 쳐들어 마치 날아가는 해오라기의 모습과 같고, 무릎에는 마디가 두 개 있으며 발은 두 쪽으로 갈라져 있고, 걸음걸이는 학과 같고 소리는 거위와 비슷했다.

당나라 현종 때의 장수 가서한이 서하에 머물고 있을 때였다. 그 주사관이 장안으로 들어갈 때마다 흰 낙타를 타고서 하루에 평균 500리를 달리기도 했었다. 또한 석진의 개운 2년에 부언경이 거란 철요의 군사를 크게 무찔러 거란 임금은 해차를 타고 달아날 때 그 뒤에 적병의 추격이 하도 빠르기에 덕광이 낙타 한 마리를 잡아 그를 태운 채 달아났다 했는데, 지금 낙타의 걸음걸이를 보건대 몹시 느리고 둔해 빠져서 뒤에 쫓아오는 적군에게 잡히기 십중팔구였다. 혹시 그놈들 중에서도 석계륜(진짭의 부호 석숭, 계륜은 자)의 소처럼 잘 달리는 놈이 있었는지는 모르겠다.

고려 태조 때 거란이 낙타를 40마리 바쳤지만 태조는 거란이 워낙 무도한 나라라고 하여 거절하고 다리 밑에다가 매어 놓으니 10여 일이 지나서 모두 굶어 죽고 말았다. 거란이 비록 무도한 나라라고 하나 낙타야 무슨 죄가 있겠는가. 일반적으로 낙타는 하루에 소금 몇 말과 꼴 열 단쯤은 거뜬히 먹어 치우는데, 나라에서 세운 목장은 아주 초라하고 어린 목동들로서는 낙타를 기르는 것이 쉬운 일이 아님은 말할 것도 없다. 또한 낙타를 이용하여 물건을 실어 나른다 해도 도시의 건물은 낮고 비좁으며 길거리는 형편없이 좁아서 낙타를 거느릴 수가 없는 형편이었으니, 사실 이 낙타는 쓸모없는 물건이 되고 말았다.

지금까지도 그 다리 이름을 낙타라 하여 개성 유수부에서 3리쯤 가면 있는데, 다리 옆에 돌을 세우고 낙타교라고 새겼지만 원주민들은 이것을 낙타교라 부르지 않고 모두 약대다리若大多利라고 한다. 이는 그들이 쓰는 사투리로 약대는 낙타, 교량은 다리라고 하기 때문이다. 여기에서 더욱 심하면 야다리라고 부르기도 한다. 내가 맨 처음 개성에 놀러 갔을 때에 낙타교에 대해 물어보았지만 사람들은 어디에 있는지조차 몰랐으니, 정말 이것은 사투리가 아무런 의미 없이 함부로 사용된 셈이다. 이날은 80리를 갔다.

8월 18일 갑자甲子

아침에는 개더니 늦게 가는 이슬비가 내리다가 곧 멎고, 오후에는 바람과 우레가 크게 일어 소나기가 쏟아졌다.

아침 일찍 출발하여 차화장과 사자교를 지나쳤는데, 행궁이 있는 목가곡에 도착하여 점심을 먹고 다시 출발하여 석자령을 지나 밀운에 다다르니, 청나라 왕실의 모든 왕과 보국공(황실로부터 작위와 토지를 받은 자)과 수많은 관원이 북경으로 돌아가느라고 길을 메웠다.

백하에 당도하니 나루터에 모여든 사람들이 서로 먼저 건너려고 소리를 지르고 있다. 이들은 한꺼번에 건너기가 힘들기 때문에 부교를 맸다. 대부분의 배들은 돌을 운반하기 위한 것이었고, 사람을 실어다 주는 배는 다만 한 척이 있을 뿐이다.

전날 이곳을 지나갈 때에는 군기軍機가 마중을 나와 주었고 낭

중은 건너는 일을 감독했으며, 황문은 길을 인도하였고 제독과 통관들은 의기가 당당하여 물가에서 채찍을 들어 몸소 지휘하였으니, 그야말로 산하를 움직일 듯한 기세였다.

그러나 지금 연경으로 돌아오는 길에는 그들 근신近臣의 호송도 없을 뿐만 아니라 황제도 또한 위로 한 마디 없었으니, 이것은 사신들이 산 부처님[活佛] 만나 뵙기를 꺼렸기 때문에 이런 푸대접을 받은 것이다. 그들의 행동을 자세히 살펴보면, 갈 때와 올 때의 대접이 다르다는 것을 알 수 있다.

바로 저 백하는 그저께 건너던 물이었으며, 모래 언덕은 지난번 말을 멈추던 곳이었고, 제독이 손에 지니고 있는 채찍이나 물 위로 떠다니는 배까지 올 때의 모습과 변함이 없으나, 그럼에도 불구하고 제독은 입을 다물고 통관마저 머리를 숙이고 있다. 앞에 보이는 강산은 아무런 변함이 없는데 세상의 염량(세력의 성함과 쇠약함)은 속속들이 눈앞에 떠오른다.

아아, 슬픈 일이로다. 세상은 믿을 만한 것이 못 되는구나. 그리고 천세가 당당한 곳에 사람들은 흥미를 보이지만 세상은 잠깐 사이에 변해 버리고 마니 어디에다 호소를 하겠는가. 이는 마치 진흙에 빠진 소가 바다로 떠내려가듯이, 또는 큰 빙산이 햇볕을 만나 녹아내리듯이 세상의 모든 일은 다 이와 다름없으니 어찌 슬프지 않겠는가.

이런 생각을 하고 있는데 갑자기 사나운 구름이 몰려와 세찬 바람과 우레가 크게 일었다. 그러나 갈 때와 비교해 보면 그렇게 심한 것은 아니지만 갈 때와 올 때 두 번 다 이런 일이 있어서 묘한 일이구나 하고 속으로 생각했다.

옛 역사를 더듬어 살펴보면 '명明나라 천순 7년(1463년)에 밀운 회유현에 홍수가 나서 백하가 무진장 부풀어 올라 밀운에 있는 군 기고와 문서방文書房이 표류되었다.' 라고 했으니, 어쩌면 이곳은 옛날의 전쟁터로서 사나운 바람과 괴우怪雨가 자주 일어나기 십 상이어서 이에 분노한 번개와 우레가 그 침울한 원혼을 풀어주려 는 것인지도 모른다.

지나오는 물길마다 그들이 탄 배는 모양이 모두 다른데, 이곳 백 하의 배는 우리나라의 나룻배와 거의 비슷하다. 어떤 것은 톱으로 배 한쪽을 베어서 몇 채를 끈으로 묶어 하나로 만들었다. 그 모양 이 하나뿐이어도 우습게 보이는데 거기에 셋을 연결시켜 놓으니 더욱 가관이다.

때마침 40~50필의 기병이 거세게 밀어닥친다. 그 기세가 무척 수선스러워 우리나라의 피로하고 잔약한 말을 보고도 모르는 체 해 버린다. 그들이 한꺼번에 배를 타는데 맨 뒤의 기병이 팔에 푸 른 매를 안고 채찍을 휘두르며 급히 배에 뛰어오르려다가 말 뒷굽 이 미끄러져 안장을 맨 채 물속으로 빠져버렸다. 마구 허우적대며 헤쳐 나오려다가 겨우 배를 붙잡고 지친 몸으로 기어올랐다. 그가 안고 있던 매는 기름 항아리에 던져진 나방과 같고, 말은 오줌통 속에 빠진 쥐와 같이 되었으니, 잘 차려 입은 옷과 멋진 채찍은 물 어 젖어서 일그러져버렸어도 죄 없는 말을 후려치니 매는 더욱 놀 라 퍼덕거렸다. 자신을 뽐내고 남을 업신여기면 금방 이런 꼴을 당하게 된다는 것을 실감할 정도였다.

강을 건너고 나서 그를 뒤따르는 기병에게 물어보았더니, 그는 말 등에서 몸을 구부려서 진흙 위에 채찍으로 써 보인다.

"그이는 사천장군입니다. 나이가 많이 들어 용맹이 줄었답니다."

부마장에 도착하여 묵었는데, 객점은 바로 그 성 밑에 있었다. 그리고 그 성이 바로 회유현이었다. 밤에 문을 나와서 뒷간을 갔더니 마침 그들은 20~30명씩 또는 400여 명이 한 조가 되어 달리는데 각 대열마다 등불 하나가 앞을 인도한다. 그들은 모두 귀족처럼 보였고 수레와 말소리가 밤새 끊이지 않았다. 이날은 모두 65리를 갔다.

8월 19일 을축乙丑

개었으나 가끔 비가 뿌렸다. 오후 늦게는 더 맑았지만 날씨가 무척 더웠다.

새벽에 회유현을 출발하여 남석교에 이르러서 점심을 먹었다. 여기서 홍시를 맛보았는데 그 모양이 골이 네 개가 지고 턱이 있는 것이 꼭 우리나라의 반시와 같고, 다만 아주 달고 부드럽고 물이 좀 많은 것이 다를 뿐이었다. 이 감은 계주의 반산에서 나는 것인데, 그곳의 우거진 숲은 모두 감, 배, 대추 등으로 가득하다고 한다.

임구를 지나서 청하에 도착하여 묵었다. 이곳은 길이 하나여서 갈 때와 같은 길이 아니라는 것을 알았다. 길가에 있는 묘우에 들렀더니 강희제의 어필로 '좌성우불左聖右佛'이라고 씌어 있었으니, 좌성은 바로 관운장을 말하는 것이다. 그리고 양쪽의 주련에는 그의 높은 도덕과 학문을 찬양해 놓았다. 그들이 관공을 우러르는 까닭은 명나라 초기 때부터였다. 그리고 명나라와 청나라 즈음에는 공이(같은 등급의 관아 사이에 주고받던 공문서)와 부첩(관아의 장부와 문서)까지도 관성이니 관부자니 하며 높여 불렀다 하니, 그 잘못된 것과 비천한 것을 그대로 좇아서 세상의 사대부들은 모두 그를 학문하는 이로 숭배했던 것이다.

학문을 연구한다는 것은 생각이 깊고 변증함이 밝아야 하며, 자세히 검토하여 많은 것을 배운다는 뜻이다. 한낱 덕성을 높이는데 그치지 않고 문학問學(송나라의 철학가 육구연은 존덕성尊德性을 주장하였고, 주희는 도문학道問學을 주장하였음)을 계속해서 해야 한다. 옛날에 하우씨의 아름다운 경고에 절실함과 촌음을 아낀 것이라 하지만, 안자顔子의 잘못을 되풀이하지 않고 남에게 피해를 끼치지 않았다 할지라도 그의 마음이 조금은 거칠음이 있다고 했으니, 학문이 극에 달했다 해도 객客이 된 기분은 남아 있다는 뜻이다.

이런 객기를 완전히 없애는 것은 개인의 사사로운 욕심을 없애고 도리를 지켜 행동으로 옮기는 방법이 있다. '나'라는 개체가 사사로운 욕심으로 가득 차 있으면 성인은 원수나 도적같이 생각하여 기필코 끊어 없애버려야 한다.

그래서 《서경》에는 '상商을 쳐서라도 기필코 이겨야만 하겠다.'라고 했고 《역경》에도 '고종(은殷을 중흥시킨 임금 무정, 고종은 묘호)이 귀방鬼方을 쳐서 3년 만에 이겼다.'라고 했으니 3년 동안이나 전쟁을 하면서도 기어코 이기고 만다는 것은, 바꾸어 말하면 싸움에서 이기지 못한다면 나라가 나라 구실을 제대로 하지 못했다는 것을 의미한다. 그러므로 사사로운 욕심이 채워진 뒤에야 비로소 예법으로 돌아온다고 하니, 이 돌아온다는 말은 추호도 거짓이 없다는 것을 의미한다.

예를 들면 저기 보이는 해와 달이 때로는 다 없어졌다가 둥근 형태로 다시 돌아올 수 있고, 또 잃어버린 물건을 다시 찾았을 때 그 무게가 조금도 줄어들지 않은 것을 알게 되는 것과 같다. 이런 경우에 어짊과 슬기로움과 용기, 이 세 가지가 모두 덕德에 도달하지 않으면 학문이란 이룩하기 어려운 것이다. 지금 관공關公과 같은 정의와 용기야말로 자기의 욕심을 구하기 이전에 벌써 예의범절을 지키는 분이겠지만, 그를 가리켜 학문을 터득한 것으로 간주한다는 것은 다만 그가 《춘추》에 밝았기 때문이다.

그는 오래전부터 오나라와 위나라의 참적僭賊을 강력히 반대했는데 그가 자기에게 붙여준 '제帝'라는 호칭을 달갑게 생각하겠는가. 만일 그의 영혼이 하늘나라에 살아 있다면 이 정도의 명분에 어긋난 일을 결코 허락하지 않을 텐데, 영혼이 이미 사라진 뒤에 이렇게 아첨을 해본들 무슨 소용이 있겠는가.

오경박사(한무제 때 실시한 유학, 즉 오경에 능통한 학자에게 준 학위)도 마찬가지로 성현의 후손으로서 이어받았기 때문에 동야 씨(주공의 후예)와 공 씨(공자의 후예)를 비롯하여 안 씨(안회의 후예), 증 씨(증삼의 후예), 맹 씨(맹가의 후예) 등은 모두 성인이나 현인의 후예라 하고 관 씨(관우의 후예)의 박사 역시 성인의 후예라 하여 동야 씨와 공 씨 사이의 대열에 끼워주었으니 이는 옳지 못한 일이다. 뿐만 아니라 전滇(운남성 공명현 부근)에 문묘가 하나 있어 왕희지를 주로 모셨으니, 이것은 그를 서성書聖이니 필종筆宗이니 하면서 높여준 것이 그릇됨을 깨닫지 못했기 때문이다.

성도聖道는 더욱 멀어지고 오랑캐들은 돌아가며 중국의 임금이 되었으나 저마다 법이 달라 세상을 어지럽게 하여 올바른 학문은 차차로 끊어지고 마니, 천 년 뒤의 사람들이《수호전》으로 정사正史를 삼게 될지 누가 알리오. 어떤 이는 말하기를,

"남만과 북적이 계속해서 중국의 임금 노릇을 한다면 왕우군(왕희지, 우군은 그의 벼슬)을 문묘에서 제사로 받들 수도 있으며,《수호전》을 정사로 삼는다고 해도 무방할 것이며, 비록 공孔과 안顔을 내쫓고 석가를 들여 모신다 할지라도 나는 전혀 감정을 갖지 않겠소."

하며 한바탕 크게 웃고는 일어섰다.

연경으로 돌아가는 관원들이 이곳에 도달해서는 그 수가 더욱 늘어났음을 알 수 있었다. 그리하여 열하로 가는 빈 수레는 밤낮을 가리지 않고 계속해서 있었다. 마부나 역군들 가운데 서산에 가본 사람이 멀리 서남쪽에 빙 둘러 있는 돌산을 가리키면서,

"이것이 바로 서산이오."

라고 말한다. 구름 속에 일렁이는 수백 개의 봉우리가 보일락 말락 하고 산꼭대기에는 흰 탑이 공중으로 뾰족하게 솟았으며 산들이 병풍처럼 둘러져 있으니, 이것은 마치 한 폭의 그림처럼 보였다. 그들이 서로 바라보며 하는 말을 들어보니,

"저 수정궁, 봉황대, 황학루 등에 걸려 있는 그림이 모두 이것을 모방해 그린 것이지."

라고 한다. 강 남쪽에는 넓은 호수가 펼쳐져 있고 흰 돌로 깎아 세운 다리가 놓였는데, 수기니 어대니 십칠이니 하는 다리들은 모두 그 폭이 수십 보에 달하고 길이가 100여 길이었는데, 무지개와 같이 둥그스름하게 뉘었으며, 양쪽으로는 돌로 난간을 만들어 두르고 다리 밑으로 비단 돛을 달고 용을 그린 배를 다니게 한다. 이것은 40리나 되는 먼 곳의 물을 끌어와서 호수를 만들고 폭포가 돌 틈에서 뿜어 나오게 만들었으니, 이것을 바로 옥천이라고 한다.

황제가 강남을 다녀올 때나 막북에 갈 때에도 일부러 이곳에 들러 이 샘물을 마신다고 한다. 이 샘의 물맛은 세상에서 제일이라 하는데, 연경의 팔경八景 가운데 옥천수홍이 그 하나라고 한다. 마부 취만은 벌써 다섯 번이나 다녀갔고, 역졸 산이는 두 번이나 구경을 했다 하여, 그 두 사람과 함께 서산으로 가기로 했다.

8월 20일 병인丙寅

맑게 개었다.

새벽에 비가 조금 내렸지만 금방 멎고 날씨는 약간 서늘했다. 아침 일찍 출발하여 20여 리를 가서 덕승문에 이르렀다. 이 문의 생김새는 조양과 정양 등 아홉 문과 비슷한데, 흙탕이 심하여 만일 그 가운데 한 번 빠진다면 솟아나기 힘들 것이라 생각된다. 수

천 마리의 양이 길을 가득 메웠는데 목동 몇 명이 앞에서 인도할 뿐이다.

덕승문이 바로 원元나라의 건덕문인데, 명나라 홍무 원년(1368년)에 대장군 서달이 지금 사용하고 있는 이름으로 고쳤다고 한다. 문 밖에서 8리 되는 곳에 토성의 옛터가 있는데, 이것은 원나라 때에 쌓았다. 정통 14년(1449년) 10월 기미에 먀선이 상황(현 황제의 아버지)을 모시고 토성에 올라가 통정사참의 왕복을 좌통정으로 하고, 중서사인 조영을 태상시소경으로 삼아 상황을 토성에 나오시게 해서 만나 뵙게 한 곳이 바로 이곳이다.

그리고《명사明史》를 살펴보면,

"먀선이 상황을 위협하여 자형관을 쳐부수고 계속해서 경사를 넘겨다보고 있었다. 그때 병부상서 우겸이 석형과 함께 부총병 범광무를 이끌고 와서 덕승문 밖에다 진을 치고는 먀선의 무리에 대항할 때 병부의 시무를 시랑 오영에게 부탁했다. 모든 성문을 닫게 하고 직접 싸움에 뛰어들어 '싸움을 시작함에 있어 장수가 군졸을 거느리지 않고 뒤로 물러선다면 그 장수는 목을 베어버릴 것이요, 군졸로서 장수의 명령을 거역하고 먼저 달아나는 자는 뒤에 배치해 두 군대가 죽일 것이다.' 하고 호통을 쳤다. 이에 장수와 군졸들은 죽기를 각오하고 그 명령대로 움직일 것을 다짐했다.

그리고 경신庚申에 적군이 덕승문을 넘보기에 우겸이 석형을 시켜서 빈 집 속에다 군졸을 잠복시키게 하고 기병 몇 명을 시켜 적을 유인했더니 적이 기병 1만 명을 이끌고 와서 싸우고 있을 때 복병이 일어나 먀선의 동생인 발라가 포탄에 맞아 죽었다. 그 뒤

닷새 만에 먀선이 또 도전했으나 응하지 않았을 뿐더러, 또 싸운다 해도 이길 자신이 없었기 때문에 협상을 원했으나 뜻대로 되지 않자 할 수 없이 상황을 모시고 북으로 떠났다."

라고 했으니, 지금 이 문 밖의 여염이나 시전이 화려하게 변한 것은 정양문 밖과 같고, 또 태평한 지가 오래되어서 가는 곳마다 거의 그와 같았다.

그날은 관館에서 묵었는데 역관과 비장과 일행 중의 하인들이 모두 길 왼편에서 기다리고 있다가 말에서 내리자마자 다투어서 악수를 청하며 그동안의 고생을 위로한다. 그런데 내원이 보이지 않아서 물어보았더니, 그는 멀리까지 나가 맞이하기 위해 혼자 일찍 밥을 먹고 동문으로 갔다 하니 아마 서로 어긋난 것임에 틀림이 없다. 창대가 장복을 보고 그동안 서로 헤어져 있던 괴로움을 말하기에 앞서 대뜸,

"너 별상금別賞金 얼마나 가지고 왔느냐?"

하고 묻자, 장복도 또한 인사에 앞서서 웃음이 가득 찬 얼굴로,

"너는 상금이 몇 냥이더냐?"

하고 되묻는다. 창대는,

"천 냥이다. 마땅히 너와 절반씩 나누어야지."

라고 한다. 장복이 또,

"너는 황제를 만나보았느냐?"

하고 묻자 창대는,

"그렇고말고. 황제께서는 말이지, 눈은 범의 눈이요, 코는 화로덩이 같고, 옷도 입지 않은 채 벌거숭이로 앉아 있더군."

하고 대답한다. 장복이 다시,

 "머리에는 무엇을 쓰고 있던?"

하고 묻자 창대가 대답한다.

 "황금 투구를 쓰고 있었어. 나를 부르더니 큰 잔에 술을 가득 부어주며 하시는 말씀이 '네가 서방님을 잘 모시고 험한 길을 헤치며 왔다고 하니 장하다.' 이러시더군. 그리고 상사님은 일품각로, 부사님은 병부상서로 올려주셨지."

 이것은 하나같이 거짓말들이었으나 장복은 이 말을 믿어버렸고, 하인들 중에 제법 사리를 알고 있는 사람들도 이 말을 곧이들은 모양으로 여러 번 되물어왔다. 변 군과 조 판사가 나와서 환영해준다. 우리는 길가에 있는 주루에 올라가 파란 기에 옛 시 두 구절을 썼다.

     서로 만나 뜻이 맞아 그대와 함께 마시려니
     높은 다락 수양 밑에 말을 매고 오르려네

 이제 수양버들에 말을 매어 놓은 다음 다락으로 올라가 술을 마시니, 옛사람의 시를 읊음이 지금 당장에 보거나 들은 일을 묘사함에 지나지 않았으나, 그 절실한 마음이 적절히 잘 나타나 있는 것을 느꼈다.

 이 다락은 위아래 모두 마흔 칸인데 난간과 기둥에 아로새겨진 단청이 현란하고, 하얗게 꾸민 벽과 사창紗窓이 마치 신선이 살고 있는 곳처럼 보였다. 그리고 그 양쪽에는 고금의 법서法書와 오래

된 명화名畵가 많이 걸려 있고, 또한 술자리에서 읊었던 아름다운 시구가 많이 붙어 있었다. 조신朝臣들이 공무를 마치고 돌아가는 도중이나 또는 나라 안의 명사들이 석양이 되면 이곳에 모여들어 말과 수레가 구름처럼 많을 때, 술에 취하면 시를 읊기도 하고 글씨와 그림에 대하여 토론하며 저녁을 보냈던 것이다. 그리고 그 아름다운 시구와 글씨와 그림을 남기게 되는데 날마다 계속해서 이러했지만, 어제 남긴 것이 오늘은 벌써 다 팔려버린다.

술집에서는 이런 일을 몹시 부러워하므로 앞을 다투어 교의와 탁자, 그릇, 골동품 등을 사들여 장식하고, 갖가지 화초를 즐비하게 늘어놓고 시의 자료로 삼게 하며, 좋은 먹과 아름다운 종이, 값나가는 벼루며 붓들이 항상 준비되어 있었다.

옛날에 양무구가 어떤 기생집에 들렀을 때, 좁은 바람벽 위에 절지매折枝梅 한 폭을 그려 붙였다. 그랬더니 오고가는 사대부들이 이것을 구경하기 위해 이 집을 찾아들기 시작하고, 그 기생의 문호는 더욱더 번창하였다. 그러나 얼마 뒤 이 그림이 도난당하자 찾아들던 수레와 말이 점차 줄게 되었다고 한다. 또한 벼슬을 멀리하며 숨어 지내던 장 씨라는 한 선비는 오래전에 최 씨가 술 항아리를 두는 곳에,

무릉성 깊은 곳에 최 씨 집의 맛좋은 술
이 세상에 없는 것이 하늘 위라고 있겠는가
이내 몸은 한 말 모두 마시고서 구름인 양
백운 깊은 저 동구에 취한 채 누웠다오

라는 시 한 구절을 쓰자 손님이 부쩍 늘어났다고 한다. 대부분의 중국 명사와 대부들은 기생집과 술집을 즐겨 찾았는데, 이것을 나쁘게 생각하지 않자 송나라 학자인 여조겸은 가훈을 지어 다방과 술집에 드나드는 것을 경계했다.

지금 우리나라 사람들이 술 마시는 것을 생각해 보면 다른 나라 사람들 못지않게 독음毒飮이지만, 술집이라고 하는 것이 모두 항아리 구멍처럼 작은 들창에 문은 새끼로 얽어매고 길 왼쪽으로 난 소각문에 새끼줄로 발을 늘어뜨리고 쳇바퀴 등롱을 만들어 매달아 놓은 곳이 있으면 반드시 술집이라고 생각하면 된다. 그리고 우리나라 시인들의 시 가운데 나타난 파란 기旗는 모두 사실이 아니었으니, 지금까지 술집 등마루에 나부끼는 깃발 하나를 나는 한 번도 본 적이 없었다.

그러나 그들이 마시는 술의 양은 너무 많아 큰 사발에 술을 가득 따라 이맛살을 찌푸리며 단숨에 마셔버린다. 이것은 아무 의미 없이 술을 뱃속에다 부어넣는 짓이지 마시는 것은 결코 아니며, 배를 불리기 위함이지 취미를 돋우기 위한 것도 결코 아니다. 그래서 그들이 한 번 술을 마시면 언제나 취해 버리고, 취하면 대부분 주정을 하게 되며, 나중에는 그것이 싸움으로 발전하여 술집의 항아리와 사발들은 모두 깨지게 마련이다. 이렇게 되고 보면 풍류나 문아文雅의 모임이라는 참된 취지는 아랑곳없을 뿐더러, 오히려 중국의 술 마시는 법대로 하면 배부를 게 아무것도 없지 않겠느냐고 비난하는 듯한 느낌을 준다. 이제 이런 중국의 술집을 압록강 동쪽에다 옮겨보았자 하루 저녁도 넘기지 못하고 그 값진 술

잔과 골동품들은 산산조각이 나고, 아름다운 화초는 꺾이고 짓밟힐 테니 실로 아까운 일이 아닐 수 없다.

예를 하나 들어보면, 내 친구 이주민은 풍류와 문아를 한 몸에 지닌 선비로서 한평생 중국을 목마르게 연모했다. 하지만 한 가지, 술을 마실 때 중국의 주법을 좋아하지 않아 술잔의 크기와 술의 분량을 가리지 않고 손에 닿기만 하면 금방 한 입으로 들이켜니, 친구들은 이를 가리켜 '술 엎음'이라 하여 아학雅謔(고상한 해학)을 삼곤 했다. 이번 중국 걸음에 그와 함께 오기로 되었으나 어떤 사람이,

"그는 주정을 잘 부려 가까이하고 싶지 않습니다."

하고 험담을 했다. 그러나 나는 그와 10년을 함께 마셨는데도 얼굴이 붉어진다거나 입으로 토해 내는 것을 한 번도 본 적이 없었고 마실수록 더 차분해졌다. 단지 그가 술 엎는 버릇이 좀 나빴을 뿐이다. 그런데 주민은 늘,

"옛날에 두자미도 술을 엎었다오. 그의 시에도 '애야, 이리 오너라. 장중배를 엎어야겠다.'라고 했으니, 이는 바로 입을 벌린 채 누워 아이들을 시켜 술잔을 입에 엎어 부으라는 것이 아닌가."

하고 증거를 대니 자리를 함께했던 사람들은 고개를 끄덕거리곤 했다.

만리타향에 오니 갑자기 친구와의 추억이 생각난다. 주민은 오늘 이 시간에도 어느 집 술자리에 앉아 왼손으로 잔을 잡고 만리타향으로 떠다니는 나를 생각하고 있는지도 모를 일이다.

갈 때 잠깐 들렀던 객관을 다시 가보았다. 바람벽 위에 걸려 있

던 몇 폭의 주련과 좌우에 놓아둔 생황과 철금 등이 모두 그대로 있으니 옛 시에,

> 병주幷州를 바라보니
> 나의 고향이 이곳이라네

라고 한 것이 바로 이를 두고 한 말이다.

　저녁을 먹은 후에 조 주부 명위明渭가 내 방에 와서 자기 방에 묘한 일이 있다기에 그곳에 가보았다. 문 앞에는 10여 분盆의 화초가 놓여 있는데, 그 이름은 다 알 수가 없다. 하얀 유리 항아리의 높이는 두 자쯤 되어 보이고 침향으로 만든 가산假山의 높이 또한 두 자쯤 되어 보였다. 석웅황(유화물로 만든 광성)으로 만든 필산(붓을 꽂는 도구)의 높이는 한 자가 넘으며, 청강석 필산은 대추나무로 밑받침을 했는데, 괴강성의 무늬가 자연스럽게 생겼고 발은 감나무로 달았다. 그 값은 모두 화은(청나라 때 사용하던 은화의 일종) 30냥이라고 한다. 또한 기서奇書가 수십 가지 있는데,《지부족재총서》,《격치경원》 등은 모두 값비싼 것들이다.

　조 군은 20여 차례나 연경에 간 경험이 있는 만큼 북경을 자기 집처럼 드나들었고, 또한 한어漢語에 능숙할 뿐만 아니라 물건을 매매하는데 있어서도 그다지 에누리를 하지 않기 때문에 단골손님이 많아서, 그가 사용할 방에다 그것들을 진열하여 청상에 도움을 주기도 한다. 연전 창성위(황인점. 창성은 봉호)가 정사로 왔을 때 건어호동에 있는 조선관에 불이 났다. 상인들이 가지고 있던

물건이 모두 불에 탔고 조 군의 방은 더욱 피해가 심했는데, 팔아 버린 물건을 제외하고 불에 탄 것들은 모두 구하기 힘든 골동품과 서책이었다. 그 가격을 계산해 보았더니 3천 냥이나 되는 거액이었으며, 이것들은 모두 융복사나 유리창에서 옮겨온 물건들이었다. 단골손님들은 모두 조 군의 방을 빌려서 진열했기 때문에 그 피해를 보상받으려고 하지도 않았으며, 또다시 그 방을 빌려 꾸며 놓으니 전과 조금도 다름없이 되어 조 군의 마음을 기쁘게 했다. 이것은 중국 풍속의 악착스럽지 않은 한 면이라고 할 수 있겠다.

밤에 태학관에서 묵었는데, 많은 역관들이 내 방에 모여들었다. 술과 안주가 있었으나 행역行役한 뒤라서 입맛이 전혀 없었다. 사람들은 내 봇짐을 눈여겨보며 저 속에 혹시 먹을 것이 있지 않을까 하는 눈치들이다. 나는 창대를 시켜 여러 사람 앞에서 봇짐을 끌러 보이게 했다. 거기에는 붓과 벼루가 있을 뿐 다른 것은 하나도 없었고, 두툼하게 보인 것은 필담筆談과 유람할 때 어지럽게 휘갈겨 쓴 일기였다. 사람들은 그제야 가벼운 웃음을 지으며,

"나는 괴이하게 여겼소. 갈 때는 아무것도 없었는데 올 때는 짐이 이렇게 부풀었으니 말이오."

라고 하자 장복도 마찬가지로 창대를 향해,

"별상금은 어디다 두었어?"

하며 몹시 섭섭한 표정을 지었다.

작품
해설

1. 작가 생애

박지원朴趾源(1737~1805)은 조선 후기의 문신이며 실학자이자 대문장가이다. 1737년(영조 13년) 한양 서쪽 반송방 야동(지금의 서울 새문안, 야동은 1850년대 방각본 고소설을 간행하던 곳)에서 아버지 박사유朴師愈(1703~1767)와 어머니 함평 이 씨(이창원의 딸)의 2남 2녀 중 막내로 태어났다. 본관은 반남潘南, 휘는 지원趾源, 자는 중미仲美, 호는 연암燕巖 또는 연상煙湘, 열상외사洌上外史이다.

박지원의 집안은 당시 권세를 잡은 노론 출신의 명문 집안이었으나 대대로 청빈하였고, 아버지가 관직에 임용되지 못했으므로 어린 시절부터 돈령부지사를 지낸 할아버지 박필균朴弼均 슬하에서 자랐다.

1752년 16세 때 이보천의 딸과 혼인하였고 그 후 장인과 처삼촌에게 《맹자》와 《사기》를 배웠다. 18세 때 우울증에 걸린 그는 병의 치료를 위해 백방으로 노력하던 중 해학을 잘하기로 소문난 민유신을 만났다.

박지원이 말하였다.

"내 병은 밥을 잘 먹지 못하고 밤에 잠이 오지 않는 병입니다."

그러자 민유신은 일어나 축하하며 말했다.

"그대는 집이 가난한데 밥을 잘 먹지 못하고 있으니 재산이 남아돌 것이고, 잠을 못 잔다면 밤까지 겸해 사는 것이니 남보다 갑절을 사는 셈이 아닌가. 재산이 남아돌고 남보다 갑절을 살면 오복 중에 장수와 부, 두 가지는 이미 갖춘 셈이 아닌가?"

민유신의 말에 박지원은 무릎을 치면서 감탄했고, 이후 박지원은 민유신과 더불어 나이를 초월해 즐겁게 교류했다.

박지원은 분뇨장수, 건달, 일꾼, 거지 등 수많은 저잣거리 사람들과 교류하며 점차 활기를 되찾았고, 이들로부터 나온 이야기가 바로 〈민옹전〉, 〈양반전〉, 〈광문자전〉, 〈예덕선생전〉 등 9편의 단편소설로 이루어진 그의 처녀작 《방경각외전》이다. 그의 나이 20세 무렵의 작품이다.

그 후 경학經學, 병학兵學, 농학農學 등 경세실용의 학문을 연구하다가 1767년 31세 때는 실학자 홍대용 등과 교우하여 지동설을 비롯한 서양의 새로운 학문을 익혔다.

1768년에 한양의 백탑(지금의 탑골공원 내에 있는 원각사지 10층 석탑) 근처로 이사하게 되어 이덕무, 이서구, 서상수, 유금, 유득공 등과 신분이나 나이를 가리지 않고 가까이 지내며 학문적 교유를 가졌다. 박제가, 이덕무, 유득공, 백동수 등은 당시 천대받았던 서자 출신이라 사대부 입장에서는 파격적일 수 있는 만남이었지만 박지원은 개의치 않았다.

그리고 청년 인재들이 그의 문하에서 지도를 받았는데 《북학의》로 유명한 박제가는 젊은 시절 박지원의 소문을 듣고 찾아와 그의 제자로 입문하였고, 이들이 새로운 학풍을 이룩하게 되는데 이를 북학파라 한다. 박지원은 그들과 금강산 등 전국 명승지를 유람하며 평생의 우정을 쌓았다.

1778년 42세 때는 서울 생활을 청산하고 홍국영의 견제를 피해 연암골에 은둔하였다. 그러다가 2년 후인 1780년(정조 4년) 그의 나이 44세 때 청나라 고종(건륭제)의 칠순연을 축하하기 위하여 사행하는 삼종형 박명원朴明源을 수행하는 행운을 얻었다. 평소 박지원을 아꼈던 박명원은 자신의 개인 수행원 자격으로 박지원을 사행단 일행에 합류시킨 것이다. 원래 목적지는 연경(북경)이 었는데, 건륭제가 더위를 피해서 열하에 머물고 있었기에 열하까지 여행하게 되었다.

압록강에서 열하까지는 3,000리(약 1,200킬로미터)나 떨어져 있는 거리이고, 5월 25일 한양을 출발하여 10월 27일 다시 한양에 당도하는데 약 5개월이 걸렸다. 박지원은 이 여행에서 돌아와서 청조 치하의 북중국과 남만주 일대를 견문하고 그곳의 문인, 명사들과의 교유 및 문물제도를 접한 결과를 3년에 걸쳐 소상하게 기록했는데, 이게 바로 조선 최고의 여행기로 평가받는 《열하일기》 이며, 총 26권으로 이루어져 있다.

그러나 《열하일기》의 문체와 내용에 대한 비판도 끊이지 않았는데, 정조가 박지원에게 문체를 타락시켰으니 순정한 문체로 속죄문을 지어 바치라고 명령하는 사건(문체반정)도 겪게 된다.

박지원은 만년에 이르러 음사蔭仕로 벼슬에 오르게 되었는데, 1786년(정조 10년)에 왕의 특명으로 선공감감역이 되고, 1789년에 평시서주부, 사복시주부, 그 이듬해에 의금부도사, 제릉령, 1791

년에는 한성부판관을 거쳐, 1792년 안의현감, 1797년 면천군수, 1800년에 양양부사로 승진하였고, 이듬해에 벼슬을 사양하고 물러났다.

그는 안의현감 시절에 북경 여행에서의 경험을 토대로 벽돌을 구워서 전각의 담을 쌓기도 하였고, 면천군수 재직 중에는 정조에게 중국 농법의 도입 및 재래 농사 기술의 개량을 주장한《과농소초》를 지어 바쳤는데, 이 책에 〈한민명전의〉와 〈안설〉을 붙여 토지 소유 제한과 농정 개혁을 건의하였다.

박지원은 당시 북학파北學派의 영수로 홍대용, 박제가 등과 더불어 청나라의 발전된 문물을 받아들이고 배워서 낙후된 조선의 현실을 개혁할 것과, 상공업을 중요하게 생각하는 중상주의를 주장하였다. 그의 이러한 주장은 청나라를 배격하는 풍조가 만연했던 당시 보수파들로부터 많은 비난을 받기도 했지만 그는 이에 굴하지 않고 이용후생利用厚生의 실학을 강조하였다.

1805년(순조 5년) 10월 20일, 한양 가회방 재동 자택의 사랑에서 '다만 깨끗하게 씻어 달라'고만 유언을 남기고 69세 나이로 생을 마감했다. 사후에 정경대부正卿大夫로 추증되었고 문도공文度公이라는 시호를 받았다.

2. 시대적 배경

박지원이 살았던 18세기 조선 후기는 당쟁과 외침으로 인한 혼란기였다. 즉 임진왜란과 병자호란의 두 번에 걸친 오랜 전쟁으로 조선의 많은 땅이 황폐화되었고 식량 생산이 줄어들어 백성들은 큰 어려움을 겪게 되었다.

이러한 때에 당시의 유학자들은 이론과 학설만 따지면서 백성들의 어려운 처지를 외면하자 국시로 표방한 유교의 이기론과 사단칠정의 관념론적인 사상이 초기의 참신한 기운을 잃고 차츰 쇠퇴하기 시작했다. 즉 조선 사회는 도시와 농촌에 걸쳐 커다란 변동이 일어나는데 이는 봉건사회의 구조나 이를 떠받치고 있던 이념에 균열이 생기고 있음을 의미한다.

그리고 사회 경제적 변화는 그 구성원들의 의식을 바꾸어 놓았다. 또한 사실에 입각한 비판 정신이 일어나게 되어 보수파들의 기존 사상을 과감하게 일축하고 사실을 실천적인 면에서 파악하여, 삶의 여러 문제들을 현실적인 문제와 결합시켜 해결하고자 하는 실학사상이 싹텄다.

실학자들은 정치, 경제, 사회 등 여러 분야에서 개혁이 이루어져야 한다고 주장했다. 또한 학문은 나라를 부강하게 하고 백성들의 실생활을 풍족하게 하는데 도움이 되어야 한다고 생각했으며, 청나라에서 들어온 고증학과 서양의 과학적 사고방식을 받아들여 새롭고 다양한 학파가 형성되었다.

이렇듯 사회 구성원의 의식이 변모하고 있는 시기에 실학사상의 중심인물인 박지원은 서양 학문의 도입을 환영하고 과학적인 지식의 흡수와 백성을 일깨우는 것을 스스로의 사명으로 여겼다. 그래서 서민층과 신분계급 문제에 많은 관심을 가졌고, 이를 문학으로 드러내며 활발하게 집필활동을 계속했다. 즉, 박지원의 문학은 이러한 역사가 당면한 문제를 민감하게 반영한 토대 위에서 나온 것이다.

그가 청나라 황제인 건륭제의 피서지인 열하를 여행하고 돌아와서 집필한《열하일기》26권도 대단한 해학과 풍자로 큰 파장을 일으켰다. 또한 우리가 흔히 알고 있는 연암의 대표적 작품인〈호질〉,〈양반전〉,〈허생전〉등도 이러한 역사적 토대 위에서 나왔으며, 양반사회에 대한 비판과 풍자 같은 조선 후기 사회의 계층적 변혁의 징후가 그의 작품 속에 고스란히 나타나 있다.

3. 박지원의 문학관

실학자이며 현실주의자였던 박지원은 자신의 생각을 있는 그대로 표현하는 사실주의적인 입장에 투철했다. 그는 누구든지 자신이 품고 있는 생각을 있는 그대로 표현해야지, 망상이나 가식이 스며들어서는 안 된다는 사실 위주의 문장론을 전개하였다. 글을 쓰는 사람이 억지로 옛 사람이 쓴 글을 생각하고 지나치게 근엄하고 장중하게 꾸미려는 것은 마치 화가가 그림을 그릴 때 원래의 모습을 다듬는 것과 같다고 하며, 이렇게 되면 그 원래의 모습을 잃어버리게 되므로 아무리 훌륭한 화가라도 살아 있는 참모습을 그리기는 어렵게 된다는 것이다. 그러므로 글을 쓸 때는 항상 있는 그대로를 꾸밈없이 쓰는 진실이 중요하다고 늘 강조했다.

뿐만 아니라 그는 문장의 독창성과 자주성을 주장하고 개성을 강조했다. 즉, 옛날의 작법에 구속되지 말고 새로운 방식을 창조해 내면서도 능히 말이나 문장의 근거가 되는 문헌상의 출처[典據]가 있다면 좋은 글이라고 생각했던 것이다.

그리고 박지원은 문장의 도道는 현실 비판에 있다는 주장을 펼치며 사대부 계급에 대응하는 서민의 입장을 옹호하며 풍자와 골계, 그리고 속어적인 표현 방법으로 경직된 현실을 풀어나갔다.

그는 비판을 통해서만 사회를 개선시키고 개혁해 나갈 수 있다고 생각했던 것이다. 그가 이렇듯 해학과 기지로 유교사회의 비리를 조롱하고 풍자하는 태도를 보인 것은, 모순된 사회를 고발하고 비판하는 그의 치열한 문학정신을 보여주는 단면이다.

또한 그는 서민들 삶의 세계를 향하여 새로운 의식 세계를 확장하면서 당대 평민층의 삶과 모습을 생생하게 포착하는 사실주의적 기법으로 뛰어난 소설적 성과를 이루었다.

4. 작품 내용

　우리나라 기행문학의 백미로 일컬어지는 《열하일기》는 1780년
박지원이 청나라 고종인 건륭제의 칠순연을 축하하기 위한 사신
으로 가는 삼종형 박명원을 수행하여 건륭제의 피서지인 열하를
여행하고 돌아와 날짜에 따라 기록한 연행일기燕行日記이다.

　조선 사절단은 1780년 음력 5월 말 한양을 출발해서 6월 24일
압록강을 건넌 뒤 요동遼東, 성경盛京, 산해관山海關을 거쳐 8월
초 드디어 연경燕京(북경)에 도착했다. 그런데 예기치 않았던 건륭
제의 특명이 내려 만리장성 너머 열하熱河까지 갔다가, 8월 20일
다시 연경에 돌아와 약 한 달 동안 머문 뒤 그해 10월 말에 귀국했
다. 조선의 사신 일행이 열하까지 가게 된 이유는 연경에 도착해
보니 청나라 황제는 더위를 피해 그의 여름 별궁이 있는 열하에
가고 없었기 때문이다.

　이 책은 그 해 6월 24일부터 8월 20일까지의 기록으로, 처음부
터 명확한 정본正本이나 판본版本도 없었고, 여러 전사본轉寫本이
유행되어 이본異本에 따라 그 편제編制가 일정치 않다.

　각 권의 내용을 살펴보면 다음과 같다.

권1 도강록渡江錄

압록강을 건너서 요양에 이르기까지 15일 동안의 기록이다. 좀 더 자세히 설명하자면, 조선과 청나라의 국경 역할을 하는 압록강을 건너 청나라의 국경 도시인 요양에 이르는 동안 연암이 보고 듣고 느낀 것들을 기록한 내용이다. 그는 책문 안에 들어서자마자 그들의 성제城制와 벽돌 사용, 성곽 · 건물 · 경목耕牧 · 도야陶冶 등의 이용후생적利用厚生的인 것들에 관해 관심을 갖고 이에 대해 설명하고 있다.

권2 성경잡지盛京雜識

십리하에서 소흑산에 이르기까지 5일 동안의 일을 기록한 글이다. 〈속재필담粟齋筆譚〉, 〈상루필담商樓筆譚〉, 〈고동록古董錄〉 등이 가장 재미있는 대목이다.

권3 일신수필馹汛隨筆

신광녕에서 산해관에 이르기까지 주로 병참지를 지나가는 9일 동안의 기록이다. 거제車制, 희대戲臺, 시사市肆, 점사店舍 등에 대해 자세하게 기록하고 있다.

권4 관내정사關內程史

산해관에서 연경에 이르기까지 11일 동안의 기록이다. 그중 백이 · 숙제에 얽힌 이야기를 비롯하여 우암尤庵의 영정에 절하던 이야기가 흥미롭다. 특히 연암의 대표적인 소설 〈호질虎叱〉이 수록되어 있다.

권5 막북행정록漠北行程錄

연경에서 열하에 이르기까지 5일 동안의 기록이다. 열하에 대하여 자세하게 기록한 것이 모두 당시 열하의 정세를 잘 관찰한 논평이었으며, 특히 열하로 떠날 때 이별의 한을 서술하였다.

권6 태학유관록太學留館錄

열하의 태학에서 머무른 6일 동안의 기록이다. 중국의 명망 있는 학자인 윤가전, 기풍액, 왕민호, 학성 등과 더불어 조선과 중국 두 나라의 문물제도에 관하여 논평을 교환하였으며 달나라, 지동설 등에 대해 토론한 내용이 담겨 있다. 이때 그는 지구 자전에 대한 확신을 갖게 된다.

권7 구외이문口外異聞

고북구 밖에서 들은 기이한 이야기를 기록한 것으로, 반양에서 천불사에 이르는 60여 가지의 글들이 수록되어 있다.

권8 환연도중록還燕道中錄

열하에서 다시 연경으로 돌아오는 도중 6일 동안에 보고 들은 것을 기록한 글이다. 주로 교량, 도로, 방호防湖, 방하防河, 낙타, 선제船制 등에 대해 서술하고 있다.

권9 금료소초金蓼小抄

중국에서 채집한 의술醫術에 관한 기록들이 수록되어 있다.

권10 옥갑야화玉匣野話

옥갑에서 비장들과 주고받은 이야기를 기록한 것으로, 역관들의 비화가 주요 내용을 이루고 있다. 홍순언, 정세태에 대한 기록도 재미있고, 특히 연암 소설 중에서 가장 빼어난 〈허생전〉이 수록되어 있다.

권11 황도기략黃圖紀略

황성의 구문을 위시해서 화조포에 이르기까지 38가지의 문관門館, 전각殿閣, 도지島池, 점포, 기물 등에 관한 기록이다.

권12 알성퇴술謁聖退述

순천부학에서 조선관에 이르는 동안의 견문을 기록한 것이다.

권13 앙엽기盎葉記

홍인사에서 이마두총에 이르는 20곳의 명승지와 명소를 두루 구경한 기록이다.

권14 경개록傾蓋錄

열하의 태학에서 묵고 있었던 6일 동안 그곳의 학자들과 문답한 기록이다.

권15 황교문답黃敎問答

이 무렵 천하의 정세를 파악해서 각 종족과 종교에 대하여 소견을 밝혀놓은 기록이다. 다섯 가지 망령됨[五妄]과 여섯 가지 옳지 않음[六不可]을 논하였는데 그것들은 모두가 북학의 이론이었으며,

황교와 서학자西學者의 지옥에 대한 논평이다. 세계의 여러 민족을 소개하면서, 특히 몽고와 아라사(러시아) 종족의 용맹함에 대해서 경각심을 환기시키고 있다.

권16 행재잡록行在雜錄

청나라 고종 황제의 행재소에서 견문한 바를 기록해 놓은 글들이다. 특히 청나라가 조선에 대하여 친선정책親蘚政策을 펼친 이유를 소상히 밝히고 있다.

권17 반선시말班禪始末

청나라 고종 황제의 반선에 대한 정책을 논하고, 또한 황교와 불교가 근본적으로 다름을 심도 있게 밝히고 있다.

권18 희본명목戲本名目

청나라 고종의 만수절에 행하는 연극놀이의 대본과 종류를 기록한 것이다.

권19 찰십륜포札什倫布

열하에 있을 때 직접 보고 들은 반선에 대한 기록이다. '찰십륜포'란 티베트어로 '대승大僧이 살고 있는 곳'이란 뜻이다.

권20 망양록忘羊錄

열하의 태학에서 사귄 윤가전, 곡정 왕민호 등과 음악에 관해서 서로의 견해를 피력한 기록이다. 토론에 열중하다 보니 윤가전이 준비해 둔 '양 한 마리가 다 식는 것도 잊었다.'는 말에서 나온 제

목이다.

권21 심세편審勢編

당시 조선의 다섯 가지 망령됨[五妄]과 중국의 세 가지 어려움[三難]에 대해 논한 기록이다. 여기에는 북학에 대한 날카로운 이론이 눈에 띈다.

권22 곡정필담鵠汀筆談

윤가전, 왕민호 등과 함께 전날 태학에서의 미진한 토론을 계속하여 서술한 것으로, 곡정은 왕민호의 호이다. 즉 〈태학유관록太學留館錄〉 중에서 미흡했던 이야기인 달세계, 지동설, 역법曆法, 천주天主 등에 관한 논술이다.

권23 동란섭필銅蘭涉筆

동란제에 머물 때에 쓴 수필로 주로 가사, 향시鄕試, 서적, 언해諺解, 양금洋琴 등에 대해 쉽게 서술하고 있다.

권24 산장잡기山莊雜記

열하 산장에서의 여러 가지 견문을 적은 것인데, 그중에서도 특히 〈야출고북구기夜出古北口記〉, 〈일야구도하기一夜九渡河記〉, 〈상기象記〉 등이 가장 인상적이다.

권25 환희기幻戲記

광피사표패루 아래에서 중국 요술쟁이의 여러 가지 신묘한 연기를 구경하고 그 느낌을 적은 글이다.

권26 피서록避署錄

열하의 피서 산장에서 중국의 저명한 학자들과 나눈 논평이 기록되어 있다. 특히 중국과 조선 두 나라의 시문詩文에 대해 언급하고 있다.

연암이 남긴《열하일기》는 당시 보수파로부터 비난을 받기도 하였으나 중국의 역사, 지리, 풍속, 토목, 건축, 선박, 의학, 인물, 정치, 경제, 사회, 문화, 종교, 문학, 예술, 골동품, 지리, 천문, 병사 등을 망라하여 광범위하고 자세하게 서술하였고, 경치나 풍물 등을 단순히 묘사하는 것에 그치지 않고 이용후생적인 면을 강조하여 수많은《연행록燕行錄》중에서도 백미로 꼽힌다.

작가
연보

1737년 음력 2월 5일	한양 서쪽 반송방盤松坊 야동冶洞(지금의 서울 새문안, 야동은 1850년대 방각본 고소설을 간행하던 곳)에서 아버지 반남 박 씨 박사유朴師愈(1703~1767)와 어머니 함평 이 씨의 2남 2녀 중 막내로 태어났다. 휘는 지원, 자는 중미, 호는 연암이었다.
1739년(3세)	형 희원이 장가를 들다. 형수는 이 씨로 16세에 시집와서 어린 연암을 잘 돌보았다.
1741년(5세)	경기도 관찰사를 제수 받은 조부를 따라갔다가 한번 본 감영의 모양과 칸수를 말하였다.
1752년(16세)	관례를 올리고 이보천李輔天의 딸과 혼인했다. 장인에게 《맹자孟子》를 배우고, 처숙인 홍문관 교리 이양천에게 《사기史記》를 배우며 본격적으로 학문을 시작하였다.
1754년(18세)	우울증으로 고생해서 사람들을 청해 재미있는 이야기를 들으면서 병을 고쳐보고자 했다. 〈민옹전〉에 나오는 민유신을 만난 것도 이 무렵이다. 거지 광문의 이야기로 〈광문자전〉을 썼다.

1755년(19세)	연암의 학문을 지도했던 영목당 이양천이 40세의 나이로 별세했다. 연암은 그의 죽음을 애도하여 〈제영목당이공문祭榮木堂李公文〉을 지었다.
1756년(20세)	김이소, 황승원, 홍문영, 이희천, 한문홍 등과 북한산 봉원사 등을 찾아다니며 공부했다. 봉원사에서 윤영을 만나서 허생의 이야기를 전해 들었다. 이 무렵 〈마장전〉과 〈예덕선생전〉을 지었다.
1757년(21세)	시정의 기이한 인물이나 사건을 듣고 《방경각외전》을 썼다. 불면증과 우울증이 깊어졌다.
1759년(23세)	어머니 함평 이 씨가 59세의 나이로 별세했다. 《독례통고讀禮通考》(북학파 인사들의 관심을 모은 책)를 초抄하였다. 후일 이종목李鍾穆에게 출가한 큰딸이 태어났다.
1760년(24세)	조부 박필균朴弼均이 76세의 나이로 별세했다. 조부는 노론을 지지했던 선비로 사간원정언, 경기관찰사, 예조참판, 공조참판 등을 지내고 돈령부지사에까지 이르렀다. 조부의 신중한 처신과 청렴한 생활은 연암에게도 큰 영향을 끼쳤다.

1761년(25세)	북한산에서 독서에 매진하였는데 이때 수염이 은백이 되었다고 한다. 단릉 처사 이윤영에게 주역을 배웠고 이 해에 홍대용을 만났다.
1764년(28세)	효종이 북벌 때 쓰라고 송시열에게 하사했다는 초구를 구경하고 〈초구기貂泊記〉를 썼다. 〈양반전〉과 〈서광문전후〉를 지었다.
1765년(29세)	벗 김이중이 나귀를 팔아 마련해 준 돈으로 가을에 유언호, 신광온 등과 금강산을 유람하였다. 삼일포, 사선정 등 금강산 일대를 두루 돌아보고 〈총석정 해돋이叢石亭觀日出〉'를 썼다. 이 글은 《열하일기》에도 수록되어 있다. 판서 홍상한이 이 작품을 격찬했다고 한다. 〈김신선전〉을 지었다.
1766년(30세)	장남 종의가 태어났다. 홍대용이 중국 문인들과 나눈 필담을 정리한 〈건정동회우록乾淨衕會友錄〉의 서문을 썼다. 홍대용과 중국 사람들의 우정을 예찬하고, 청을 무조건 배격하는 사람들을 비판하는 내용이다.

1767년(31세)	아버지 박사유가 65세의 나이로 별세했다. 장지 문제로 녹천 이유 집안과 시비가 벌어졌다. 이 일로 상대방의 편을 들어 상소를 올렸던 이상지가 스스로 관직에서 물러난 것을 보고 이때부터 연암도 스스로 벼슬길을 단념하였다. 삼청동에 있는 무신 이장오의 별장에 세를 얻어 살기 시작했다. 〈우상전〉, 〈역학대도전〉, 〈봉산학자전〉을 지었다.
1768년(32세)	백탑 근처로 이사해 이덕무, 이서구, 서상수, 유금, 유득공 등과 가까이 지내며 학문적 교유를 가졌다. 박제가, 이서구가 제자로 입문하였다.
1769년(33세)	이서구가 쓴 문집인 《녹천관집綠天館集》의 서문 〈옛사람을 모방해서야綠天館集序〉를 썼다.
1770년(34세)	감시의 양장에서 모두 일등으로 뽑혔다. 입궐하여 영조에게 극찬을 받았다. 많은 이들이 박지원을 급제시켜 공을 세우려 했으나, 회시에 응하지 않았고 응시하더라도 시권을 제출하지 않거나 아예 노송과 괴석을 그려 제출하여 벼슬할 뜻이 없음을 밝혔다. 이후 다시는 과거를 보지 않았고 술을 많이 마시게 되었다.

1771년(35세)	큰누님 박 씨가 43세로 별세했다. 누님의 죽음을 슬퍼하면서 〈백자증정부인박씨묘지명伯姊贈貞夫人朴氏墓誌銘〉을 썼다. 이덕무, 백동수 등과 송도, 평양을 거쳐 천마산, 묘향산, 속리산, 가야산, 단양 등 명승지를 두루 유람했고, 황해도 금천 연암골을 보고는 몹시 좋아했다.
1772년(36세)	가솔들을 광릉 석마향石馬鄕(지금의 경기도 분당 일대)에 있는 처가로 보내고 서울 전의감동에 혼자 살기 시작했다. 가까이 지내던 홍대용, 정철조, 이서구, 이덕무, 박제가, 유득공 등 여러 벗들과 더욱 친하게 사귀었다.
1773년(37세)	유득공, 이덕무와 서도를 유람했다. 허생의 이야기를 해주었던 윤영을 또 만났다.
1776년(40세)	북학파의 문집인 《한객건연집》이 출간되었다. 이 책은 조선후기 북학파 실학자 이덕무, 유득공, 박제가, 이서구 등 4명의 시를 모아 엮은 책이다. 중국인 이조원이 '사가지시四家之詩'라 하여 《사가시집(四家詩集)》으로 더 유명하였다.

1777년(41세)	장인 이보천이 64세의 나이로 별세했다. 장인을 추모하는 글 〈제외구처사유안재이공문祭外舅處士遺安齋李公文〉을 썼다.
1778년(42세)	가난한 집안 살림을 도맡아 왔던 형수 이 씨가 55세로 별세했다. 서울 생활을 청산하고 홍국영의 견제를 피해 연암골에 은둔하였다. 초가삼간을 장만하고 손수 뽕나무도 심었다. 형수의 유해를 연암으로 옮기고 〈백수공인이씨묘지명伯嫂恭人李氏墓誌銘〉을 썼다.
1779년(43세)	이덕무, 박제가, 유득공이 규장각 검서로 발탁되었다. 이 무렵에 쓴 〈답홍덕보서答洪德保書〉 세 통은 홍대용에게 연암골 생활을 전하고, 세 사람이 기용된 것을 축하한 편지들이다.
1780년(44세)	정조 4년, 홍국영이 실각하자 서울로 돌아와 처남 이재성의 집에 머물렀다. 삼종형인 금성도위 박명원의 자제군관子弟軍官 자격으로 북경에 갔다. 5월에 떠나 6월에 압록강을 건넜고, 8월에 북경에 들어갔다가 열하에 들러 다시 북경으로 돌아와 10월에 귀국하였다. 돌아오자마자 《열하일기》를 쓰기 시작했다. 둘째 아들 종채가 태어났다. 〈허생전〉, 〈호질〉을 짓다.

1781년(45세)	당시 영천 군수로 있던 홍대용은 얼룩소 2마리, 공책 20권, 돈 200민絪 등을 보내면서 연암의《열하일기》저술을 격려해 주었다. 박제가가 쓴《북학의北學議》에 서문을 썼다.
1783년(47세)	벗이었던 담헌 홍대용이 53세로 죽었다. 손수 염을 하고, 담헌이 중국에서 만난 벗 손유의에게 부고를 전했다. 〈나의 벗 홍대용洪德保墓誌銘〉을 썼다. 이 충격으로 이후 연암은 음악을 끊었다.《열하일기》의 첫 편 〈도강록渡江錄〉의 머리말을 썼다.
1786년(50세)	정조 10년 유언호가 천거하여 선공감감역에 임명되었다. 연암이 처음 출사하자 노론 벽파의 실력자 심환지, 정일환 등이 찾아와 자파로 끌어들이려 했으나 연암은 그때마다 해학적인 말로 쫓아내었다.
1787년(51세)	부인 전주 이 씨가 51세로 죽었다. 부인의 상을 당하여 이를 애도한 절구 20수를 지었다 하나 전하지 않는다. 박지원은 그 뒤로 계속 혼자 지냈다. 큰형 희원이 58세로 별세했다. 연암골에 있는 형수의 무덤에 합장했다.